U0500531

澡雪 | 中国文学研究书系

本书由河北大学中国语言文学学科建设经费资助出版

新时期文学中的
身体叙事研究
（1978—1985）

孟　隋　著

知识产权出版社
全国百佳图书出版单位
—北 京—

图书在版编目（CIP）数据

新时期文学中的身体叙事研究：1978 – 1985/孟隋著. —北京：知识产权出版社，2023. 8

ISBN 978 – 7 – 5130 – 8844 – 2

Ⅰ. ①新… Ⅱ. ①孟… Ⅲ. ①中国文学—当代文学—文学研究—1978 – 1985

Ⅳ. ①I206. 7

中国国家版本馆 CIP 数据核字（2023）第 140526 号

责任编辑：罗 慧 责任校对：潘凤越

封面设计：乾达文化 责任印制：刘译文

新时期文学中的身体叙事研究（1978—1985）

孟 隋 著

出版发行：**知识产权出版社**有限责任公司	网 址：http：//www. ipph. cn
社 址：北京市海淀区气象路 50 号院	邮 编：100081
责编电话：010 – 82000860 转 8343	责编邮箱：lhy734@ 126. com
发行电话：010 – 82000860 转 8101/8102	发行传真：010 – 82000893/82005070/82000270
印 刷：三河市国英印务有限公司	经 销：新华书店、各大网上书店及相关专业书店
开 本：720mm×1000mm 1/16	印 张：15. 75
版 次：2023 年 8 月第 1 版	印 次：2023 年 8 月第 1 次印刷
字 数：240 千字	定 价：78. 00 元

ISBN 978 – 7 – 5130 – 8844 – 2

出版权专有 侵权必究

如有印装质量问题，本社负责调换。

目 录

contents

导　言　新时期为何需要身体叙事?

第一节　概念界定

1978—1985 年，俗称"新时期"的开始，也即"改革开放早期"。开篇之际，本书需要梳理改革开放早期文学中的身体叙事。[①] "身体叙事"这个概念用直白一些的话来说，便是文学讲了怎样的身体故事，呈现了怎样的身体形象。研究这个问题的目标是，弄清楚这些关于身体的故事、形象用何种策略为改革开放早期的读者提供关于"我是谁""我意味着什么"等身份认同方面的"意义"。

这一时期，社会经济、思想观念都在剧烈转型。"身体叙事"是文学参与社会经济转型的重要表达途径。因为身体是身份认同的本源与根基，所以身体必然会是重要的文学主题。在文学中，身体成为意义的"战场"，国家主流改革力量和知识分子群体都加入了"战斗"，他们从不同角度讲述有关身体的故事，这些故事暗含着他们对"新身份"的思考。1985 年是身体叙事的一个关键节点，因为"1985 年以后，'人的文学'已经不是主要价值目标，文学格局由一元向多元发展，它负载着更为繁杂多样的任务"[②]。1978—1985 年这个阶段的文学，很多时候充当了"人的文学"，它焦灼于"身份"转型的问题。

"改革开放"是 20 世纪中国经历的最大的社会变革之一。1978 年 12 月，

[①] 需要说明的是，本书并非研究"改革开放早期"这一时段内的所有文学作品，而是只关注那些表现出明显身体观念、典型涉及身体叙事的作品。

[②] 程光炜：《文学讲稿："八十年代"作为方法》，北京大学出版社 2009 年版，第 30 页。

党的十一届三中全会提出"以经济建设为中心"，标志着中国进入改革开放新时期。1982 年 1 月，中共中央批转《全国农村工作会议纪要》，正式肯定了农村家庭联产承包责任制；次年中央一号文件指出联产承包制是在党的领导下我国农民的伟大创造，是马克思主义农业合作化理论在我国实践中的新发展。1984 年 10 月，十二届三中全会通过《中共中央关于经济体制改革的决定》，明确加快以城市为重点的整个经济体制改革步伐，标志着改革开放又推进一大步。1985 年 3 月，中共中央作出《关于科学技术体制改革的决定》，指出要尊重"现代科学技术"，保障"学术自由"，对涉及知识分子的管理体制进行改革，标志着改革进一步细化和深化。

本书将新时期即"改革开放早期"界定为从明确否定"文革"到基本稳定的改革话语形成之前的时间段，其对应的历史时间本应为 1978—1985 年，但一部文艺作品从体验、酝酿到构思、写作和出版本身就需要一个时间跨度，因而具体探讨的对象范围还需一定程度地前后摆动。有些作品构思早、下笔快，可能会被视为"时代的先声"（例如"文革"期间的某些知青诗歌），而有些作品可能构思于改革开放早期，但是出版时间上却有一定的延迟。因此，本书所涉及的文学作品中，可能会有个别作品超出 1978—1985 年这个时间段。

第二节 "文化研究"作为方法

（一）身体叙事作为一种"表征"

本书将身体叙事视为一种"表征"（representation）。"词语'表征'（representation）字面意思为'再呈现'（re – presentation）。再呈现某项事物意味着掌握这一事物的原型，然后将其媒介化，最后'回放'（play it back）出来……表征意味着对现实发表意见。"① 身体叙事正是通过对身体的"再呈现"，进而

---

① ［美］劳伦斯·格罗斯伯格等：《媒介建构：流行文化中的大众媒介》，祁林译，南京大学出版社 2014 年版，第 205 – 206 页。

"对现实发表意见"。文学作者通过身体叙事表达出对个体、自我等问题的看法。"表征"这个概念强化了叙事和社会现实之间的差异，叙事是从特定的立场、特定角度"生产"出来的现实，这也意味着"表征"作为意义生产，同时也是对"客观现实"的某种遮蔽。

"表征"是"文化研究"学派斯图尔特·霍尔（Stuart Hall）提出的概念。他是这样描述"表征"的："表征意味着用语言向他人就这个世界说出某种有意义的话来，或有意义地表述这个世界……表征是某一文化的众成员间意义产生和交换过程中的一个必要组成部分。"① 也就是说，"表征"使事物产生了特定的意义。"我们给予事物意义是凭借我们表征它们的方法：我们所用的有关它们的词语，所讲的有关它们的故事，所创造的有关它们的形象，所产生的与它们相关的情绪，对它们分类并使之概念化的方法，加于它们之上的各种价值。"② 例如身体的意义，就是通过我们怎么描述它、看待它、评判它来实现的。作家们创作的关于身体的故事，故事中对身体形象的描述、价值判断等都是在生产关于身体的意义。文学对身体的描述、谈论、叙述，最终目的是通过创造出一系列意义，进而形成人们对自身的身份认同。

"表征"这个概念可追溯到更早的索绪尔语言学，原意是用符号来指称事物产生意义的过程。霍尔在总结前人的基础上，不再将"表征"视为封闭的、静止的系统，而是创造性地将这个概念用于社会意义生产的分析："把表征当做社会知识生产的一个来源——一个更开放的、以更内在的方法与社会实践和权力问题相关联的系统。"③ 意义的产生依赖于"表征"，但是正如语言学中能指和所指的随意性关系一样，"表征"也具有随意性，它未必忠实于事物本身，它有自身独特的运行逻辑。身体的意义在不同时代是完全不同的，因而可以说

① ［英］斯图尔特·霍尔编：《表征：文化表征与意指实践》，徐亮、陆兴华译，商务印书馆 2013 年版，第 15 页。
② ［英］斯图尔特·霍尔编：《表征：文化表征与意指实践》，徐亮、陆兴华译，商务印书馆 2013 年版，第 4 页。
③ ［英］斯图尔特·霍尔编：《表征：文化表征与意指实践》，徐亮、陆兴华译，商务印书馆 2013 年版，第 62 页。

意义不是身体本身所具有的，而是我们通过谈论、叙述、评价等行为添加到身体上面的。不过，表征也并非是完全随意的、不受任何制约的符号游戏，它至少受制于意义建构者特定的立场，"现实如何被表征，如何选择现实的不同故事和画面，这些都不是随意的……建构社会认可的现实表征总是牵扯社会自身的一种尝试：再现社会自身的存在并确保权力塑造社会的持续有效"。① 因此，我们可以将"表征"理解为具有某种特定指向性的意义生产活动（下一节将要论述表征的意识形态问题，便与此相关）。

中国学术界对 representation 这个词的翻译还有较大争议，是译为"再现"还是译为"表征"，聚讼不已。实际上，表征就是"再现"，就是通过语言符号、通过我们的文化表达媒介呈现某种东西的意义，然而不同的翻译代表了不同的旨趣。学者郝永华就认为，表征和再现是不同的，再现（再次呈现）是基于认识论的真假问题，而表征是一种"建构主义""反本质主义"的全新观念。该学者如是阐述"表征"之于"再现"的不同："较之传统的再现观念，霍尔的这一命题具有全新的理论基础和分析旨趣：从理论基础的角度看，表征观念基于有关语言、意义与世界之间关系的结构主义、反本质主义和历史主义阐释；从分析旨趣的角度看，亦即表征观念把传统认识论语境中的真假再现和再现方式的问题，转换为'文化研究'中的意义生产和意义流通问题。"② 赵毅衡针对国内学界混乱使用"表征""再现"也提出："西人只用一个词 representation，中国学界不必跟着西方人走，我们完全可以用'再现'指一般意义上的再现，用'表征'指含有文化权力冲突意义的再现。"③ 可见，表征无疑是再现，不过"表征"更强调再现同时是一种意义建构活动，如霍尔所说，"意义并不内在于

---

① ［美］劳伦斯·格罗斯伯格等：《媒介建构：流行文化中的大众媒介》，祁林译，南京大学出版社 2014 年版，第 223 页。
② 郝永华：《Representation：从再现到表征——论斯图尔特·霍尔的文化表征理论》，《江西师范大学学报》2008 年第 6 期。
③ 赵毅衡：《"表征"还是"再现"？一个不能再"姑且"下去的重要概念区分》，《国际新闻界》2017 年第 8 期。

事物中。它是被构造的，被生产的"①。"表征"的概念直接走向了"文化建构主义"。所以，使用文化研究意义上的"表征"作为方法，可以让我们更关注某些社会"意义"是如何被建构、生产出来的，而这种建构、生产又与社会的文化权力斗争、意识形态较量有密切联系。

霍尔还进一步引入福柯的话语理论，剔除"表征"概念的语言学内涵，将其扩展为适用于"文化研究"的概念。福柯的研究显示出，社会的知识生产并不是像我们想象的那样遵循中立、客观的原则，而总是与权力有千丝万缕的联系，貌似中立客观的社会知识背后，总是隐藏着各种权力话语的意图。受到福柯"关注知识和意义经由话语生产"的研究思路的启示，霍尔认为，"各种表征模式应关注这些有关知识和权力的更广泛的议题"②。福柯对话语、知识和权力间关系的突出强调，"将表征从纯形式理论的控制中解救出来，并给它一个历史的、实践的和'俗世的'运作语境"③。在吸纳福柯理论之后，"表征"概念具备了分析现实社会问题的能力。

本书将身体叙事视为一种"表征"，这种"表征"当然会受改革开放早期的知识—权力结构的制约，它不是身体本身所具有的意义，而是我们添加到身体之上的意义。我们关注的是对身体的表征，而不是身体本身。与其他年代的身体叙事一样，改革开放早期的身体叙事所生产出的社会意义，是基于那个时代的社会现实问题而被生产出来，因此它具有历史性，要充分回归历史语境才能深刻地理解它。

（二）身体叙事背后的意识形态角力场

本书采用"文化研究"的方法和思路，考察身体叙事是怎样在改革开放早

---

① ［英］斯图尔特·霍尔编：《表征：文化表征与意指实践》，徐亮、陆兴华译，商务印书馆2013年版，第33页。
② ［英］斯图尔特·霍尔编：《表征：文化表征与意指实践》，徐亮、陆兴华译，商务印书馆2013年版，第62页。
③ ［英］斯图尔特·霍尔编：《表征：文化表征与意指实践》，徐亮、陆兴华译，商务印书馆2013年版，第70页。

期的社会转型中参与"意义建构"的。正如文化研究已有理论指出的那样，我们的肉身是文化/社会建构的产物，"身体的形式不仅是一个自然的实体，也是一个文化的概念：这是一套通过它的外观、尺寸和装饰的属性对一个社会的价值观进行编码的手段"①。真实的肉身尚且摆脱不了文化—价值观的规训，那么虚构的身体（文学对身体的故事和形象的表征）会更直接地表现为"话语"，其中就必然贯彻着复杂的意识形态因素。可能较之真实身体，被纳入文化中的身体承载了更多的内涵："文化代码会选择身体的某一方面元素然后赋予其意义（将意义置入能指）……如此身份类别就被文化代码造就了。"② 在此意义上，我们怎么描述身体，怎样讲述身体的故事，成为一个事关身份认同的问题。为身体注入各不相同的"意义"，完全能够体现出不同利益群体为了传播自身价值观而进行的意识形态昭显。

意识形态（Ideology）一词1796年才出现于英语当中，该词由法国理性主义哲学家特拉西（Destutt de Tracy）提出，最初他是打算建立一门关于思想或观念的科学，意识形态的本意为"观念学"。现在人文学科学术研究中使用的"意识形态"概念，多受到马克思主义（Marxism）的影响。马克思本人虽然没有明确地给出意识形态的定义，但是他开创了意识形态的分析方法。马克思提出了"经济基础/上层建筑"社会模型，意识形态就从属于"上层建筑"。马克思提出，一个社会占统治地位的思想"必须由统治阶级或者它的知识分子代表生产和传播，它们支配着统治阶级之外的那些阶级的意识和行动"③。要言之，马克思首次明确了意识形态分析的路径——知识、观念或文化是有阶级性的，其背后有着特定的政治或权力因素。

文化研究学派吸纳了马克思主义的意识形态分析方法。20世纪80年代，

① ［英］丹尼·卡瓦拉罗：《文化理论关键词》，张卫东、张生、赵顺宏译，江苏人民出版社2006年版，第96页。
② ［美］劳伦斯·格罗斯伯格等：《媒介建构：流行文化中的大众媒介》，祁林译，南京大学出版社2014年版，第257页。
③ ［英］多米尼克·斯特里纳蒂：《通俗文化理论导论》，阎嘉译，商务印书馆2001年版，第147页。

英国文化研究经历了一次重要的"葛兰西转向"①。安东尼奥·葛兰西（Antonio Gramsci）是意大利共产党的创始人之一，是一位马克思主义者。在马克思的意识形态理论之上，他提出了"文化领导权"（Cultural hegemony，又译文化霸权）。"社会集团的领导作用表现在两种形式中——在'统治'的形式中和'精神和道德领导'的形式中。"②"精神和道德领导"确立了所谓文化领导权，它是"一种文化的和意识形态的手段，社会中的各种统治集团（包括最基本的统治集团，但不专指统治阶级）凭借它来维护自己的统治，通过协商建立一种将统治阶级和被统治阶级合为一体的政治或意识形态舆论，确保各种从属集团（包括工人阶级）'自动赞同'"③。"安东尼奥·葛兰西，早就明白权力来自于设置议程和决定讨论的框架"④，他将意识形态视为一种通过知识生产和传播而进行的文化斗争。

葛兰西的观点对英国文化研究产生了很大影响。文化研究理论逐渐以揭露文化中的意识形态和权力因素为中心。"格里莫·特纳（Graeme Turner）指出：意识形态是'文化研究中最重要的概念'。詹姆斯·凯瑞（James Carey）甚至声称，'干脆将英国文化研究描述为意识形态研究，这样更简洁'。"⑤ 由此足见意识形态在文化研究理论中的重要性。"葛兰西转向"之后的文化研究理论，将文化视为各种社会力量争夺"文化领导权"的意识形态斗争。例如，斯图尔特·霍尔就认为大众文化（或者更广泛意义上的文化）是"诱使人们按照某种特定的方式观看世界的竞技场"⑥。在这种趋势下，文化研究关注文化背后的权力和政治问题："权力已经成为文化研究中的关键概念之一。以'文化政治学'观念为基础的文化阐释认为，任何事物都是政治的……权力被用来理解阶级关

① ［英］多米尼克·斯特里纳蒂：《通俗文化理论导论》，阎嘉译，商务印书馆2001年版，第178－179页。
② ［意］安东尼奥·葛兰西：《狱中札记》，葆煦译，人民出版社1983年版，第316页。
③ ［英］多米尼克·斯特里纳蒂：《通俗文化理论导论》，阎嘉译，商务印书馆2001年版，第183－184页。
④ Joseph S. Nye Jr., *The Paradox of American Power*, Oxford University Press, 2002, p. 9.
⑤ ［英］约翰·斯道雷：《文化理论与大众文化导论（第五版）》，常江译，北京大学出版社2010年版，第3页。
⑥ ［英］约翰·斯道雷：《文化理论与大众文化导论（第五版）》，常江译，北京大学出版社2010年版，第4－5页。

系、种族关系、性别关系和年龄关系；用来阐释身体及对人和地点的表征；用来弄清我们对时间和空间的理解。"①

本书一方面将身体叙事视为意义建构的表征行为，另一方面重视对这一表征过程中的意识形态分析。身体叙事作为"表征"就意味着权力话语不可避免地参与了对身体的再现和阐释。"意识形态不仅仅是故事，而且是'表征'。特定的社会群体会发言，声称某一故事或意义表征了现实，意识形态就被体现出来了。"② 身体叙事体现了不同利益群体围绕自我、个体等意义展开的意识形态斗争，每一种新的身体叙事模式的出现，都意味着一种相应的前设立场和倾向。身体叙事往往处于文化政治的场域之内，是人们基于各种意识形态建构身份认同的场所。

本书使用的意识形态分析方法主要来自"葛兰西转向"之后的文化研究理论，主张身体叙事是一种社会文化的生产和传播，这里面充斥着来自不同社会集团的倾向。这些来自不同社会集团的意识形态倾向之间互相影响、互相斗争，"诱使人们按照某种特定的方式观看世界"。改革开放早期的身体叙事的主要参与者是代表"改革派"意志的国家主流力量和专门从事知识文化生产的知识分子群体（当然，当时代表保守力量的"革命"意识形态和直接表述渠道较少的底层民众也参与了身体叙事）。

将身体叙事视为社会意义的生产、传播和接受，也来自"文化研究"理论的启发。"在很多社会里，艺术的功能就是具体表现那些我们可称之为社会的共同意义的东西……社会经常会通过艺术来表现其自身的意义。在这种情况下，艺术家并不是一个孤独的探索者，而是他所在共同体的喉舌。"③ 艺术的创造性本质上是我们对自身经验进行的新的解释和描述，这是面向社会的意义生产。雷蒙德·威廉斯将艺术创作视为"一种沟通和传播手段"。"我们所有的传播系

---

① ［英］阿雷恩·鲍尔德温等：《文化研究导论（修订版）》，陶东风等译，高等教育出版社2004年版，第97页。
② ［美］劳伦斯·格罗斯伯格等：《媒介建构：流行文化中的大众媒介》，祁林译，南京大学出版社2014年版，第224页。
③ ［英］雷蒙德·威廉斯：《漫长的革命》，倪伟译，上海人民出版社2013年版，第40页。

统，包括艺术在内，实际上都是社会组织的一部分。我们在描述中作出的选择和解释体现了我们的态度、需要和兴趣，我们试图通过向别人表明这些态度、需要和兴趣，使它们得到确认。"① 改革开放早期的身体叙事相对来说有着鲜明的社会指向，很多时候有着明确的"创造个体新身份"的意图，它无疑是文学参与社会转型的话语工具。

因此，改革开放转型时期的文学既是"文学/艺术"的生产，同时更是"文化/意义"的生产。根据论述主题，本书将更侧重考察这时期文学的"文化/意义"生产（也即对社会意味着什么的问题，而不是对文学/艺术本身意味着什么），但不会排斥"文学研究"的方法。因为要揭示作品的意义，当然离不开"主题""叙事""风格"这样的传统文学研究方法。更何况，身体叙事虽然是"文化/意义"的生产，但它对文学的艺术形式也产生了明显而直接的影响。

第三节　研究综述

（一）对 20 世纪 80 年代文学的相关研究

"80 年代文学"在 20 世纪 80 年代末就已显露出被"问题化"的端倪。在中国社会科学院文学研究所主办的"中国新时期文学十年学术讨论会"上，学者们就如何评价"新时期十年"（1976—1986）的文学，已出现两极化的争议倾向②。进入 20 世纪 90 年代后，"80 年代文学"仍被认为有"重读"的必要。20 世纪 90 年代中期，王一川曾在《中华读书报》主持过"重读 80 年代"的系列专栏。在栏目中，王一川、蒋原伦、张法、马相武、陈晓等学者"重读"了一批产生于 20 世纪 80 年代初的著名文本，揭示出这些文本被"后文革"的

---

① ［英］雷蒙德·威廉斯：《漫长的革命》，倪伟译，上海人民出版社 2013 年版，第 48 页。
② 参阅《历史与未来之交：反思 重建 拓展——"中国新时期文学十年学术讨论会"纪要》，《文学评论》1986 年第 6 期。

"文化状况及其特殊精神风貌"影响和支配①。

进入 21 世纪，尤其 2005 年以后，随着程光炜、洪子诚等人"重返八十年代"的呼声，查建英《八十年代访谈录》等著作的出版，"80 年代文学"再次成为一个学术研究热点。由于历史距离已被较充分地拉开，对"80 年代文学"进行基于史料的"历史重释"和"知识考古"的时机已经相对成熟。在"重返八十年代"等呼声下，学者们发现"把 80 年代文学看做是对'十七年文学'和'文革文学'的'历史性超越'"的权威结论，"并不完全符合当时的情况"②。"重返八十年代"的研究，突出了处于特殊历史场域的"80 年代文学"所具有的过渡特征——"80 年代文学，正处在'社会主义现实主义文学'向'多元化的新世纪文学'的转变期，具有值得研究的传承性、过渡性和置换性相混杂的历史特点"③。这些有穿透力的研究成果，为本书研究"新时期文学"打开了思路。由于改革开放早期文学刚开始摆脱"十七年文学"（1949—1966）和"文革文学"（1966—1976）的影响，又面临新的社会转型，社会观念和文学观念正迅速转变，因此它是转型时期的文学，具有新旧杂陈的特征，强调其"过渡性"为研究这一阶段的文学打开了丰富的阐释空间。

（二）身体叙事研究

对文学身体叙事研究影响最大的学者，当属米歇尔·福柯。他的《疯癫与文明》《规训与惩罚》《性经验史》等多部著作都把身体作为研究对象。"在 20 世纪 70 年代，福柯决心要从身体出发来构造自己的社会理论，来构造自己的谱系学。"④ 福柯通过揭露权力和知识对身体的规划、改造，才将那些习焉不察的社会历史秘密变得昭然若揭。"在任何一个社会里，人体都受到极其严厉的权力

---

① 参阅"重读八十年代"（主持人：王一川）栏目，《中华读书报》1994 年 12 月 14 日、1994 年 12 月 28 日、1995 年 2 月 8 日。
② 程光炜：《文学讲稿："八十年代"作为方法·前面的话》，北京大学出版社 2009 年版，第 1 页。
③ 程光炜：《文学讲稿："八十年代"作为方法》，北京大学出版社 2009 年版，第 77 – 78 页。
④ 汪民安、陈永国编：《后身体》，吉林人民出版社 2011 年版，第 15 页。

的控制。那些权力强加给他各种压力、限制或义务。"① 由于权力"最终涉及的总是肉体"，身体被视为宏观政治的微观落脚点。福柯正式开启了"身体"研究热潮。

福柯探讨的是社会学意义上的真实身体，如受福柯影响较深的布莱恩·特纳指出的那样："在现代社会，权力的特定焦点是政治的／权力关系产物的身体。产生作为权力客体的身体是为了对它进行控制、认同和再生产。"② 福柯的理论拓展了文化研究当中的"表征"概念的使用范围，同时福柯还提示人们，身体也构成了一种重要的"表征"。"对福柯而言，知识的生产总是要与权力和肉体的问题相交叉；这极大地扩展了包含于表征中的事物的范围。"③ 不仅真实身体成为社会科学的研究对象，作为一种文学叙事或文化表征的"虚构身体"也经由福柯的启示而成为研究热点。在 20 世纪晚期，文学、美学、文化研究等学科也开始对身体进行关注，以至于出现"身体转向"的说法。

1. 海外学者的研究情况

在文学研究领域，苏联文学理论家巴赫金（1895—1975）对身体叙事的关注显得比较超前。他揭示出拉伯雷的作品中"身体、器官、饮食、排泄、性生活"所具有的文化意义。

在 20 世纪 90 年代，身体叙事就已成为西方文学研究的热点。20 世纪 90 年代，特里·伊格尔顿（Terry Eagleton）曾揶揄道："用不了多久，当代批评中的身体就会比滑铁卢战场上的尸体还要多。"④ 安东尼·乔治·普迪（Anthony George Purdy）编辑的一本论文集《文学与身体》（*Literature and the Body*）出版于 1992 年，该书指出当时的状况："最近关于文学中的身体再现的论述很多。"⑤ 2000 年，德文·沃克·金（Debra Walker King）主编的《身体政治与虚

---

① ［法］福柯：《规训与惩罚》，刘北成、杨远婴译，生活·读书·新知三联书店 2003 年版，第 155 页。
② ［英］布莱恩·特纳：《身体与社会》，马海良，赵国新译，春风文艺出版社 2000 年版，第 94 页。
③ ［英］斯图尔特·霍尔编：《表征：文化表征与意指实践》，徐亮、陆兴华译，商务印书馆 2013 年版，第 76 页。
④ ［英］特里·伊格尔顿：《历史中的政治、哲学与爱欲》，马海良译，中国社会科学出版社 1999 年版，第 199 页。
⑤ Purdy, Anthony George（ed.）, *Literature and the Body.* Amsterdam – Atlanta：Rodopi Press，1992：P1.

构身体》（*Body Politics and the Fictional Double*）同样指出："近些年来，关于身体的物质性和其在后现代话语中的地位的讨论，占据了各学科学术会议和出版物的中心地位。"①

就对中国文学的身体叙事研究来看，海外汉学取得了不小的成绩。这些研究中比较有代表性的人物是王德威。他比较关注与文学身体相关的问题，比如他写了《做了女人真倒楣？——丁玲的"霞村"经验》② 论述丁玲对"女性身体及社会地位"的关注，写了《从"头"谈起——鲁迅、沈从文与砍头》③ 阐发鲁迅和沈从文对砍头意象的不同执念，在《被压抑的现代性——晚清小说新论》④ 一书中更把"欲望"与"情欲主体"作为阐释"晚清文学现代性"的四大主题之一。

乐钢的 *The Mouth That Begs：Hunger，Cannibalism，and the Politics of Eating in Modern China*⑤ 关注 20 世纪中国文学对饥饿的描写，主要考察了从鲁迅、沈从文、几位延安作家以及八九十年代的王若望、张贤亮、阿城、郑义、刘震云、莫言等多位作家的作品。作者把对饥饿、食人宴、食物等问题的文学再现与现代性、革命等问题相联系，体现出比较独特的研究思路。

冯珠娣（Judith Farquhar）的《饕餮之欲——当代中国的食与色》（*Appetites：Food and Sex in Post - socialist China*）是以 20 世纪八九十年代中国为主要研究对象的人类学著作，但关注了"80 年代文学"中的身体叙事。这本书意在揭示中国的个人欲望如何从集体身份中苏醒，作者追求的是将身体问题"历史化和群体化"，而非将身体问题"哲学化"。作者从"食色性也"两方面入手，探讨了从"苦行 - 社会主义"（asceto - marxism）过来的"当代中国人"（20 世

---

① King，Debra Walker（ed.）. *Body Politics and the Fictional Double*. Bloomington & Indianapolis：Indiana University Press，2000：Pⅶ.

② ［美］王德威：《做了女人真倒楣？——丁玲的"霞村"经验》，见《想象中国的方法：历史·小说·叙事》，生活·读书·新知三联书店 1998 年版，第 135 - 146 页。

③ ［美］王德威：《从"头"谈起——鲁迅、沈从文与砍头》，见《想象中国的方法：历史·小说·叙事》，生活·读书·新知三联书店 1998 年版，第 172 - 178 页。

④ ［美］王德威：《被压抑的现代性——晚清小说新论》，宋伟杰译，北京大学出版社 2005 年版。

⑤ Yue，Gang. *The Mouth That Begs：Hunger，Cannibalism，and the Politics of Eating in Modern China*. Durham：Duke University Press，1999.

纪八九十年代）的欲望变迁。为了更方便地使用大量的感性材料，冯珠娣征引了大量文学作品，即以文学批评的方法"揭示被完全打上历史烙印的身体"①。作者花了很大篇幅谈论创作于 20 世纪 80 年代的作品，如陆文夫的《美食家》、古华的《芙蓉镇》、张洁的《爱，是不能忘记的》、莫言的《忘不了吃》（创作于 20 世纪 90 年代）、张贤亮的《男人的一半是女人》等。作者认为，"这些作家及其优秀的作品对中国大众在文化改革进程中面临的困惑进行了重要的诠释"②。该著作除了对一些文学文本的细读和阐释给人诸多启发外，对本书最大的启发是，作者揭示了对改革开放早期文学"身体叙事"进行文化研究的可能性——身体叙事不仅反映社会转型，还对社会转型进行诠释，也就是说身体叙事作为文化生产，为社会提供了重要的"意义"流通。该著作是人类学作品，综合运用了人类学、文化研究和文学批评的方法，所以，对改革转型期的整体文学状况谈得并不多。

2. 国内学者的研究情况

中国国内对身体叙事的研究大概始于 20 世纪 90 年代中期。南帆的《躯体修辞学：肖像与性》③ 是较早出现的一篇文章，关注了从传统到当代中国文学中身体（躯体）形象的生产问题。南帆还用不少篇幅论述"80 年代文学"如何塑造躯体形象。

汪民安主编的《身体的文化政治学》④ 是国内较早的一本以身体研究为对象的论文集，收录了周宪、吴亮、汪民安、乐钢等众多学者对身体文化政治的论述。其收录的论文不只研究文学身体叙事，还以文化研究的方法来论述真实的身体文化。

葛红兵在新加坡一所大学与宋耕以"身体政治"为题进行合作研究，最后

① ［美］冯珠娣：《饕餮之欲——当代中国的食与色》，郭乙瑶、马磊、江素侠译，江苏人民出版社 2009 年版，第 33 页。
② ［美］冯珠娣：《饕餮之欲——当代中国的食与色》，郭乙瑶、马磊、江素侠译，江苏人民出版社 2009 年版，第 19 页。
③ 南帆：《躯体修辞学：肖像与性》，《文艺争鸣》1996 年第 4 期。
④ 汪民安主编：《身体的文化政治学》，河南大学出版社 2004 年版。

两人合著了《身体政治》一书作为成果。该书较系统地论述了中国现当代文学中的身体叙事。该书指出，身体叙事在文学中常涉及饥饿、性、身体感性等几大主题。这本著作给文学中的"身体政治"划出一个研究方向："对身体的观察和研究是受制于某种特定的'身体意识形态'，也即'身体政治'影响的结果。"① 这一思路其实也是"文化研究"的思路，为本书提供了一个很好的范例，不过，本书更强调身体叙事对于社会意义的建构作用，而不仅仅是"受制于"某种意识形态的结果。沿着"身体政治"的思路，刘传霞对从"十七年"到新世纪前后以来的整个当代文学史进行了更深入的研究。②

国内的身体叙事研究在论及不同文学史阶段时，形成了比较稳定的研究范式，具体如下：

（1）对"十七年文学"（1949—1966）和"文革文学"（1966—1976）的身体叙事研究在20世纪90年代以后成为一个学术热点问题，主要研究向度聚焦于革命伦理与身体欲望的碰撞、纠结，代表作有：黄子平的《革命·性·长篇小说——以茅盾的创作为例》（1996），南帆的《文学、革命与性》（2000），葛红兵、宋耕的《身体政治》（2005）的部分章节、李杨的《50—70年代中国文学经典再解读》（2006）的部分章节等。

（2）随着市场经济和消费主义的扩张，对20世纪90年代以后文学的身体研究，主要特点是把"身体叙事"放在消费主义、女性主义崛起的语境下进行研究，对"下半身"诗歌、"身体写作"、"美女文学"等现象的学术讨论逐渐增多。谢有顺的《文学身体学》③ 一文较有代表性，该文从世纪之交的文学新现象中发现了身体在文学中的重要性。"'私人写作'、'七十年代人'、'身体写作'、'下半身'等一系列的文学命名，均与作家本人的身体叙事有关。或者说，身体成了这个时代新的文学动力。"④ 马航飞的《消费时代的缪斯——20世

---

① 葛红兵、宋耕：《身体政治》，上海三联书店2005年版，第24页。
② 刘传霞：《中国当代文学身体政治研究》，中国社会科学出版社2014年版。
③ 谢有顺：《文学身体学》，《山花》2001年第6期。
④ 谢有顺：《文学身体学》，《山花》2001年第6期，第192页。

纪 90 年代以来中国小说的欲望叙事研究》①从消费主义的语境和叙事伦理的角度研究了 20 世纪 90 年代文学中的欲望书写。

　　（3）与对"革命年代"、20 世纪 90 年代以来的身体叙事研究相比，对 20 世纪 80 年代文学的身体叙事研究多数被置放在长时段的文学史中进行考察，专门针对 80 年代的研究专著较少。放入"长时段"当中的问题是，由于宏观的视角，必然会将复杂的现象简单化，比如一些研究将 80 年代的身体叙事的话语机制简化为"（新）启蒙"，就忽视了"改革开放早期"这一特殊历史时期身体叙事的多元倾向。例如：李俏梅的《中国当代文学的身体叙写（1949—2006）》（中山大学博士论文，2006）的核心观点是：身体是社会文化的"铭写地和落脚点"，同时内含着反叛的潜能，因此"身体是考察文化与人的关系的最精巧复杂的中介"。作者把当代文学分为三个时期分别进行描述：一是 20 世纪 50—70 年代身体处于被政治规训的阶段，二是 20 世纪 80 年代"以身体为一个重要的思想角度，完成了对人的启蒙规训"，三是 20 世纪 90 年代以后身体在文学中处于对商业文化的反叛与同谋、迷恋与批判、抵制与拥抱的二重关系中。这篇论文的研究跨度很大，20 世纪 80 年代的身体叙事，被分为身体的启蒙叙事、先锋叙事两个阶段。这个划分大体是正确的，但是论述所涉及的作品数量较少，对某些富有探索意义的作品也没有予以挖掘，使对 20 世纪 80 年代前期所谓的启蒙叙事的探讨角度，比较单一地划归成"身体压抑—反抗"模式。

　　宋红岭的《能指的漂移——近三十年文学中的"身体"书写》（上海大学博士论文，2008）对身体理论以及文学界对身体理论的反映做了比较详尽的梳理，并以新时期以来三十年文学中的身体书写为主要研究对象。作者把这三十年分为"文革"叙事、80 年代的启蒙叙事、90 年代的新生代叙事、消费时代的"70 后"叙事四个阶段。作者认为 20 世纪 70 年代末至 80 年代末，是所谓"新启蒙思想主导的十年"，在这十年里"身体在'人道主义''人本主义'的高调中同样没有摆脱成为反抗意识形态的意识形态工具的宿命。身体的本体性

---

①　马航飞：《消费时代的缪斯——20 世纪 90 年代以来中国小说的欲望叙事研究》，中国社会科学出版社 2008 年版。

仍然受到理性精神的压抑"。① 这一判断固然没错，但大概由于研究对象覆盖较宽泛，有简化复杂现象之嫌，至少试图把 80 年代这么大量的文学作品全部纳入"新启蒙叙事"就略显粗糙。这一阶段的身体叙事不仅有"新启蒙叙事"一个向度，事实上至少在 1985 年，甚至更早以前就出现了一些超越"启蒙叙事"的作品（比如冯骥才的《神鞭》《三寸金莲》），它们完全颠覆了"五四"式理性启蒙的叙事逻辑（详见本书第四章第三节相关讨论）。

此外，有相当一些关于 20 世纪 80 年代文学的身体叙事研究，主要关注点集中在 1985 年之后，因为 1985 年之后的身体叙事旨趣更纯粹、动机更明显、表现也更典型，如南帆的《躯体修辞学》（1996）、陶东风的《新时期文学身体叙事的变迁及其文化意味》（2004）。这样的研究可能低估了"改革开放早期"身体叙事的意义，而这个时间段恰好是 80 年代乃至整个改革开放时代的"身体意识形态"形成的奠基时期。目前，对改革开放早期的身体叙事研究显得比较薄弱，有待进一步探究。

第四节　研究框架

（一）研究对象及文本筛选原则

按照本书的研究主题，凡是典型地讲述了身体故事、呈现了身体形象的文学文本，即属于本书的研究对象。不得不承认，即便是做出身体叙事的限定，本书研究范围所涵盖的文学文本数量还是比较大，在合理取样方面确实存在一定难度。因此，需要对所涉及的文学文本做一定的筛选。

本书的原则是，那些比较典型地塑造了新的身体形象的文本，以及在当时具有显著影响力的身体叙事文本会被重点分析。呈现新的身体形象，或者有影响力的身体叙事文本——采用这两个筛选原则，是因为符合这两个条件的文本在"意义"的生产、流通、接受上具有优势，符合研究旨趣。

---

① 宋红岭：《能指的漂移——近三十年文学中的"身体"书写》，上海大学博士论文 2008 年，第 4 页。

（二）本书研究思路

在改革开放早期，能够在文化领域产生重大影响力的社会力量主要有两种：一是以"改革派"为首的国家主流力量；二是包括"右派"和"知青"在内的知识分子群体。前者生产了"国家主流话语"，后者生产了"知识分子话语"。当时的底层群体因为体制和自身专业技能等原因，亲自参与社会话语生产的情况不多见，因此他们往往会被国家主流力量和知识分子群体"代言"。

改革开放早期文学的身体叙事，实际上是取得改革权力的国家主流力量和知识分子群体这两者生产出来的。在改革开放早期的一段时间内，两者是紧密合作的，或者更准确地说，是知识分子群体几乎与国家主流力量的意志重合，这时候的文化生产体现了国家主流力量的意志；而具有知识分子特点的文化生产，要等到知识分子群体有意识地将自身与国家主流力量做出"区隔"之后才显现出来。

在广泛的社会变革触动下，国家主流力量和知识分子群体开始思考如何重新定位人自身的问题，文学中的身体叙事必然要参与、回答这个问题。因为人首先是肉体性的存在，这是无法绕开的事实，所以要为"人"建构"新身份"，就不得不进行身体叙事，建构有关身体的话语。只有这样，才能回答"我们到底想要什么""我们到底要做什么样的人"这种涉及最根本的"自我意识"大问题。[①] 在此意义上，当时文学的身体叙事充当了"身份政治""文化政治"等重要公共议题的角力场。"文革"之后的社会转型对重新认识人提出了迫切的时代需求，如常见的文学史所写："'文革'结束之后，人们对于十年浩劫的痛苦回忆，对于历史的反思，最重要的一点就是对于'人'的重新发现和重新认识，'人们迫切地需要恢复人的尊严，提高人的价值'。"[②]（引者注：此处二级引语出自周扬，他在改革早期先后担任文联主席、中宣部副部长等职）要谈论

[①]　"我们到底想要什么""我们到底要做什么样的人"是张旭东在思考"当代中国文化和生活世界如何定位"时提出来的，本书借以点明大变革时代文学必须回答事关每个个体自我意识的根本问题。原文见张旭东：《全球化时代的文化认同》，北京大学出版社2006年版，序第2页。

[②]　陈思和主编：《中国当代文学史教程》（第二版），复旦大学出版社2012年版，第219页。

人，便不得不谈论其存在基础——身体。

改革开放早期，国家主流力量逐渐接纳了"现代化"的标准。占据国家主流的"改革派"力量，基于实事求是的经验主义态度，逐渐形成一套以"改革"为中心标志的新型国家话语，主要提出了发展生产力、提高人的物质与精神待遇等问题。改革开放早期，国家主流力量允诺不断发展经济、改善人们的物质和精神生活，解放、激活人的身体欲望。对于普通人触动最大的地方是，主流价值观从革命—苦行主义转向世俗主义。当时文学中最先出现的就是国家主流力量以人性论为主要标志的身体叙事，这种叙事以赋予人性的方式将人重新政治化，强化了身体的"权利"意识，如免于饥饿的权利、免于暴力伤害的权利等，同时这种叙事忽视了身体自身的内在复杂性，显示出其强烈的社会政治旨趣。

知识分子话语在早期基本上与国家主流话语重合，积极响应"改革"的口号。这时知识分子与国家主流力量处于"蜜月期"合作阶段。随后，由于体制改革的深入，"学术自由""尊重知识"等原则得到官方的书面认可，同时西方人文知识广泛传播，当时的知识分子强化了他们自身作为"现代性"代言人的身份，这些举措和历史际遇最终让知识分子的社会地位有了明显提升。"在整个80年代，国家意识形态和知识分子意识形态之间并不总是一致的"；"中国知识分子作为一个群体真正获得自我，它为自己的专业生活和政治生活找到了新的社会基础，更不必说找到了新的象征空间"。[1] 1983年以后，知识分子的独立性趋于明显。[2] 固然知识分子群体也必然受到国家主流力量的权力影响，但他们从1983年以后逐渐地与国家主流力量有了不同的着眼点。在20世纪80年代中期出现的知识分子的特立独行取决于两个实际的社会变化趋势："一种趋势是经济改革产生出全新的、蓬勃增长的社会经验，带来了社会结构的变化；另一种

---

① 张旭东：《改革时代的中国现代主义——作为精神史的80年代》，崔问津等译，北京大学出版社2014年版，第14-15页。

② 贺桂梅指出，（20世纪80年代中期）"话语转型所造就的文化形态的主要特点，在于知识群体的迅速崛起，并在社会舞台上占据中心位置"。贺桂梅：《"新启蒙"知识档案：80年代文化研究》，北京大学出版社2010年版，第41页。

趋势则是意识形态的变迁。"① 基于 20 世纪 80 年代中期社会状况的变化，知识分子群体的立场和自我身份意识都更加独立，在文化和意识形态上不再是国家主流力量的附庸。

就如何重新定义"人"方面，国家主流力量和知识分子群体出现了较为明显的分歧。独立性逐渐增强的知识分子群体开始致力于以"西学"理论为样板"来重新解释人，开辟一个新的论说人的语言空间，建立一套关于人的新知识"②。知识分子群体对极致化呈现感性欲望的身体叙事，起了浓厚的兴趣。这种身体叙事背后是知识分子群体建构"深度人性"的目标，从而塑造出与国际接轨的"人学"标准。他们力图建构"新人"，赋予人一种新的"本质"，并按照其理想形象在阶级性、社会性之外建构新的"感性个体"。知识分子群体试图塑造出人的"感性个体"身份，以取代曾经被社会政治主宰的个体身份，用"新感性"个体的观念取代把人视为"社会关系的总和"的既往观念。

20 世纪 80 年代中期李泽厚就明确提出"建立新感性"③ 的说法。这种新型个体背后是一种政治无意识，是对人的重新定义。知识分子群体的意识形态主要表现为以现代西方"人学"思想（"人学"是 20 世纪 80 年代的热门术语，概指现代西方哲学对人的本质问题的相关表述）为依据重新对"人"进行定义，这个过程反映在 20 世纪 80 年代中期"美学热"当中。④ 在文学评论界，刘再复掀起了重建人的"主体性"的讨论⑤。在文学创作界，韩少功明确提到作家的"责任"是"释放现代观念的热能，来重铸和镀亮这种（植根于民族意识的）自我"（括号内文字为引者根据上下文所加）⑥。可见，改革早期的知识分子群体渴望基于"现代观念"，发明一种关于"人"（人性）的新知识，其实

---

① 张旭东：《改革时代的中国现代主义——作为精神史的 80 年代》，崔问津等译，北京大学出版社 2014 年版，第 14 页。
② 语出李陀，见查建英：《八十年代：访谈录》，生活·读书·新知三联书店 2006 年版，第 274 页。
③ 李泽厚：《美学三书·美学四讲》，天津社会科学院出版社 2003 年版，第 464 页。
④ 可参阅贺桂梅对"新时期'美学热'的意识形态"的相关论述，见《"新启蒙"知识档案——八十年代文化研究》，北京大学出版社 2010 年版，第 101–104 页。
⑤ 刘再复：《论文学的主体性》，《文学评论》1985 年第 6 期。
⑥ 韩少功：《文学的"根"》，《作家》1985 年第 4 期。

质是为人建构一种新身份。

不管是国家主流力量的人道诉求，还是知识分子发起的建构"新感性"美学攻势，都可以看作是对"人"的重新规划。不管是反映国家改革动向的人道主义讨论，还是受知识分子文化影响的"美学热"，这些都可以被看作"新时期'创造个人的工程'的社会性潮流的一部分"①。也就是说，掌管意识形态话语权的两大话语集团，都想为"人"提供一种不同于"革命年代"的新身份。这是一个社会问题，同时也是一个文化问题。这种"新身份"必须借助"文化建构""意义生产"才能成形。在改革开放早期的文化格局中，大众文化尚未成规模，"文化建构""意义生产"的任务只能交由知识分子的文学行业来进行。

改革开放早期文学面对要创造新的个体自我的问题。身体是身份认同最基础的层面，要创造新的个体自我就不得不围绕"身体"这个意象进行叙事。文学界当然绕不开那个大变革的时代，还要主动参与、推动这场社会变革。随着"新时期"的到来，"我们的文学立即出现了一个兴旺活跃的新时期；在人们胸中压抑和埋藏了多年的理想、期望、信念、激情、愤懑、鞭笞……一下子如火山爆发、油井喷涌，一发而不可抑止"；"一些优秀的作家说，这些年是他们在创作生活中经历过的最好时期"②。当时作家的状态是，很多作家有"第二次解放"的感觉，普遍认为自己正站在新的起点上③。这种普遍心态使得改革开放早期大多数作家、知识分子与时代保持着积极的互动，因此其思想和作品都具有显而易见的时代特征。

当时文学的"反常"繁荣④，与社会转型时期作家和读者渴望"意义"沟

---

① 贺桂梅：《"新启蒙"知识档案——八十年代文化研究》，北京大学出版社 2010 年版，第 103 页。
② 冯牧：《文学十年风雨路》，作家出版社 1989 年版，第 29 - 30 页。
③ 洪子诚：《中国当代文学史》，北京大学出版社 1999 年版，第 232 页。
④ 主管文艺界工作的冯牧在 1984 年指出："在我们的新时期文学史上，还从未出现过这样兴旺的景象……常在大量中篇小说和短篇小说面前感到目不暇接和眼花缭乱……受到读者喜爱并且在各种评奖当中获奖的佳作，每年几乎都在百篇（部）以上。"冯牧：《文学十年风雨路》，作家出版社 1989 年版，第 31 页。

通的心态有关，人们需要这些文学故事提供意义资源，以此来理解亲身经历的历史、切身相关的现在与未来。那时候作家们创作的虽然是现实主义文学，但这些作品在改革开放早期实则发挥了类似于"大众文化"的功能——社会意义流通的中介。当时的社会不存在大众文化，于是主流文学便意外地、以非常"怪异"的方式承担起了这种功能，社会公众常常用严肃文学、高雅艺术充当社会意义传播的中介，如卢新华的《伤痕》、张洁《爱，是不能忘记的》等。①约翰·费斯克（John Fiske）认为，"大众文化必须关系到大众切身的社会境况"，为大众的日常生活提供意义资源。② 那时候的文学之所以"反常"地繁荣，是因为读者需要相关作品为他们的生活提供"意义"资源，而作家也有这方面的强烈表达欲望。

所以，改革开放早期文学中的身体叙事也是服务于"意义生产"的。改革开放早期，整个社会剧烈变化，身体观念必然相应地被重新塑造。"社会观念为身体在社会通用符号体系中指定了一个固定的位置。不仅如此，社会观念对身体每个部分、职能及其关系也作出了明确规定。"③ 社会变革需要新的身体观念，让这些新的身体观念进入"意义"流通，自然就成为很多作家的任务。有些作家可能只是出于现实刺激，讲述了身体的故事、建构了新的身体形象，而对于这个故事、形象所具有的潜在社会意义和文化意义，作家本人可能并未充分意识到。

改革开放早期，文学身体叙事直接受到社会变革的冲击和影响，反过来很多作家也塑造出特定的身体形象，对社会变革作出互动式的回应。无须回避的一个问题是，改革开放早期的文学只有一小部分作品是以身体为叙事核心的。然而，当时具有影响力和引起争议的却往往是那些挑战性地重塑身体的作品。通过中国作协创作研究部编选的《新时期争鸣作品丛书》（时代文艺出版社1986 年版）就可以看出一些端倪——这套丛书收录的不少作品就是因为有着挑

① 这一现象确实比较反常，但是奇怪的是，学术界对改革早期"高雅文化的大众化使用"现象却没有提升到理论性的高度。

② ［美］约翰·费斯克：《理解大众文化》，王晓钰、宋伟杰译，中央编译出版社2001 年版，第31 页。

③ ［法］大卫·勒布雷东：《人类身体史和现代性》，王圆圆译，上海文艺出版社2010 年版，第3 页。

战性的身体叙事引起"争鸣"的（描写饥荒、国家权力的伤害，尤其是写性与爱情的作品占了近半数量）。这些为数不多的文学作品反而具有超常的影响力，是因为它们对身体形象的虚构是一种"意义生产"，这些被生产出来的"意义"拓展和冲击了人固有的"自我意识"，它们意欲让一种新的社会身份得到普遍认可。文学身体叙事的价值就体现在这里。

（三）本书内容结构

如前所述，法国哲学家福柯的一系列著作指出身体始终被权力控制、规训、塑造的事实，为身体叙事研究打开了视角。福柯的研究终归是一种社会学的研究方式。对于文学研究来说，福柯的框架提供了新思路，但是直接将福柯的理论用于文本研究是有风险的，毕竟真实的身体和文学文本的虚构身体有着根本的区别。文学研究主要涉及的是文本中的身体、虚构的身体①，而非真实存在的身体。文学叙事中的身体直接构成话语本身，因此它受到权力规训的方式不同于真实身体所遭受的。

作为文学虚构的身体受到的规训并不比真实身体少，其对权力话语的抵抗性可能还要更强一些。文学文本中的身体比真实身体呈现出更抽象（因而从话语层面也更清晰、更有确定性）的特征。更直白地讲就是，文学中的身体是文字化、符号化了的，显然比真实身体更易把握、定性，因此文学身体叙事研究的框架完全可以更细化。

在身体美学中，"肉体性"主要体现为丰盈的感官性和旺盛的欲望性。比如舒斯特曼就认为："充满灵性的身体是我们感性欣赏（感觉）和创造性自我提升的场所，身体美学关注这种意义上的身体。"② 他认为感觉和身体对主体自

---

① 让－吕克·南茜认为，文学身体研究面对三种身体：作为虚构的身体（文本中的身体）、作为符号宝库的身体（写作者的身体）、作为书写本身的身体（身体文本）。第一类身体是本书关注的对象，其直观、易得的特性也便于研究。见［法］让－吕克·南茜：《身体》，载汪民安、陈永国编：《后身体》，吉林人民出版社 2011 年版，第 78－79 页。

② ［美］理查德·舒斯特曼：《实用主义美学》，程相占译，商务印书馆 2011 年版，第 11 页。

我的提升，应该成为身体美学的两个关注点。另一种更为常识性的看法则坚持认为人的欲望才是身体美学的关注重点："作为肉体性的存在，人的身体是其基本本能的冲动和实现。因此人的身体实际上是一个欲望机器，是由欲望而来的不断的生产和消费。"①

由此而言，身体的两大特征无外乎"感官性"和"欲望性"。这两者构成了身体最明显的特征。身体的"欲望性"主要表现为"食色"两方面②，"身体的欲望可谓多矣，但主要是食欲和性欲"③；而身体的"感官性"也被舒斯特曼分为感觉和身体对主体自我的提升两部分，即感觉和"身体-主体"关系两部分。

因此，身体美学可以由浅到深地综合划分为四个层面：第一层是感官感觉层面；第二层是食欲层面；第三层是性欲（情欲）层面；第四层是身体-主体层面，即身体在构成"主体自我"方面发挥的作用。在上述四个层面中，"身体-主体"概念可能会让一些读者困惑。最近的社会学对于身体形成了这样一个常识，"作为社会产物，'人格'唯一可感的表现，身体被公认为（某人）内在本质的最自然的表现"。④身体不仅是构成"主体"的因素，更可以表征出主体的"精神面貌"和"精神风度"，比如言谈举止作为身体表象就关联着主体的状态。这就是本书"身体-主体"的所指。

可以身体美学划分出的这四个层面为标准，划分出身体叙事的四大主题——文学对身体的各种叙述也不外乎这四大主题。基于上述分析，本书拟通过"感觉""吃""性""身体-主体"这四大主题，来梳理改革开放初期文学的身体叙事。每一个主题会给予一个大章，进行详细的分析。

同时，因为国家主流力量和知识分子群体话语方式及关注点存在显著差异，

① 彭富春：《哲学与美学问题——一种无原则的批判》，武汉大学出版社 2005 年版，第 30 页。
② 冯珠娣研究八九十年代中国文学中的身体问题，便是把"食色"两方面作为基本主题。见［美］冯珠娣：《饕餮之欲——当代中国的食与色》，郭乙瑶、马磊、江素侠译，江苏人民出版社 2009 年版。
③ 彭富春：《哲学与美学问题——一种无原则的批判》，武汉大学出版社 2005 年版，第 31 页。
④ ［法］皮埃尔·布尔迪厄：《区分：判断力的社会批判（上册）》，刘晖译，商务印书馆 2015 年版，第 213 页。

所以本书在论述身体叙事涵盖的四个主题时，将分别探讨和比较国家主流意识形态与知识分子意识形态对身体意象完全不同的处理方式。实际上，无论是受制于国家主流意识形态，还是知识分子自身意识形态，身体叙事都是进行"意义生产"、展示不同社会群体利益的话语平台。

第一章　感觉的主题

20 世纪 50—70 年代，特别是在"文革"期间，一些文艺创作在很大程度上成为政治的"传声筒"，"三突出"（指在所有人物中突出正面人物，在正面人物中突出英雄人物，在英雄人物中突出主要英雄人物）、"三结合"（群众出生活、领导出思想、作家出创作）、"主题先行"的创作模式，导致这一时期的文艺作品概念化、公式化，成为图解政治意识的宣传教育作品。相应的文学生产方式变成"组织生产"，写什么题材、出哪些作品，作协、文联、文化部、宣传部都会对创作方向作出指示①。这种文艺环境是相当"理性化"的。作家在构思作品和创造人物时，要事先具备"先进"的思想和政治观念，并以此为标准去设置文学的基本主题，与政治形势有关的主题思想成为作品的灵魂。②这样的创作方法并不符合创作规律，但是它却凭借社会－政治力量和乌托邦冲动而通行无阻。

文学史研究者指出："50 年代初，许多知名作家在检讨自己过去的文学观和作品的缺失时，反省的重点便是创作中不能用先进思想、理论去分析社会现象和阶级关系，他们接受了这样的观点：凭借感性的直觉、感知、体验是不够的，'只有理解了的东西才能深刻感觉它'。"③ 作家从凭借感性到凭借理性进行创作的自我改造过程，在改革开放早期似乎经历了反转回归——"直觉、感知、体验"又重新上升为新的标准，"理性化"的创作方式被指认为极"左"的、

---

① 洪子诚：《问题与方法——中国当代文学史研究讲稿》，北京大学出版社 2010 年版，第 89 页。
② 参阅洪子诚：《问题与方法——中国当代文学史研究讲稿》，北京大学出版社 2010 年版。
③ 洪子诚：《中国当代文学概说》，北京大学出版社 2010 年版，第 67 页。

错误的方法，逐渐遭到拒绝。在这种语境下，对"感觉"的饥渴和崇拜引出几股关注"感觉"的文学潮流。

第一节　感觉世界中的政治能量

人类的"感觉"既受到政治的左右，也能左右政治，有不少哲学家提出此观点。赫伯特·马尔库塞（Herbert Marcuse）在《论解放》第二章中提出"感觉的解放"：资本主义的反抗者们"要按照新的方式来看、来听、来感觉新的事物"，这是因为"革命必须同时是一场感觉的革命"，只有这样才能同资本主义制度彻底决裂，"同适应这个经验总体（引者注：指'侵略和剥削连续统一体'）的感受力相决裂"。① 苏珊·桑塔格（Susan Sontag）指出，在资本主义现代城市营造的"感官轰炸"中，"我们感性体验中的那种敏锐感正在逐步丧失"，所以批评家的最重要的任务是"恢复我们的感觉"。② 在这些理论家看来，"新的感受力"成了自由社会的根基。

较早明确提出"感觉的解放"的理论家是马克思（马尔库塞和桑塔格都受到马克思的影响）。马克思在《1844 年经济学哲学手稿》中明确写到"具有丰富的、全面而深刻的感觉的人"是人的本质全部丰富性的体现。③ 马克思还指出感觉与社会历史的紧密相关，"五官感觉的形成是迄今为止全部世界历史的产物"，"人的感觉、感觉的人性，都是由于它的对象的存在，由于人化的世界，才产生出来的"。④

在中国改革开放早期，"感觉的解放"和"新的感受力"成为一种共识。当时的学者就是通过《1844 年经济学哲学手稿》的启示发现，感觉不仅是身体感官的功能，它还具有相当的社会政治属性。比如李泽厚受到（马克思的）

---

① ［美］赫伯特·马尔库塞：《新的感受力》，见《现代美学析疑》，绿原译，文化艺术出版社 1987 年版，第 59 页。
② ［美］苏珊·桑塔格：《反对阐释》，程巍译，上海译文出版社 2003 年版，第 16 – 17 页。
③ 马克思：《1844 年经济学哲学手稿》，人民出版社 2000 年版，第 88 页。
④ 马克思：《1844 年经济学哲学手稿》，人民出版社 2000 年版，第 87 页。

"人化"这一术语的启示，提出"审美是社会性的东西（观念、理想、意义、状态）向诸心理功能特别是情感和感知的积淀"①。即是说，审美的"感知"其实内含着社会性的因素，"怎样感觉"和"感觉什么"在某种程度上受制于外部社会现实。至少在新时期之初，认为"感觉的丰富性"受到革命话语的压制成为比较一致的看法。

　　孙绍振通过对朦胧诗的研究提出了"新的美学原则"。他明确提出朦胧诗更新了人们对艺术的感受方式，而这种新的感受方式能够使艺术打破"习惯"，革新"权威和传统"。新一批的诗人"他们不屑于作时代精神的号筒，也不屑于表现自我情感世界以外的丰功伟绩……而是追求生活溶解在心灵中的秘密"。"自我情感世界"有意识地与"时代精神的号筒"和自我之外的"丰功伟绩"剥离。"正常"的诗学从革命美学中剥离出来，这样才能创作出"真正"的、"正常"的诗。孙绍振引用诗人梁小斌的话指出"诗人的宗旨"是"勇于向人的内心进军"。②在新建立的美学原则中，人的内心世界、自我情感世界应该成为第一位的。他借用泰纳的话，主张真正的诗人身上要"不由自主的印象占着优势"，"有个自发的强烈的感觉"③。当时的朦胧诗人也已经具有明确的"感觉革命"或"审美革命"的意图。顾城说："当诗人用崭新的诗篇，崭新的审美意识粉碎了习惯之后，他和读者将获得再生——重新感知自己和世界。"④ 另一位不具名的青年诗人有差不多同样的主张："诗是非常独特的领域，在这里寻常的逻辑沉默了，被理智和法则规定了的世界开始解体。色彩、音响、形象的界限消失了，时间和空间被超越，仿佛回到了宇宙的初创期。世界开始重新组合，于是产生了变形……诗人通过它洞悉世界的奥秘和自己真实的命运。"⑤ 不管是"重新感知自己和世界"还是"世界开始重新组合"，都强调了诗人应该突破旧

---

① 李泽厚：《美学三书·美学四讲》，天津社会科学院出版社 2003 年版，第 202 页。李泽厚这一思想可以追溯至《美的历程》(1981)，第一章指出原始人对艺术的感受通过文化"积淀"获得了"超感觉的性能和价值"。
② 孙绍振：《新的美学原则在崛起》，《诗刊》1981 年第 3 期，第 55 – 56 页。
③ 孙绍振：《新的美学原则在崛起》，《诗刊》1981 年第 3 期，第 57 页。
④ 转引自孙绍振：《新的美学原则在崛起》，《诗刊》1981 年第 3 期，第 58 页。
⑤ 转引自徐敬亚：《崛起的诗群》，《当代文艺思潮》1983 年第 1 期，第 16 – 17 页。

的艺术习惯，以突出内在感觉的"审美"而非以"理智和法则"为准绳去创造诗歌艺术。

一般意义上，审美或美学"反映了对感性（因而是对'肉体的'）认知过程的压抑性对待。在这一历史过程中，作为一门独立学科的美学基础，抵御着理性的压抑规则"①。正是按照这个现代美学的基本逻辑，"文革"结束之后，"审美"为突破理性主义控制的"革命美学"打开了缺口。这样的论调中包含着以现代美学替换革命美学的用意。在改革开放早期的语境中突出"审美"或身体感性的地位，其实是美学和艺术对中国社会转型的一种回应，这种回应包含着重新定义"人"的内涵（应该恢复"人的感性"）。

事实上，早在"感性"和"美学"于理论界正式崛起之前，反对理性和抽象教条的行动就已经开始了——1978年前后"形象思维"大讨论是"感性"美学风潮的先声，当时"整个中国文化界尤其是文艺界都在谈论'形象思维'"②，其目的无非是试图从抽象中区分形象、从理性中抽出感性，肯定"形象思维"在文艺创作中的作用。这种对感性的呼求是由时代和历史决定的。

当时语境中"审美"的第一义就是恢复人们丰富多彩的感觉，因为审美本身就包含着感性化的绝对诉求。在当时的美学家看来，"艺术的美离不开形象，而形象又离不开具体的感性的形式"③。归根结底，美必须通过人的感官而不是理性能力、道德直觉来把握。可见，近现代西方经典美学"感性—理性"的二元结构构成当时人们的思维框架，作家和批评家们都希望借助代表"正常知识秩序"的西方美学话语来让中国文艺创作走出迷途。

革命年代对个人感性的极端压抑和排斥，直接从生活经验的角度强化了"文艺感性化"的历史反弹。中国人在那个年代得到的娱乐极少，生活内容也极其单调，声、色、味的丰饶让位于朴素艰苦的革命教义，连人们的私人生活、思想甚至情感也必须"政治挂帅"，"灵魂深处闹革命"。不管是社会行为，还

---

① ［美］赫伯特·马尔库塞：《审美之维》，李小兵译，生活·读书·新知三联书店1989年版，第52页。
② 详见刘欣大：《"形象思维"的两次大论争》，《文学评论》1996年第6期。
③ 蒋孔阳：《美和美的创造》，《学术月刊》1980年第3期，第10页。

是个人的思想情感都应该参照一些统一标准。美国人类学学者冯珠娣（Judith Farquhar）把改革开放之前的中国生活实践概括为"苦行主义"和"苦行－马克思主义"①，从字面上很简约地勾勒出当时人们的日常生活。正是基于对这种历史条件的反弹，"新时期"才会有"美学热"，才有了对"个体感性"的热烈崇拜——新时期的时代要求"都围绕着感性血肉的个体，从作为理性异化的神的践踏蹂躏下要求解放出来的主题旋转"②。

王一川先生认为，20 世纪 80 年代的"美学热"正是某种政治焦虑的产物：中国美学学者相信"经典美学体系""能够帮助饱经政治浩劫困厄的中国人，实现'真正人性的生活'或'人的一切感觉和特性的彻底解放'这一理想"。③实际情况正是如此，从康德到尼采、马克思再到马尔库塞一度成为 20 世纪 80年代美学建构所使用的思想资源。他们共同的倾向便是以美学为中介来解放"个体感性"。偏重"感性"的美学话语，让表现出"丰富的、全面而深刻的感觉"成为当时文艺领域的"正确"指标，认为它才是先进的创作理念。朦胧诗以及一些借用现代技巧的小说（如王蒙的《春之声》《夜的眼》）都具有更新人们的感受方式的用意。

随着时代前进，一些知识分子将这种"感性共识"激进化，体现出知识分子群体在"感觉"层面上对国家主流话语的超越。在刘小枫的《诗化哲学——德国浪漫美学传统》中提出："新的感性的审美的诞生，将不仅是一个自由的属人的社会诞生的依据，也是有限生命的价值超越的根本保证。"④ 审美不但是人的生命的根本价值所在，还应该变成社会秩序的"样板"。激进的感性追求说明知识分子重构人的身份的急切态度，他们不再满足于口号式地对抗"革命秩序"，而是直接渴求人的"现代化"。这一对"感性"的大力推崇导致文学对

---

① ［美］冯珠娣：《饕餮之欲——当代中国的食与色》，郭乙瑶、马磊、江素侠译，南京：江苏人民出版社 2009 年版，第 4、99 页。
② 李泽厚：《二十世纪中国（大陆）文艺一瞥》，见《中国现代思想史论》，生活·读书·新知三联书店 2008 年版，第 270 页。
③ 王一川：《修辞论美学》，东北师范大学出版社 1997 年版，第 1－2 页。
④ 刘小枫：《诗化哲学——德国浪漫美学传统》，山东文艺出版社 1986 年版，第 260－261 页。

理性主义的持续逆反，整个20世纪80年代文学作品的"感官化"趋势逐渐增强。这场文艺领域的"感觉革命"与特殊的历史转型期知识分子的政治无意识是高度相关的。

在开始阶段，文学"感性化"（或感官化）成为文学宣言，有较强的战斗意味。随着政治、生活方式方面的改革降临，文学不得不直接回应某些重大的、相对理性的话题，故此时"感性化"更多地表现为一种姿态和一种口号，意在摆脱20世纪50—70年代文艺观念的束缚。这一时期的文学实践大概对应着朦胧诗和一些"现代派"文学的实践。可以说，这种"感性化"倾向是由国家主流的鼓励与知识分子的主动参与合流促成的。这一阶段可以称为"口号化阶段的感觉革命"。

这一阶段之后，大概于1984—1985年，知识分子群体激进的"感性至上"主张开始落实为文学原则，由一种文学姿态和口号落实为具体的文学文本实践。例如莫言极端的"感官化叙事"，还有残雪梦魇般的"潜意识写作"，就是其实践的产物（也许一些"现代派"文学高度强化的自我意识也应包含在内）。知识分子话语的特点是故意把社会问题的解决方案"向内转"①，试图打造出一种具有"感性个体"属性的新人，以此来表达自己对"现代性"和全球体系的认同。知识分子把"自由"从社会政治视野中抽离，而将其界定为个体感性在艺术和审美中的解放。"新的感受力"遂成为正常人性的标杆，只有通过这种力量，人才能超越生存困境，体验到生命的和谐与自由，变成一个完整的、本真的人。

知识分子群体对主体性的建构，既勾连着"人的重新发现"的现实意识，

---

① "向内转"一词一般认为是由鲁枢元正式提出来，用来指新时期的文学从文学服务于外在的社会政治转向"主观性""内向性"的现代文学规范（见鲁枢元：《论新时期文学的"向内转"》，《文艺报》1986年10月18日）。不过，更早一些时候刘再复也指出过，80年代文学"研究重心从文学的外部规律转到内部规律"（见刘再复：《文学研究思维空间的拓展》，《读书》1985年第3期）。陶东风认为"向内转"是对80年代美学、文艺学学科自主性诉求的"集中概括"，而这一诉求是80年代三个主导性美学文艺学话语之一；"向内转"这个概念"把对于美学文艺学学科自主性与独立性的强烈诉求，与对于四人帮'工具论'文艺观的否定结合起来，因而同样具有非常具体的批判意义"（见陶东风：《80年代中国文艺学主流话语的反思》，《学习与探索》1999年2期）。笔者借用此概念指作家们的兴趣点从作品与外部世界的关系转向作品与人内心世界的关系。

也寄托着他们的乌托邦冲动，他们的目的是"要彻底打破中国人几千年来的'文化心理结构'并予以全盘重建"，"要创造出过去中国人不曾有过的新的现代的'民族文化心理结构'"①。有学者将这种审美至上、感性至上的思潮概述为"诗化哲学"思潮，并认为它在当时产生了很大的社会影响，因为"它作用的是每一'个体'和个体的'感性'（即非理性的身体）本身"②。

"诗化哲学"思潮的主张是"感性至上"。它极其认可身体感觉（审美）与人的全面解放和社会的自由之间的相关性。对应这种激进的感性至上思潮，文学文本中的感觉革命也开启了"深度模式"——这一阶段明显不同于"口号化"阶段的感觉革命，它已经与直接贯彻改革意识形态的具有明显"战斗性"的文艺脱节，它是知识分子文化政治的产物，更多地体现出知识分子群体无意识的政治追求。

"深度模式"（depth models，也可译为"深层模式"）一词是后现代理论家詹明信（Fredric Jameson）在描述现代主义美学风格时提出的概念。他认为，现代主义作品中的"经验"和"感觉"是刻意追求"深度"的，"现代主义经典作品中的一个重要的主题：异化和焦虑的经验"③。詹明信认为，"现代主义理论包含四种有影响的'深层模式'"：第一种是"有关本质和现象以及各种思想观念和虚假意识的辩证思维模式"；第二种是弗洛伊德的心理分析模式；第三种是存在主义的模式和它关于真实性和非真实性、异化和非异化的观念；最后一种是索绪尔的符号系统，它包含指符和意符两个层次。④"深度"体现于现代主义作品和理论当中。受到詹明信对现代主义美学风格敏锐观察的启示，本书用"深度模式"指作品主题的内心化、深刻化。改革开放早期文学在经历了"口号式"的感觉革命之后，很快就进入了具有现代主义追求的"深度模式"。

---

① 甘阳：《八十年代文化讨论的几个问题》（1985），见甘阳主编：《八十年代文化意识》，上海人民出版社 2006 年版，第 23 页。

② 贺桂梅：《"新启蒙"知识档案——八十年代文化研究》，北京大学出版社 2010 年版，第 341 页。

③ ［美］詹明信：《晚期资本主义的文化逻辑》，陈清侨等译，生活·读书·生活三联书店 1997 年版，第 289 页。

④ ［美］詹明信：《晚期资本主义的文化逻辑》，陈清侨等译，生活·读书·生活三联书店 1997 年版，第 289 - 290 页。

本章的第二节主要分析"口号化阶段"的感觉革命，其代表作主要是部分朦胧诗和意识流小说。第三节考察 20 世纪 80 年代中期感觉革命的"深度模式"，以当时成名的残雪和莫言的小说为例，指出"感官化"叙事背后的文化问题。

第二节　"新时期"与口号化的感觉革命

（一）朦胧诗："重新感知自己和世界"

1980 年，顾城的父亲顾工发表了一篇文章《两代人——从诗的"不懂"谈起》，这篇文章谈的是"两代人"诗歌观念的冲突。在文章里，顾工是一个早年参加革命的父辈形象，并且对革命理想和经验充满自豪、无比忠诚。他自称，"我抓住每个空间、时间向他（引者注：指顾城）灌注我认为应该灌注的革命思想"①，尽管这样的"引导又引导"，但顾城写出的诗却令这位"老革命父亲""失望、沉郁、爆发激怒"。顾城的辩解是："我是用我的眼睛，人的眼睛来看，来观察"；"我所感觉的世界，在艺术的范畴内，要比物质的表象更真实。艺术的感觉，不是皮尺，不是光谱分析仪，更不是带镁光的镜头。"② 顾工在儿子强势的辩护下，承认自己这一代人在"节节败退"，并反思"我们这一代观察事物感觉事物的方法""我们所习惯的反映论"并不是唯一正确的。于是他"觉悟"了，他用波德莱尔、庞德等现代诗歌理论去解读顾城的诗，发现顾城的诗歌观念具有合理性，并认为下一代人的美学叛逆有助于诗歌的多元化。最后顾工在两代人的诗歌观念上达成一种想象性的和解："两代人的笔，要一起在诗的跑道上奔驰和冲刺……"③

这篇现身说法的文章以"唱双簧"的形式，指出当时诗坛思潮的主要冲

① 顾工：《两代人——从诗的"不懂"谈起》，《诗刊》1980 年第 10 期，第 50 页。
② 顾工：《两代人——从诗的"不懂"谈起》，《诗刊》1980 年第 10 期，第 50 页。
③ 顾工：《两代人——从诗的"不懂"谈起》，《诗刊》1980 年第 10 期，第 51 页。

突——革命诗歌美学与"崛起"的朦胧诗美学的冲突。顾工认为，两种美学冲突直接表现为两代人"观察事物感觉事物"的不同。20 世纪 50—70 年代的诗歌，如其他文学样式一样，在观念上从一种外化的、概念化的理念出发，而在具体的写作上则坚持"反映论"，因此它在"感性—感觉"的维度是非常贫乏的。

顾城对 20 世纪 50—70 年代的"革命诗学"的看法也是如此，所以他才在与父亲的对话中指出"艺术的感觉，不是皮尺，不是光谱分析仪，更不是带镁光的镜头"。"皮尺""光谱分析仪""镜头"正是象征"（机械）反映论"的僵化设备，这些设备与"艺术的感觉"是根本对立的。尽管顾工没有直接说两种诗歌美学的矛盾根基其实是不同政治理念的冲突，但他充分暗示了这点——他至少表明了自己多么具有革命信仰，顾城写下的诗句多么让他失望、激怒。也就是说，顾工明白，新一代的诗歌僭越了革命政治的文学疆界，但他一厢情愿地认为两代人的诗歌能和谐共生。这当然是不可能的——改革开放时期的意识形态足以把新一代人的诗歌"经典化"，相应地极力贬低之前政治功利导向的抒情诗。就连顾工本人也认为，顾城等新潮诗人的作品具备"波德莱尔""庞德"等现代诗人诗歌的美学特征。显然，这里潜藏的台词是朦胧诗新诗潮表现出承袭全球性、现代性的诗歌品质，因为"波德莱尔""庞德"正是西方经典的现代主义诗人的代表。

在这个"改革开放"占据主流的时期，处于对立位置的革命诗学和现代主义诗学显然要"此起彼伏"。1980 年一篇影响很大的文章就认为，新时期的新诗现象让人们联想到"五四时期的新诗运动"，要"扔去旧皮囊"而"创造新太阳"，人们已经由"鄙弃帮腔帮调的伪善的诗，进而不满于内容平庸形式呆板的诗"①。还有一篇评论文章指出，随着中国摆脱"小农经济时代"，融入"工业化电子化"的现代世界，中国的诗歌也应该"现代化"，诗歌现代化的非常重要的途径就是"用心灵感觉、用曲折暗示的方法来反映客观现实"、要

① 谢冕：《在新的崛起面前》，《光明日报》1980 年 5 月 7 日。

"向内心开掘"①。具有革新意识的新诗潮试图冲破"革命诗学"，建立一种新美学规范，而这种美学规范以凸显对感觉、感性的强烈热情作为重要策略。

新的诗歌美学表现为"朦胧诗"。这些诞生于改革开放新时期前后、作为对抗性的产物的"朦胧诗"本身也具有浓厚的政治色彩。北岛、江河、舒婷、梁小斌、顾城等人均写过有现实政治关怀、契合主流价值观的诗，奇怪的是，这些诗竟然也是"朦胧诗"中流传最广、影响力最大的作品，比如北岛最出名的作品可能是《回答》《宣告》《我不相信》，舒婷的是《祖国》《这也是一切》《致橡树》，顾城的是《一代人》，江河的是《纪念碑》②。真正从形式而不仅仅从内容上展示出改革开放时代美学特征的诗，在大众阅读视野内或许并没有被给予相应高度的评价——这些诗真正地表现出改革时期的"感觉革命"，而这也是"新时期"文学"感性化"的开端。

这一开端可以追溯到"文革"期间的"地下写作"，尤其是"文革"后期。舒婷写于1971年的《寄杭城》，就试图以写出丰盈的感觉为目的："如果有一个晴和的夜晚/也是那样的风，/吹得脸发烫/也是那样的月，/照得人心欢/呵，友人，/请走出你的书房/谁说公路枯寂没有风光/只要你还记得那沙沙的足响/那草尖上留存的露珠儿/是否已在空气中消散/江水一定还是那么湛蓝湛蓝/杭城的倒影在涟漪中摇荡……"走出"书房"（这是理性的象征），才能体验"沙沙的足响"和在草尖上蒸发的"露珠儿"。这首诗中的感性体验成为抒情中心，这正是朦胧诗新诗潮的前进方向，是一个新的诗歌时代的开端。

"文革"时期延续旧写作模式的老诗人郭小川，尽管受到"四人帮"的迫害，但他"文革"时期的"地下写作"与20世纪50年代比并没多大变化："面对大好形势、一片光明，而是大声歌颂，/这样的人，哪怕有一万个，也少于零。/眼见'修正'谬种、鬼蜮横行，而不抽动鞭声，/这样的人，即使有五千个，也不过垃圾一桶。"③ "这里的《共产党宣言》，并没有掩盖在尘埃之

---

① 吴思敬：《时代的进步与现代诗》，《诗探索》1981年第2期，第146、147页。

② 这一现象被很多文学史家、评论家提及，如洪子诚、程光炜等人。

③ 郭小川：《秋歌·之六》，见《郭小川诗选》，人民文学出版社2000年版，第190页。

下；/毛主席的伟大号召，在这里照样有最真挚的回答。/无产阶级专政的理论，在战士的心头放射光华；/反对修正主义的浪潮，正惊退了贼头贼脑的鱼虾。"① 政治上的理性、观念主宰着他的诗歌，与同时期的其他"地下文学"相比，这种为理性所主宰的政治抒情诗与其他年轻的"地下诗人"群体的创作相比，已经显得跟不上时代。

"文化大革命"期间，"上山下乡"等运动引起部分知识青年思想上的动摇和震撼。这些知识青年中不少人读过"一批在60年代出版的、以批判为目的的供高级干部和专业人员阅读的'内部发行'的出版物……这些书，涉及哲学、社会学、政治学和文学各个方面"（这些书中包括为数不少的现代主义文学作品，如塞林格的《麦田里的守望者》、金斯堡的诗、凯鲁雅克的《在路上》等）②。特殊的生活境遇和阅读条件，让他们更敏锐地体验到现代主义文学与革命文学之间的差异。这些青年在"文革"期间就创作出具有感性化特征的作品。最早和最著名的是食指的《这是四点零八分的北京》《相信未来》。比如《这是四点零八分的北京》就有"我的心骤然一阵疼痛，一定是/妈妈缀扣子的针线穿透了我的心胸"这样的句子，清晰地表达出作者"上山下乡"车站离别时的个人感受。不过这些"地下诗歌"在"文革"期间并没有产生多大影响力，他们的影响力是在"文革"之后爆发出来的。正如文学史家所言，他们属于未来，他们当时写的是"明天的诗"。③ 这些诗人在"文革"之后，以"朦胧诗"之名火热一时，不仅因为他们预言了"现代文学"的到来，更因为他们依照现代主义文学的标准（尽管是在很浅显的层次上）构建了一种新的"政治正确"——用一种新的"现代的"诗学取代革命诗学。

朦胧诗新诗潮创造出一种新的诗歌感觉体验来宣泄"文革"后的政治情绪，建立起与20世纪50—70年代诗歌观念相对立的美学原则。朦胧诗的新诗潮在"美学意识方面"有一个明显变化就是："从直映到感觉"④。朦胧诗以丰

---

① 郭小川：《团泊洼的秋天》，见《郭小川诗选》，人民文学出版社2000年版，第187页。
② 洪子诚：《中国当代文学概说》，北京大学出版社2010年版，第126-127页。
③ 洪子诚：《中国当代文学概说》，北京大学出版社2010年版，第127页。
④ 曹文轩：《中国八十年代文学现象研究》，人民文学出版社2010年版，第357、360页。

盈的感觉、突出的感性来实践这种新美学原则，但随之而来的问题是诗歌创作中非常浓厚的刻意和匠气。匠气十足地突出"感觉"主题与中国传统诗歌"不着一字，尽得风流""羚羊挂角，无迹可求"的自然境界相差殊甚。也就是说，朦胧诗丰富了诗歌里的感觉、感性元素，但是它笔下也并非自然、正常的感觉、感性，因为它有意的对抗、明确的标榜功能让它超出真实、自然、正常的阈值，呈现出浓重、钝化的古怪感觉。

北岛的《太阳城札记》有一节题为《艺术》，只有两句话："亿万个辉煌的太阳/呈现在打碎的镜子上。"这一节呈现的是一种刺目眩晕的感觉，一种浓重强烈的感觉。一面打碎的镜子映出亿万个辉煌的太阳，放在整首诗中来理解，大概是诗人用内在感觉去评价"文革"之后的艺术现象——他用同样的方法、同样的短句子，分别评价了"命运""祖国""和平""爱情""自由""生活"。这种简短的印象式评价有一个比较古怪之处——那就是在不该有感官描写的地方仍然坚持出现感官描写。在诗中，北岛试图把抽象的人人可理解的"大概念"具象化、感官化，而且还遵循浓重、强烈的感官刺激原则。《太阳城札记》对"大概念"做了具象化的处理，听觉、味觉、触觉、视觉全部呈现其中，比如"爱情"的概念被分解为"老树倒下了，嘎然一声/空中飘落着咸涩的雨"就包含了尖利的听觉和钝重的味觉描写；"祖国"则被具象化作"她被铸在青铜的盾牌上/靠着博物馆黑色的板墙"，包含了强烈的触觉和视觉元素……这种做法也许只有放在朦胧诗产生的年代才能获得合理的解释，即要反抗理性化、概念化的诗学观念，要通过"感觉革命"建立新的诗学范式。

顾城的《弧线》在感官化写作上也属于一首"匠气之作"。这首诗由四个只有一句话的小节构成："鸟儿在疾风中/迅速转向；少年去捡拾/一枚分币；葡萄藤因幻想/而延伸的触丝；海浪因退缩/而耸起的背脊。"说白了，无非是要传达一种视觉性的"弧线"之美。鸟转向，少年捡硬币，葡萄藤伸触丝，海浪退潮，这四组意象在视觉上都由"弧线"构成，诗人将其汇总到一处加工为审美对象，固然未为不可，但四组对象都必须依附诗人的感觉才能建立起不太充分的关联，这首诗强烈的"主题控制"意识让它多少偏离了"自然而然"的诗歌境界。诗论家严羽在《沧浪诗话》中贬斥的"以议论为诗，以才学为诗"，用在此处并无不可。顾城的另一首短诗《感觉》，相比之下，仍有些匠气和刻意，但多了一份通透："天是灰色的/路是灰色的/楼是灰色的/雨是灰色的/在一片死灰中/走过两个孩子/一个鲜红/一个淡绿。"这首诗也是全部由视觉和色彩主导的，灰色的环境和环境中的亮色互相关联为一体，传达出类似印象主义绘画的视觉之美。

总体上看，朦胧诗人对"以感觉为诗"形成较为一致的意识，他们当中很多人有一个共同而明确的倾向，就是凸显诗的感觉特性。他们试图以作品推动一种感官化、感性化的对抗诗学。有人这样评价当时的《我感到了阳光》：这首诗写的"纯感觉"，把对阳光的感受"写得那么单纯，那么逼真"，是"外部感觉和心理感觉的融合"；"诗人用一种新的思维方式，表达了比直接抒情和借物寄情更富有质感、更逼真、更有历史容量的心理情绪"①。这首诗的原文如下，它确实是一首比较纯粹的"感觉之诗"：

> 我从长长的走廊走下去……/啊，迎面是刺眼的窗子，/两边是反光的墙壁，/阳光，我，/我和阳光站在一起！/啊，阳光原是这样强烈，/暖得让人凝住了脚步，/亮得让人憋住了呼吸。/全宇宙的人都在这里集聚。/我不知道还有什么存在，/只有我，靠着阳光，/站了十秒钟。/十秒，有时会长于一个世纪的四分之一。/终于，我冲下楼梯，推开门，/奔走在春天的阳光里……

对于政治，北岛有比较强烈的现实关怀，但即使写政治控诉他也会寄托在浓烈感官铺陈上，比如他的《雨夜》的后半阕：

> 低低的乌云用潮湿的手掌/揉着你的头发/揉进花的芳香和我滚烫的呼吸/路灯拉长的身影/连接着每个路口，连接着每个梦/用网捕捉着

---

① 李丽中编著：《朦胧诗·新生代诗百首点评》，南开大学出版社 1988 年版，第 173－174 页。

我们的欢乐之谜/以往的辛酸凝成泪水/沾湿了你的手绢/被遗忘在一个
黑漆漆的门洞里/即使明天早上/枪口和血淋淋的太阳/让我交出青春、
自由和笔/我也决不会交出这个夜晚/我决不会交出你/让墙壁堵住我的
嘴唇吧/让铁条分割我的天空吧/只要心在跳动，就有血的潮汐/而你的
微笑将印在红色的月亮上/每夜升起在我的小窗前/唤醒记忆

　　乌云拥有"潮湿的手掌"，枪口则与"血淋淋的太阳"互相衬托形象。政
治暴力无法阻止爱情，"你的微笑"会出现在"红色的月亮"上，每夜升起。
可见，《雨夜》在表达现实社会议题的时候，使用的也是感官化的表达技巧。

　　除了上面提到的几首作品，朦胧诗中把感官化原则发挥得很出彩的，还有
舒婷的《思念》《四月的黄昏》《惠安女子》《路遇》、顾城的《没有着色的意
象》《暗示》《生命幻想曲》《梦痕》、北岛的《守灵之夜》《触电》《迷途》
《雨中纪事》、昌耀的《车轮》、杨炼的《蓝色狂想曲》等。这些诗呈现了一个
感官世界，而且多是变异的浓墨重彩的感觉世界。比如北岛的《守灵之夜》写
的可能是瘟疫后的枯败景象："飘移的雪堆/围拢恶狗的眼中之火/窗纸分散了月
光的重量/门被悄悄地推开/百年的夜多么轻盈"，这里面的感觉描写就很怪诞。
再比如顾城的《梦痕》："我是鱼，也是鸟/长满了纯银的鳞和羽毛"，凸显的就
是变形的感觉。

　　估计是写感觉的风气使然，有些诗人误以为凭借着要玩"感觉"、玩转
"感觉"，就找到了通向诗歌的捷径。20 世纪 80 年代中期，曹文轩对此提出批
评："一些诗近乎于梦呓了。诗人故意大弧度地扭曲感觉，将世界进行不必要的
变形和挖空补空，把一大串意象从原有的关系中扭摘下来，然后像玩牌似的堆
到一起，经过再三的打乱，然后把它重新组合和拼凑（又有点像玩积木），有
些诗……欲把人的感觉分解为物理性质的东西，用过于反逻辑的意象关系来作
挑逗、刺激人的感觉的物理试验。"① 这些生硬的模仿者和失败者已不足道，他
们的存在只是印证了那个年代诗人对于"感觉"的极度迷恋。

_____

① 曹文轩：《中国八十年代文学现象研究》，北京大学出版社 1988 年版，第 307 页。

回到那个变革的年代，朦胧诗人尽显刻意的感性化、感觉化写作就很容易被理解了：他们内含着对革命美学的反动和焦虑，直接反抗异化的理性的诗学是他们创作的出发点之一。有学者认为，朦胧诗思潮"反映了邓小平时代的中国融入现代世界体系结构的可能性和意识形态上的意愿"，它对于之前的时代来说是"审美化的政治异端"①。正是在"文革"后人心思变、崇尚"美学异端"的政治氛围中，"朦胧诗人"才特别看重在诗歌感觉方面的革新，认为这是在以现代化话语去刺穿"革命诗学"——突出"感觉"是一条打造现代主义文学的捷径。这显然是对"文革"后的文学政治议程的回应。有研究者指出，"朦胧诗早期的诗美特征基本上属于对现代主义诗歌复兴的范畴"②。朦胧诗人既受到西方现代主义诗人波德莱尔、庞德、惠特曼等影响，更受到中国 20 世纪 20—40 年代现代主义诗人（何其芳、戴望舒、冯乃超、冯至、穆旦等）的影响（比如北岛的《守灵之夜》《古寺》等诗篇仿佛是在向冯乃超的《红纱灯》致敬，舒婷的部分作品也不难看出何其芳、戴望舒的影子）。中国现代主义诗人李金发在 20 世纪 20 年代末引入象征主义的时候，朱自清就敏锐地认识到现代诗的重点所在："他要表现的不是意思而是感觉和情感"③。而朦胧诗正是遵循这种观点去想象现代主义的，他们所要做的就是以积极热情的、有策略的行动去复兴那些曾经被革命话语"压抑"的现代诗学原则，故而他们很自然地找到了现代诗最明显的"表现的不是意思而是感觉和情感"的特征。

朦胧诗人试图以重在表现感觉的"现代派"诗学打破 20 世纪 50—70 年代形成的政治抒情诗的文学规范。不过，由于直白、明确的目的显露无遗，朦胧诗高调的感官化追求可能不是以去政治化的"审美自律"为目的，而是呼应着改革开放时期文学自身的"现代化"问题。显然，他们认为只有革除了陈旧的诗学套路，才能让中国诗歌"融入现代世界体系"。这种诗学"策略"符合改革主流的期待，通过刻意树立的"感觉"大旗，为"理性"的、"僵化"的个

---

① ［美］张旭东：《改革时代的中国现代主义——作为精神史的 80 年代》，崔问津等译，北京大学出版社 2014 年版，第 138 页。

② 汪剑钊：《二十世纪中国的现代主义诗歌》，文化艺术出版社 2006 年版，第 10 页。

③ 转引自汪剑钊：《二十世纪中国的现代主义诗歌》，文化艺术出版社 2006 年版，第 2 页。

体恢复感觉系统，而这种新个体是通向改革开放新时期的基础。

（二）意识流："感受先行"

"朦胧诗"开启的感官化审美趋势同样波及小说领域。小说的感性化、感官化潮流，经由了一个从形式到内容，再到形式与内容全面融合的过程。到了20世纪80年代末，有批评家发现，当时的文学在"感觉"这条路上走得太远、太激进，并对此提出了批评："感觉在近几年内受到了新潮作家们的极度推崇，一些人也开始依仗自己的感觉大胆地炮制作品，确乎也产生了一些新鲜、奇异的小说。崇尚感觉是对几十年来创作中的理性硬化思维的反动，它在不同程度开启了创作者们原先闭锁的情感经验，激活了他们的灵性和悟性。"[1] 事实上20世纪80年代中期前后，"感性至上""诗化哲学"的思潮吸引了很多知识分子，这在很大程度上激发了"感官化叙事"在小说领域内的试验。20世纪80年代中后期，诸多作家纷纷写出一系列贯彻感性化原则的作品，在这样的作品中现实原则让位于快乐原则，社会理性让位于个体欲望，"大写的人"被还原成生存层次上的"动物的人"，而在叙述方式上，"外部视角"被更能描绘内心世界的"人物视角"取代。然而，此高潮并不是一切。在感官化的高潮之前，曾有一个试探和酝酿的过程，在这个过程中，知识分子的自主意识还和国家改革意识形态糅混在一起。1980年前后王蒙的"意识流"小说（及部分追风模仿的作品）可以看作小说感性化、感官化的开端。王蒙"意识流"小说的感性化、感官化，既是对20世纪50—70年代革命理性美学的反抗，也是将感觉革命作为一种"现代化"的美学品格来追求的。

根据各类"文学史"的记述，王蒙给人的印象是，他非常"敏锐"或"敏感"，能够快速跟进时代的变迁。他的文章磅礴恣肆、枝节横生，文体变化更是让人眼花缭乱。由于敏锐察觉生活新变化的个性的原因，王蒙与"新时期"文学似乎天然地拥有互相成全的融洽关系。20世纪80年代初的"王蒙热"很大程度上得益于王蒙与新时期"时代精神"的合拍，即王蒙敏锐地表现出当时人

---

[1] 王干：《反文化的失败——莫言近期小说批判》，《读书》1988年第10期。

们心底蕴藏的感受和情绪。批评家曾镇南回忆自己在北大读书时"初读"王蒙作品的感受："社会转折期中特有的大量信息、传闻如潮水涌入燕园，使大家每天几乎都处于兴奋和期待之中……我对自己的生活产生了惶惑，而这小惶惑又牵动着感受社会转折期产生的大惶惑。正是在这样一种心理状态中读到了王蒙的这些小说……我感到王蒙是那样准确地抓住了大家心中或多或少的惶惑，那样敏捷地抓住了社会上刚刚出现的新的变化，把我们眼前若明若暗的东西明晰化、具象化了。他一下子就搔到痒处！"① 这种对社会变化、人心思变的快速察觉，在一定程度上让王蒙成为"新时期文学"的代表作家，也让1980年的中国文坛"在创作和评论上都出现了一个王蒙热"，文坛上刮起"一股四五级间六七级的王旋风"（刘绍棠语）②。王蒙这批小说最醒目的特点就是"感觉的自觉"，他试图用文学的方式勾勒出新时期人们经历的感觉变化。他自称他的作品可以做到"从感受上能看出人来，看出思想来，看出灵魂来"③。

经过十几年右派生涯的文学沉寂，王蒙在新时期一开始就放出了被称为"集束手榴弹"的六篇小说：《风筝飘带》《布礼》《蝴蝶》《春之声》《夜的眼》《海的梦》。这些"手榴弹"小说在当时引起评论界的关注，一个重要原因是在写作方法上的革新，即采用了"意识流"的写作方法。这一说法是有争议的，如今再看所谓的"意识流"手法，确乎是一个误判。很多评论家都注意到，王蒙的"意识流"作品遵循强烈的"理性规范"和"主题阐释意图"，与西方意识流小说对无意识和本能的崇尚有明显差异。连王蒙自己都表示："我也闹不清什么叫'意识流'。有人说，你这不叫'意识流'，就叫'生活流'。这也请便。"④ 正宗的"意识流"文体来自西方，王蒙根据自己的喜好和所处的时代对这种文体做了调整。王蒙自述："我承认我前些时候读了些外国的'意识流'小说……我当然不能接受和照搬那种病态的、变态的、神秘的或者是孤独的心

① 曾镇南：《王蒙论》，中国社会科学出版社1987年版，第59-60页。
② 转自曾镇南：《王蒙论》，中国社会科学出版社1987年版，第59页。
③ 王蒙：《在探索的道路上》，见《王蒙选集》，百花文艺出版社1985年版，第279页。
④ 王蒙：《在探索的道路上》，见《王蒙选集》，百花文艺出版社1985年版，第281页。

理状态。但它给我一点启发：写人的感觉。"①

虽然不是真正的"意识流"小说，但是王蒙确实采用了某种"流"的形式来革新文学文体。这种"流"的形式，主要是试图再现心理上的真实，以快速变动的自由联想作为支撑，打破反映论的僵化叙事模式。故事情节和人物性格可以不再是中心，时间空间和逻辑关系可以随心所欲地调整重组。文体上受到的启发和他的主动调整让他更便于"写人的感觉"。王蒙用这种形式支撑起一种比较新颖的感觉体验，所以王蒙认为西方意识流小说给他最重要的启示就是"写人的感觉"。如张德祥所说，"王蒙的《夜的眼》在'文革'后现实主义的恢复中最早体现出一种'还原'向度，作家充分地捕捉了人在新的环境中的感受和体验，并把这种感觉叙述出来。这里出现的所谓'意识流'手法其实不仅是一种叙述手法，'流'就是一种不间断的连绵，它体现出对世界包括心理世界的一种尽可能连续地、全面地探视与呈现，通过这种呈示才能充分地反映出现实的复杂"②。王蒙的"意识流"文体可以说顺应了时代的召唤，使用此文体便可以捕捉并叙述出"人在新的环境中的感受和体验"。王蒙式"意识流"文体小说的价值在于它长于描绘人物的内心世界、感觉世界。

王蒙的文体革新，体现出的是感觉上的效果。王蒙自己也确认了这一判断："我觉得不用《夜的眼》这种形式就不能表现出这种感受"，而王蒙又把主人公陈杲"零零星星的感受"，而不是走后门这个故事本身，看作"小说的灵魂"③；《春之声》不用传统的方法来写，原因是"我感到我们的生活之所以有趣，是在于我们今天的生活里哪怕一件最简单的事情都特别富有时代的特色，都可以让人联想到非常非常多"④。也就是说，王蒙并不是特别注重形式，而是注重经过形式呈现出来的内容，形式对于他更像是表达内容的一个工具。《春之声》写的是从德国考察回来的岳之峰在两个多小时的闷罐车里的所思所想，全篇由他的感受和自由联想构成。《春之声》把岳之峰这些年的经历混杂在一起，他

---

① 王蒙：《关于"意识流"的通信》，《鸭绿江》1980年第2期。
② 张德祥：《新现实主义的还原向度》，《文学评论》1990年第4期，第156页。
③ 王蒙：《在探索的道路上》，见《王蒙选集》，百花文艺出版社1985年版，第280–281页。
④ 王蒙：《在探索的道路上》，见《王蒙选集》，百花文艺出版社1985年版，第284页。

对自己摘掉"地主帽子"的回忆，对"文革"的回忆，他在法兰克福的经历和他对现实的感受、对未来的憧憬，都是由他在闷罐车中某些偶然的感觉"触动"思绪引发的。无论是听觉、视觉、味觉上的触动，都能引起一番心理活动的描写，而这些心理活动中也包含着大量的身体感受。比如他从车轮与铁轨的撞击声想到流行歌曲《泉水叮咚响》，想到广州人的生活，想到美国的抽象派音乐。《夜的眼》和《春之声》这两篇典型的王蒙"意识流"作品所试图呈现的，是小说主角的全方位体验和感受。但是它们的主题是被限定的，也可以说是被精心选取出来的，王蒙所表现的感受和情绪极具"时代性"和"典型性"。比如《春之声》中，他想到发达的德国西门子公司，就联想到"我们才刚刚起步。赶上！赶上！"随后，作者把告别"文革""实现国家现代化"的政治焦虑与闷罐车开得不够快的"急躁"感受联系了起来，希望火车和国家都能"快点开"。

　　王蒙采用"意识流"文体呈现人物内心世界，可能是因高强度的"时代转型"使然，毕竟积压了十几年的情绪和感受，大量新事物新观念的冲击，生活地域和生活待遇的急速改变等，让王蒙想表达的东西非常多。有论者总结得很到位，王蒙"运用时空交错的大跨度调度的写法"有三个动因：

　　　　一是为了突出十年二十年坎坷不平的过程中"对人的灵魂的极大考验"，"并用比较短的篇幅来表现，我想略去人物的经历、遭遇，甚至某些环境描写，因为这里的聚光点是他的灵魂所受的创伤"。二是为了突出各个年代时序蒙太奇剪接手法所产生的强烈对比的效果。三是当时代积累下的感受、情绪太多太重，因此，文学中走向前景的是人们情绪的直接涌现。这三种内在动因在与一个开放的可以进行多种文学选择的时机相契合时，就促成了王蒙的《布礼》、《蝴蝶》、《夜的眼》、《春之声》那样的表现形式的小说出现。①

　　更多是出于"时代"的原因，而非出于"艺术自律"一类的审美独立性追

---

① 张钟：《王蒙现象探讨》，《文学自由谈》1989 年第 4 期，第 94 页。

求，王蒙才采用了新的小说表达技术。也正因此，王蒙的这批小说不可避免地带着鲜明的时代局限性。在其中，读者固然可以获得新鲜的感受方式，小说通过大量名词连缀，去满足"官能饥渴"的时代需求，通过大量跳跃的思维和叙述去纾解僵化机械的文艺审美习惯，但是这种对感觉方式的革新更多地停留在纯技术层面，它的文学主体精神依然显得观念化、概念化，也就是说，它在文学主体性方面做出的革新并不特别彻底。王蒙认为，"意识流"作品给读者留下了回味、咀嚼、想象以至推理、分析的余地，需要读者自己完成"从感性认识变为理性认识"的升华。①

王蒙的"意识流"为评论家们所诟病的地方正是它过于清晰的理性控制和主题安排。《布礼》《蝴蝶》《海的梦》都可以算入"伤痕文学"的范畴，写的就是对革命历史的反思，并通过塑造精神性的崇高，想象性地修复革命遭遇的危机，尽管王蒙自称这些小说并不是"主题先行"，而是"感受先行，感觉先行"。他说《布礼》写"年代不详"的场面不是主题先行，而是"感觉先行，就是这种心理活动先行"。《夜的眼》是"感觉先行，感受先行，是对城市夜景的感受先行"②。但是，他又说："感受本身不是直接对于思想的图解，所以写感受我觉得满有趣，这里包含着思想，但不直接说破。"③ 王蒙竭力避免"主题先行"，张扬"感觉先行"，但是由于种种时代因素，他又认为感觉中得"包含着思想"，从而无法从时代政治的旋涡中脱身而出。这或许是他采用新技巧，也有想表达"新感觉"的明确诉求，但最后他在"感觉革新"上并没有取得实质性的突破的原因所在。

"意识流"小说影响颇大，很快其他一些作家也加入了写"感觉"的"意识流"阵列。贾平凹写过一篇短篇小说《病人》（《延河》1981 年第 1 期）。"我"截瘫了，只能在床上躺着学习画画。由于"我"挚爱表姐，便将思念感觉化了，呈现出绚烂的色彩，当我把感觉呈现在画面上时，人们都觉得太荒唐，

---

① 参阅王蒙：《关于"意识流"的通信》，《鸭绿江》1980 年第 2 期。
② 王蒙：《在探索的道路上》，见《王蒙选集》，百花文艺出版社 1985 年版，第 278 页。
③ 王蒙：《在探索的道路上》，见《王蒙选集》，百花文艺出版社 1985 年版，第 279 页。

可是我坚持"我是这么感觉的！我是这么感觉的！"这个短篇小说写的就是截瘫病人的感觉飞扬的过程，从某种角度看，这篇小说颇有王蒙"东方意识流"的影子（王蒙式"意识流"有时被戏称为"东方意识流"）。

张辛欣的《清晨，三十分钟》（《上海文学》1983年第3期）也可以看作是向王蒙"意识流"的"致敬"。这篇小说写了主人公在早晨上班自行车车流中的三十分钟的"意识旅行"。"小小的感觉，总保持着新鲜"，小说里的这句话说明了作者所竭力展示的也是"感觉先行"的主题。

李陀的《七奶奶》（《北京文学》1982年第8期）写了一个嗅觉发达的老人七奶奶，虽瘫痪在床，可"鼻子灵得出名"的她却试图掌控一切。这篇小说写的就是瘫痪的七奶奶的"意识流"，她最害怕煤气灶，她依靠自己的感觉推测儿媳和儿子在偷偷用煤气，她发自内心的恐惧让人觉得有些可笑。这篇小说可能意在完成"老人排斥创新"的社会讽喻，但它的感觉描写是非常有质感的。

刘心武的《电梯中》（《文汇增刊》1980年第9期）也是一篇"意识流"小说。一名对现任丈夫不满的女人，曾经因"文革"与前男友失去联系，"文革"后她和前男友坐电梯到她家去。刘心武记录的就是，在电梯这段时间内她的"意识流"……

可见，王蒙的"意识流"作品给其他作家带来了不小的感染力和某些技巧性或主题上的启示，进而，在对感觉丰富性的追求上，20世纪80年代初形成一股不小的文学潮流。当时的文学为何这样热衷于阐述"感觉世界"的故事呢？因为王蒙开启的这股"感觉革新"潮流回应了那个快速变化的社会现实，尤其是长期"感官饥渴"的读者们的期待。

具体而言，中国持续多年的革命实践导致了那个年代人们的"感官饥渴"，并且拥有强烈的表达欲望。加之中国落后于世界潮流（所以应该拼命追赶实现"现代化"）成为共识，因而那个时代既有对西方新潮事物的极大热情，又有对感觉享受（对人的内在世界、感觉世界进行文学探索、再发现）的热切期待。"意识流"小说从这两个方面满足了需求，它既有西方新潮事物的时尚感（"意识流"），又展示出一个迥异于"革命现实主义"文学的感觉世界。

然而，用"意识流"这种新叙事技巧重新讲述"旧主题"，不仅仅是"新瓶装旧酒"，而是文学现代化进程中不可缺少的步骤和环节。这种"东方意识流"文学蕴含着对文学人物主体性和作家功能主体性的新期待：文学人物应该有独立的感觉和体验系统而不受特定观念支配，同时作家的理性思考则不该过多地介入文学叙事本身，它在朝着刘再复所说的"作家愈有才能，作家（对人物）愈是无能为力；作家愈是蹩脚，作家（对人物）愈是具有控制力"[1] 的状态前进。用王蒙的话说，这就是"感受先行"。"感受先行"之所以成为中国"意识流"小说最明显的特征，源于对西方意识流小说的某种误读（将"无意识"理解为"感觉"），这些小说无法做到彻底的"个体化"，也没有建构出完美的现代"自我意识"，因此可以说是一个向"现代化"的文学过渡的阶段性产物。对人的感觉世界的文学再现，既有文学意义也有社会学意义，因为它促成了一种认识：无论是"现代化"的文学，还是"现代化"的新个体，都应该超越社会理性范畴，拥有更复杂的内心体验。

第三节 知识分子话语与"深度感觉"模式

（一）"现代感觉"的诞生

20 世纪 80 年代中期，"现代派文学"兴起，主要代表作是刘索拉的《你别无选择》（《人民文学》1985 年第 3 期）、徐星的《无主题变奏》（《人民文学》1985 年第 7 期）、陈村的《少男少女，一共七个》（《文学月报》1985 年第 4 期）。就写作时间而言，《无主题变奏》写于 1981 年，《你别无选择》和《少男少女，一共七个》都完稿于 1984 年。这几篇"现代派文学"获得文学史意义，很大程度上并非因为作品自身的文学成就，而是因为"现代派"这一命名本身。这几篇小说对西方某些作家的"借鉴"较多、较明显。读《无主题变奏》、

---

① 刘再复：《论文学的主体性》，《文学评论》1985 年第 6 期，第 18 页。

读《少男少女，一共七个》，感觉有塞林格的《麦田守望者》的影子，那种情绪，那种行文风格，那种以第一人称怒斥调侃一切的感觉，甚至塞林格那些经典脏话"他妈的""老混蛋""假模假式"等词语也被直接移植过来；而读《你别无选择》又觉得它与海勒的《第二十二条军规》颇有渊源，从语言到情节都有一定的可比性。不少80年代的读者读了之后，觉得这些小说"矫情"①，是"伪现代派"②，尽管如此，这些小说还是产生了巨大的影响，为现代主义文学打开了大门。

这三篇作品全部使用了"纯真青少年/污浊虚伪文化"的二元结构，贬斥虚伪僵化的社会文化。张扬叛逆个性的青年则因纯真而走向愤怒，所以作者最关心的问题是内在的主体自我与外部现实的关系，也因此特别注意塑造一种强化的自我意识，比如在这三篇小说中就有两篇是以第一人称"我"来主导全文的。"我"的所想所感、"我"的情绪反应成为小说的精华所在。因此，就身体感觉层面来说，这些"现代派小说"构筑了一个张扬的"主体自我"，增强了文学中的自我意识，强化了身体感觉在文学中的重要性。这三部小说都喜欢在叙述过程中写人物内心愤世嫉俗的心理活动，有意识地对立并置外在世界和人物内心的世界，并且以人物叛逆的内心感觉去衡量外在世界的诸多现象。就身体感觉方面的意义来说，"现代派"的意义是强化了文学作者的自我意识、主体意识——关注自身（自我），以直觉和感觉为判断外部世界的标准。

与此主题相关，对现代感觉的再发现，是"现代派"文学的一大特征。"我并不劳累，只是神情恍惚，脑子里各种五彩缤纷的念头交替出现，视而不见，听而不闻，怅怅然宛如在梦中。公共汽车拼命地鸣喇叭，自行车铃声响成一片。警察在十字路口的岗亭上团团乱转，人们背着、提着各式各样的包，吃着冰棍，看起来谁也不像我这样傻乎乎咧着嘴胡乱东张西望，脑子里空空如也。"③ 这一段出自《无主题变奏》的语言，写的就是一种"现代感觉"——

---

① 吴方：《论"矫情"》，《北京文学》1988年第4期。
② 李洁非、张陵：《探索、实验性小说困难论》，《当代文艺思潮》1987年第5期。
③ 徐星：《无主题变奏》，《人民文学》1985年第7期，第38页。

混乱、无助、刺激以及现代的迷茫感。《少男少女，一共七个》也不乏类似的现代感觉，比如写主人公三菱坐公交车的体验："车外，是车，是人，是墙，是水果摊，是报摊，是乱堆乱放，是违章搭建，是红灯绿灯，是火车道口，是比屁还臭的苏州河呀。"① 这一段写的就是主人公对城市的感觉——繁忙、混杂、污浊，总之是一种很难让人找到存在感的现代体验。

这类作品对"内心""深度"等维度的着意塑造，是作品追求"现代派"风格的体现，当然这也可能是一种模仿。强化自我意识和发现"现代感觉"，是"现代派"文学讲述"身体故事"时所着意强调的倾向，这种倾向试图营造出一种朝向"现代性"的新主体，也即人（或"文学作者"）应该这样去感觉自己、去感觉社会。这是现代派文学身体叙事的意义所在。

然而，因为这些作品有着明显的模仿西方作品的痕迹，对中国本土经验的处理和挑选也是基于方便模仿的态度，因此这些作品的意义可能仅仅是提供一种"现代自我"的文学典范（颓废、绝望、愤怒等）以及展示以西方现代小说为尚的冲动而已。这是改革开放早期青年文学作家们追赶世界潮流，实现文学现代化的初级阶段。他们直接"仿制"西方文学获取文学圈子内的"象征资本"的方式，让他们的书写显得缺乏"深度"，似乎难以触碰到改革开放早期人们内心的真实情感。由于这也是文学史演进一个必不可少的环节，故本节大概指出"现代派"文学在身体感觉拓展方面的贡献，不再对其进行更深一层的细化分析。

（二）残雪的"潜意识写作"

"现代派"文学在身体感觉方面的呈现只是一个开端，真正把"感觉"带入"深度"模式的还是后来的一些作家，这要相对晚一些，到1985年前后，改革开放早期的文学才写出了感觉层面的深度模式。"深度感觉"模式是充分"感官化"的，传达出一种寄生于身体和无意识层面的情绪和感觉。讲述"深度感觉"故事的文学当然是改革开放早期的文学开拓"深度人性"的手段之

---

① 陈村：《少男少女，一共七个》，《文学月报》1985年第4期，第20页。

一，即从感觉的层面映照出人性的深度和复杂。"深度感觉"模式的文学多以极端化的情绪呈现出来，负面情绪如恐惧、战栗、恶心，正面情绪如新奇、惊异、童真。

20世纪80年代文学中充分"感官化"写作的大家是残雪和莫言，他们真正把感觉、无意识、直觉作为自己的写作原则，其作品渗透着让人感到新异无比的感觉呈现。残雪的写作充斥着无意识领域内的怪乱错愕，而莫言的写作则是试图构建一个瑰丽而残酷的感官世界。本小节先讨论残雪的"潜意识写作"。残雪追求的正是詹明信所说的"弗洛伊德的心理分析模式"的深度模式（在自我/本我、意识/潜意识的对位中，超越前者专注于更深层次的"本我"和"潜意识"方面的内容）。

错乱变异的感觉描写、恐怖恶心的氛围营造，是残雪小说的独特性所在。从某种意义上说，残雪的现代主义文学创作可算是"伤痕文学"的深化和延续，它将"伤痕"变成一种内心体验，以诉诸感官的恐惧震撼完成"文革"后的历史反思。这种写作远比肤浅控诉的伤痕小说更"深入"人心。在日本学者近藤直子的访谈中，残雪承认"对（伤痕文学）那样的小说，我常感到不能十分令人满意。他们的小说模仿那些公认的'现实'的倾向太强，只能通过别人的眼睛，看别人所看到的东西。我想，如果是我自己，能够超越他们，写出完全新颖的东西"①。当时，很多看似"现实主义"的小说，其实只是生产了一种自以为是的"现实"、被意识形态绑定的"现实"，残雪似乎已经参破"伤痕文学"的软肋。

这或许与残雪幼年的特殊经历有关：残雪的父亲很早就被划为"反党集团"、"极右"分子，母亲被送去衡山劳改；三年困难时期全家人"挣扎在死亡线上"，残雪外婆饿死，残雪姊妹分食外婆留下的细糠"才延续了生命"；"文革"时，其父被关，其母被送去"五七干校"学习，其姊妹大多上山下乡……可以说，新中国成立后多数运动都严重波及残雪的童年、青少年，这种创伤性

---

① 残雪：《为了报仇写小说——残雪访谈录》，湖南文艺出版社2003年版，第32页。

的经历与她的创作难解难分。① 童年经历对作家的巨大影响，已被精神分析学和文学批评部分揭示。残雪自述"从小时候起就想要否定社会已有的'现实'观念"，"只有这样才能得到愉快的感觉"。② 于是，残雪写作的使命就是对抗现实，这堪称是一种复仇式的写作（她的访谈录题名为"为了报仇写小说"）。

为了这个以"自我现实"取代"官方现实"的理念，残雪的创作便在"一种强有力的理性的钳制下进入无意识的领域和白日梦中"③。残雪使用无意识写作（有时她也称作"潜意识写作"），某些创伤性的情结就涌现为梦魇般的感性体验，一次次出现在她的小说中。在精神分析学看来，某些"创伤经验"会经常复现在无意识（梦）中，形成一种创伤性的固结（fixation）。④ 所谓"固结"就是自我对创伤性事件的带有强迫性的回忆、执着与焦虑。残雪的"固结"与其"文革"经历相关，残雪也自认为"我的所有的小说都是精神自传"⑤，这说明她的写作植根于她对自身潜意识的发掘。她的小说比"伤痕文学"传达出更深刻、更丰富的质感——她试图把伤痕文学中的理性的、思想性的伤痛重新表述为感官性的、情感性的可感伤痛。残雪就是这样发动无意识，创造了一个独特的感觉世界。而残雪书写的充斥自我感觉的新异世界，让她一下成为改革时代的代表作家。

《山上的小屋》（《人民文学》1985 年第 8 期）是残雪最有代表性的一篇作品。在这篇作品中梦魇与现实交织在一起，身体感觉与外在现实互相渗透。它用卡夫卡式的现代主义技巧表达出对"文革"的深度体验，尽管小说没有直接写明"文革"，但是通过人物关系和人物情态的暗示就会发现这篇小说所指涉的正是对"文革"的恐惧。《山上的小屋》写了一家人的生活，爸爸、妈妈、小妹和"我"之间充满了不信任，处于一种"人对人是敌人"的关系中，这似

---

① 残雪：《美丽南方之夏日》，见《为了报仇写小说——残雪访谈录》，湖南文艺出版社 2003 年版，第 285－292 页。
② 残雪：《为了报仇写小说——残雪访谈录》，湖南文艺出版社 2003 年版，第 33 页。
③ 残雪：《为了报仇写小说——残雪访谈录》，湖南文艺出版社 2003 年版，第 36 页。
④ ［奥］西格蒙德·弗洛伊德：《精神分析导论讲演》，周泉、严泽胜、赵强海译，国际文化出版公司 2000 年版，第 240 页。
⑤ 残雪：《为了报仇写小说——残雪访谈录》，湖南文艺出版社 2003 年版，第 151 页。

乎在暗指"文革"对家庭关系的破坏。"我的抽屉"是这篇小说中较有现实感的核心道具，大概象征着个人隐私或不应被公共化的个体人格。家人"趁我不在的时候把我的抽屉翻得乱七八糟"，并且扔掉我抽屉里心爱的"死蛾子""死蜻蜓"，母亲还对抽屉发出的声音充满恐惧，认为那是一种危险——"母亲一直在打主意要弄断我的胳膊，因为我开关抽屉的声音使她发狂，她一听到那声音就痛苦得将脑袋浸在冷水里，直泡得患上重伤风。"① 正是因为抽屉的存在，感觉变异、有些神经质的"我"像生活在噩梦中一样，从混乱中充分感受到来自家人的敌意：小妹"目光直勾勾的，左边的那只眼变成了绿色"，"小妹目光永远是直勾勾的，刺得我脖子上长出红色的小疹子来"②；而母亲则"冷笑"着，"恶狠狠地盯着我的后脑勺，我感觉得出来。每次她盯着我的后脑勺，我头皮上被她盯的那块地方就发麻，而且肿起来"③；父亲直接变成了狼，"父亲用一只眼迅速地盯了我一下，我感觉到那是一只熟悉的狼眼。我恍然大悟。原来父亲每天夜里变为狼群中的一只，绕着这栋房子奔跑，发出凄厉的嗥叫"。④ 家人之间是一种互相监视的关系，人人都生活在恐惧中，"我"每次去找妈妈，都把她"吓得直哆嗦"，小妹在睡梦中也感到那么害怕，"脚心直出冷汗"，全家人脚心都出冷汗，以至于被子都潮了，要经常晒被子。家人在这种颤栗和恐惧的生活中，人格都阴沉、狠毒："家人们在黑咕隆咚的地方窃笑……他们一边笑一边躲。"

　　这篇语言显得错乱又毫无"真实背景"的文本，全部经由"我"的梦魇式体验传达，只能理解为是精神错乱的"我"对现实的感觉变形。这篇小说好像是以弗洛伊德发现的"梦的语言"写成。弗洛伊德指出，"象征作用或许是梦的理论中最为引人注目的部分"⑤。《山上的小屋》使用的就是"象征手法"，

① 残雪：《山上的小屋》，《人民文学》1985 年第 8 期，第 68 页。
② 残雪：《山上的小屋》，《人民文学》1985 年第 8 期，第 67、68 – 69 页。
③ 残雪：《山上的小屋》，《人民文学》1985 年第 8 期，第 68 页。
④ 残雪：《山上的小屋》，《人民文学》1985 年第 8 期，第 68 页。
⑤ ［奥］西格蒙德·弗洛伊德：《精神分析导论讲演》，周泉、严泽胜、赵强海译，国际文化出版公司 2000 年版，第 129 页。

利用事物的相似关系（比如"抽屉"与自我人格、隐私）或者意象关系（狼眼表示人性的变异）来传达强烈的不信任感和对外部世界的恐惧感。小说里的感觉尽管经过象征化的变异，但能传达出很强的文学效果。这容易叫人联想到卡夫卡的《变形记》《乡村医生》《判决》《城堡》等作品。残雪与卡夫卡处于差不多同样的历史语境，导致他们所写的主题都是官僚主义下无力反抗的小人物的精神世界。这种共通性为残雪排除了文化的隔阂，从而让她的小说少了一些刘索拉、徐星等人作品中的"矫情"。

残雪的真正处女作是《黄泥街》，这个中篇小说创作于 1983 年，二稿完成于 1984 年，可直到 1986 年才在《中国》杂志公开发表。1983 年的第一稿是"写实主义的"，在写作过程中，残雪看到一些翻译过来的现代主义作品，觉得"写实主义的写法不过瘾，有些东西说不出来，非得用现代主义的手法才说得出来"①。残雪想要表达的多层次、多维度的感觉，无法通过当时的现实主义方法传达，正在她苦于表达工具不足时，恰好看到卡夫卡等国外现代主义作家的作品，并获得启示，有了"内心升华的过程"（卡夫卡的《变形记》《乡村医生》《地洞》等作品用"梦呓的语言"来从潜意识层次上表现内心的真实），于是在 1984 年写完《黄泥街》第二稿。残雪找到的新表达工具和创作手法，其实就是用感性的、感觉的体验去取代理性痕迹过重的现实主义手法。她意识到作品一定要"完全排除理性"，必须"控制在非理性的状态中去创作"②。有学者指出，改革开放早期现代主义文学"试验的基础"，是"理性化的渴求随同铭刻其上的世界主义幻想"，而现代派文学形成的标志就是"从非理性或潜意识出发来界定新生的社会理性"③。残雪的"潜意识写作"对应的正是上述意识形态机制，她经由欧美现代主义（卡夫卡）的启发获得了"世界主义幻想"，以"潜意识"（或"非理性"）的发现和使用为中介，完成一种曲折的政治性表达，为"非理性"和"无意识"所支配的文本背后隐藏着对"新生的社会理性"的深

---

① 残雪：《为了报仇写小说——残雪访谈录》，湖南文艺出版社 2003 年版，第 53 页。
② 残雪：《为了报仇写小说——残雪访谈录》，湖南文艺出版社 2003 年版，第 49 页。
③ 张旭东：《改革时代的中国现代主义——作为精神史的 80 年代》，崔问津等译，北京大学出版社 2014 年版，第 128 页。

刻追求。从更广泛的整体文学环境上看，谁也无法否认当时"'非理性'和'无意识'的发现以中国汇入全球体系这一事件为前提条件"①。而此时正是国内美学界高呼"感性至上"的时刻，中国知识界正在跃跃欲试地想要融入全球体系。残雪获得启示和她的作品能被接受，都与这种合适的外部环境必然联系在一起。"1985 年对残雪而言肯定是个十分要紧的历史机会……追求新奇与鼓吹实验是这一年度的文学倾向之一。"② 也就是说，1985 年固有的"文学场域"与残雪注重身体官能体验的"潜意识写作"，是一种互相需求、互相成全的关系。残雪自觉不自觉地顺应了时代的趋势。以至于她在 1987 年完稿的第一部长篇小说《突围表演》扉页写上"那不可言的感受，各人都是不尽相同的"，表达了她对"个人感受"的高度推崇。

回到《黄泥街》这部几乎是按照梦境结构而成的小说。它其实与《山上的小屋》非常相似，只是《黄泥街》以更加梦呓的无意识语言描述了一个丑恶、溃烂、疯狂、颤栗的众生相。残雪在《黄泥街》开篇就点明，黄泥街存在与否是个谜，我"记得非常真切"的黄泥街，别人却都说"没有这么一条街"。在几句话之后，作者就揭开了黄泥街的谜底，即黄泥街的故事根本就是一个梦。"有一个梦，那梦是一条青蛇，温柔而冰凉地从我肩头挂下来。"③ ——这句话独立成段，续接的不是前一段所写的睡觉的乞丐们做的梦（"乞丐们"做的不可能是"一个梦"），而是为了引出下一句"关于黄泥街和 S 机械厂"。作者直接点明《黄泥街》写的根本就是一个梦，所以它所用的也是梦的语言！在开篇"引言"结束的时候，残雪再次点明黄泥街是梦："哦，黄泥街、黄泥街，我有一些梦，一些那样亲切的、忧伤的，不连贯的梦啊！"④ 如果黄泥街是梦，就可以非常合理地解释开篇说的黄泥街存在与否的模糊性（因为梦本来就是可有可

---

① 张旭东：《改革时代的中国现代主义——作为精神史的 80 年代》，崔问津等译，北京大学出版社 2014 年版，第 128 页。

② 吴亮：《一个臆想世界的诞生——评残雪的小说》，《当代作家评论》1988 年第 4 期，第 75 页。

③ 残雪：《黄泥街》，《中国》1986 年第 4 期，第 71 页。

④ 发表在《中国》杂志上的是简洁版本，没有这句话。后来出版专书时增加了此部分内容，见残雪：《黄泥街》，长江文艺出版社 1996 年版，第 65 页。本书同时参考了"杂志版"和"专书版"，特此说明。

无的）。在结尾的部分又三次提到梦：前两次是如"黑色大鳖般的噩梦"，仿佛这个黄泥街噩梦将醒的时候，做梦者恍惚意识到自己正在做梦；而最后一次提到梦，则是在清醒状态下回忆这个梦（表示做梦者在小说结束的时候醒了）："梦的碎片儿落在我的脚边——那梦已经死去很久了。"①

精神分析学认为，噩梦是自我对创伤性经历的强迫重复。残雪笔下的黄泥街噩梦偶然窜出来的"文革"语言，暴露了作家创伤性体验的真实来源。这个梦里唯一与现实相关的东西正是"文革"语言以及"文革"时人心惟危、彼此提防的群众恐慌氛围。

残雪对黄泥街的环境的描写带有强烈的感官刺激，甚至引发很多人的生理不适：黄泥街一年四季落着"墨黑的灰屑"、"焚尸炉里的尸油"，人们头顶的那一片天永远是"灰中带一点黄"的颜色，黄泥街的人"大半是烂红眼"，街上到处是烂菜叶、烂鞋子、烂瓶子和乌黑的臭水，人们有时捞水里"泡得胀鼓鼓的"死鸡死猪吃，有人耳朵生蛆烂掉，有小孩的脸"像蛇皮一样满是鳞片"，有以吃苍蝇、吃蝙蝠为乐的妇女，还有流着奇臭刺鼻气味黑水的死尸……残雪调动视听味各种感觉去建构黄泥街这个文学梦魇，让作品真正具有噩梦的多层次感性特征。在这个梦的最表层，残雪提供给读者的是生理层面上的感官刺激，而在这个梦的深层则是一种创伤性的政治恐惧情绪。正如批评家所言："从某种意义上讲，黄泥街是一场噩梦的真实记录，它们在没有逻辑的符号记述背后深藏着隐语的严密秩序，它们在没有规则的背景，行为和直觉的内里，恰恰以启示的方式吻合了昨日的精神不安与现在时态的讽刺与批判。"② 这一评价相当精确，看到了黄泥街噩梦中隐藏着的深层次政治焦虑。

在虫蚁蚊蝇蛇鼠孳生、腐尸臭水横流的黄泥街，住着一群神经兮兮的人，这些人行为古怪、思想愚昧，但对于政治却有近乎本能的敏感与热爱。从人物设定看，这个关于黄泥街的梦的内核是对群众和群众运动的恐惧和厌恶。法国学者勒庞在《乌合之众：大众心理研究》中提出一个著名的观点："群众"是

---

① 残雪：《黄泥街》，《中国》1986 年第 4 期，第 128 页。
② 程德培：《序——折磨着残雪的梦》，见残雪：《天堂里的对话》，作家出版社 1988 年版，第 7 页。

缺乏逻辑理性的、感情非常单纯而夸张又容易受各种暗示影响的、容易陷于领袖崇拜之中的乌合之众。① 黄泥街上的群众，正是这样一个蠢蠢欲动、狂热愚昧、毫无理性能力的群体。例如朱干事对"王子光是不是实有其人"发表演说以后，群众很恐惧，齐二狗莫名其妙地想到了"早上有五只老鼠横渡马路"，觉得"大祸临头"，于是说出了报纸上的"目前的中心任务是抓一小撮"，便觉得心安理得了；老郁联想到自己"试验过用一枚长钉钉进狗眼珠里，狗并没死，这不是奇迹吗"，试图靠这个奇迹来克服自己对"王子光"的恐惧；听到这些，靠政治语言壮胆的齐二狗又"埋下眼胆怯得要死②。这个梦的核心意象就是恐惧，有人因担心房顶上掉下东西，一夜没合眼；有人担心别人偷窥，整日整夜躲在衣柜里。每个人都战战兢兢地怀疑有什么阴谋要爆发，他们的日常语言都是"阴谋论"式的反问和连续反问，比如"有人放出空气来，说黄泥街没有迫害案……为什么？S厕所的墙上都爬满蜗牛啦，怎么一回事呀？……现在什么事都好像不对头了"；"一大早我就看到三个黑影……谁出的花样？会不会出什么事？我们这就走吗？"

这个梦里也有一些领导式的人物，如"王子光"和"区长"。这两个领导式人物并没有给群众提供稳定感，反而加剧了群众的恐惧和恐慌。比如"王子光"正式露面前，人们认为他是能拯救黄泥街的"上头来的人"，但是当他真正露面的时候，却成了一个收购员，而他走后，人们又说他已经死了，或者说他是王四麻的弟弟、齐婆的亲戚，还和张灭资的死有关，于是所有人认为"黄泥街没希望"。再比如"区长"这个代表"上面意志"的人，一会儿人们怀疑"是否真有区长其人"，感觉区长是假的、不存在的，一会儿又说区长其实是"王四麻"，最后区长不得不自己出面宣称自己是真实的。所有这些模糊的情节都指向了黄泥街这个梦的深层：对"领导"及群众运动的恐惧。

然而残雪对政治历史的反思并不是通过理性的语言，而是将之驱到无意识的领域内，转换为可感形象进行叙述。这种做法固然与残雪本人厌恶"官方现

---

① ［法］古斯塔夫·勒庞：《乌合之众：大众心理研究》，冯克利译，中央编译出版社2004年版。
② 残雪：《黄泥街》，《中国》1986年第4期，第75页。

实"的履历有关，但也是对当时召唤极端"感性个体"的文学场域的回应，她创作的"噩梦"让她探及了改革开放早期文学的"深度感觉"模式。"有些东西说不出来，非得用现代主义的手法才说得出来"，残雪的这一自觉，不正是因为她意识到她生活的时代，虽然有对"感性"的呼唤，但真正感性的文学尚未产生吗？她通过对现代主义文学的大胆借鉴，表达出了这种"说不出来的东西"。残雪对特殊感觉方式的选择，既见证了知识分子对"世界通用文学规范"的追求（如前所述，残雪的"潜意识写作"，以梦的语言来建构小说的方式与卡夫卡的一部分作品的特征比较一致），也形象地说明"个人化"时代文学主体性的强化与政治情绪相关——不但内容上充满了对过去不久的历史的批判，而且这些现代小说所采用的形式本身就暗含着对世界文学潮流的归顺和以此摆脱革命美学控制的意图。

（三）莫言对"感官化叙事"的激进尝试

如残雪一样，1985 年对于莫言来说，也"是个十分要紧的历史机会"。莫言于这年初推出他的成名作《透明的红萝卜》（《中国作家》1985 年第 2 期），这篇小说极致地使用"感官化"的叙事方式，引起文坛广泛注意。莫言此后陆续发表了一批以描写精彩的感官世界为特征的"感觉系"的中短篇小说，分别是：《老枪》（《昆仑》1985 年第 4 期）、《球状闪电》（《收获》1985 年 5 期）、《枯河》（《北京文学》1985 年 8 期）、《爆炸》（《人民文学》1985 年 12 期）、《红高粱》（《人民文学》1986 年 3 期）。这些小说无不以极致而鲜明的感官化叙事夺人耳目，如今这些作品已然成为莫言中短篇小说中的巅峰作品（后来的莫言小说几乎都可在这些作品中找到相应的写作范型，也就是说，通过这些小说，莫言开创了自己的文学风格）。

莫言之所以引起读者和批评家的关注，与他小说中呈现的超越正常尺度的"感觉世界"分不开（他把感官描写推高到极致的水准）。1986 年就有批评家指出："好象（像）正是这彻底的感官化，把莫言与传统意义的小说家区分开来。有一种挺怪诞的说法，认为莫言的小说似乎不仅从大脑中产生，也从'肉体'

（当然取其广义）中产生。"① 在某种程度上，"感官化"写作成了莫言小说的标志："几乎所有的读者都注意到了莫言小说语言的强烈的感官刺激性。对感官经验的大肆铺张，几乎成了莫言小说叙述风格的标志……对感官经验的自由渲染甚至代替了叙事，而成为小说的核心成分。"② 莫言在小说中标出的超越常人的感受力，成为莫言通向"先锋作家""文学大师"的"核心竞争力"。

除了艺术上的精湛（做到了极致，没人比他做得更好），莫言通过"感官化写作"形成"核心竞争力"，也与改革开放早期知识分子群体的"文化政治"有着诸多联系。若是忽视了这点，就无法理解莫言 1985 年开始的"华丽变身"③。1985 年，莫言开创出来的感官化叙事方案最鲜明地体现在他对叙事"视角"自觉而极致的运用上。"视角"（point of view/focalization）是叙事学中的核心术语之一，它指"叙述时观察故事的角度"；如果叙事文本选择的视角不同，即使是同一个故事，也"会产生大相径庭的效果"④。本小节将分析莫言对叙事视角的革命性运用，来揭示知识分子"感性至上"的文化思潮对他的具体影响，以及在这种影响下，他如何进行"感官化"叙事以创造出"深度感觉模式"。

在《透明的红萝卜》中，莫言始终采用"内聚焦视角"（也称"人物视角"），即始终把视角放在黑孩这个人物身上。比如他写小石匠敲打黑孩的脑袋，就这样写："孩子感到小石匠的手指在自己头上敲了敲"；写菊子姑娘抚摩黑孩的伤疤，便这样写："黑孩感觉到那两个温暖的手指顺着他的肩头滑下去"，"黑孩感到那只手又移到他的耳朵上"⑤；即便是写黑孩自己的动作，依然要通过人物的内在感觉来写，比如黑孩砸到自己的手，便这样写："他感到右手食指一阵麻木，右胳膊也不由自主地抽搐了一下。他的嘴里突然迸出了一个音

---

① 李洁非、张陵：《莫言的意义》，《读书》1986 年第 6 期，第 82 页。

② 张闳：《莫言小说的基本主题与文体特征》，《当代作家评论》1999 年第 5 期，第 62 页。

③ 程光炜写过，1985 年莫言从平庸的现实主义突然转型成先锋作家的转变。见程光炜：《颠倒的乡村——再读莫言的〈透明的红萝卜〉》，《当代文坛》2011 年第 5 期。

④ 申丹、王丽亚：《西方叙事学：经典与后经典》，北京大学出版社 2010 年版，第 88 页。

⑤ 莫言：《透明的红萝卜》，《中国作家》1985 年第 2 期，第 183 页。

节，象哀叫又象叹息。低头看时，发现食指指甲盖已经破成好几半，几股血从指甲破缝里渗出来"①。通过这几处描写，不难发现作者拒绝使用简单直接的"外聚焦视角"（全知视角），而是统统使用"他感到什么什么"这样的"内聚焦视角"②，即将叙事视角牢牢地放在黑孩的人物之内，透过黑孩异常发达的感觉系统呈现出故事的整体。"内聚焦视角"便于再现人物的内在世界，莫言便是通过极端地采用"内聚焦视角"完成感官化叙事的。

　　黑孩是一个受后娘虐待、被村民轻视的小男孩，他沉默寡言却有着丰富敏锐的内在感觉。这种设定大概正应了莫言一句话："不说话会让你捕捉到更多的信息。关于颜色，关于气味，关于形状。……不说话你能更多地听到美好的声音。"③（《枯河》《老枪》的主角也是像黑孩一样沉默寡言的小男孩）可以说，《透明的红萝卜》是以内聚焦视角/人物视角呈现出的一个关于感觉的故事，叙事话语准确地对应着故事结构。这篇小说在内容上以黑孩异常敏锐的感觉能力为表现主题，他在备受欺凌的艰苦环境中拥有丰富发达的感觉世界。黑孩砸石头时，是这样的："他听到了河上传来了一种奇异的声音，很象鱼群在唼喋，声音细微，忽远忽近，他用力地捕捉着，眼睛与耳朵并用，他看到了河上有发亮的气体起伏上升，声音就藏在气体里。只要他看着那神奇的气体，美妙的声音就逃跑不了。他的脸色渐渐红润起来，嘴角上漾起动人的微笑。他早忘记了自己坐在什么地方干什么，仿佛一上一下举着的手臂是属于另一个人的。"④ 因为这篇小说的主题便是表现"感觉世界"，所以读完小说就会发现"作者感兴趣的不是叙述'故事'，而是随心所欲地表现黑孩对大自然的'特殊感觉'"⑤。最大限度的感官书写，昭示出莫言似乎突然对激进的感官化叙事有了极大的信心。莫言1985年发表的其他"感觉系"作品佐证了他对感官化叙事的信心。

————————

① 莫言：《透明的红萝卜》，《中国作家》1985年第2期，第184页。
② "外聚焦视角"与"内聚焦视角"是叙事学中的概念，"外聚焦视角"可简单理解为全知视角，而"内聚焦视角"则可理解为接受人物视角限制的叙述，这种视角便于展现人物内部心理世界。可参阅罗钢：《叙事学导论》，云南人民出版社1994年版，第174–189页。
③ 莫言：《会唱歌的墙》，作家出版社2005年版，第55页。
④ 莫言：《透明的红萝卜》，《中国作家》1985年第2期，第183–184页。
⑤ 程光炜：《颠倒的乡村——再读莫言的〈透明的红萝卜〉》，《当代文坛》2011年第5期，第21页。

《枯河》也采纳了极端的"人物视角"方式，贯彻了更激进的"感官化叙事"原则。这篇小说写的是一起关于乡村暴力的故事：成分不好的中农的孩子小虎在游戏时从树上掉下来砸死了书记的女儿，书记权势熏天，小虎便陷入无穷无尽的暴力中——书记打他，父亲打他甚至"打死你也不解恨"，哥哥因为无法当兵了也想打他"留着（他）也是个祸害"，从来没打过他的母亲"戴着铜顶针的手狠狠地抽到他的耳门子上"。莫言将视角内转，完全从这个有点呆傻、沉默寡言的小男孩人物内部完成对伤痛的感官化叙述。比如写书记打小男孩的时候，视角完全来自小男孩的感觉系统——"他看到高大的红脸汉子蹿了过来，耳朵里嗡了一声，接着便风平浪静。他好像被扣在一个穹窿般的玻璃罩里，一群群的人隔着玻璃跑动着，急匆匆，乱哄哄，一窝蜂，如救火，如冲锋，张着嘴喊叫却听不到声。"从普通的外聚焦视角看，这里描写的是小虎脸部挨了书记的拳头或耳光，但莫言写的完全不是怎样打人，而是被打者怎样感受被打的过程。"他看到两条粗壮的腿在移动，两只磨得发了光的翻毛皮鞋直对着他的胸口来了。接着他听到自己肚子里有只青蛙叫了一声，身体又一次轻盈地飞了起来，一股甜腥的液体涌到喉咙。"[①] 这句写的是书记用脚端小虎的客观行为，但表现出来的是小虎对这一行为的包括视觉、触觉、味觉、听觉在内的全方位感觉展示。

上述段落以丰盈的感觉冷静地叙述了这次惨无人道的殴打，打人者每一个粗暴简单的动作都对应着小虎的长达几句话的感觉描写。"他听到自己肚子里有只青蛙叫了一声，身体又一次轻盈地飞了起来"，在"轻盈地飞了起来"的内在感觉之美反衬下，丑恶的暴力行为更显得粗暴。莫言尤擅长以人物"内聚焦"来构筑一种残忍的"暴力美学"。《枯河》开创的这一手法在他后来的《红高粱家族》《檀香刑》中得到更浓墨重彩的发挥施展，如《红高粱》中的暴力描写："父亲和一群孩子们，胆战心惊地涌到湾子边，居高临下地看着仰面朝天躺在湾子里的余大牙。他的脸上只剩下一张完好无缺的嘴，脑盖飞了，脑浆糊满双耳，一只眼球被震到眶外，像粒大葡萄，挂在耳朵旁。他的身体落下时，

---

① 莫言：《枯河》，《北京文学》1985 年 8 期，第 41 页。

把松软的淤泥砸得四溅，那株瘦弱的白荷花断了茎，牵着几缕白丝丝，摆在他的手边。父亲闻到了荷花的幽香。"① 一群孩子观看枪毙余大牙，"父亲"看到令人作呕的人体残肢，其感觉竟是"闻到了荷花的幽香"。莫言透过当时还是小男孩的"父亲"的感觉世界（视觉、嗅觉）来表现惨烈的暴力行为。

《枯河》还描写了变异的感觉，比如被打后的小虎"看到父亲满眼都是绿色的眼泪，脖子上的血管像绿虫子一样蠕动"②，这样的描写既体现出小虎发达的感觉系统，也暗示出施暴的父亲内心深处也埋藏着对儿子的爱。再比如，小虎的视角中的自然景物是"鲜红的太阳""水淋淋的鲜红的月亮""鸦鹊飞掠而过的阴影像绒毛一样扫着他的脸"，变形的景色是因为人物受到外界巨大冲击导致的感觉的变形。《枯河》在写变异的感觉上比《透明的红萝卜》更加夸张、更加"美学化"，显示出作家对小说人物感觉的娴熟掌握和操控。

在《红高粱》中，莫言的这些"法宝"再一次被祭出，写"奶奶"被日本人击中后，先写的是"父亲"（还是个小男孩）的感觉："奶奶胸前的血很快就把父亲的头颈弄湿了，父亲从奶奶的鲜血里，依然闻到一股浓烈的高粱酒味"，在父亲的感觉中，鲜血散发出浓烈的高粱酒味。接着再转向弥留之际"奶奶"的感觉："奶奶躺着，胸脯上的灼烧感逐渐减弱。她恍然觉得儿子解开了自己的衣服，儿子用手捂住她乳房上的一个枪眼，又捂住她乳下的一个枪眼。奶奶的血把父亲的手染红了，又染绿了；奶奶洁白的胸脯被自己的血染绿了，又染红了。枪弹射穿了奶奶高贵的乳房，暴露出了淡红色的蜂窝状组织"③。弥留之际的人出现幻觉，血一会儿是红的，一会儿是绿的。

《老枪》则写了另一个感觉很敏锐的小男孩大锁，发了大水后，他吃不上肉，非常饥饿，便用枪打野鸭子。莫言依旧是将视角放在大锁这个人物内部。写饥饿的大锁看到太阳："太阳像根油条一样横躺在地平线上"，把一个饥饿儿童的感觉写活了。又写大锁对野鸭子的感觉："鸭毛平软光洁绚丽，它们似乎都

---

① 莫言：《红高粱》，《人民文学》1986 年第 3 期，第 27 页。
② 莫言：《枯河》，《北京文学》1985 年 8 期，第 43 页。
③ 莫言：《红高粱》，《人民文学》1986 年第 3 期，第 30 页。

在用狡黠的眼睛轻蔑地盯着他的枪口，似乎在嘲笑他的无能……鸭群里散发出腥热的气息，鸭身相摩发出光滑柔软的声音。"① 这里，视觉、味觉、听觉全部被调动起来，是非常感官化的叙述。

在中篇小说《爆炸》中，从细节上捕捉感觉瞬间的功夫做得更足。在开篇就有精彩的一段，两父子因流掉孩子产生争议，父亲打"我"耳光这个动作，作者就足足描写了一页纸的篇幅，充分传达出小说人物那丰富多层次的感受。先是从嗅觉上写父亲的手"沾满小麦的焦香和麦秸的苦涩"，再从视觉上描写"六十年的劳动赋予父亲的手以沉重的力量和崇高的尊严"，然后又从听觉上写父亲的手落在我脸上时"发出重浊的声音，犹如气球爆炸"。在"我"的脸没回位时，我的感觉世界又发生了种种变化：如听到空中一声爆响，"这声音初如圆球，紧接着便拉长变淡，像一颗大彗星"。经过这一系列的描写，父亲的这第一巴掌的效力才算过去。

在《球状闪电》中，莫言第一次把对"内聚焦视角"与多视角叙事结合起来。《球状闪电》还开创性地通过刺猬和奶牛的视角叙事，而动物视角本来就没什么理性可言，感觉和独白便承担了主要的叙事功能。多视角叙事这种文体是莫言 1985 年转型的另一大特色，后来的《红高粱家族》《丰乳肥臀》《檀香刑》《生死疲劳》等篇幅较长的小说都采用这种文体（其中《丰乳肥臀》《生死疲劳》中使用了动物视角）。所谓多视角叙事，就是通过不同故事人物的视角从各个侧面组合成故事整体。显然，各种不同的人物视角方便莫言把对"感觉"的迷恋发挥得更极致，进而将不同人物的感觉世界连缀成篇幅较长的作品。因此，多视角叙事可以看作"感官化叙事"对长篇幅作品的要求。

在此"感觉系"作品出炉之前，莫言写过《黑沙滩》《岛上的风》等写实性作品，以反映当时主流价值观为特色，这些作品从文学创新的角度似无新意。1985 年中国当代文学经历一次艺术方法上的"转型升级"，为很多文学史学者

---

① 莫言：《老枪》，《昆仑》1985 年第 4 期，第 39 页。

以及莫言研究者所津津乐道①。顺应这一潮流，莫言似乎很突然地就从一个有些平庸的现实主义作家"新手"一下子就开窍了、上道儿了，找到了适合自己的艺术手法（现代主义）。这一年他开启了新的写作模式，写出了"一种对世界的奇妙感觉方式"（莫言语）。莫言天启般的灵动转身，顺应了那个时代的召唤。如程光炜先生所说："1985 年的文学需要推出这么个感觉奇异的孩子（引者注：指《透明的红萝卜》中的黑孩），需要用他来彻底改造 1985 年以前的'当代文学'。"② 莫言一系列"感觉系"作品在 1985 年出现，呼应着当时的知识分子群体内部形成的"文化政治"。

首先，当时文学进化论的观念正在确立，知识分子群体内逐渐达成某种共识：不是现实主义而是现代主义才堪称最先进的文学潮流。这样就使得一部分人广泛认同西方"现代派"文学，这种观念的产生"正是当代社会主义中国'打开国门'朝向全球资本市场进军这一历史情境在文化问题上的投影"③。改革开放和重新启动现代化进程的具体历史语境，使西方现代派文学处于文学话语中的优先序列。莫言对感官化叙事所持有的巨大信心，当然无法与这种历史语境剥离。莫言的创作直接受到了国外现代文学作品的影响，在此意义上，或许可以称之为"借鉴来的文学现代主义"。

至少，读 20 世纪 80 年代中期莫言的作品，容易让人联想到福克纳（William Faulkner）。曾有国外研究者指出莫言小说《枯河》的叙述方式"是典型的福克纳方式"④。确实如此，莫言和福克纳都喜欢通篇使用"人物视角"，活灵

---

① 在当时就有学者敏锐地意识到了 1985 年的小说创作中出现的新趋势。比如当年就有学者指出，在包括莫言成名作《透明的红萝卜》在内的 1985 年中篇小说的创作中，"变革是全方位的"，作家们"全力以赴，投注于艺术形式的革新"，"现实主义的一统天下被打破了，现代主义、浪漫主义、象征主义、魔幻现实主义的因素有增无减地渗透进来，甚至理直气壮地充当了主要的创作方法"。见：王东明：《在变革中沉稳前进——论一九八五年的中篇小说》，《复旦学报》1986 年第 4 期。关于莫言在这一年的转变，也有不少学者指出，如程光炜：《颠倒的乡村——再读莫言的〈透明的红萝卜〉》，《当代文坛》2011 年第 5 期；周蕾：《莫言在 1985："高密东北乡"诞生考》，《小说评论》2007 年第 2 期。

② 程光炜：《颠倒的乡村——再读莫言的〈透明的红萝卜〉》，《当代文坛》2011 年第 5 期，第 19 页。

③ 贺桂梅：《"新启蒙"知识档案——80 年代中国文化研究》，北京大学出版社 2010 年版，第 146 页。

④ ［美］M. 托马斯·英奇、金衡山：《比较研究：莫言与福克纳》，《山花》2001 年第 1 期，第 13 页。

活现地呈现出人物复杂多变的即时感受。《喧哗与骚动》就典型地使用了"内聚焦"与"多视角"结合的叙述方法，而此书的中译本刚好出版于莫言凭借"感官化"叙事在文坛崛起的前夜——上海译文出版社 1984 年出版了李文俊翻译的《喧哗与骚动》。对于"借鉴"的质疑，莫言说，他的写作受到福克纳的影响，但是对于福克纳的小说，他只读到第四页就足够了，"不用再读了"，他已经从第四页上的"我还能闻到耀眼的冷的气味"中领悟到"一种对世界的奇妙感觉方式诞生了"[①]。1986 年，就有评论家发现"莫言在小说中喜欢用'看见声音'的字眼"[②]。"看见声音"的写法与"闻到耀眼的冷的气味"确实有异曲同工之妙。当然，只读了四页福克纳的前提是他读了译者李文俊先生写的万余字前言——李文俊大略概括出福克纳的创作方法："有意使生活变形、扭曲，夸大并突出其中的某些方面……在'掘进'人物内心生活上也达到了新的深度。他尝试各种'多角度'的手法，以增加作品的层次感与逼真感。"[③] 可见，当时文学界对于现代主义文学手法的认识已经比较到位，知识分子群体已经具备迎接深度现代主义的知识储备。而且，在文化政治的无意识驱力之下，创造出中国版的现代主义文学成为很多知识分子的期待。

　　吊诡的是，似乎莫言本人并不十分认可来自福克纳的现代主义启示，而是"感到世界原本如此"，他坚称"未读福克纳之前，我已经写出了《透明的红萝卜》"[④]。《喧哗与骚动》的出版和莫言的崛起，也许是时间上的巧合，而"只看四页就够了"说明福克纳起到的作用似乎不算大，莫言对这新的写作方法早有"思想准备"，所以他才"感到世界原本如此"。更何况，莫言没对福克纳亦步亦趋，而是根据自己的"中国经验"（包括农村经验和知识分子的文化经验）发明出别具一格但又应和着时代召唤的写作个性。但需要追问的是，此时的莫言为什么突然对现代主义文学手法持有了非凡的信心和极度自觉的热情，以至于他连续发表一系列以人物视角凸显人物感觉世界的小说？

---

① 莫言：《说说福克纳老头》，见《会唱歌的墙》，作家出版社 2005 年版，第 102–103 页。
② 程德培：《被记忆缠绕的世界——莫言创作中的童年视角》，《上海文学》1986 年第 4 期，第 84 页。
③ 福克纳：《喧哗与骚动》，李文俊译，上海译文出版社 1984 年版，（译者）"前言"第 2–3 页。
④ 莫言：《说说福克纳老头》，见《会唱歌的墙》，作家出版社 2005 年版，第 103 页。

　　这就得谈到知识分子文化政治的另一个层面：感性至上思潮。如前所述，就算莫言借助于福克纳找到写作灵感，而这种写作方式带给文坛的巨大震荡却取决于那个时代的文化潮流。1985 年前后，比较激进的"感性至上"的思潮已经崛起。正是这种环境下，莫言的小说才容易被接受、容易受到疯狂的追捧，并被视为小说革命的样板。当时有不少人已洞悉莫言的感官化叙事的初衷，王干写道："从《透明的红萝卜》开始到《爆炸》，莫言几乎全是以感觉的灵敏和奇异来映射当代生活的印象"，"感觉在近几年内受到了新潮作家们的极度推崇……崇尚感觉是对几十年来创作中的理性硬化思维的反动，它在不同程度开启了创作者们原先闭锁的情感经验，激活了他们的灵性和悟性"①；另一篇文章分析了莫言对感觉的非理性固着："莫言对于感觉（尤其是超验感觉）的痴迷和执着，几乎被浓浓地蒙上了一层固着症（fixation）的色彩。他仿佛总是在强迫自己（潜意识地强迫自己），要拼足力量把外界纷繁变异的刺激、幻化了的内心记忆和破碎的梦境经验等一古脑地还原到文字符号的媒介上。"② 莫言采用内聚焦人物视角的感官化叙事给批评界带来的巨大震动以及随之而来的一些争议，这对莫言作品的"经典化"起到重要的促进作用。

　　莫言以感官化的叙事走红文坛，实际上是自觉不自觉地响应了其时知识分子群体激进的"感性至上""诗化哲学"等美学思潮，而且这种思潮内含着美学上的现代性追求。经过美学现代性改造的中国文学才有资格获得文学的"世界性"，这是当时知识界的一个普遍看法。可以想象，当时沉浸在"人学"话语和感性激情之中的知识分子看到莫言激进而近乎刻意的"感觉系"作品是多么的兴奋。莫言这些以呈现极致化的"感官世界"为目的的小说，完全符合知识分子文化政治的特殊期待，因而莫言的作品被一些文学评论褒扬不已（当然，这不等于是在质疑莫言的小说包含的艺术性，莫言是天才卓越的作家，这毋庸置疑，本书只是分析其小说"神话"产生的时代特征）。比如有的批评家就高度赞扬莫言"通过生命的感觉来感觉人的生命本能和力量"的文学写作，作者

---

① 王干：《反文化的失败——莫言近期小说批判》，《读书》1988 年第 10 期。
② 大卫：《莫言及其感觉宿命》，《文学自由谈》1988 年第 2 期，第 40 页。

认为"任何真正的文学创作都是作家的灵魂赤裸裸地对象化，是自己身心血肉的呈现"，所以莫言从 1985 年才开始获得"真正意义的文学生命"①。再比如有学者认为莫言使读者"放开自己的全部感觉器官"的小说技巧可能具有"最了不起的意义"："试验，是他的小说的唯一意义，但同时也可能包含着最了不起的意义（这是一项牵涉到从小说美学到小说叙述学等重大变革的工作）。"②

时代思想潮流与文学批评界有再明显不过的互动，于是通过文学批评实践，莫言写作的意义被生产出来。莫言的成名与他激进的"感官化叙事"捆绑在一起，他写出的"深度感觉模式"离开那个特殊的时代氛围和当时的知识分子文化政治，恐怕就很难理解了。

---

① 张德祥：《人的生命本体的窥视与生存状态的摹写——莫言小说对世界的认识与表现方式》，《小说评论》1988 年第 4 期。
② 李洁非、张陵：《莫言的意义》，《读书》1986 年第 6 期，第 82 页。

第二章　食的主题

中国古话说"民以食为天"，而饥饿恐怕是 20 世纪上中叶中国人最难以忘怀的体验。关于饥饿的集体记忆如此焦灼，以至于它在 20 世纪的文学中频频再现——30 年代左翼文学、"十七年文学"、"文革"文学、新时期文学、新世纪文学中都有它的身影。改革开放早期的文学是以反思为基调的。20 世纪 50—70 年代常见的饥饿、半饥饿现象以及三年困难时期的饥荒经历，恰好发生在新时期文学的反思范围内，所以改革开放早期文学作品有不少围绕"吃/食"的主题展开。

透过"吃/食"这个主题，社会－政治与人性本身的问题很容易联结在一起。食物是个体生存的基础条件，而社会－政治在很大程度上决定着"食物"的使用价值与符号价值。食物的使用价值是它带给人的不同程度的满足感，而符号价值则是一个社会或个体对"食物"的情感模式和价值评判。

改革开放早期，在国家主流话语中，"食物"在联结社会－政治与人性本身方面表现得尤为突出。20 世纪 70 年代末中国改革被看作"饥饿逼迫出来的自发改革"[①]，因此改革开放早期最绕不开的一个问题，恐怕就是对于饥饿和政治的思考。对于受改革意识形态影响的作家们而言，他们设想出的种种情节中，饥饿意象是贯彻得彻彻底底的权力意图，即用饥饿问题去论证、揭示改革的必要性和合理性，"吃/食"成为一种印刻历史变迁的身体行为。

受知识分子话语影响的作家，其关注点与受国家改革意识形态影响的作家非常不同，他们关注社会个体对食物的情感和价值评判问题。在呈现知识分子

---

① 杨继绳：《邓小平时代：中国改革开放二十年纪实》（上卷），中央编译出版社 1998 年，第 174 页。

话语的作品中，"吃／食"变成了一个与伦理道德相关的文化问题。因为"吃／食"与人的精神独立、生命自由之间既对立又统一的尴尬地位，因此"吃／食"被当作一个"人性"问题而凸显出来。此时，知识分子热衷于塑造"新人""新个体"，因为"吃／食"里面包含着最根深蒂固的人性。因此，知识分子把"吃／食"看作验证、探讨个人"主体性"的特殊题材。

本章以"食"为研究对象：第一节简述改革开放早期面临的与"吃"和食物相关的历史语境；第二节写国家意识形态下的饥饿书写；第三节分析受知识分子话语影响的作家笔下的"吃／食"的文化政治问题。

第一节　"食物与饥饿"成为文学主题的历史语境

在改革开放之前的中国，半饥饿状态是时常可见的。据记载，"到1978年，仍有2.5亿人没有解决温饱问题"[①]。就算在公认情况比较好的新中国成立初期，"第一个五年计划期间（引者注：1953—1957），经济发展是很不均衡的，工业生产的增长比农业快近5倍。由于农业发展缓慢，5年之中粮食——人体所需热量的90%左右来源于此——的人均消费量增长不足3%，而且消费品生产的发展也受到严重的束缚"[②]。在一些年代，饥饿程度会相对加剧，比如在"文革"初期的两年（1967、1968）中，工农业生产总值连年下降，人均粮食占有量大幅下降，"整个国民经济都不能正常运转"[③]。在更为艰难的三年困难时期（1959—1961），一些地区还发生了饥荒。

上述饥饿状态，构成了"文革"后文学写作涉及人的生活质量乃至生存质量的基本背景。在改革开放早期，新兴改革话语的基本逻辑，就是通过指认出极左思潮在改善人民物质生活方面是无力的，从而凝聚务实主义的改革共识。

[①] 张启华等：《中华人民共和国史简编》，当代中国出版社1997年版，第225页。

[②] 费正清、罗德里克·麦克法夸尔主编：《剑桥中华人民共和国史（1949—1965）》，王建朗等译，上海人民出版社1990年版，第395页。

[③] 张启华等：《中华人民共和国史简编》，当代中国出版社1997年版，第196页。

官方媒体新华社于 1980 年 3 月到 9 月专门派出 4 名资深农村记者深入黄土高原，"调查农村贫困饥饿的真相，探讨治贫致富的良策"。记者采访笔记的大部分内容曾写成"内参报道"，上递中央最高层。报道提及革命老区的许多农民常年处于饥饿、半饥饿状态，生活质量反而比新中国成立前更差①。1980 年，记者注意到太原 14 家饭店里，只有 9 个要饭的，"这可是近十多年来的最低纪录"。而陕北延安王家湾大队曾是毛泽东、周恩来、任弼时等人居住过的地方。首长们来时，这一带山村算得上"丰衣足食"，甚至有的人家（高长生老汉）光余粮就有一万多斤，而到 1979 年，这些地方不是"穷社"就是"穷中之穷"。一位老党员在采访中表示："已经饿了十好几年啦。去年还算好，一口人分了三百来斤粮食，自留地上一人又弄来四五十斤，饿是饿不死了，比前些年吃树叶的日子好过些了"。一位老村民还称"最困难的，要算 1973 年到 1976 年的那几年，一口人一百来斤口粮，不到过年早就光了，靠糠和谷壳、麸子对付到开春……差不多的人都是面黄肌瘦。吃了树叶，拉的屎都带血，自己都不敢看一眼……"② 当这几位新华社农村记者采访完延安王家湾后，他们发出一通感慨："一个对中国人民解放战争作出过贡献的曾经是丰衣足食的山村，在三十三年后的今天，反而变得一贫如洗，这是多么触目惊心的倒退。"③ 通过记者的报道和感慨，读者很容易看出改革开放的正确性无可置疑，因为社会存在如此严重的饥饿问题，记者写道："二十多年来'左'的路线带来的恶果已造成了一种必须变革的力量。"④

改革开放早期，受国家改革意识形态影响的文学，倾向于将身体饥饿感和宏观政治捆绑在一起，饥饿不只是个人身体化的感觉，更是不合理的体制、观念（意识形态）的产物。这是因为改革开放早期的人们普遍相信，只有克服意识形态的阻碍，基本温饱问题才能得以解决。"文革"后的反思性作品，对饥饿的描述大多携带着抗议极左思潮的意图。

---

① 傅上伦、胡国华、冯东书等：《告别饥饿：一部尘封十八年的书稿》，人民出版社 1999 年版。
② 傅上伦、胡国华、冯东书等：《告别饥饿：一部尘封十八年的书稿》，人民出版社 1999 年版，第 9 页。
③ 傅上伦、胡国华、冯东书等：《告别饥饿：一部尘封十八年的书稿》，人民出版社 1999 年版，第 11 页。
④ 傅上伦、胡国华、冯东书等：《告别饥饿：一部尘封十八年的书稿》，人民出版社 1999 年版，第 29 页。

改革是人心思变的殷切期盼。在这种背景下，写极左思潮造成的饥饿以及无法解决饥饿问题，无疑就带上了新的正确性。不过同时也应该看到，中国20世纪70年代末开始的改革主要表现为"增量改革"，即增添诸多新内涵，而未直接地、过多地去触碰存量的政治话语。即"革命话语"的核心部分依然稳定，其他外围部分则随着经济社会改变而缓缓改变。就这样，改革开放早期很多新旧意识形态的冲突以"不争论"的形式被搁置。因此，就当时的发挥作用的意识形态来说，不是改革话语必然独占优势，而是以前形成的革命话语有时也比较强势。整体上看，受高层人事调整和改革开放影响，国家主流意识形态允许讲述文学中涌现出的"人道主义"或改良主义思想，写作者与国家主流达成了共识（有些写饥饿的人道主义文学就受到体制内的嘉奖）。这些文学作品试图用人道主义话语，塑造出揭示改革必然性的新个体形象。

就有较强独立性的知识分子群体而言，面对这种大环境，他们对饥饿书写使用了不同的处理手法。社会改革，人们对食物的情感和价值有了很大变化，这触发了知识分子作家们对食物和"吃"的问题的关注。被批为"右派"的作家整体上偏于保守，他们对改革开放导致的世俗化潮流有所不满，他们担心物欲泛滥会导致社会道德和革命理想的堕落。因此在他们笔下，食欲始终处于合理与不合理的道德两端，他们赋予"食欲"严肃的道德重审。而知青一代年轻作家则更容易接受"国门打开"后的西方思想，他们以现代"人学"思想的标准重新定义人，试图通过"吃"探讨人的主体性和生命自由问题，再兼之他们的理想主义、浪漫主义气质，使得他们对"吃"有一种自觉不自觉的矛盾情感。但同时，这一代人比被批为"右派"的作家思想活跃，很多人又经历过革命年代的饥饿状况，他们深深了解"吃"对人的根本重要性。这样，他们便也处于一种"两难"境地，这"两难"境地决定他们笔下有关"吃"的作品，多以展示"吃"与生命自由的悲剧冲突为特征，即他们喜欢对"吃"进行"悲剧展示"。"吃"的文学主题成了知青作家探索人性、塑造新"人性"的话语平台。被批为"右派"的作家和知青作家的身体叙事，与其自身的意识形态有明显关联。

第二节 饥饿、食物与国家改革话语

（一）饥饿，对极左思潮的有力批判

改革开放早期涉及"饥饿"的反极左文学是从属于伤痕文学或反思文学里的一个类型。它通过揭露极左思潮造成的饥饿景象，来达成反极左的控诉目的。吃乃是人高于一切的生命权、生存权所系，反极左的饥饿文学通过描写身体所遭受的饥饿摧残，来揭露、批判极左思潮引发的社会苦难。这种做法无疑符合改革派的期待，由此不少"饥饿文学"获得了较大的社会影响力。

其实，以"十七年文学"（1949—1966）为代表的革命文学也经常涉及饥饿问题。"革命文学"对底层人民在日常生活中的吃糠咽菜（《苦菜花》）、忍受饥饿（《白毛女》《创业史》）同样有出彩的描写。这些作品当然认可人有吃饭生存的权利，并且承认通过斗争获得生存权的正当性。但是，很快"十七年文学"就急切地走向了自己的反面，关注肚子问题、吃饭问题成为庸俗行为，过分关注身体的饥饿会被看作对革命精神的贬低。比如《红岩》写到政治犯们在国民党监狱中绝食抗争时，感到或想到饥饿竟成为一件"可耻"的事："我就觉得，在绝食斗争中，想到饿，甚至感觉到饿，都是可耻的事！当然，饥饿并不因此而不存在。可是，我要和它斗争，我要战胜它！这样一来，饥饿的感觉仿佛怕我似的，忽然偷偷地消失了。"① 这是"十七年文学"中思想与身体关系的写照：头脑里的阶级意识、政治觉悟绝对地压倒了身体发肤等个人私欲。"革命文学"写底层人民的艰苦生活，正是为了凸显剥削阶级"朱门酒肉臭"的腐朽、贪婪的生活习性，它只是阶级仇恨生成的理由之一，"吃糠咽菜""忍受饥饿"的人民是革命的中坚力量。但是有些反讽的是，"十七年文学"走向过激的革命主张，却把过度享用食物定义成堕落行为，也因此，"革命文学"中那

---

① 罗广斌、杨益言：《红岩》，中国青年出版社2000年版，第243页。

些大吃大喝的对象一般都被塑造成反动势力。20 世纪 50—70 年代的文学作品即使写到了饥饿、食欲，这些问题也不是最终落脚点，而在于提醒读者阶级之间存在"血海深仇"。这样，暧昧的食欲问题便矛盾地寄居在"革命文学"当中——吃饭是革命的理由之一，那么理论上，革命成功之后，吃饭应该不再是问题。然而，这个承诺的落空以及本身的矛盾，在"文革"之后的文学中被反复提及，"饥饿"迅速成为改革开放早期亟待重新探讨的重要问题。

此外，为了弥合"文革"的信仰裂痕和纾解普遍性的怀疑情绪，当时小说比较喜欢塑造道德完美、信仰坚定的受难者形象，以预设出"人民不曾丧失信心"的理念。饥饿文学中也出现了这种倾向，正直、勤劳、忠诚的人物在"饥荒"中受难，便也因此成为一个常见题材。这一题材带有强烈的反极左气息，通过人物道德完美反衬出极左思潮的荒唐可笑。

因此，在极左思潮与饥饿文学的关联上，存在两种向度：一是讽刺极左化的社会失序让"吃"的承诺的落空；二是写道德完美的好人因极左蒙受无妄"饥荒"之灾。当然，因为共同的主题指向，在很多时候这两种向度会混杂到一起，从而作品向度问题也就成了更偏向哪种向度一些。

茹志鹃的短篇小说《剪辑错了的故事》（《人民文学》1979 年第 2 期）就偏向第一种向度（虽然它也构造了道德完人的受难）。小说使用形式上的创新（交叉剪辑）去凸显"今昔对比"的文学主题，表达出对"政治许诺"的落空和嘲讽。小说主要部分就是写一个普通党员（老寿）与干部党员（老甘）之间关系的变化——新中国成立前，群众饿着肚子也要拿出家里有限的粮食支援革命，而新中国成立后某些干部们却脱离群众，只想着自己升官不顾百姓死活，老百姓只能跟着瞎折腾以至于挨饿。革命成功之后，不但群众设想的"吃香喝辣"的共产主义生活并没有到来，反而"干部和老百姓的情分，也没过去那样实心实意"。茹志鹃的这篇小说虽然没正面描写故事发生年代的饥荒问题，但是始终围绕着粮食和"饥饿焦虑"展开。

茹志鹃将故事时间顺序打乱，固然有探索新方法的诉求，但从小说主题方面看，交叉剪辑的叙事模式更便于进行今昔对比（因此茹志鹃的形式创新可能是为了适应小说内容），从而传达出有力的控诉——对故事情节的"今昔对比"式重排，便于展示过去的期待后来如何落空、破产，成为一张得不到兑现的"空头支票"。老寿是群众里的积极分子，当年他家里只有十五斤高粱面的时候，为了支援老甘他们革命，他连留给自己孩子的那份儿也贡献出去。那时候，老寿觉得为了革命忍饥挨饿是应该的、值得的，因为"等解放以后，那时候啊！……嗨！到共产主义那更美了，吃香的，喝辣的，任挑"①。谁承想，革命成功之后，完全是另一番景象：甘书记（老甘）靠着迎合上级的"浮夸风"一直升到副县长，对涉及群众生存权的"肚子问题"置之不顾。老寿和其他群众是有苦难言，老寿忍不住顶撞了甘书记，竟被扣上"右倾分子"的帽子。作者把新中国成立前群众对共产主义"吃香喝辣"的幻想与"大跃进"的"浮夸风"并置，体现出的是信仰的破灭。这篇小说将这种怀疑主义情绪写得非常直白。

在这篇小说里，新中国成立前的革命者"老甘"与新中国成立后的干部"甘书记"，很像同一个人，但举止作风又判若两人。作者故意强化这种模糊性："老甘不一定就是甘书记，也不一定就不是甘书记，不过老寿还是这个老寿。"作者巧用人物指称上的"含糊"和"不可靠叙述"（unreliable narration）表达了一个非常精确的怀疑主义思想——这句话的潜台词就是，革命者"变质"与否实际上不再是一个值得关心的问题，值得关心的是自己。人应该从自己的感觉（饥饿）、自己的位置去独立判断这个世界。简单的艺术手法让今昔对比显得无比强烈，对比显示的结果是，老寿从一开始自觉地为革命让渡粮食，到最后在梦中"有文（引者注：指规定）也没有粮食给你吃"。老寿对于老甘及其代表的革命已经不再相信，他只相信握在自己手中的粮食。

叶蔚林的《在没有航标的河流上》（《芙蓉》1980 年第 3 期）从饥饿本身及其衍生的文化心理两个层面上，对当初革命政权的"许诺"提出某种讽刺。这篇诞生于改革开放早期的饥饿文学作品表现出不常见的成熟和深度思考。小说的主体部分写得类似"公路电影"，情节随着行程不断变化，主要是讲述"文革"期间几个"放排汉"在放排路上经历的黑白颠倒、背离常识的种种可

---

① 茹志鹃：《剪辑错了的故事》，《人民文学》1979 年第 2 期，第 68 页。

笑又可悲的故事，而这篇小说最有深度的部分可能就体现在它第一个情节上，不但塑造出极典型的人物形象，也由此较为深刻地探讨了饥饿文化心理的形成与社会－政治的关系。

开篇写到冬平（"我"）的爷爷对南瓜籽（喻指食物）的近似崇拜之心："他的神情专注极了：……眼睛炯炯放亮，枯瘦的指头捏住一粒粒南瓜籽，看个仔细，就象珠宝商人鉴别钻石一样认真。每隔三五天，再取出来选一遍。这样反复淘汰多次，最后才选定那么三四十粒。这些宝贝不再放在铁盒子里了，换块麻布包紧，塞进贴身的棉背心口袋，用自己的体温保护它们。"[1] 这是"民以食为天"的具体而微的生活映象，爷爷当年就靠南瓜挺过了湘南大饥，并通过南瓜与逃荒中的奶奶结缘。用作者的话说，是老人家"懂得南瓜的价值"。人民公社成立后一年，因大炼钢铁，那一年种南瓜被耽误了，结果这年公共食堂也撑不下去了。"社员们都饿得眼睛发蓝，手软脚浮""饥饿的蔓延要比南瓜生长的快得多"。这两年，冬平一家饿死三口人，只剩下他和爷爷相依为命。"父亲死时，南瓜已经谢花，结出鸡蛋大小的瓜儿。倘若他能再熬上半月一月，他是可能活下来的。……父亲大概不甘心死，眼睛老也闭不上……"[2] 南瓜（粮食）哪怕微不足道的一点，有时可能就是一条生命，所以才有了爷爷对南瓜的敬畏之心。

小说同时还描写了爷爷的另外一种敬畏之心：对毛主席和共产党的敬畏。"到了晚上，爷爷闩上门，悄悄地烧起一炷香……墙上有个壁龛，从前供菩萨，现在是'宝书台'。'宝书台'上方贴着毛主席像。"[3] 爷爷有了毛主席像，还想买一张"共产党像"，售货员告诉老人家共产党是组织，没有像，爷爷就说："莫巧我，不是人怎么又喊得万岁？"当然，这里固然有农民迷信的一面，但是也写出农民对新政权的热爱、服膺和期待，并不是简单的迷信，只是代表着他们对好的生活的向往，对新政权的"许诺"的热烈拥护。"爷爷是从苦海中走出来的人……（认为）他一切好事、喜事都是毛主席、共产党带来的；而一切

---

① 叶蔚林：《在没有航标的河流上》，《芙蓉》1980年第3期，第2页。
② 叶蔚林：《在没有航标的河流上》，《芙蓉》1980年第3期，第6页。
③ 叶蔚林：《在没有航标的河流上》，《芙蓉》1980年第3期，第12页。

坏事、糟事都是自己命运不济的结果。"①

对于这两种敬畏——粮食与政治——之间的关系或冲突，作者点到为止，并没有武断地给出结论。但是我们从其文字中看到的却是农民困苦不堪的生活，而一些变质的干部则拥有各种特权（包括让谁上大学的权力），作者对此进行了惟妙惟肖的描写。比如写爷爷近乎变态的节约精神：孙子被干部推荐上大学后，爷爷给孙子买双鞋竟买了大三码的，原因是"长那么一截，才多花几角钱"；爷爷还第一次给孙子买糖，竟把樟脑丸当成糖买了，老人家活一辈子竟不知糖为何物，"我想笑，可是笑不出来，只觉得心头涌上一股辛酸"。在这样的描写下，农民对粮食与对政治的崇拜、敬畏已经无法统一起来。这篇小说把饥饿叙事转向一个更深入的社会文化层面，在 1980 年就写出了几年后出现的"寻根文学"的味道。

除了对"许诺"落空的嘲讽，反对极左的饥饿文学还存在着另一种表达向度——通过写在饥荒中受难的道德完人去表达政治见解（其实这是在以道德优劣去衡量新时期前后不同主张的合理性之高下）。张一弓的《犯人李铜钟的故事》（《收获》1980 年第 1 期）就主要使用了这种方法（当然它也侧面写到对"许诺"落空的失望）。

这篇获得 1981 年"全国优秀中篇小说"一等奖的小说②，讲的是三年困难时期，忠诚的共产党员李铜钟挣扎在是和群众一起饿死还是违反党纪国法以求活命的两难之间，即"法律与营养的矛盾"。李铜钟的"政治过硬"不仅体现在他正直无私的品格上，更体现在他的身体伤残上——他忠于毛主席，曾在朝鲜战场上断了一条腿，还有他把党员身份也当作一份最宝贵的荣光。最后为了

---

① 叶蔚林：《在没有航标的河流上》，《芙蓉》1980 年第 3 期，第 12 页。
② 1981 年全国优秀中篇小说评奖是《文艺报》举办的。关于这样一部可能指涉了"信阳事件"，又是歌颂"犯人"的"不利于安定团结"的小说能否获奖，主办单位相当纠结。据当年在《文艺报》任职的阎纲先生说，"《文艺报》的领导以及他们的支持者对于'人性'、'人道主义'、'揭露阴暗面'的作品十分敏感，生怕被人抓住上纲上线，所以，对于《犯人李铜钟的故事》评奖一事举棋不定"；更有意思的是，张一弓所在的河南省甚至对此都有些紧张，"纷纷提出反对意见"，有些反对意见甚至"以加盖公章的单位证明信的方式转送到上级有关单位"。不过，最后当年已经德高望重的评委会主任巴金老先生，果断支持此文斩获一等奖。更多关于这段评奖旧事的信息，可参阅《〈犯人李铜钟的故事〉获奖前后》，《名作欣赏》2017 年第 2 期。

救李家寨濒于饿死的村民，他擅自向国家粮站"借粮"。违反党纪国法，让作为忠诚党员的他感到内疚，但当时的主事者并不理解他的忠诚，依旧将其定为"哄抢国家粮食仓库的首犯"。不久这个爱惜自己"党员"声誉的李铜钟带着罪犯之名，因"过度饥饿和劳累引起的严重水肿和黄疸性肝炎"死去。放在"十七年文学"中，李铜钟也算得上是典型的正面人物，只是在这篇小说里，从前可靠的组织已被奸佞的"刀笔吏"杨文秀等人蒙蔽，搞起了"浮夸风"，但李铜钟没有因此动摇自己对组织的信仰。小说里的老杠叔是李铜钟的精神导师一样的人物，他吃从国库"借"来的粮时，点灯照亮了毛主席像，热泪流在"土改"时分得的八仙桌上，哽咽地说道："毛主席，您老人家就原谅俺这一回……"，可谓是忠心耿耿。对于当时的政治意识形态，这篇小说有投其所好的嫌疑——它既试图整合"文革"后意识形态上人心涣散、精神空虚的氛围，重建对政权的信心，又指出极左思潮的历史失误必须得到反思，不但传统革命话语得到了坚守，还进一步迎合了"文革"后变化的新趋势，让旧的话语通过某种精神力量得以完善和修正。小说结尾，充满道义的田政委充分表达了作者的这种意图——饥饿注定将不再是问题，政权也会迎来挫折后的新生。

牛正寰的《风雪茫茫》（《甘肃文学》1980年第2期）也可以看作这一阶段的代表作：它写了在饥荒中受难的好人。道德的完美是为了反衬饥荒和过去时局的荒谬。小说中的主人公是淳朴的农民，他们忠厚老实、热爱劳动并且遵循着传统的朴素道德观念，然而这样的好人却遭遇无妄之灾，忍饥挨饿，生活难以为继。这类作品的用意是揭示出极左思潮的荒谬。

《风雪茫茫》写的是陕西农民金牛在饥荒中接受一个从甘肃逃荒来的女人为妻，女人坚持不要彩礼只要粮食，并让女人的"哥哥"带着粮食回家救命。金牛娶到的这个女人特别贤惠，不但伺候老人、照料家务，还给他生了个儿子。儿子长大些后，女人把一切都安排好，说回娘家看看就回来，结果一去无回。金牛找过去，发现当年女人逃荒时的"哥哥"原本是她的丈夫，并且他们还有一个叫根柱的儿子，当年伪装成兄妹逃荒找粮食，正是为了让根柱活下去……这三个人谁都不是恶人，都有着传统农民的美德。"我们不是恶人，不是诈骗犯，不为活命，谁忍心把自己的老婆当妹子换粮食呀"，于是最后就有了两个丈夫共享一个妻子、两个不同家庭的孩子共享一个妈的惨剧。这篇作品并未像《剪辑错了的故事》《犯人李铜钟的故事》那样直接谈论有关时局的宏大话题，但这篇小说也明确提到逃荒事件的背景是"大炼钢铁""大办公共食堂"，并且指出干部们的一点小特权："几十天不见粮食，除了队长、保管员、炊事员，谁能喝上一口汤？"

《风雪茫茫》浓烈渲染悲剧、直指历史失误的写作引起某些人的不满："在小说中，看不出困难是怎么度过的，看不出党和人民的力量。而看到的只是妻离子散、逃荒要饭，一幅幅凄惨的社会生活图景，似乎中国大地上演出的只是一幕幕悲剧"，"这样的作品怎能起到坚定人民正视困难、克服困难的信心和斗志的作用！"① 而普通群众的来信却是另一番光景，多数人表示这篇小说"完全符合历史真实""让人流泪""写绝啦，把六〇年的情况活脱脱画了出来"，还有相当一部分读者不接受某些批评家对小说的批判②。新华社记者于 1980 年的调查报告印证了这篇小说历史的依据——记者"路过（甘肃省）平凉的静宁县时，就碰到一整村的女人都丢下男人和孩子外逃另找对象的悲剧"③（值得顺带一提的是，李锐创作于 20 世纪 80 年代中期的《厚土》系列小说之《假婚》也写过甘肃一带"逃荒女人"的故事）。从当时呈现出来的读者反应来看，当时人们的思想还存在较大的分歧，有保守派也有激进派，站在不同的立场，就得出了截然不同的结论。就小说文本来说，其立场是比较明确的，那就是通过饥饿的描写对历史失误进行控诉和反思。

此外，锦云、王毅的《笨人王老大》（《北京文学》1980 年第 7 期）写了"一米度三关的饥荒岁月"中，老实善良的王老大为解决家人温饱问题而死在山上，死后还被批判；周克芹的长篇小说《许茂和他的女儿们》（1979）写出对"路线斗争不解决好，你这些庄稼长得再好又有什么用"的嘲讽，鲜明地提

---

① 见陈建虹：《我们需要怎样的悲剧——评〈风雪茫茫〉兼与刘剑青、李怀损同志商榷》，《飞天》1981 年第 1 期。
② 见水真整理：《关于〈风雪茫茫〉讨论的来稿综述》，《飞天》1980 年第 6 期。
③ 傅上伦、胡国华、冯东书等：《告别饥饿：一部尘封十八年的书稿》，人民出版社 1999 年版，第 24 页。

出"'革命'不是挂在嘴上的……得看你是不是多打粮食，增加收入，使庄稼人得实惠"①……

上述案例有着相似的情节结构，看上去很"模式化"、很"套路"：在这些以饥饿控诉极左思潮的文本中，或包含着对曾经"许诺"落空的讥讽式表达，或充满同情地写到道德完人经历的无妄饥荒之灾。问题是，这样的情节套路为何一再出现在多部作品当中？

学者许子东提出并回答了这样的问题。他认为当代文学中关于"文革"故事采用了不断重复的情节模式："几乎相同文革故事会反覆出现，形成'模式'"，同时"作家读者仍然不会疲倦"。他采用 J. 希里斯·米勒（J. Hilis Miller）的观点来回答为何"我们一再需要'相同'的故事"："孩子坚持要大人一字不易地给他们讲述同样的故事。……如果我们需要故事来理解我们的经历的含义，我们就一再地需要同样的故事来巩固那种理解。"② 在经历了重大历史事件后，人们需要用故事来巩固对历史的理解，以消除心理上的不和谐感，让事件产生自己期望的一致性秩序，这类故事所预设的"意义"便被接受、传播、共享，以此达成对故事讲述者、分享者以及接受者对未来的期许。这也许就是这类重复的有关饥饿与政治的故事的社会价值。这些故事的含义是直白的、一目了然的，那就是表达出希望真正落实曾经的"许诺"，走到"正路"上来，别再让善良忠诚又相信过"许诺"的人们忍饥挨饿。此一叙事逻辑可以说是用文学的方式再述了"改革派"的某些核心思想。

通过写身体的饥饿，作家们赋予"人"人性化的、人道主义的关怀，认为人的温饱、人的生存权乃超越于具体政治意识形态的"硬道理"。这类文学在为社会取得"改革共识"提供文化支持。尽管从后来"纯文学"形成的一系列技术指标（如独创性、艺术自律等）看，这类讲求实用主义的作品不够"文学"，但这些浅白的故事真切地指涉了改革开放早期人们普遍的焦虑和渴求。

---

① 周克芹：《许茂和他的女儿们》，人民文学出版社 2004 年版，第 218 页。
② 许子东：《契合大众审美趣味与宣泄需求的"灾难故事"——"文革小说"叙事研究之一》，《文艺理论研究》1999 年第 4 期。

（二）饥饿，为改革话语赋能

文学对极左思潮的批判，已经暗含对社会变革的吁求。在改革开放早期文学中，把改革话语与"吃饭"问题直接挂钩的作品也不在少数。因为改革政治话语就是以"改善人民生活"、解决温饱问题为承诺的，这在改革主流关于小岗村的描述中就已经显现出来。掀起中国改革开放大幕的安徽小岗村18位村民"冒着极大的风险，立下生死状，在土地承包责任书上按下了红手印"，就是为粮食问题所逼——1978年之前的小岗村村民，"破衣烂袄，饥肠辘辘，一个个全是穷途末路的模样"，20年人民公社，小岗村"减少了半数人口、半数耕地以及三分之二的牲口，每一个人每年产出的粮食则由五百公斤减至五十公斤"，"何以自从人民公社的大旗在小岗招展起来，这块土地上长出的东西就从没有让人吃饱过肚子?!"①。中国20世纪70年代末的经济改革是从农村起步的，农民们在求生的本能之下，冒着"背叛"人民公社的风险，私自分田到户。随着形势发展，几年之后小岗村村民自发的"边缘事件"逐渐被国家认可。原本底层自发的充满民间智慧的"边缘革命"由此成为广为人知的国家改革样板。②

早在1978年底，中共十一届三中全会公报就指出，"在生产迅速发展的基础上显著地改善人民生活……这是全国人民最为关心的大事"，同时"改变同生产力发展不适应的生产关系和上层建筑，改变一切不适应的管理方式、活动方式和思想方式"。这些表态正式表明经济建设开始取代阶级斗争话语，社会开始步入"后革命"时代的世俗化阶段。发展生产，改善民生，得到政治上的明确支持，然而，实质性的政策改变要缓慢得多。在九龙坡、小岗村等试行"包产到户"几年之后，直到1982年初"家庭联产承包责任制"才被正式批准。囿于意识形态困局和强大的保守势力，给改革"正名"的"正式批准"姗姗来迟，这种情况说明当时改革面临着较大的阻力。

---

① 凌志军：《1978 历史不再徘徊》，人民出版社 2008 年版，第 4 页。
② 事实上，小岗村并不是第一个包产到户的村庄，四川的九龙坡村早在 1976 年就偷偷试行"包产到户"，只是它由于未获主流媒体宣传而知名度相对较低。见［英］罗纳德·哈里·科斯、王宁：《变革中国：市场经济的中国之路》，徐尧、李哲民译，中信出版社 2013 年版，第 71－72 页。

　　对此困局，社会各界拿出极大的政治热情参与到有关改革的讨论当中。最为敏感的文学界当然不能"免俗"，很多文学作品都为改革意识形态所激荡。改革开放的社会转型，让人们能够重新思考自身的权利问题——人们意识到他们不但有生存权，还有享用丰盈物质的权利。改革话语主张，恢复人们应享有的基本权利和物质欲望，得到了文学界的拥护。这时候，"吃"和食物不再仅局限于反极左的文学的短缺与丰盈的主题上，而是进化到食物与人的权利、食物与人的尊严等更高层级的政治伦理问题上来。

　　刘真的《她好像明白了一点点》（《清明》1979年第2期）用一种"建立在人道主义话语系统和文化逻辑之上"①的批判现实主义文学方法，写出底层农民备受欺凌，因"无权"而饿肚子（乃至被饿死）的惨状。大学生小琴因参加"四清"工作队进村，对一个疑似"敌人"的杜大伯进行调查。这一调查彻底改变了一贯积极向上的小琴，她拒绝参加随后的红卫兵等极左思潮运动，正是因为"农民的苦难，农民的肚子问题，把我拖住了"。小琴代表的是当时社会的精英，"大跃进"并没有太多地影响这些人，让这批精英首当其冲的是"文革"。②这篇小说显然在说，如果及时总结"大跃进"的错误，以"肚子问题"为隐喻的人的基本权利得到重视，也许"文革"就能避免，小琴不就是精英中提前觉醒的人吗？

　　小说中的"杜大伯"是个老实巴交的农民老汉，杜大伯不想天上的星星月亮，不想去天津卫看热闹，只想着"自己的肚子"。小琴说肚子长你身上，有什么好想的？杜大伯回答："哼！怎么没有可想的？它总是吃不饱，从生下来到如今，只为这一件事，还没忙出个眉目来。"该文还叙述了这个老实的农民为了生活下去遭受到的种种不公和屈辱：有一次因为砍了自己在公路上种的树的树

---

① 戴锦华：《涉渡之舟：新时期中国女性写作与女性文化》，陕西人民教育出版社2002年版，第37页。戴锦华指出，在20世纪50—70年代，一大批谴责社会不公、描写底层苦难的欧洲批判现实主义作品通过"政治筛选"传入中国，但这些兼具"人道主义情怀"的19世纪作品受到纯正社会主义文学规范的压制，而改革开放后，原处于边缘的19世纪欧洲思想被中心化了。因此，"文革"后的人道主义文学很可能直接援引了19世纪欧洲文学资源。

② ［英］罗纳德·哈里·科斯、王宁：《变革中国：市场经济的中国之路》，徐尧、李哲民译，中信出版社2013年版，第30页。

权做"锅篦梁"被公路局的人一通打，"就是咱们这最吃苦，最没有人管的基本劳动人民，七十二岁了，还自己爬到这树上去，被人拉住脚丫子，差一点掉下来摔死，又挨打又挨骂又挨推，还要写个检讨送来"①；因为在 1960 年看守场部的粮食，干部们偷取粮食时留给了杜大伯三五斤，就被村里其他饿死家人的家属认定是坏人，予以批斗、殴打。大学生小琴醒悟了，"现在她才明白，为什么遇上点事，大伯就下跪，大伯就浑身打哆嗦"，"只要大伯入土前，不再给谁下跪了，这就是我最大的安慰"②。小说不仅写了农民的饥饿，更写出农民任人欺凌的无权地位。实际上作者已经表明，农民的饥饿正是权利的短缺造成的，换言之，"人是目的"，但他们没被当成"目的"。

《她好像明白了一点点》对于农民因"权利贫困"而招致饥荒的直觉，似乎被经济学家阿玛蒂亚·森的研究证实。"一个人避免饥饿的能力依赖于他的所有权，以及他所面对的交换权利映射。"③ 饥饿的实质原因未必是食物供给不足，而是个人权利的贫困。"遇上点事，大伯就下跪，大伯就浑身打哆嗦"，正反映了杜大伯政治权利的贫困。即使自己种在路边的树，自己也没有支配权，因为那已经成了国家的财产，这反映了杜大伯经济权利的贫困。对于粮食同样如此，杜大伯也是绝对的无权者，他完全是被动的，没有可支配的主动权。在这篇小说中，作者借一个饥荒死难者的愤怒亲属（楞牛）之口指出，"五八年明明风调雨顺"，因为无权，农民就把这样一个好年景活活过成一个大灾之年。

在《贫困与饥荒》一书中，阿玛蒂亚·森指出大多数饥荒的原因并不是食物供给不足，而是人的权利体系失调，社会中最弱势者对食物的控制力被剥夺："在实际生活中，一些最严重的饥荒正是在人均粮食供给（food availability per head）没有明显下降的情况下发生的。"④ 比如在孟加拉国 1974 年的大饥荒中（死亡人数约为 2.6 万人），受饥荒影响最严重的地区非但没有出现粮食供给的

---

① 刘真：《她好像明白了一点点》，《清明》1979 年第 2 期，第 100 页。
② 刘真：《她好像明白了一点点》，《清明》1979 年第 2 期，第 104 页。
③ ［印度］阿玛蒂亚·森：《贫困与饥荒》，王宇、王文玉译，商务印书馆 2001 年版，第 9 页。
④ ［印度］阿玛蒂亚·森：《贫困与饥荒》，王宇、王文玉译，商务印书馆 2001 年版，第 14 页。

显著下降，反而在三个代表性的饥荒区人均粮食供给量出现了"令人欣慰的增长"①。前文提到的张一弓的《犯人李铜钟的故事》，就写到饥荒时期公家的粮仓却是满满的。可见，饥荒并非不可避免，只是因为许多弱势者对食物的控制能力太过低下，也即他们作为人的基本权利被剥夺。这种说法并不荒唐。"经济学之父"亚当·斯密早就指出："在一个广泛种植谷物的国家里，只要存在自由贸易的信息交流，所有不同地区之间因为季节因素偶尔导致的粮食不足都绝不可能会发展成为饥荒。"② 自由贸易、信息对等，必须建立在个人权利得到很好保护的社会基础上。所以说，大规模的饥饿现象不能仅仅看成自然灾难，还是一个与社会中个体的权利相关的问题。

从1956年社会主义改造开始，权力渗透生活的方方面面。对于农民来说，"人民公社建立后，农民看到高高在上的干部不与'群众'作任何商量，就会发出导致灾难性后果的荒谬的指示（处在上级政府高压下）"③。刘真的小说显然借由饥荒戏剧化地指涉、表现了农民"绝对无权"的历史现象。刘真这位在文学史上并不算知名的作家，从20世纪50年代开始专业文学创作，因"《论鞭打》和《在我们村子里》这两篇揭露了阴暗面的作品，被打成直接攻击社会主义的大毒草"；1958年，她"调到"河北徐水农村担任某公社的副书记，对于"大跃进"的弊端当时就有所揭露，再加上她曾经参加"四清"的经历与小说主角的相似性，不难推测《她好像明白了一点点》似乎是其个人经历和心路历程的"文学升华"④。她站在改革时期回看过去，似乎不经意就揭露出农村饥饿的社会根源。她呈现的问题，与国家推动的农村改革逻辑有明显的相似，道出了为农民"赋权"（包括财产支配的权利）有助于终结饥饿。

其实，几乎"文革"后关于饥饿描写的文学作品都或多或少地意识到了饥

---

① ［印度］阿玛蒂亚·森：《贫困与饥荒》，王宇、王文玉译，商务印书馆2001年版，第171－172页。
② 转引自：［英］罗纳德·哈里·科斯、王宁：《变革中国：市场经济的中国之路》，徐尧、李哲民译，中信出版社2013年版，第26页。
③ 罗德里克·麦克法夸尔、费正清主编：《剑桥中华人民共和国史（1966—1982）》，金光耀等译，上海人民出版社1992年版，第731页。
④ 参阅阎纯德（主编）：《20世纪中国著名女作家传》，中国文联出版公司1995年版。

饿背后是权利的缺失。茹志鹃的《剪辑错了的故事》、张一弓的《犯人李铜钟的故事》都提及普通人和基层党员在胡乱指挥的干部面前，毫无话语权。"权力"需要"权利"的制衡，否则上下信息流动就会受阻，变成一场灾难。《剪辑错了的故事》和《犯人李铜钟的故事》中的饥饿，就是因为掌握权力的地方领导不了解或不愿了解真实信息而造成的。

莫言的《老枪》（《昆仑》1985年第4期）也是一篇关于权利贫困与饥饿的文学寓言，尽管它的写法是现代主义的，但里面包含着明显的现实主义成分。《老枪》写到大锁祖孙三代与一支不祥的老枪的纠葛。大锁奶奶因为大锁爷爷赌博，用枪杀掉爷爷。大锁父亲因为反抗"柳公安员"的侮辱而用枪自杀。这杆老枪遂成家族禁忌，"只兴看不兴动"。为了不让大锁用枪，他母亲还砍掉了他的食指，但是大锁被饥饿所迫，还是用枪去打野鸭子。在某一个没有明确年份的年代，好像发了大水，大锁应该是处于半饥饿状态——"这时他感到非常饿，浑身松软。顺手从地上捋出一根草根来，捋捋泥土，放进嘴里嚼着。嚼着草，他感到更饿"①。大锁"清清楚楚地记得自己吃过的肉。好像从来没有吃够过一次肉。那天他看到肥胖的野鸭，马上联想到肉。马上又想到枪，娘为了枪剁掉他一截手指"。② 于是，在饥饿和食欲的怂恿下，他不顾禁忌抓起那杆不祥的土枪去打野鸭。③ 他的饥饿难以遏制，不为"断指"所慑，"他的肚子里热辣辣地难受，无数流油的熟鸭在他眼前飞动"④。就在枪膛意外爆炸，他死去时，他念念不忘的仍然是特殊的食物野鸭——他"似乎看到鸭子如石块般飘飘地坠在身边，坠在身上，堆成大丘，直压得他呼吸不畅"⑤，大锁就这样被"不祥的老枪"炸死，死前也没吃上一口野鸭。

---

① 莫言：《老枪》，《昆仑》1985年第4期，第37页。
② 莫言：《老枪》，《昆仑》1985年第4期，第39页。
③ 如本书第一章已写过的，《老枪》也是莫言"感觉系"作品的一篇。它对饥饿的描写是非常有质感的，莫言这篇饥饿文学作品质地相当高，他能把饥饿的感觉写得逼真而富有层次感，那真是长期饥饿状态的人才能体会的多面化的复杂感觉。比如他写饥荒中的大锁对食物既爱又恨的复杂情感："（大锁）想着往事，他对这群羽毛丰满的野鸭充满仇恨……我要吃你们，连你们的骨头都嚼烂咽下去。他想，它们的骨头一定又脆又香。"莫言：《老枪》，《昆仑》1985年第4期，第39页。
④ 莫言：《老枪》，《昆仑》1985年第4期，第40页。
⑤ 莫言：《老枪》，《昆仑》1985年第4期，第41页。

除了写到为饥饿所困的孩子，他还写了农民受到欺压而无处伸张的窘境。大锁的爹因为撞翻"柳公安员"的自行车，竟受到公安员的肆意侮辱，公安员还以当时的时髦词"反革命"威胁他爹。他爹力图反抗，却只能拿起枪对准自己，在"梨花如雪"的梨园中自杀。此时莫言的写作已经不再像他之前写《黑沙滩》（1984）那样直指宏大政治，时代使然，《老枪》这篇小说的政治性已经降到非常低的程度，只偶尔有几个词指出故事的历史语境，其他全部是对于人物内在感觉的绚丽描摹，但是在这种纯文学式的描述中，我们仍能看到作者的政治焦虑。就如前文指出的，饥饿的根源是权利体系的失调。大锁饱受饥饿折磨，大锁他爹任干部欺压——很难说两代人的遭遇之间没有关联。大锁他娘不准他动枪就是怕他用枪给爹报仇，因此这杆老枪在这篇小说中既被描写成获取食物的工具，也被寄托了农民的"抗争"精神。

莫言曾几次直言"十七年文学"《苦菜花》对自己的创作产生过很大影响，他本人对《苦菜花》的文本非常熟悉①。应该不是偶然，不祥的"老枪"这一意象在冯德英的《苦菜花》中曾出现过——"那支古老的猎枪"："母亲的目光，又落到这支两年前曾使愤怒的丈夫抓起过、又不得不摔掉、而现在女儿又拿起来的土枪上，不由得浑身颤悸着。"《苦菜花》曾写到农民的痛苦生活，"不分白天黑夜的苦干活，省吃俭用，吞糠咽菜"，同时还受阶级敌人的盘剥和欺压，在强烈的仇恨下，娟子的父亲两次"抓起土枪"，但他是惹不起地主的，只好远走他乡以求避难。在娟子母亲看来，这杆猎枪是不祥的，所以看到女儿拿起枪，便"不由得浑身颤悸着"。冯德英笔下，这杆枪预示着农民的抗争意识觉醒。而反讽的是，时代进步了，莫言接过来的"老枪"却成了一种诅咒和无法撼动的宿命，饥饿依旧，欺压依旧，连抗争饥饿最后都不免惨死。如果把两杆"老枪"的命运放在一起看，我们可能会得到更多的启示。

改革也可以解放人们的食欲。丁正泉的《田三娘炒猪肝》（《钟山》1982年第5期）就描写了一个乐观的故事：因为改革，农民也开始学会享受自己的

① 莫言、王尧：《从〈红高粱〉到〈檀香刑〉》，见杨扬主编：《莫言研究资料》，天津人民出版社2005年版，第89页。

食欲。在之前贫穷的农村，人们很少能吃上一次"大菜"（荤菜），因为他们信奉"嘴是万丈之深，吃掉就跟烧掉一样"的真理，所以特别舍不得吃。而"田地转包"以后，生活水平有所改善，田三怕惹怒一贯节俭的老婆，便打着请客的幌子行改善生活之实，结果发现老婆对改善生活并不像以前那样反感。但是在宴席上，田三的老婆炒出来的肉和猪肝特别苦，原来田三的老婆不知道炒猪肝应该先去掉"苦胆"。因为贫苦节俭，她很少接触这种"大菜"，还不太习惯烹调。村民编出"田三娘炒猪肝——好大胆量"（不知扔掉苦胆）的歇后语来编派田三，平常怕老婆的田三顿时觉得脸上无光，回家反常地暴打老婆一顿。故事结尾一个见过世面的村干部给妇女们开了烹调培训班，教大家把菜烧得有滋有味。这个简短的故事是一出喜剧，对比了改革前后农民的饮食生活——改革之后，他们有条件和意愿对食物提出更高的要求，享受以前被过分压抑的食欲，在"吃"上，他们有资格企盼新目标。

在当时作家们的心目中，改革不仅能给人们带来世俗化的物质享受，更能让人享受到基本的尊严。何士光的《乡场上》（《人民文学》1980 年第 8 期）透过"身体自治"的权利，写出改革给农民带来的尊严。以梨花屯乡场农民冯幺爸为代表的多数人曾经蜷伏在乡村"权贵"的统治下，这些"权贵"是供销主任、村支书、乡党委书记等，他们垄断几乎所有的生活物资，农民不得不忍气吞声地巴结这些"权贵"。在落实责任田制度以后，农民逐渐获得一定的自主权，乡村"权贵"的垄断逐步被瓦解。《乡场上》写的就是在封闭的梨花屯乡场，罗家人是食品购销站的会计（职司卖肉），曹支书掌握"回销粮"，"你得罪了罗二娘的话，你就会发觉商店的老陈也会对你冷冷的，于是你夜里会没有光亮，也不知道该用些什么来洗你的衣裳；更不要说，在二月里，曹支书还会一笔勾掉该发给你的回销粮，使你难度春荒"[1]。罗二娘嚣张跋扈，她的儿子欺负了民办教师家的儿子，还要反诬别人一口。恰好老实巴交的冯幺爸目睹了一切。垄断村民粮食和猪肉供应的曹支书和罗二娘沆瀣一气，暗示冯当众作伪证，昧着良心指证民办教师家的孩子。冯幺爸很苦恼，不想昧着良心诬陷好人，

---

① 何士光：《乡场上》，《人民文学》1980 年第 8 期，第 20 页。

但是想到曹支书掌握着"回销粮"，闹不好就过不了春荒，罗二娘更是"一尊神"，万不敢得罪，"许多顶天立地的好汉，不也一时间在几个鬼蜮的面前忍气吞声？"何况之前冯幺爸就是"一个出了名的醉鬼，一个破产了的、顶没价值的庄稼人"，老早被村里罗二娘、曹支书当狗使唤，"冯幺爸在乡场上不过象一条狗，只有朝她摇尾巴的份"。

　　然而，在经历罗二娘一番不堪入耳的辱骂之后，冯幺爸慢慢醒悟，这几年不比前几年了："这责任落实到人，打田栽秧算来也容易"，"反正现在赶场天乡下人照样有猪杀，这回就不光包给你食品站一家，敞开的，就多这么一角几分钱，要肥要瘦随你选"。冯幺爸还意识到了，以后支书等人再也没有合法伤害农民的能力了："你那些鬼名堂哟，收拾起走远点！——送我进管训班？支派我大年三十去修水利？不行罗你那一套本钱吃不通罗！"想到这些，冯幺爸的腰杆硬起来了，对这些欺负人的"权贵"不再客气："老子前几年人不人鬼不鬼的，气算是受够了！——幸得好，国家这两年放开了我们庄稼人的手脚，哪个敢跟我再骂一句，我今天就不客气！"[1] "……只要国家的政策不象前些年那样，不三天两头变，不再跟我们这些做庄稼的过不去，我冯幺爸有的是力气，怕哪样……"[2] 冯幺爸这个以前堕落、穷困、没有尊严的农民，在改革开放的新政策刺激下，终于找回了自己的尊严——他自己有的是力气，就可以自己打田栽秧生产粮食，猪肉也"要肥要瘦随你选"，等于是改革让他获得对自身的主宰权，无须再仰"权贵"们的鼻息。

　　这篇小说的立意比较简单，主题先行的痕迹极明显。冯幺爸的"觉醒"也显得很突然，他的转变明显缺乏充要理由，仿佛是从天而降的顿悟。不是情节在推进冯觉醒，而是作者需要人物觉醒。小说简单地说就是反映了一句中国古话："仓廪实而知礼节，衣食足而知荣辱。"它渲染了"吃"的重要性，以冯幺爸为代表的农民惧怕"权贵"，就是因为他们掌握粮食、猪肉的供应和分配。即使再有正义感，在"吃"上也不得不屈服，"许多顶天立地的好汉，不也一

---

① 何士光：《乡场上》，《人民文学》1980 年第 8 期，第 22 页。
② 何士光：《乡场上》，《人民文学》1980 年第 8 期，第 23 页。

时间在几个鬼蜮的面前忍气吞声？"正是这个原因。小说指出，让人自力更生的改革，不仅给人基本尊严，更让每个人都丰衣足食，这等于是在歌颂改革带给农民的人道主义"恩赐"（小说结尾特意写到冯幺爸穿上了新买的鞋，暗示生活改善）。作者将改革视为真正的解放，用赞扬的笔调写道："乡场上也有如阳光透射灰雾，正在一刻刻改变模样，庄稼人的脊梁，正在挺直起来……"这个结尾的身体隐喻（脊梁挺直了）是点题升华，将改革描述为"阳光"般的神性光辉。

张贤亮《河的子孙》（《当代》1983 年第 1 期）是一篇颇为深刻的小说，它凭借文学直觉的穿透力，力图揭示改革能够解决吃饭问题的可能性及原因。这篇小说认为，改革其实是凭借古典智慧以复古的方式解决了农民的吃饭问题。

魏天贵作为一个农村干部，具有超强的责任心，他为让庄子里的人活下去，与极左思潮虚与委蛇，进行种种实用主义的"狡猾对抗"，他甚至把"文化大革命"当作一场"大买卖"。比如当传达员让他开会领毛选，他正辛勤地耕作，烦不胜烦，就讽刺道："红宝书，哪家都有两三套了；还有语录本，一摞一摞地在窗台上摞着。还要？那能一张张撕下来当烙饼吃呀？"① 不过，在与各种政治势力斗智斗勇的过程中，他逐渐意识到自己也在变质："他的胆子越来越大，编的谎话越来越圆，最终形成了他在那臭气熏人的茅坑上交给贺立德的处世哲学。"② "他自认为从来没做过坏事，可又觉得浑身都是罪孽"——他做的这一切都是为了村子里的百姓不挨饿、活下去。魏天贵这个具有传统的农民式大智慧的人物极具"卡里斯马"（领袖人物的超凡魅力）的气质，他最大的焦虑是饥饿。这篇小说的情节是，魏天贵是村民们的"人治式"庇护者，他虽能庇护众人，但不够稳定，而且这一卡里斯马式人物必须做出巨大牺牲。这种悲剧到小说结尾时解决了，办法就是实行"分田到户"。古老的智慧获得了制度化的新生，魏天贵这个扭曲的村民"守护神"被合理制度所取代，他有些唏嘘又有些满足地退出历史舞台。

---

① 张贤亮：《河的子孙》，《当代》1983 年第 1 期，第 119 页。
② 张贤亮：《河的子孙》，《当代》1983 年第 1 期，第 113 页。

诺贝尔经济学奖得主罗诺德·H. 科斯（Ronald H. Coase）认为，"在艰难的过程中（引者注：指中国 20 世纪 70 年代末的改革），中国依靠的是自己的文化资源——实事求是。……'实事求是'是传统中国的文化大义。……在其市场转型期间，中国自然地从传统中找到了许多相关的理念和制度。随着对市场经济的追求，中国反身求己，回归到自己的文化根源，这个发展令人瞩目"。①一开始，中国改革者并未预设市场经济，而是以一种实用主义的务实态度不断探索，探索中体现出的稳定的现世性、极突出的实用理性，其背后都有中国传统思维方式的支撑。正如科斯所说，在由政治狂热转向务实态度的过程中，中国传统的文化资源确实发挥了巨大的作用。在《河的子孙》中，魏天贵的民间智慧和在荒谬历史中求生存的诀窍都是在中国传统文化的浸淫中生发的。魏天贵是个农民，识字不多，他为人处世的准则是从传统的评书和戏剧中得来的。"他虽然入了党，当了社干，但小时候在庄子上听老一辈说的书和集市上看的大戏，一直影响着他对是非的判断和决定采取某种行动。"②

最后，魏天贵意识到这种传统式的民间智慧有着明显的不确定性，既可以做好事，也可以做坏事。靠这个取得的一切，"成绩、荣誉、粮食产量、机械厂……都是建立在河滩的流沙上的"。也就是说，他并不能制度性地解决老百姓的吃饭问题。但他依然求助于古老的智慧，借他三叔之口说，中央的"包干到户"是在学习"古代的能人"，古时候"没有合在一起干活的"。魏天贵知道有了"包干到户"的政策，自己就可以卸下保护村民的历史任务："'包干到户'体现的不仅仅是庄户人的责任，更重要的是体现了庄户人的权利。过去他们没有权利，只有依附在他的羽翼之下苟且活命。"③ 获得生存权利的村民，可以不再召唤魏天贵这种悲剧性的人物了——魏在保护村民的过程中，失掉了好朋友，失掉了爱情，自己的善良本性也被腐蚀。这篇小说指出，改革让农民获得更多安身立命的物质基础，不仅解除了将吃饭问题质押给"强人庇护"的不确定

---

① 引自罗诺德·H. 科斯在《财经》杂志 2012 年年会上的发言，http：//finance. ifeng. com/news/special/2012cjnh/20111215/5276266. shtml，最后访问时间 2022 年 12 月 20 日。

② 张贤亮：《河的子孙》，《当代》1983 年第 1 期，第 92 页。

③ 张贤亮：《河的子孙》，《当代》1983 年第 1 期，第 149 页。

性，更体现一种中国古老智慧的精华——尊重这些朴素而尊重人性的传统智慧，就可以解决人民的吃饭难题。

中国改革开放的核心精神是赋予并保障一系列人的基本权利，比如农民对土地的管理和使用权、私营业主的经营权、知识分子的思想话语权。个人权利突破的裂口一经打开，体制外的力量迅速推动生产力和社会发展进步——这正是 20 世纪 70 年代末以来"中国崛起"的原因。

上述以"吃"和食物为主题的"改革文学"，如今看来多是直白的改革主题宣传，但是它在改革开放早期的历史时期还是具有特别意义的。改革当时并没有明确的预期目标，完全是在极左的失败下被逼无奈"摸着石头过河"地探索。同时，改革还有一个更偶然的因素，那就是 20 世纪 70 年代末，党和政府内发生了巨大的人事变动，这场变动"让大量赞同改革和对改革充满希望的官员掌握了政府的要职"，中国的经济改革"以政治思想和人事的巨大变革拉开了序幕"①。这种偶然性一方面加剧了人们唯恐历史"开倒车"的紧张，另一方面必然带来较大的关注，当时的每个人都无法不关心这些重大的变动——既涉及自身利益，又涉及整个国家的前途。

通过食物与饥饿的身体主题，文学履行了自身的基本功能（意义的生产、传播），作出了对改革开放之后的现代性征程的表态。这些有关食物与饥饿的故事也受到读者的广泛欢迎，引起广泛的社会讨论。比如前面提到的《犯人李铜钟的故事》"当时引起了读者的强烈震动"；与此不同的是，文学批评界对这样的小说一开始"反应却出乎意外的冷淡"②。批评家的理性和克制可能是因为这篇小说的各种"形式常规"均中规中矩，似乎无甚过人之处，但是作家和民众都能很迅速地明白这部小说的内容和故事意义所具有的社会价值。这类小说的身体叙事，作为意义生产，为人们理解历史、理解自身提供了话语资源和对现实问题的想象式解决方案。这类小说具有强烈的实用性和功能性，从这个角度

---

① ［英］罗纳德·哈里·科斯、王宁：《变革中国：市场经济的中国之路》，徐尧、李哲民译，中信出版社 2013 年版，第 41 页。

② 阎纲：《〈犯人李铜钟的故事〉获奖前后》，《名作欣赏》2017 年第 2 期。

而言，它们便有了价值——其文本与人们的生活具有直接的相关性。① 张旭东认为："历史地看，它（引者注：指'官方文学'）在表达新生的集体经验和社会想象时起到了应有的作用。由所谓官方文学点燃的公众热情不仅反映了邓小平中国刚开始阶段整个民族共同的社会方案，而且也对建设社会意识形态贡献良多。"② 改革开放早期的"饥饿"叙事的价值更多地在于它的社会政治层面（为改革开放提供了"意义"支持），而不是体现在文学、艺术本身的层面。

第三节　食欲、人性与知识分子的意义生产

（一）被批为"右派"的作家对"食欲"的伦理质疑

20 世纪 70 年代末开始的改革在日常生活领域中主要表现为"世俗化"，具体表现为各个生活领域回归常识，尊重多元化的不同主体的追求，肯定人的基本欲望和权利，但随之而来的是，以前被贬为资产阶级腐朽思想的物质主义、拜金主义也获得一定市场。同时，社会上各阶层的地位也在快速分化、位移、竞争加剧，导致以前在体制内享受某种好处的一些人，社会地位出现相对下滑。受到最明显冲击的是，体制内边缘性的文职人员，这些人地位虽不高，但有机会占据舆论和文化领导权的关键位置，他们保守的价值立场，受到商品经济和新社会思潮的挑衅。这个过程被葛兰西称为"传统知识分子"在"意识形态上"被征服与同化的过程："任何在争取统治地位的集团所具有的最重要的特征之一，就是它为同化和'在意识形态上'征服传统知识分子在作斗争，该集

---

① 这类作品虽是现实主义文学，属于正统文学，但是它在改革早期实则类似于"大众文化"发挥了社会意义流通功能。约翰·费斯克（John Fiske）认为，"大众文化必须关系到大众切身的社会境况"，为大众的日常生活提供意义资源。如果这类作品发挥的是大众文化的作用，那么我们看重的就不应该是作品的"文学性"，而是作品对日常生活的"实用性"。费斯克的表述见［美］约翰·费斯克：《理解大众文化》，王晓钰、宋伟杰译，中央编译出版社 2001 年版，第 31 页。

② 张旭东：《改革时代的中国现代主义——作为精神史的 80 年代》，崔问津等译，北京大学出版社 2014 年版，第 127 页。

团越是同时成功地构造其有机的知识分子，这种同化和征服便越快捷、越有效。"① 过去时代的熟悉的一切正在消失，让他们感到失落，新的社会机制和社会思潮试图"征服"他们，于是，这些人必然会做出一些抗争：在当时的文学作品中，有不少质疑、反对"世俗化"浪潮的呼声。这种知识分子式的话语主要来自被批为"右派"的作家。

有研究者将被批为"右派"的知识分子称为"解放的一代"，分析了他们在改革时代的保守立场的成因。这里所说的"右派"是指特定的一代人。他们的共同经历（如曾对新政权充满信念，也曾被打为"右派"等）导致他们拥有大体相同的思想/认知结构。这被称为"解放的一代"的被批为"右派"的作家出生于1929—1943年，他们的世界观形成于"十七年"期间，那时候的氛围大致是"反文化的气氛，单一的意识形态，狭窄的专业教育"，他们"最难摆脱思想的束缚，改变自己'驯服工具'的性格"。② （这里必须声明的是，"解放的一代"这一称谓只是为研究之便，才简约地借用这样一个对思想倾向的极简判断，并不是说他们每个人都受其成长环境规约而永远无法突破自我。） 无独有偶，黄子平也指出过："复出的老一辈'右派'作家（用他的话说，即'五七族'）对于生活持一种'伦理功利态度'，构成他们的人物核心的是'道德、责任和使命感'。"③ 由于被批为"右派"的作家上述教育和成长背景，以及步入中老年之后才遭遇全球市场时代的世俗化潮流的原因，这代知识分子对商品经济、私人欲望较难接受，因为这与他们所适应的道德理想主义相差甚远。

因此，被批为"右派"的作家中一些人通过写食欲的故事，对时代浪潮提出批判。他们认为以不加控制的食欲为代表的私欲大肆发泄，有败坏社会道德的风险，但是社会毕竟在发展，他们又不得不根据新的形势修正自己的观念，

---

① ［意］安东尼奥·葛兰西：《狱中札记》，曹雷雨等译，中国社会科学出版社2000年版，第5－6页。也可参考另一译本：［意］安东尼奥·葛兰西：《狱中札记》，葆煦译，人民出版社1983年版，第423页。

② 见郑也夫：《知识分子研究》，中国青年出版社2004年版，第123－125页。

③ 转引自张旭东：《改革时代的中国现代主义——作为精神史的80年代》，崔问津等译，北京大学出版社2014年版，第137页。

因此在他们的作品中，食欲始终尴尬地处于合理与不合理的伦理两端。他们倾向给食欲作出道德主义的裁决。他们关于食欲的文学叙事代表了"右派"知识分子对社会变迁的回应，他们对文学建构"新个体"主要持道德化的关切。

白文是一名 1949 年前就参军的老作家。他的《煎饼》(《雨花》1980 年第 5 期) 一文就比较鲜明地体现出被批为"右派"的知识分子如何看待食欲。《煎饼》讲述了一个在"吃"上面体现"革命/堕落"的故事。小战士王长顺跟随部队艰苦战斗，长期吃令人作呕的爬豆，有一次他饿晕了，老乡救醒他，热情地给他一个煎饼，吃腻爬豆的他非常想吃，但碍于革命纪律他不能吃老乡的东西。在干部和老乡的热情劝说下，他用一张饭票跟老乡换了一个煎饼，美美地吃了一餐。后来部队转移，家里并不宽裕的老乡又给了小战士一个煎饼，小战士非常感动。一晃 30 年过去，当年的小战士已经成了副军长，因赴某个聚会路过曾经战斗过的地方，就顺道去了老乡家。老乡家没什么变化，还和 30 年前一样贫困，而副军长却发现自己已经吃不惯煎饼了——"哎呀，这是什么缘故？煎饼怎么这样粗，嚼在嘴里就象嚼木屑一样，满嘴渣渣咽也咽不下去，鸡蛋好像也不如过去香了。"① 出于良心和礼貌，副军长"还是做出贪馋的样子"，但表情非常痛苦，以至于老乡质问他："你真的还是吃得那么香吗？"② 副军长口味早已经变了，正如副军长女儿说的，他习惯了酱肘子、八块六一瓶的茅台、五粮液，"那煎饼其实你也是无法下咽的……可是你却硬装吃得下，装得那么假，连我都看出来了"③。如果说，副军长对自己提升了的口味还隐隐有背弃"革命"的负罪感，那么副军长的下一代，他的女儿早已将之视为理所当然了。作者对这个女儿的描写是，"军裙底下是肉色丝袜，黑皮半高跟鞋"，用着"大多是外国人或华侨使用的"匣式录音机听嗲声嗲气的《夜来香》，是一个完全世俗化的女孩。作者暗指，这个女孩是一个被奢靡的资产阶级生活作风腐蚀的女孩，原因是副军长家庭生活条件太好，容易引发道德堕落。副军长自身也不

---

① 白文：《煎饼》，《雨花》1980 年第 5 期，第 23 页。
② 白文：《煎饼》，《雨花》1980 年第 5 期，第 23 页。
③ 白文：《煎饼》，《雨花》1980 年第 5 期，第 24 页。

是不自觉地被腐朽了吗？比如他对开车乱撞村民的司机并不怎么责备，比如他带着好多美食去参加高级聚会等。完全被"腐蚀"的女儿与尚存一些革命时代价值观的副军长是有冲突的，从老乡家出来以后，军长想教训不懂事的女儿，结果反倒被女儿教训一顿——副军长才意识到自己再无教育别人的资格，他的堕落是通过对食物的挑剔显现出来的。

作者提出的一个问题是，革命者在官僚主义和丰盈的物质供给下，其作风和价值观已悄然改变。所以当副军长发现自己已吃不下煎饼时，表现得既震惊又愧疚。在这里，政治与道德牢牢地附着、控制了个人享受——爬豆、煎饼象征着克制、艰苦的"革命化"食欲，而那些过高的物质享受则是对革命传统的背离，在道德上含贬义色彩。

金河的《带血丝的眼睛》（《鸭绿江》1980 年第 10 期）与《煎饼》可谓异曲同工。当年在老区战斗过的吴一民，"文革"后升职为地委书记。吴书记再吃老区村民的食物时，感到"胃里好像有什么东西在往上翻"，连当年非常喜欢的杏子和烧瓜，"吃了一颗，他再也不想吃了"。于是，在内疚和耻辱的折磨下，吴一民改变了立刻回城的想法，决定留下来为老区人民做点什么。食欲的改善被等同于道德和政治上的退化。这种写作在世俗化起步阶段是可以理解的，因为那时候的保守力量本来就非常强势，再加上那么多年革命文化宣传教育，一时难以摆脱这种反世俗化的观念，可以说非常正常。

再看另一个被批为"右派"的作家写食欲的作品。陆文夫的中篇小说《美食家》（《收获》1983 年第 1 期）通篇都在批评"好吃"的朱自冶，但又颇费心机地彰显了食欲的"反动"和顽固。故事的叙述者是一个努力改造自我的共产党员（高小庭），他厌恶人们在吃上浪费时间；故事主人公（朱自冶）却是作为叙述者的对立面出现的，他把美食当作毕生追求的艺术。叙述者和主人公之间迥然不同的价值观构成了小说的叙事张力。故事叙述者高小庭出身贫苦，早年曾受惠于朱自冶，后来当了朱自冶的小跟班，专门负责给人家"买小吃"，身份的自卑让他在批判朱自冶的好吃上亢奋不已。朱自冶靠继承来的大量房产收房租过活，主人公痛恨朱自冶这种寄生虫似的生活态度，他们之间对立的价值观此消彼长地贯穿了全文。

在作者笔下，朱自冶俨然一个以吃为乐的艺术家——朱自冶能"辨别出味差的千分之几"，在"吃"上已经臻于至境："吃的艺术和其它的艺术相同，必须牢牢地把握住时空关系。"在他看来，"吃是一种享受，可那消化也是一种妙不可言的美，必须潜心体会，不能被外界的事物来分散注意力"。① 朱把"吃"看作类似于写小说的艺术行为："朱自冶吃晚饭也是别具一格，也和写小说一样，下一篇决不能雷同于上一篇。"② 即使在三年困难时期，朱自冶仍在吃上下足苦心。朱自冶在吃饭上的挑剔和用心，让人惊骇。而"我"（高小庭）一贯是一个"反吃战士"，在接管人民食堂后，试图把吃饭革命化，认为"好吃成性的人都是懦弱的""把业余时间都花在小炉子上的，肯定不会有出息"③。然而人民食堂单调乏味的"革命食谱"却几乎把所有人搞得很恼火——"我想为劳动大众服务，劳动大众却对我有意见"④，因为谁都想吃点好的。高小庭感慨道，"资产阶级的味觉和无产阶级的味觉竟然毫无差别"⑤。"文革"结束后，朱自冶如鱼得水，出任烹饪学会会长，连高小庭以前的"不苟言笑""对知识分子和'小资产'不以为然"的"老首长""老革命"也成了朱自冶他们的会员，而高小庭此时徐徐老矣。最后结尾时，他娇宠的外孙只吃巧克力不吃硬糖让他暴跳如雷："长大了又是一个美食家！我一生一世管不了朱自冶，还管不了你这小东西！"老人家硬把代表"艰苦朴素"食欲的硬糖塞进小孩的嘴里，小孩哇哇大哭，满座愕然，以为"这个老家伙的神经出了问题"。⑥

在高小庭和朱自冶的观念矛盾线索中，作者以多处精彩白描展现了美食的艺术性，写到诸如"头汤面""三套鸭""盐能吊百味"等。朱自冶滔滔不绝地论述"盐能吊百味"，显示出他对美食艺术的谙熟和狂热。别说革命食谱，就

---

① 陆文夫：《美食家》，《收获》1983 年第 1 期，第 7 页。
② 陆文夫：《美食家》，《收获》1983 年第 1 期，第 7 页。
③ 陆文夫：《美食家》，《收获》1983 年第 1 期，第 22 页。
④ 陆文夫：《美食家》，《收获》1983 年第 1 期，第 21 页。
⑤ 陆文夫：《美食家》，《收获》1983 年第 1 期，第 22 – 23 页。
⑥ 陆文夫：《美食家》，《收获》1983 年第 1 期，第 45 页。

算是普通人也难以领悟到，在美食的艺术中连最简单的"放盐"也内含乾坤："这放盐也不是一成不变的，要因人、因时而变。一桌酒席摆开，开头的几只菜都要偏咸，淡了就要失败。为啥，因为人们刚刚开始吃，嘴巴淡，体内需要盐。以后的一只只菜上来，就要逐步地淡下去，如果这桌酒席有四十个菜的话，那最后的一只汤简直就不能放盐，大家一喝，照样喊鲜。因为那么多的酒和菜都已吃了下去，身体内的盐分已经达到了饱和点，这时候最需的是水，水里还放了味精，当然鲜！"①

《美食家》在对美食的展示上颇费心机，有时候还试图把美食归于高雅的"艺术"，然而《美食家》又总是很奇怪地对这些东西发出义正词严的驳斥。《美食家》的主题倾向可谓是忽左忽右，不但不排斥这明显的自相矛盾，而且着力将矛盾与张力凸显出来。可以这么说，这篇小说由于巧妙地把叙事者和主人公对立起来，叙述者完成叙述的过程，也是他批判自己叙述的故事的过程。然而，又因为故事的魅力使叙述者的批判具有强烈的自反性——对食欲的批判像被海绵吸走的水一样消失在故事中。

其实，恰恰是小说凸显的这种矛盾和张力，体现出改革开放早期新旧杂陈的意识形态局面，新思想与革命年代形成的意识形态一起，错落盘踞在当时的意识形态格局之中。较年轻一代作家而言，被批为"右派"的作家很难超越旧的意识形态的制约。传统的"革命思想"要求克制私欲，而知识分子阶层自命清高的喜好也不太主张物欲，但是改革的语境又是非常世俗化的，主张释放人们的欲望。在"吃"上，有些人一方面更多地看到"吃的道德罪恶感"，《美食家》中叙述者高小庭是他们的代言人，但是另一方面又意识到克制欲望的那一套实际上不符合人们的普遍愿望，大多数普通人喜欢像朱自冶那样享受美食、享受生活。

有学者对这篇小说进行了词频分析后指出，《美食家》的基本语词共235个，就语词的意义分类来说，使用频率最高的是诸如旧社会、共产党、自由主

---

① 陆文夫：《美食家》，《收获》1983年第1期，第35页。

义之类的"政治"类语词，约占基本语词的 32%，接近"吃"类语词的两倍。[1] 这表明，《美食家》里的"吃"是充分政治化、道德化的。《美食家》中的吃相尴尬，正是被批为"右派"的作家在新旧意识形态之间的两难心态使然。

"解放的一代"知识分子比较普遍的立场还是偏于保守。普通百姓或许不会对世俗化有什么担忧，可知识分子却天生具有批判精神——他们在变革时代显得保守，在保守的年代显得激进。"一个社会中的知识分子总是倾向于站在该社会正统意识形态的对立面上。也即是说，知识分子比起其他社会成员，更喜欢以社会批判者的姿态出现。"[2] 知识分子的天性叠加到"解放的一代"的保守性上，更加强了被批为"右派"的知识分子对世俗化社会的不满。对于身体欲望，或许他们更多地倾向于禁欲主义，如张贤亮的《绿化树》更直白地暴露出被批为"右派"的作家的心态。

张贤亮写《河的子孙》（1983）时，以饥饿焦虑来表达自己对国家改革的领悟，而他的《绿化树》（《十月》1984 年第 2 期）则将议题转向了知识分子自身，写的是被批为"右派"的知识分子的劳动改造中，对食欲的某种憎恨。《绿化树》惟妙惟肖地展示了食欲带给知识分子精神的戕害和困境，它赋予食欲浓厚的道德意识。

小说开篇写到，主人公章永璘和"营业部主任"不睦。"营业部主任"是个斤斤计较又精明无比的老"右派"，他很明白章的弱点："最有效的折磨"，是"引逗出我（指章永璘）的食欲和馋涎"。吃和食欲，总是让人联想到人动物性的一面，这给章永璘带来很大的耻辱。极度的饥饿状态激起人的求生本能，让很多在吃饱状态下被压抑、掩藏起来的动物性一面原形毕露。这使得在劳动改造中坚守知识分子精神的章永璘非常难堪——"饥饿会变成一种有重量、有体积的实体，在胃里横冲直撞；还会发出声音，向全身的每一根神经呼喊：要吃！要吃！要吃！"[3] 他为了找到一点吃的，竟然利用自己的文化知识，通过视

---

[1]　赵宪章：《形式美学之文本调查——以〈美食家〉为例》，《唯实》2003 年第 6 期，第 91 页。

[2]　郑也夫：《知识分子研究》，中国青年出版社 2004 年版，第 74 页。

[3]　张贤亮：《绿化树》，《十月》1984 年第 2 期。

觉误差骗取多 100CC 的汤汁；利用自己的活跃思维，去骗老乡的黄萝卜，费尽心思去搞伙房里的秤子面和找马缨花蹭白食。然而，在他不那么饥饿的时候，又会因此而深深自责，甚至因此被迫放弃知识分子的精神追求，去改造自己——"这里是不需要文化的，知识不会给我现在的生活带来什么益处，只能徒然地不时使我感到忧伤"。①

尽管章永璘处在丧失精神追求的危险中，但他始终认为有"比活着更高的东西"——"如果没有比活更高的东西，活着还有什么意义？"在饥饿的情况下，"营业部主任"误扔了一块黑饼子到章面前，就让他非常困窘，因为他无法遏制自己的食欲——"没有一点东西可以抵挡从心底里，而不是从胃里猛然高涨起来的食欲；没有一点东西可以把我汹涌澎湃的唾液堵塞住"，章为此"眼眶里饱含着泪水"，便开始"痛恨自己纯自然的生理要求""蔑视自己精神的低劣"②。实际上，章的苦恼在于食欲是从"心底"，而不是"胃"里高涨起来的。即是说，低劣的食欲已经褴住他的精神世界，没有什么比这更令他绝望的。他读自己的"精神圣经"《资本论》时，书中"小麦""咖啡""茶"等词语竟然让他的胃"剧烈地痉挛起来"，他因为这种状况而痛恨自己的身体和身体中难以去除的动物性。在劳动改造的困境中，恰恰是食欲导致他无法实现精神上的独立自主，食欲就像是他精神"自我超越"路上出现的可恶又凶猛的拦路虎。可见，此时张贤亮心目中，身体是劣于精神的存在，甚至是阻挡知识分子进行自我身份认同的肉体障碍。

在饥饿后的深深自责和愧疚中，他找到了救赎自己的"圣经"——《资本论》，据说是因为"只有这本书作为我和理念世界的联系了，只有这本书能使我重新进入我原来很熟悉的精神生活中去，使我从馍馍渣、黄萝卜、咸菜汤和稠稀饭中升华出来，使我和饥饿的野兽区别开……"③ 章永璘的看法在这里表露得更加明显，他必须要从"馍馍渣、黄萝卜、咸菜汤和稠稀饭中升华出来"，

---

① 张贤亮：《绿化树》，《十月》1984 年第 2 期。
② 张贤亮：《绿化树》，《十月》1984 年第 2 期。
③ 张贤亮：《绿化树》，《十月》1984 年第 2 期。

身体需要吃饭的肉体属性对于他而言显然是一种不必要的痛苦。食欲的存在对于他固然是一种痛苦，但只是比较低层次的痛苦，知识和精神上的痛苦才是更高层次的痛苦："我知道我肚子一胀，心里就会有一种比饥饿还要深刻的痛苦。饿了也苦，胀了也苦，但是肉体的痛苦总比心灵的痛苦好受。"[1] 所以，尽管《绿化树》这篇小说出色地描绘了食欲的凶猛和强大，但它真正的内在含义是对身体、对食欲的痛恨鄙视，对精神不自由的惋惜。被批为"右派"的作家出身的张贤亮，对世俗主义表现出较强的不适，他一心追求精神上或政治上的完美与超越。

新时期其他更多的作品支持世俗化浪潮，承认食欲是人的基本权利，食欲具有无可置疑的合理性，比如那些贯彻了"改革派"意图的作品（见本章第二节）。被批为"右派"的作家群体却主张对食欲进行道德重审，这体现出他们相对保守的政治立场。

（二）知青作家对"食欲"的悲剧展示

以陆文夫和张贤亮为代表的被批为"右派"的作家（"解放的一代"）囿于保守思想，他们对食欲的批判基于具有时代特征的道德偏好。年轻一代的知青作家比被批为"右派"的作家更加夸张地展示了食欲的问题，可是知青作家与被批为"右派"的作家的出发点完全不一样。知青作家被研究者称为"'文革'和下乡的一代"（多数出生于 1944—1958 年）。相比"解放的一代"，知青作家有更多困惑和迷惘引发他们的思考，所以他们能较早摆脱思想上的束缚，而且他们接触过基层工厂和农村，改革开放后也吸取不少文化营养，思想相对成熟。[2] 作为新生的知识精英，其话语特征带有 20 世纪 80 年代普遍的理想主义、浪漫主义气质，他们对食欲的态度不是社会道德化的，而是将其视为关涉人性本身的问题。直白地说，知青作家更加愿意将食欲视作一种完全"个体"而与社会政治关系很小的事。

---

[1]　张贤亮：《绿化树》，《十月》1984 年第 2 期。
[2]　郑也夫：《知识分子研究》，中国青年出版社 2004 年版，第 126 – 130 页。

　　知青作家们尽力撇开宏观社会 – 政治的背景，将食欲完全个体化，将食欲置于纯粹的人性范畴进行"悲剧展示"，他们乐于通过食欲的文学表征探讨人性的深度和复杂。这种状态的呈现，是被年轻一代知识分子对"人"的看法决定的。20 世纪 80 年代中期知识分子在"尼采热""萨特热""弗洛伊德热"的潮流中，经由生命意志、自由选择、性本能等现代哲学（或"人学"）术语启蒙，转化出"一种激进的个人主义伦理"，"这些交错混杂的理论资源实则在一个共同的支点上被统摄到一起，即自我决定和自由创造的自律个体形象"。① 受此意识形态影响，知识分子似乎更愿意建构一种"有深度"的自我人格，这种新个体必然要脱离宏观政治，被牢牢限定在"感性个体"内部，并试图从这种个体内部构想出关于人性（包括生命自由、欲望冲动在内）的本质。

　　年轻一代知识分子一方面以一种激进的理想主义、个人主义气质创造对现实世界的"超越"关系，建构人的自由精神和主体性；但另一方面与他们目睹或遭遇饥饿的生活经验有关，他们非常清楚地了解食欲乃人最根本的要求，并且食欲本来就处于感性个体、生命自由的对立面，对于人来说，吃意味着"沉重的肉身"。简言之，食欲是对人性的考验，食欲是人性难以超越又渴望超越的肉体限制。这种精神与肉体的冲突、对抗关系包含着悲剧成分，也包含着探讨人性深度的可能性。知青作家通过展示食欲的悲剧来传达他们对"人"的身份问题的偏好式陈述。

　　对于建构"新个体"、追求"有深度"的人性的知识分子群体，食欲无疑是一个特别"对胃口"的文学主题。知青作家对食欲的题材多采取悲剧笔调——他们会浓墨重彩地从身体的沉重处着笔，并将食欲与人渴望生命自由的状态置于难以调和的悲剧冲突之中，因此其笔下的人物会在个体层面上呈现出空前的深度感、复杂感。

　　在对食欲进行"悲剧展示"时，这些知识分子将他们秉持的关于"人"的理想主义价值观灌注到小说人物当中，呈现更多的是"吃的耻辱"——因为食欲始终牵扯住人的主体自由，是对人的生命自由的限制。这不同于被批为"右

---

① 贺桂梅：《"新启蒙"知识档案：80 年代中国文化研究》，北京大学出版社 2010 年版，第 111 – 112 页。

派"的作家简单的道德判断，而是"向内转"，至少从表面上看这里无关社会、无关政治，仅仅是对"自我"的拷问。他们似乎展示了吃带来的耻辱感，但同时也变相申辩了身体对于生命的第一性——通过他们的悲剧书写，读者获得的认识可能是食欲比精神自由占据更基础的地位。总之，对于食欲的悲剧性认识，主宰了更年轻一代作家，从而决定了他们处理相关题材的基本叙事框架。

阿城的《棋王》（《上海文学》1984 年第 7 期）写的是关于"吃"和"下棋"的故事，描写"吃"的精彩程度并不亚于对"下棋"的描写。《棋王》主人公王一生号称"棋呆子"，仅仅关心的两件事：一曰"棋"，一曰"吃"。王一生出身贫困的底层。他妈妈新中国成立前在窑子里，从良后两次嫁人，王一生的养父是个卖力气的，爱酗酒，身子骨儿差又没文化，再加上母亲身体也不好、后又亡故，王一生的家庭生活自是一贫如洗。这让遭遇精神和物质双重贫困的王一生从小就有生存焦虑，王一生的种种举动都是试图以他自己的方式从精神和物质双重贫困中解脱出来。下棋代表他的精神突围，而贪婪地吃代表他的物质突围，这或许才是《棋王》的要旨。

过去人们对《棋王》的分析，过多地纠结在"寻根文学"及更宏大的文化、文学史意义上，正如陈晓明说的，"'寻根'既放大了《棋王》的意义，也遮蔽了《棋王》更为原本的内涵"，实际上，《棋王》"与'文化'南辕北辙，它更有可能反感于文化（那些精神活动、思想谱系乃至于思想斗争），它要寻求的是极为朴素的唯物论的生活态度，一种最为朴实无华的生活之道"[1]。如果撇开 20 世纪 80 年代文学批评形成的特定意识形态，单从文本看，《棋王》探索的确实是"唯物论"的生活——人如何处理物质、精神之间的关系。

对王一生而言，下棋是最廉价的精神活动。他一贫如洗的家庭决定了他无暇看书、看电影，无法和其他同学一起参观少年宫、春游，"给家里省一点儿是一点儿"。极其逼仄的物质生活锁死了他的精神追求，最后便只剩下棋这么点可怜而廉价的精神娱乐了。他之所以迷上象棋，是因为他帮母亲赶工给印刷厂叠

---

① 陈晓明：《论〈棋王〉——唯物论意义的阐释或寻根的歧义》，《文艺争鸣》2007 年第 4 期，第 128 – 129 页。

书页子时，书页子上正好讲的是象棋。就这样，他迷上了象棋，一开始母亲还抱怨他学什么象棋，"下棋下得好，还当饭吃了？""这（下棋）以前都是有钱人干的……那都是身份，他们不指着下棋吃饭。"① （可见，王一生的生活时刻都要考虑"吃饭"问题）最后，母亲终有所动，就说：功课不拉下可以适当玩棋。要知道，王一生及其家人有着强烈的生存焦虑，王一生必须学"有用的功课"，以便初中读完后养家糊口，所以家庭对他的要求是："你记住，先说吃，再说下棋。等你挣了钱，养活家了，爱怎么下就怎么下，随你。"②

这么可怜的一点精神追求，都难以实现，因为始终绕不开一个"吃"的问题，家人及王一生的生活经验告诉他的就是"先说吃，再说下棋"。相比精神活动，吃是最不可或缺的物质性需求，王一生对此的认识刻骨铭心，以至于当阿城描写王一生的时候，留给人印象最深的反倒不是他神乎其神的棋艺，而是他虔诚而又古怪的"吃相"。"我"在知青下乡的火车上初遇王一生时，就注意到王一生爱打听别人是怎么吃东西的，对吃的细节的盘问不厌其详：

> 他又特别在一些细节上详细地打听，主要是关于吃。例如讲到有一次我一天没有吃到东西，他就问："一点儿都没吃到吗？"我说："一点儿也没有。"他又问："那你后来吃到东西是在什么时候？"我说："后来碰到一个同学，他要用书包装很多东西，就把书包翻倒过来腾干净，里面有一个干馒头，掉在地上就碎了。我一边儿和他说话，一边儿就把这些碎馒头吃下去。不过，说老实话，干烧饼比干馒头解饱得多，而且顶时候儿。"他同意我关于干烧饼的见解，可马上又问："我是说，你吃到这个干馒头的时候是几点？过了当天夜里十二点吗？"我说："噢，不。是晚上十点吧。"他又问："那第二天你吃了什么？"我有点儿不耐烦。讲老实话，我不太愿意复述这些事情，尤其是细节。我觉得这些事情总在腐蚀我，它们与我以前对生活的认识太不

---

① 阿城：《棋王》，《上海文学》1984 年第 7 期，第 24 页。
② 阿城：《棋王》，《上海文学》1984 年第 7 期，第 24 页。

合辙，总好像是在嘲笑我的理想。①

　　这一段描写并非随意的安排，而是体现出王一生对"吃"的焦虑心理。从心理分析方面看，这多少有点病态的行为是一种无意识的显露。他自己对"吃"怀有焦灼不安的心态，他需要询问探查别人的相同行为来化解自己内心的焦虑，即试图通过替代性的询问来消解、补偿心理上的不安——是否别人也如同自己这样专注于吃、时刻担心着吃的问题，自己对吃的强烈态度是否反常。后文还写到，王一生还追问"我家道尚好"时，是怎么理解吃与馋的不同的；出身名门的脚卵讲以前如何吃螃蟹、燕窝时，王一生"听呆了"，不理解那些奇怪的吃法。这些都能看出，"吃"在构成自我身份方面的问题一直困扰着王一生。初遇时，"我"已经注意到王一生对吃的特殊关心，便注意观察他怎么吃东西。阿城对王一生吃相的描写，精彩异常，没用一句心理描写，通过"零度介入"的新写实主义手法（描述纯粹的行为动作）呈现出人物内心极其逼真而且是无意识的"吃相凶猛"：

　　　　列车上给我们这几节知青车厢送饭时，他若心思不在下棋上，就稍稍有些不安。听见前面大家拿吃时铝盒的碰撞声，他常常闭上眼，嘴巴紧紧收着，倒好像有些恶心。拿到饭后，马上就开始吃，吃得很快，喉节一缩一缩的，脸上绷满了筋。常常突然停下来，很小心地将嘴边或下巴上的饭粒儿和汤水油花儿用整个儿食指抹进嘴里。若饭粒儿落在衣服上，就马上一按，拈进嘴里。若一个没按住，饭粒儿由衣服上掉下地，他也立刻双脚不再移动，转了上身找。这时候他若碰上我的目光，就放慢速度。吃完以后，他把两只筷子吮净，拿水把饭盒冲满，先将上面一层油花吸净，然后就带着安全到达彼岸的神色小口小口地呷。有一次，他在下棋，左手轻轻地叩茶几。一粒干缩了的饭粒儿也轻轻地小声跳着。他一下注意到了，就迅速将那个饭粒儿放进

---

① 阿城：《棋王》，《上海文学》1984 年第 7 期，第 18 页。

嘴里，腮上立刻显出筋络。我知道这种干饭粒儿很容易嵌到槽牙里，巴在那儿，舌头是赶它不出的。果然，呆了一会儿，他就伸手到嘴里去抠。终于嚼完，和着一大股口水，"咕"地一声儿咽下去，喉节慢慢地移下来，眼睛里有了泪花。他对吃是虔诚的，而且很精细。有时你会可怜那些饭被他吃得一个渣儿都不剩，真有点儿惨无人道。①

如此虔诚而凶猛的"吃"，让出身稍微好一点的"我"非常震撼，没有经历过饥饿经验的长期折磨，岂能有这种表现？后来，"我"给王一生讲杰克·伦敦的《热爱生命》、巴尔扎克的《邦斯舅舅》中的饥饿感，王一生认为这些作家根本不懂饥饿：杰克·伦敦"这个小子他妈真是饱汉子不知饿汉饥"；"邦斯这个老头儿若只是吃而不馋，不会死"。可以说，对于饥饿的体验，王一生有充足而真实的经验，远胜于国外作家的文学描写（尽管中国当时知识分子写饥饿的方式正在变得与杰克·伦敦写饥饿的方式越来越相似）。通过这样一种直接描写和侧面烘托，王一生的人物性格就显得非常独特。他对吃的要求并不高，只求能吃饱就行。其他知青们可以抱怨伙食不好，而"不用吃了上顿惦记着下顿"的生活已经远远超越王一生的基准线。

这种物质上的低标准，对应着他精神上的低标准。下棋带给他的与其说是愉悦，不如说是一种逃避生活的排解，用王一生自己的话是"何以解忧，唯有下棋"。小说中，旁边有人说："据说你下棋可以不吃饭？"在"我"这个出身不错的人看来，精神追求显然是第一位的，于是随口就说："人一迷上什么，吃饭倒是不重要的事。大约能干出什么事儿的人，总免不了有这种傻事。"② 可是，王一生却摇摇头，说："我可不是这样。"在吃饭和下棋这两件事上，王一生不得不承认吃饭比下棋重要。不同的物质生活，形成不同的精神生活。前面的引文中提到，王一生追问"我"挨饿、吃东西的细节时，"我"便觉得饥饿、吃东西"这些事情总在腐蚀我，它们与我以前对生活的认识太不合辙，总好像

① 阿城：《棋王》，《上海文学》1984 年第 7 期，第 19 页。
② 阿城：《棋王》，《上海文学》1984 年第 7 期，第 18 页。

是在嘲笑我的理想"。这是生活条件比较优越,看了很多外国名著的"我"的看法——吃比精神生活("理想")低劣,能"腐蚀我"。但是,在经历很多事情以后,王一生启蒙并影响了"我","我"逐渐地"大致觉出是关于活着的什么东西"。

王一生性格比较矛盾,他既无奈于人必须吃饭的真理(若不是为了吃,他的精神生活也不必如此可怜),又反对以吃为乐的馋(他反对过分地追求"吃",大概那会拖累他的精神追求)。他意识到"吃的耻辱"的时候,比如他内心对"吃"的不安,比如他在凶猛地吃时"碰上我的目光,就放慢速度";但他也有控制不住食欲的时候,比如他听到脚卵谈吃燕窝时"听呆了"。

据与阿城相熟的李陀说,《上海文学》改动了《棋王》的结尾,在发表的版本中,王一生保持着安贫乐道的风骨。李陀认为原版本的结尾更精彩,它是这样的:"'我'从陕西回到云南,刚进云南棋院的时候,看王一生一嘴的油,从棋院走出来。'我'就和王一生说,你最近过得怎么样啊?还下棋不下棋?王一生说,下什么棋啊,这儿天天吃肉,走,我带你吃饭去,吃肉。"① 王一生在比赛中成名后,被招到国家的棋院,食欲压倒了他的精神,棋王变成饭桶。如果结尾真是这样的话,确实原版本更贴合文章的主题——展示食欲与精神自由的悲剧性冲突(这种冲突完全发生在个体自我的层面,与外部的社会–政治无关)。

阿城对于"吃的耻辱"的揭示相对隐晦,另一些作家则直露得多。比如王安忆的《荒山之恋》(1986)中有一段关于食欲的描述,基本上是对"棋王"主题的重复:天才般的小提琴手"肚子里像是经着一场战争","只有练琴的时候才可稍稍忘却一下饥饿",可是毕竟食欲难忍,"那样的不可抑制"。他不争气地想各种方法觅食,于是他"羞耻得无地自容,并且自觉从此以后有了污点",在绝望的时候,他"打自己的嘴,咬自己的舌头"。因为食欲,主人公的

---

① 陈晓明:《论〈棋王〉——唯物论意义的阐释或寻根的歧义》,《文艺争鸣》2007 年第 4 期,第 132 页。同时,曾任《上海文学》执行副主编的蔡翔先生也证明小说结尾确实被改了,原结尾就是上述引文,参阅王尧:《"思想事件"的修辞》,人民文学出版社 2008 年版,第 56 页。

艺术追求被无奈中断，精神上背负上巨大的耻辱感。

再比如蔡测海的《早晨》（《鸭绿江》1984年第10期）也探讨了同样的文学主题：父亲和治保主任发生争执，喝农药自杀，留下一个有病的母亲，母亲死后主人公就和弟弟相依为命。他这个"匪崽子"内心有着美好的追求，曾经一副"孩子般的笑脸"，在学校里他曾是最干净整齐的学生，可是在饥饿的逼迫下，他和弟弟全成了"馋鬼，就知道吃！"为了生活下去，他做了很多坏事，偷抢破坏。为了"分牛肉"，他把毒药拌在生产队的牛饲料里，本来想毒死一头牛，结果失手毒死了所有的牛，给生产队造成严重破坏。他因此蹲了几年监狱，出狱后生产队已经解散，但是所有人还是瞧不起他，包括考上大学的弟弟。本来就非常愧疚的他，在别人的刺激下，失去生活的勇气，跳下有着神秘传说的深潭。蔡测海这篇小说围绕着主人公的罪恶感展开，对于主人公来说，食欲无疑具有合理性，但又是他全部罪恶的渊薮。因为"吃""馋"而走上不归路，给曾经有着美好追求的这位少年带来致命的心理创伤。小说采用第三人称叙事，通过青少年视角来观察事物，故事始终处于一种充满不稳定性的、不成熟的青少年心理世界的"意识流"当中。这篇"阳光少年堕落记"的短篇小说写得悲惨兮兮，却让人读起来心惊肉跳。在食欲面前人很难获得"尊严"，"大写的人"匍匐在食欲面前，无法直起身子。

刘恒的《狗日的粮食》（《中国》1986年第9期）可以说是对"吃"进行悲剧展示的集大成者。因其直率的主题设定和刻意的行文笔法，这篇小说尤其值得作一番具体分析。可以说《狗日的粮食》激进而彻底地展示了存在于《棋王》等小说中的关于食欲的悲剧元素。

《狗日的粮食》写了一个外号叫瘿袋的畸形女人为"吃"忙碌一辈子的毫无尊严的生活。瘿袋是杨天宽用二百斤新谷子换来的媳妇。她之前已经被丈夫们卖过六次，这暗示了人与粮食是具有同等地位，可以等价交换。开始杨天宽嫌弃女人"丑狠了"，但后来发现女人"炕上也做得地里也做得，他要的不就是这个么"，也就将就了。孩子少的时候，他们与人斗、与天斗，勉强糊口。可是孩子一多，"一个孩儿便是一个填不满的黑坑。他们生下第三个孩子的时候，锅里的玉米粥就稀了，并且再没有稠起来，到第四个孩儿端得住碗，捏得拢拢子，那粥竟绿起来，顿顿离不开叶子了"①。从此"粮食崇拜"更加疯狂，他们的孩子全叫"大谷""大豆""绿豆"之类的粮食名，他们从不放过任何一个获得粮食的机会。有一年闹灾，瘿袋逼丈夫从演习军队留下的骡子粪里"淘"粮食吃。为粮食操劳一辈子的瘿袋，最后竟弄丢购粮证，她在公社粮站发现丢了粮本，众目睽睽之下就本能地发起瘿症，"当即便噭地怪叫一声，跌倒地上吐开了沫儿"。别人救醒她，问她哪村的、姓啥、怎么了，她眼睛"愣直"只是重复着"丢了、丢了……"她在回家路上打了两个来回还是没找到，"把十几里山路上每块石头都摸了，又到灌木林儿里脱光，撅着腚撕衣裳补丁，希望里边藏点儿什么"②，也没找到。瘿袋丢了口粮，一辈子刚气、威风的她，一下子就软气起来，丈夫狠狠地揍她也没任何反应。"半世里逞能扒食，却活生生丢了口粮"的事实已让这个女人疯癫、绝望，最后她"再不想惦记吃了"，就吞了"苦杏仁儿"自杀。女人死前，骂了一句："狗日的……粮食。"

她死后，粮本找到了，粮本旁边有两坨绿色的粪便，暗示捡到粮本的人也吃不饱饭才昧着良心不交还粮本（这点杨天宽"心里明白"）。要不是瘿袋自杀，捡到粮本者恐怕也不会良心发现，粮本也就不可能失而复得。所以一家人觉得瘿袋死得还算值——在葬礼上"天宽的一家自然也扎进人堆抢吃，吃得猛而香甜。他们的娘死也对得起他们了"③。

这个故事充分显示出改革早期年轻一代知识分子的趣味——在食欲这一纯生理需求的阴影下，人的尊严毫无地位，这种悲剧性的对抗之中却蕴藏着展示有深度的复杂人性的可能性。"为吃生为吃死为吃痛苦一辈子"基本上可以概括瘿袋的一生。在粮食淫威之下的她从不知尊严为何物，为了粮食她可以撒泼、打滚、骂街，最后发瘿症、自杀。甚至她的生命价值也就值那么一点粮食，她以自杀换来粮本的最大意义不过是"也对得起"家人了而已。

---

① 刘恒：《狗日的粮食》，《中国》1986 年第 9 期，第 26 页。
② 刘恒：《狗日的粮食》，《中国》1986 年第 9 期，第 29 页。
③ 刘恒：《狗日的粮食》，《中国》1986 年第 9 期，第 30 页。

刘恒采取了克制的叙事态度，颇有后来"新写实小说"的风范。这篇小说恰恰是通过这种"零度介入"的超然姿态，营造出非常强化的悲剧氛围，反映出对食欲进行"悲剧展示"的知识分子意识形态。按照普通人的趣味，大概不会虚构出刻意将故事写得残酷到惨烈而其本身的文化指向又如此明显的作品。

可以拿中国知识分子笔下的饥饿文学与西方擅长写饥饿的作家作一比较，这样也许能增进对中国知识分子的饥饿文学的认知。19世纪末20世纪初美国作家杰克·伦敦（Jack London，1876—1916）就写出了影响很大的饥饿文学，如《一块牛排》、《热爱生命》（阿城《棋王》写饥饿的时候还特意拿后者作了比较）。杰克·伦敦的作品在1980年前后就有中文译介（《杰克·伦敦短篇小说选》，外国文学出版社1981年），但是，很快中国知识分子笔下的饥饿文学在写法上已经与杰克·伦敦不相上下。《一块牛排》《热爱生命》都是写一个人与饥饿作斗争，饥饿对主人公的人性产生了不可逆转的影响——《热爱生命》的主角在荒野经历了惨烈的饥饿后，即使过上正常生活也会偷藏硬面包，因为他的人性、他对生命的看法已经被饥饿改变；《一块牛排》中，老拳击手因为饥饿了悟从前被他打败的那些老家伙们为什么"躲在更衣室哭泣"，那是要让家人忍饥挨饿的悲哀。20世纪80年代中期中国知识分子写饥饿在某种程度上与杰克·伦敦有相似的目的，都是以饥饿为中介，展示出人性与生命的复杂性。

在知青作家的作品中，基于他们对人性的预设，食欲叙事往往背后隐藏着强烈的耻感和罪恶感，但是他们并不像被批为"右派"的作家那样满足于简单的道德主义裁决，而是将"吃的耻感"与人的生命自由并置，构造出一种强烈的悲剧冲突。通过对食欲的描写，聚焦于对欲望冲动、生命存在与外在现实世界的冲突关系的探讨，结果是"有深度的复杂人性"成为重要的文学"表征"。这些探讨带给文学的是"革命文学"中并不多见的全新的主体性，在表现人性方面深化了革命文学和改革人道主义文学的既定模式，显示出年轻一代知识分子的文化口味。他们通过食欲的悲剧展示了西方"人学"思想带给中国文学的新的主体性，主要表现为人物所展现出的人性深度与复杂。

这时候关于饥饿的故事呈现出的"人性"超越了革命年代，也超越了改革之初的人性论范畴。表征意味着有意义地表述这个世界，饥饿的身体故事也表述了一个意义世界。"意义就是赋予我们对我们的自我认同，即对我们是谁以及我们'归属于'谁的一种认知的东西。"① 知识分子全新的饥饿故事产生的"意义"呈现出一种关于身份的政治——打造了一个关于深度人性、复杂人性的神话。每个人都具有内在复杂性，我们的人性中内藏各种冲突和矛盾，这样的个体身份才是知识分子吁求的"新感性"个人，这种个体身份摆脱了将人性简化处理的"革命思维"，是人性的"现代化"。

因此，体现知识分子话语的作品，乐意对食欲进行悲剧展示。这既表达了对西方"人学"思想影响下的文学新个体的演绎，可能也悄然在悲剧展示中完成"民以食为天"的文学再述。前者是从理想主义出发的知识分子对"人要吃饭"的悲剧式看法，后者是国家改革合理性的意识形态前提。这两种分割的意识形态，在年轻一代知识分子作家关于食欲的文学叙事中比较完美地熔为了一炉。

---

① ［英］斯图尔特·霍尔编：《表征：文化表征与意指实践》，徐亮、陆兴华译，商务印书馆 2013 年版，第 5 页。

第三章　性的主题

"饮食男女，人之大欲存焉"（出自《礼记》）。虽说"饮食""男女"同是大欲，但在中国传统意识中，"饮食"好像比"男女"天然地多一些正经。也许是中国传统的道德意识使然，与对人的食欲（饥饿焦虑）的描写相比，改革开放早期文学在处理性欲方面显得异常谨慎，严格地以性为中心议题的作品直到 1985 年前后才陆续出现，不过在此之前仍有大量以爱情、情欲为题材的文学作品。

有研究者指出，"文化大革命"结束之后，1976—1985 年，中国性文化出现了一个恢复和过渡时期。当时的主要特征是从性的外围开始，首先把那些被"文化大革命"弄得过分荒谬的事物，恢复到大体相当于 20 世纪 50 年代的状况。[①] 性成为真空地带的不正常状态，在改革开放之后逐步扭转。

第一节　性叙事在改革开放早期复苏及其原因

改革开放早期的文化继承了"十七年"形成的极端理想主义和浪漫主义思想。"无论是革命理想主义，还是小资产阶级的理想主义，无论是保尔·柯察金、卓娅、江姐，还是牛虻、约翰·克里斯多夫，都具有极端的理想精神和浪漫气质。这些理想主义的时代英雄塑造了两代中国人的精神特征。"[②] 在这种强

---

① 潘绥铭、[美] 白维廉、王爱丽、[美] 劳曼：《当代中国人的性行为与性关系》，社会科学文献出版社 2003 年版，第 1 页。
② 许纪霖：《启蒙如何起死回生：现代中国知识分子的思想困境》，北京大学出版社 2011 年版，第 333 页。

大的主流思想包围下，赤裸裸谈论"性"的文学作品并不多见，但这毕竟是一个较之前宽容的年代，在"性"的外围打转的作品非常多。尽管它的表述可能还显得稚嫩，意犹未尽而又故意躲闪，但是文学在性欲方面的探索已经开始了。这种探索是从具有中国 20 世纪 50 年代文化特征的爱情和人性论方面开始的。在 1978—1980 年的转型当中，整个文化上都试图复归 20 世纪 50 年代的范式。贺桂梅认为，密布于"新时期"人道主义天幕之上的，乃是 20 世纪 50—70 年代社会主义文化内部的"19 世纪的幽灵"①。改革开放早期的作家们像 19 世纪欧洲文学表现的那样，以谈论圣洁的柏拉图式爱情为尚，却对"性"采用下意识的回避态度，即使写"性"也会迂回地让"性"躲在社会政治道德背后，以之作为掩护。

这时期文学对"性"主题的探讨绕不开社会政治，其意义也指向社会政治。文学呈现的"性"依托人道主义或人性论展开。如前所述，人道主义或人性论本身就是一种政治化的意识形态。无论是反对和讽刺革命时代禁欲主义的作品，还是通过"性"对人物进行道德/政治化评价，20 世纪 80 年代中期之前的"性"始终离不开社会政治。在"人性论"的背景下，与性欲主题有关的作品出现了不少力作，如张弦的《被爱情遗忘的角落》、周克芹的《许茂和他的女儿们》、古华的《芙蓉镇》等名篇。

到了 1985 年前后，直接谈论"性"的文学作品直线式增多，出现了一股描写性心理、性压抑的文学潮流。这一潮流中，"人性论"意义上的作品已经成为明日黄花。这时候的涉"性"作品开始将目光置放在"人性本身"，与人性论过度关注社会政治的路径迥然不同，这些作品开始把"性"视为人性自身具有的强烈冲动和本能欲望。这一时期，"'人性'的问题一下子成为文学创作和文学批评的热门话题"②。王安忆就认为她在 80 年代中期以"三恋"（《荒山之恋》《小城之恋》《锦绣谷之恋》）为代表的"性文学"就是"回到了写人自

---

① 贺桂梅：《"新启蒙"知识档案：80 年代中国文化研究》，北京大学出版社 2010 年版，第 59 页。
② 程光炜：《文学讲稿："八十年代"作为方法》，北京大学出版社 2009 年版，第 372 页。

身"①。这时"人性"压过了"人性论"——人性论是政治意识形态，而1985年前后写"人性"的作品却是从宏观政治回返人本身。这些新的"性"叙事作品剔除了附着在"人性论"上的宏观政治话语，试图写出真正的"性"、明明白白的"性本身"。写"性"的方式发生这种转变，并非偶然。

运用福柯《性经验史》中的分析不难发现，中国这股泛"性"现象代表着知识分子群体"对生命的一种政治安排"和"自我肯定"。福柯指出资产阶级建立阶级霸权时，曾以激发"性"、谈论"性"、揭示"性"的方式来建立新的关于性的意识形态，原因就是"阶级意识的初始形式之一就是对身体的肯定"②，资产阶级通过"性"建立、获取身份认同。从一开始，资产阶级对"性"的谈论就是政治化的："在通过自己发明的一种权力的和知识的技术建立起自己的性欲过程中，资产阶级强调它的身体、感受、快感、健康、寿命在政治上的重要价值。……这是对生命的一种政治安排，它不是在对其他人的奴役中，而是在自我肯定中被建立起来的。"③ 在福柯看来，"性"之所以成为资产阶级"灵魂中最隐秘和最关键的因素"，因为它既代表了一种自我肯定，也代表着对后代未来的管理和规划。

在20世纪80年代中国，随着各种关于欲望的学说的传播热潮（如意志主义哲学、精神分析学、存在主义哲学），知识分子群体试图在阶级模式、社会模式之外塑造出一种新型的感性个人——"感性血肉的个体"④ "活生生的充满着血肉的形象"⑤。换句话就是，把"人是具有感性欲望的个人存在"（李泽厚语）⑥ 重新定义为人的本质。这种对人的新定义，离不开对人的欲望的探求。李泽厚曾写到"情欲的人化"问题，他说情欲"虽然仍然是动物性的欲望，但

---

① 陈思和、王安忆：《两个69届初中生的即兴对话》，《上海文学》1988年第3期，第77页。
② ［法］米歇尔·福柯：《性经验史》（增订版），上海人民出版社2005年版，第82页。
③ ［法］米歇尔·福柯：《性经验史》（增订版），上海人民出版社2005年版，第80页。
④ 见李泽厚：《中国现代思想史论》，生活·读书·新知三联书店2008年版，第270页。李泽厚认为，20世纪80年代是"人的启蒙，人的觉醒，人道主义，人性复归……都围绕着感性血肉的个体，从作为理性异化的神的践踏蹂躏下要求解放出来的主题旋转"。
⑤ 刘再复：《性格组合论》，上海文艺出版社1986年版，第3页。
⑥ 李泽厚：《美学三书·美学四讲》，天津社会科学院出版社2003年版，第470页。

是已有着理性渗透，从而具有超生物的性质"①。也即是说，"超生物性"应该制约"感性"，"自然性"的情欲应该获得"社会性"，这样才能由动物的"性"变成人的"爱"。李泽厚从 20 世纪 80 年代初期就一直坚持"性欲成为爱情……人的情欲成为美的情感"② 这样的思想。他一直在思考的美学问题就是怎样"建立新感性"，即"建立起人类心理本体，又特别是情感的本体"③。

面对时代变迁、知识转型，20 世纪 80 年代的知识分子试图建立一种新的身份认同，而这种认同很重要的一步正是以福柯所说的"激发'性'、谈论'性'、揭示'性'"的方式实现的。李泽厚"建立新感性"的说法在文学界也得到正式的回应，比如刘再复。他说："我们说性格是一种追求体系，而感性欲望又是这一体系的生理本源，就因为感性欲望是人强烈追求自己对象的本质力量。"④ 与以往被阶级性、社会性主宰的"人"不同，感性的人及其欲望本身，开始被看作人的根本所在。1985 年前后，正是知识分子群体尝试塑造新人（或感性的人）的开始时刻，此时，"性"以及"性"对人本身的意义，成为一个需要重新关注的东西。

因此，在 80 年代中期"人性论"退潮后的"性"叙事文学中，"性"表征了知识分子群体建立新的身份认同的倾向。换言之，这时出现的性描写是政治状况、生活伦理转型后，知识分子群体"对生命的一种政治安排"（福柯语），所要表达的是，新社会状态下知识分子对抽象的人（主体性）的想象性肯定。这个意义上的"性文学"显然是知识分子"文化政治"的一部分。

因此，改革开放早期文学的"性"描写有两种模式，一种是在爱情和人性论视角下谨慎的性探索，另一种则是具有知识分子话语特征的、将"性"看作塑造"感性血肉的个体"手段的探索。前者可称为"人性论模式"（主要持续于 1978—1984 年），后者可称为"新感性模式"（主要持续于 1985 年前后）。本章第二节写"人性论模式"下的性书写，这一模式很明显受到国家改革话语

①　李泽厚：《美学三书·美学四讲》，天津社会科学院出版社 2003 年版，第 470 页。
②　李泽厚：《批判哲学的批判——康德述评（修订版）》，人民出版社 1984 年版，第 435 页。
③　李泽厚：《美学三书·美学四讲》，天津社会科学院出版社 2003 年版，第 464 页。
④　刘再复：《性格组合论》，上海文艺出版社 1986 年版，第 442 页。

的影响；第三节写"新感性模式"下的性书写，它构成了知识分子文化政治的一部分。

第二节　"人性论模式"下的性叙事

（一）"人性"与情爱的复苏

从 20 世纪 50 年代起，革命年代形成的价值观逐渐成为社会主流规范，它拒绝个人主义，强调每个人都应该为集体利益奉献自我乃至献身。情爱、私欲、性、人性论等这些东西全部被排斥在社会主流之外。"文革"时期更加激进，革命价值观成为整个社会唯一正确的指导思想，有性学研究者把"文革"时期的文化称为"无性文化"[①]。

"十七年文学"贯彻了集体本位、革命本位的思想，情爱是个人的、次要的。在那时的经典作品《创业史》中，主角梁生宝的生活信条是"他不能让给自个儿搞对象的念头，老是分散社会事业的心思"[②]；梁生宝对改霞的感情以政治为准绳，"咱打定主意走这互助合作的道路，她和咱不合心，她是天仙女，请她上她的天"[③]。改霞要不支持梁生宝参加"互助合作社"，就算她美如天仙，梁也绝不可能爱上她。"十七年文学"对于爱情和性描写已经非常排斥（因为这可能会被视为在宣扬反动的个人主义以及封建主义、资本主义腐朽思想）。在"文革"时期更加激进的样板戏里，爱情、家庭、亲情等个人元素全部成了不提倡的东西，比如样板戏《红灯记》李铁梅一家三口竟全无血缘关系，他们通过革命组成"家庭"，而这个家庭的使命也是干革命。了解了这一历史，就会明白"文革"后的文学在爱情、性方面的写作是多么"勇敢"、多么富有挑战性了。这类作品具有的社会意义远远大于其文学意义，它们是一个想当然的虚

---

① 潘绥铭：《中国性革命纵论》，万有出版社 2006 年版。
② 柳青：《创业史》，中国青年出版社 2009 年版，第 102 页。
③ 柳青：《创业史》，中国青年出版社 2009 年版，第 106 页。

构故事，但无形中却成了当时的读者调整自我身份的参照。有国外研究者犀利地指出："这种对爱和性的描写是一种建构，它们是对成功缔造了集体主义之爱的王国的反叛。"①

"文革"结束后，"自我"渐渐从集体中显现，客观上需要建构一种以人性论为基础的"改革伦理"。而"性"和爱情恰恰是最个人化的东西，因此，就像"五四"时期那样，"性"和爱情在新时期再次成为反抗集体强权、凸显个体个性的话语端口。禁忌开始慢慢解除，"人性论"逐渐取代"革命价值观"。

刘心武的《爱情的位置》（《十月》1978 年第 1 期）探讨了"在我们革命者的生活中，爱情究竟有没有它的位置？应该占据一个什么样的位置？"的问题。作者认为，"四人帮"一伙推行文化专制主义："我们的银幕上、舞台上，不但丝毫没有爱情的表现，而且甚至极少夫妻同台的场面，掐指一算，鳏寡孤独之多令人吃惊。难道我们的生活就应当是这样的？"② 作者担心，这样严厉的文化专制会导致一部分青年把生理冲动当爱情，"堕落为流氓"，而更多的青年则误把婚姻当爱情，"仿佛我们不是要寻求真正的、健康的爱情，而是要挑选一件可心的毛衣"，世界上仿佛只有"搞对象""解决爱人问题"，没有爱情。主人公孟小羽追求的是真正的"爱情"，她和一个在饭铺里烙火烧的青年陆玉春自由恋爱。孟小羽和陆玉春是那个年代典型的积极向上的好青年，孟热心工厂生产，以写出"对社会有益的小说"为目的；陆刻苦学习外语，想读研究生。两个人物的设定实际上响应了当时"四个现代化"和"尊重人才"的政治口号。可见，两人都是政治正确到极端完美，尽管如此，"爱情"始终不是一件名正言顺的事儿。孟陷入苦恼，去寻求冯姨的帮忙。冯姨是位资深革命家，早在"一二·九学生运动"时就成为地下党负责人。冯姨现身说法，回顾了她经历的一段刻骨铭心的爱情——她深爱的丈夫死于革命，她此后终身未嫁。冯姨传达了真理，"爱情在革命者的生活中应当占据一席重要的位置"③。然而，以

① ［美］冯珠娣：《饕餮之欲——当代中国的食与色》，郭乙瑶、马磊、江素侠译，江苏人民出版社 2009 年版，第 159 页。
② 刘心武：《爱情的位置》，《十月》1978 年第 1 期，第 122 页
③ 刘心武：《爱情的位置》，《十月》1978 年第 1 期，第 129 页。

冯姨道出真理解决小说冲突的处理方式，却使小说自身陷入自我矛盾的境地。

冯姨的事例是被用来说明爱情与革命并不冲突的，但刘心武在这里显然会遇到尴尬：前文还在讽刺文革文艺作品中"鳏寡孤独之多令人吃惊"，孰料最后解决"爱情的位置"问题的资深革命家冯姨恰恰也是一位"鳏寡孤独"者。可见，"爱情的位置"确实有点变化，但是它依旧受到了强力规训。孟小羽择偶的标准离 20 世纪 50—70 年代政治标准可能略有距离，却高度迎合了新的政治正确（热爱工作、学外语、读研究生分别对应着重视生产、知识、科学），同时让不尴不尬的冯姨道出真理，正是为了说明老式政治准则可以自发地转化为新时期的政治准则。显然，这篇小说太过于讨巧，既迎合了改革者的求变心态，也为改革者从旧的意识形态上提供"合法性"辩护。爱情的位置获得一定的人性论支撑（"理想爱情"意味着人的尊严、人的价值，它不能被剥夺），不过小说里呈现人性论的观念依旧是高度政治化的。

这种尴尬的产生还有更根本的原因，那就是刘心武当时所持的爱情观根本也是革命的爱情观，跟"文革"期间的隐匿在文本中的爱情属于同一模式——精神性的理想、价值观高于肉体，高于一切。从这个角度看，在这篇小说中"爱情的位置"并未恢复过来，它可能只是五六十年代爱情观的重现而已。

然而，这样一篇艺术水准非常一般的短篇小说，在 1978 年引起轰动效应。小说发表在 1978 年 10 月的《十月》创刊号，刊发后很快被《中国青年报》转载，并由中央人民广播电台播出。在中央新闻纪录电影制片厂 2006 年拍摄的一部纪录片（《中国：1978》）里有一个段落表现《爱情的位置》引发的轰动，当时刚刚恢复高考，因为电台预告的播出时间恰与考期重叠，不少考生向电台提出改换播出时间的要求。[1] 还有一位读者给刘心武写信，说他正在地里干活时听到高音喇叭广播《爱情的位置》，"当时的感觉，简直是发生了政变"——"爱情"这个讳莫如深的字眼竟然光明正大地出现在以前播"最高指示"或"重要社论"的喇叭里。[2] 这些都能看出当时的社会语境对于"人性"的饥渴，

---

[1] 刘心武：《刘心武短篇小说》，现代教育出版社 2009 年版，第 265 页。
[2] 刘心武：《刘心武短篇小说》，现代教育出版社 2009 年版，第 265 页。

这一社会风潮必将随着政治宽容时代的到来，反映到大量的作家作品当中去。

不过，"人性论"的爱情并不是一蹴而就的，而是有一个缓慢生长、慢慢探索拓展的过程。再来看看蒋子龙的《乔厂长上任记》（《人民文学》1979年第7期）。它写的是老厂长乔光朴在改革开放早期开拓进取的故事，"文化大革命"刚结束，乔厂长要上任的电机厂是个旧作风、旧思维仍占据统治地位的烂摊子。这篇小说的核心挺简单，就是乔光朴以改革进取精神去感化那些患上"政治衰老症"的人。在"文革"那些年，"工人受了欺骗、愚弄和呵斥，从肉体到灵魂都退化了"。其实不只是工人，连老党委书记"石敢"也由于被迫害而变得胆小、慎重，甚至是不思进取，用他自己的话是"我的思想残废了，我已经消耗完了"。乔光朴却天生就有超凡的人格魅力，"文革"期间遭受的苦难没有压垮他，反而使他变得更坚强——"过去打仗也好，现在搞工业也好，我都不喜欢站在旁边打边鼓，而喜欢当主角，不管我将演的是喜剧还是悲剧。"乔厂长无疑是代表当时政治正确的典型形象，他的口号是，电机厂这样的企业搞不好，"国家的现代化将成为画饼"。

在这篇以文学阐释政治主题的小说中，也写到了爱情。童贞和乔光朴是在苏联留学时认识的，童贞被乔光朴在政治和事业上的热情干劲所吸引，童贞"嫉妒他（乔光朴）渴念妻子时的那种神情"，童贞回国后为了乔光朴打算"终身不嫁"。"文革"期间乔光朴的妻子死在"牛棚"，乔光朴因为他曾在童贞的大胆表白下"动摇"过，受到过一定程度的"诱惑"，在妻子死后他因内疚感，就一直过着"苦行僧般的生活"。回厂上任前，乔光朴才"鬼使神差地"发现童贞"原来还在他心里占着一个位置"，以前被刻意压制的欲望得到了内心的正式认可。尽管这里已经明白无误地表明，乔光朴在感情上受到"超我"对"本我"的压抑，但即使这份隐情被坦白出来以后，乔光朴和童贞已经确定要结婚，他们想到的却不是情欲的问题，而恰恰是政治问题。他们俩初次简单的拥抱也不是情人式的，而是"工程师同志"式的：

他几乎用小伙子般的热情抱住童贞的双肩，热烈地说："喂，工程师同志，你以前在我耳边说个没完的那些计划，什么先搞六十万千瓦的，再搞一百万的、一百五十万的，制造国家第一台百万千瓦原子能发电站的设备，我们一定要揽过来，你都忘了？"童贞心房里那颗工程师的心热起来。①

　　德国汉学家阿克曼注意到了乔光朴和童贞怪异的拥抱，并给予如下评价："在中国，我没有碰到一个人对这段描写有异议。而对每一个西方读者来说，书中描写的情节有点不自然。……乔厂长和童贞的拥抱不是爱情式的，而是工程师同志式的。我将他们两人的行为，也就是蒋子龙先生本人的意识，解释为性意识的下意识躲避。爱情的拥抱以及有关它的描写，在作者及主人公眼里总是所谓'不正当'的，所以在乔厂长拥抱童贞之前，必须将他恋爱的女人转换为工程师同志。用心理分析法的理论来说，这个过程叫做'移栽'。这就是说，一种'不正当'的与性意识有关的激动，用另一种正当的好像与性意识无关的方式来表达。"② 阿克曼的看法很有穿透力，在小说文本中敏锐地发现了一个真相：性意识潜藏在作为政治的"超我"背后。

　　作者娴熟地将性意识的符码转换为政治符码。对于乔光朴之前受到童贞的情欲吸引，蒋子龙一笔带过，但是对于两人之间"同志式"的关心和志趣相投却大书特书，显然想把他们的结合尽量往政治正确上靠。童贞患上"精神上胆怯"的"政治衰老症"，不愿意乔光朴再眷恋事业，然而乔光朴的一番政治表态和热情拥抱却让"童贞心房里那颗工程师的心热起来"。后来乔光朴又鼓励童贞说，"当它（爱情）来了的时候就用不着怕它，更用不着隐瞒它以欺骗自己、苦恼自己。我真怕你象在政治上一样也来个爱情衰老病"。童贞"做姑娘时的勇气"就又回到她身上，并热烈地吻了乔光朴一下。激活爱情的方式完全是政治的，而反过来爱情的激情又能促进政治上的进步。这种爱情与政治的捆绑式叙述，反映了改革开放最开始的时刻，作家对爱情的想象是充分政治化的。

――――――――

① 蒋子龙：《乔厂长上任记》，《人民文学》1979 年 7 期，第 10 页。
② ［德］阿克曼：《谈"误解"的益处》，《文艺报》1986 年第 11 期。

与"十七年文学"相比，改革开放早期的作家在处理"性"题材时，显示出更大的灵活性。这种灵活性的获得是拜政治转型的契机所赐，它利用新的政治条件，来突破"十七年文学"的爱情模式。比如《爱情的位置》就委婉地批评了排斥正常人性、反爱情的革命文艺思想，《乔厂长上任记》则故意将"情感"和"事业"并置，认为对待两者都必须有开明的心胸，小说正是这样写的：男女情感问题解决的同时，事业（"现代化"）上的困境也迎刃而解了。显然这种故事安排，是作者刻意为之，很难说这里没有借政治言说夹杂"人性论"私货的用意。尽管这里的"人性论"还不够极致，甚至可能只是刚刚复苏，但这已经打开了一个缺口，预示着"新时期"人性论/人道主义文学的到来。

（二）对禁欲主义的身体控诉

改革开放之前的意识形态要求个人必须服从公共和集体利益，这就压抑了私人性的、个人主义的欲望和享受（"文革"中有句话叫"狠斗私字一闪念"），造成一种反对个人私欲的社会氛围，正如红色经典文学《创业史》所意识到的："对个人问题（引者注：指恋爱）的纠缠，和为大伙谋利益的活动，是多么不相调和啊！"[1] 学者们的观察也指出了"性"在革命文化中受压抑的位置："20 世纪 80 年代之前占主要地位的话语拒绝认为爱或婚姻可以指个人化的亲密行为和欲望……对集体和国家的道德和社会义务束缚了贯穿于主流的性话语的对个人的概念化。"[2] 在此语境下，关注"性"和性别特征有可能被认为是资产阶级个人主义行为，不符合社会规范。

在这种氛围下，"性"成为公共领域中的一大禁忌。李银河指出："现在年届中年的一代中国女性在青春期前后都或多或少经历过对性征发育的恐惧和反感，甚至是对男女恋情的恐惧和反感。这种感觉同以'文革'为巅峰期的近几

---

① 柳青：《创业史》，中国青年出版社 2009 年版，第 102 页。
② ［英］艾华：《中国的女性与性相：1949 年以来的性别话语》，施施译，江苏人民出版社 2008 年版，第 19 页。

十年的禁欲主义社会氛围不无关系。"① 她进一步将当时的社会环境表述为"性压抑的环境或者说反性的环境"，并指出这种禁欲、反性的社会环境形成与"几千年儒教文化"和"几十年革命意识形态"分不开。② 在邓贤写的纪实文学《中国知青梦》有这样一个事例：上海两个男女知青下乡到云南某建设兵团。兵团要求"不许谈恋爱"，但两人因为已经订婚，总是私下交往。连队领导为此伤透脑筋，后来有人举报此事，领导批评这是"抓阶级斗争不力"。屡教不改后一天的深夜，突然要求大家集合，在驿站大汽灯下，连长怒气冲冲将那两个知青一丝不挂地绑上场来批判示众。原来两人被"捉奸"了，所以将他们一丝不挂地背对背捆在一起批判示众。后来两人大概觉得受辱，皆自杀身亡，死时都未满十九岁。上级将自杀案定性为："腐化堕落，拒不接受批评教育，自绝于党和人民。"③ 通过这些资料便可管中窥豹：在改革开放前，中国确实存在着一种强烈的反"性"、禁欲的社会氛围。

到了改革开放早期，个人和集体的关系得以缓和，婚姻、家庭事务获得一定的自主空间，比如1980年的新婚姻法规定，夫妻双方只要"感情破裂"就可以离婚，"使中国一跃而成为世界上奉行自由离婚的领先国家"④。同时，由于"计划生育"独生子女政策的施行，"性的快乐主义"逐渐得以"合法化"，"避孕和人工流产不仅是合法的，而且简直是天经地义的"⑤。这种从禁欲主义到"性的快乐主义"的转变，不异于一场平稳发生的"性革命"。改革开放之初，不少作品响应了这个时代的变迁，或谨慎清算革命传统中的禁欲主义，或对被过分压抑的"性"予以恢复、张扬。在人性论或人道主义主张的"恢复人的尊严"的口号下，"性"被有意地建构为天然地对抗陈旧过时的意识形态的武器。

---

① 李银河：《禁欲主义与中国女性访谈录》，《中国青年研究》1996年第1期，第12页。
② 李银河：《禁欲主义与中国女性访谈录》，《中国青年研究》1996年第1期，第12－13页。
③ 邓贤：《中国知青梦》，人民文学出版社2003年版，第120－123页。
④ 潘绥铭、〔美〕白维廉、王爱丽、〔美〕劳曼：《当代中国人的性行为与性关系》，社会科学文献出版社2003年版，第2－4页。
⑤ 潘绥铭、〔美〕白维廉、王爱丽、〔美〕劳曼：《当代中国人的性行为与性关系》，社会科学文献出版社2003年版，第2－4页。

伤痕文学的"开山之作"卢新华的《伤痕》(《文汇报》1978 年 8 月 11
日)用"乳房不适"来象征禁欲政治对女性身体的伤害。《伤痕》塑造了一个
幡然醒悟的被"极左"路线"洗脑"的少女王晓华,因母亲被诬为"叛徒",
少年时代的她因此受到社会歧视,她主动与母亲划清界限,并申请下乡。本来
是多情的花季少女却被裹挟到无孔不入的政治旋涡中,她从来没有"细致地审
视过自己青春美丽的容貌",后来与知青苏小林陷入爱河,她"面庞上也有了
微红的血色,更显出青春的俏丽"。这是爱情的暂时胜利所带来的生理效果。作
为"叛徒"的女儿,她怕拖累苏小林事业前途,便主动放弃爱情,"虽然她有
一种'小叶增生'的胸疼的病,医生多次讲婚后有可能好,但她现在宁愿牺牲
这一切"。"乳房不适"的身体形象象征了生命秩序被政治肆意打乱,亟待恢复
正常。这篇小说将正常的身体、正常的感情设置为极左思潮的对立面,体现出
作者政治控诉的用意。

在这方面,张弦的《被爱情遗忘的角落》(《上海文学》1980 年第 1 期)
也许是最有代表性的一篇作品。这篇小说写了极左思潮对正常性欲的严苛压抑
带来的悲剧。小说绘声绘色地描写 1974 年"天堂公社"的物质贫困和精神贫
困。在精神贫困上,作者列举了:唱山歌"如今早已属于'黄色'之列,不许
唱了";青年们扑克打烂了,托后门还买不到新的;翻两座山去看次电影,看的
是"看了八百遍的"《地道战》《地雷战》等;谈到传说中的外国电影上面有
"男女搂在一起亲嘴儿",都让听者脸红,本能地斥之为"下流"。所以当地农
村青年们"劳动之余再也没事可干了"。在这种"性压抑"社会环境下,性欲
似乎成了一座随时爆发的火山。男女打闹,身上沾了土粒,"姑娘脱毛衣时掀起
了衬衫,竟露出半截白皙的、丰美而有弹性的乳房",激活了小豹子的性欲:
"刹那间,小豹子象触电似地呆住了。两眼直勾勾地瞪着,呼吸突然停止,一股
热血猛冲到他的头上","就象出涧的野豹一样,小豹子猛扑上去,他完全失去
了理智,不顾一切地紧紧搂住了她"。存妮开始试图阻挡,可是"当那灼热的、
颤抖着的嘴唇一下子贴在自己湿润的唇上时,她感到一阵神秘的眩晕,眼睛一
闭,伸出的胳膊瘫软了"。"超我"在欲望喷涌而出时,彻底被解除了:"一切

反抗的企图都在这一瞬间烟消云散。一种原始的本能，烈火般地燃烧着这一对物质贫乏、精神荒芜，而体魄却十分强健的青年男女的血液。传统的礼教、理性的尊严、违法的危险以及少女的羞耻心，一切的一切，此刻全都烧成了灰烬。"① 这一段欲望突然非理性爆发的描写，道出了性欲的强劲。即使政治的文化高压再凶猛，性欲依然像潜伏地下的野火一样，随时可能爆发出不可遏止的巨大力量。

当然，对于欲望这种赤裸裸的冒犯，主张禁欲主义的社会道德和权力绝对不会饶恕。于是，这一事件成为小豹子和存妮走向悲剧的导火索——东窗事发后，小豹子"光着脊梁、两手反绑着"，被民兵营长押来，存妮因为"给全家人丢了人"，跳河自尽，"为自己盲目的冲动付出了最高昂的代价"；小豹子被公安员押走，以"强奸致死人命罪"被判刑。1979 年，只有一个觉醒的进步青年（荣树）才能理解小豹子的冤情："就拿小豹子来说吧，能全怪他吗？穷、落后、没有知识、蠢！再加上老封建！老实八脚（现在一般写为'老实巴交'）的小伙子下了大牢！你姐姐（指存妮），就更冤啦！"②

从整体看，这篇小说其实是以存妮的遭遇为中心写了存妮、存妮的妈妈菱花、存妮妹妹荒妹这三个女人的故事。菱花当年反对封建的"媒妁之言"、买卖婚姻，得到共产党"土改"工作队的支持，并顺利嫁给存妮的爸爸；而近 30 年之后，菱花竟然为生活所逼，为了五百块钱嫁掉荒妹，"日子怎么又过回头了？"荒妹因受存妮自杀一事的刺激，变得特别"性冷淡"，提防一切男人，可她无法控制自己对进步青年荣树的欲望，在荣树的启蒙和生活的刺激下，荒妹觉醒了："一切成见，包括要为小豹子伸冤这样使她强烈反感的事情，现在都觉得合理了。"这样，从小说整体架构来看，它的中心思想其实是"拨乱反正"——把被"文革"扭曲的东西拨回"土改"时的正确道路上。存妮妈妈菱花—存妮—存妮妹妹荒妹，这三个不同时期的农村少女经历就是一个精确的"正—反—合"的辩证过程，正如小说结尾时说的，"角落"反映的是"大地回

---

① 张弦：《被爱情遗忘的角落》，《上海文学》1980 年第 1 期，第 7 页。
② 张弦：《被爱情遗忘的角落》，《上海文学》1980 年第 1 期，第 12 页。

春"的暖气。

作者张弦的创作意图很明显，他自述道："透过荒妹的命运，或许可以显现出'角落'里的人们对于三中全会精神是如何深切地渴望着吧！"① 只是在这剑指禁欲主义的"拨乱反正"诉说中，作者已然超越了"十七年文学"的限度——第一次明确写到性欲无法被权力驯服。可能当时还有很多人不适应这存在于政治主题中的"私货"，所以作品发表后存妮和小豹子的"原始本能的冲动"，很被一些人指责，而批评家雷达却看出："这段描写是很严肃的，是作品有机的、不可缺少的部分。不如此写，就不能深刻地揭示封建的愚民政策的恶果，物质的贫乏和精神的荒芜的严酷现象。"②

贾平凹写于 1985 年的《火纸》（《上海文学》1986 年第 2 期）延续了《被爱情遗忘的角落》的主题。丑丑和阿季本可能成为一对青年伴侣，但是在丑丑爹的阻拦下，丑丑因意外怀孕而惨死。改革开放以后，丑丑的爹麻子还遵循着革命时期的生活规范，对女儿的贞洁严加看管，甚至不允许女儿吃别人家的东西。麻子的理由是："爹怕现在的人心复杂引坏了你。咱是正经人家，虽说办了这个作坊，但不做亏心事，活个干干净净，到时候政府的政策变了，谁也说不上咱一句闲话。"③ 麻子的禁欲主义养女经验是因为怕"政府的政策"再变回去而吃了大亏，因此麻子的形象实际上是一个生活在"新时期"的"旧"人。然而，年轻人总是冲动的，这也是自发的人性使然。两人相互都有意了，"糊糊涂涂之中，两个人头尾相接，两人做了一个人"，阿季赚了钱按承诺回来娶丑丑，却发现丑丑因意外怀孕怕被发现，自己喝了"瓷和玻璃碴末汤"打胎，最后口里吐血下身失血而死。这时候麻子却说："丑丑死了，死了也好，她要不死，怎么活人？"麻子竟把贞洁看得比生命还重要。显然这出悲剧是"革命禁欲主义"的后遗症发作，小说中明确提及"政府的政策"，让这出悲剧带上明显的政治色彩。麻子是没及时"解放思想"的可怜人，由于思想上深受禁欲主义流毒感

---

① 张弦：《感受和探索——〈被爱情遗忘的角落〉创作回顾》，《电影艺术》1982 年第 5 期，第 37 页。
② 雷达：《深度与容量——读〈被爱情遗忘的角落〉所想到的》，《上海文学》1980 年第 8 期，第 89 页。
③ 贾平凹：《火纸》，《上海文学》1986 年第 2 期，第 24 页。

染，他不知人性为何物，从而导致了女儿的爱情悲剧和意外身亡。

胡清和的《天外飞来的白鸽》（《鸭绿江》1984 年 10 月）以极反讽的情节宣告了人性论对禁欲主义的胜利。小说写了一个叫陈萍的老干部，她原本爱美，但是在当书记的丈夫的干涉下，也变成一个视"性"为猛虎的社会管理者。她的儿媳太具有女性美，还穿了连衣裙，让陈萍大动肝火以至于在单位开会批判之。然而，早已丧夫的她退休后总是感到"孤独"，在和一个老干部的交往中，不禁坠入爱河，她通过基于人性的自觉和反省，慢慢恢复女人爱美的天性，终于能够直面自己的欲求。这篇小说一开始就写到陈萍年轻时想穿"泳衣"，作为"书记"的丈夫及时制止了她，并将她改造成一个禁欲主义社会管理者。陈萍丈夫是"书记"，暗示禁欲主义是一种政治行为，她是被迫卷入其中的。在丧夫独居生活中，摆脱了书记掌控的她终于感受到正常的人性，她情不自禁地投入与另一个老干部的"夕阳恋"中……

20 世纪 50—70 年代对于包含"性内容"的东西异常敏感，连女性性征过于明显都被看作一种反动。从当时女性的穿着上可以看出来，革命化的黄蓝灰三色服装遮挡了女性身体原来的线条、皮肤和体态，尽量控制、消除性别意识，而突出无性别、去性别化的革命意识。"国家对描述性化的身体的控制是 1949 年以来的性话语中一直包含的内容。从 50—70 年代末，任何涉及到明显的色情意味的内容，无论是文字的还是视觉的，都会受到严格的审查。"① 到了改革开放时期，前些年对"性"进行的严格管控，被指认为是"传统思想"的作怪和"封建主义"的复活。比如有性学学者这样认为，从 20 世纪 80 年代开始，"越来越多的人从传统思想的禁锢中，从'不食人间烟火'的幻影中解脱出来……真正的爱情，美满的婚姻，健康和谐的性生活，逐渐成为社会生活乐章中的一支重要旋律。"② （着重号为引者所加）20 世纪 80 年代初，知识分子和改革派处于合作期，"封建主义"遭到普遍的厌恶，所以"反封建主义"的概念很快在

---

① ［英］艾华：《中国的女性与性相：1949 年以来的性别话语》，施施译，江苏人民出版社 2008 年版，第 166 页。
② 刘达临：《中国当代性文化（精华本）——中国两万例"性文明"调查报告》，上海三联书店 1995 年版，第 2 页。

文学中激起强烈反响，很多作家自然而然想到"性"，因为"性"在反封建方面一直是急先锋。

五四文学"反封建"就常常借由"性"来表达——"五四时期的身体问题往往是以'性'的方式被谈论的……文化对人的禁锢首先是对身体的禁锢，而这种身体的禁锢又主要体现为对'性'的压制。……因此，在五四这样一个文化转型期，'性'的身体受到了特别的重视，它担当起了一个先锋性和反叛性的角色"①。与五四文学相似，改革开放之初的反封建文学也热衷以"性"为切入口，祭起反抗压抑性的社会文化和伦理道德的大旗。

然而，改革开放早期这种对"性"的文学探索，局限性也很明显。它仅仅把"性"放置在社会文化和伦理道德层面，大大简化了性本身的丰富内容。把"性"塑造成社会抗争话语的五四文学也有这种缺陷，"人被看作是一个抽象的文化存在，而不是一个身体性的真实肉身的存在"②。改革开放早期"反封建"的文学虽然突出了欲望不可压抑的道理，但是它毕竟是一种以社会效果为目的的文学样式，因此"性"在这种文学样式中仍是表达意图的工具和手段，故此对"性"的谈论和描述也必然是浅尝辄止、挂一漏万的。

贾平凹的《晚唱》（《文学报》1981 年 10 月 15 日）就是这样一个文本，行文刻意，语言直白缺少韵味，人物形象中寄托了太多的议论成分。小说主人公穆仁文是个丑怪的人物，长相奇丑"酷象《水浒》里的武大"。他有点像契诃夫《套中人》里面的主角，终日战战兢兢如履薄冰，唯恐惹来什么"运动"和是非。从精神病学的角度看，他应该算是个有着严重被迫害妄想症的病人，且看这段描写："（他）突然坐了起来，想后窗的窗帘没有拉严呢，就披上了上衣，迈着两条短短的疲腿下了床，摸黑去那里拉严了窗帘。才坐在床上，突然又怀疑起门关插了没有呢？"他经常莫名担心。他四十多岁了独居在一座小楼上，窗户整天不打开，大白天也得开着灯，家里"四壁上没有挂一张女性图画"。在一家行政单位上班的他，每天都要反省自己是不是得罪了人，谁今天对

---

① 李蓉：《中国现代文学的身体阐释》，中国社会科学出版社 2009 年版，第 50 页。
② 李蓉：《中国现代文学的身体阐释》，中国社会科学出版社 2009 年版，第 51 页。

自己有非议。有一天他收到一封女人的来信，要约他见面相亲。他惶恐得不行，"突然，他看见了那信封上的笔体：软软地，弯弯扭扭；一看就是女人的笔迹。糟了，门房老汉一定认出这信是一个女人写的"，"他的脸唰地红了……那脏名声，跳进黄河里也洗不清啊！"于是，他连夜到领导家里去汇报相亲的事，"书记"表示让他一定要去。他"简直吃惊了，怀疑书记的真诚，便说：'书记，你对我有什么要批评的吗？同志们对我有什么看法吗？'"他感到自己的好名声被"性"玷污了，领导和同志对他都有了"看法"，但是书记让去相亲，他又不能不去。到了地点，他突然想到，女人是播音员，播音室就十几平米，那么小块地方，一男一女，"时间长了，能不发生别的事吗？"他按照自己阴郁的性心理，无端地猜测女方一定是有了什么"不光彩的事"。想到这里，他败兴而归，却直奔书记家，向书记保证自己真的没见到那女人，自己经得起组织调查。他看到书记笑了，才敢放心地回去。

小说最大的亮点就是刻画出穆仁文过分压抑进而走向变态的性心理——他看见自己家里怀春的小猫都要大骂"不正经的东西"，想到猫去偷情了，就要把猫吊起来打个半死；看见树林子有几对男女在谈恋爱就骂人家不正经；看见一个小伙子自行车上带一个姑娘就想："这么晚了，带到哪儿去干丑事了！"他恋爱不成功，原因就在于他认为女方和别人谈过恋爱，不是情感不纯洁了，就是失了身。"性"无疑是穆仁文的"大恐惧"所在，之所以恐惧是因为他内心对此有着强烈的渴望，生怕自己被"性"反咬一口，丧失原来的自我。贾平凹把这种表面上过分压抑但实际上非常渴望的心态写出来了，这样的人物性格设定虽然切合时代主题，但也称不上新奇。

穆仁文的性心理中既有中国传统对贞洁的变态推崇，也有"文革"时期新形成的陋习。《晚唱》把"文革"和封建主义杂糅在一起，揭露"新封建主义"造成的深层次心理伤痕。单从这点看，这篇小说除了借鉴了鲁迅《阿Q正传》，还颇有《狂人日记》的影子（鲁迅笔下的"那赵家的狗，何以看我两眼呢？"不正是被迫害妄想症吗？）。

穆仁文的被迫害妄想症来自"文革"式的封建主义，不仅因为穆在"文

革"时受过惊吓，还体现在他特殊的思维方式里。比如他看见同事组织了"小
说写作小组"就心理阴暗地想，这些人就不怕被人说成是成立"反动组织"？
他的变态人格可以说是"文革"的产物，这一点尤其体现在他对女人、对
"性"的看法上。有研究者指出，在 1950 年以后"形成官方话语的另一传统文
化是烈女思想"，"女性的美丽常常被认为是不道德的，对男性是危险的"。① 这
种传统糟粕在"文革"中得到前所未有的复兴，以至于当时形成的普遍看法
是，只有对"性"进行主动的自我否定才符合公共道德。穆仁文就是这样的楷
模，视"性"如虎，谈之色变。在这种严格的"新封建主义"的禁欲氛围中，
他形成极其阴郁、变态的性心理，带着"性"的有色眼镜打量一切，发现一些
莫须有的暗示和联系，就认为别人"不正经""下流"。穆仁文虽然变态，但也
是个可怜人、受害者，他没有自己的私生活，也不知道私生活为何物，时刻都
想着群众对自己是什么看法，组织和领导又对自己是什么看法，连他的"性"
也试图集体化、公共化，这是造成他心理变态的重要原因。

　　沿着同样的脉络，不少作家纷纷以"性"为"批判的武器"去抗议封建主
义。比如陈世旭的《烈女》（《小说导报》1985 年第 2 期）中的妇联副主任桂
美珍，说她是女版的"穆仁文"也不为过。时刻不忘"文革"作风的她竟以
"终生不嫁来证明她对男人决没有欲望"，但是人们却发现被她爱不释手的红皮
《毛选》只是表面，内里早已被换成《镜花缘》，暗示了此人的虚伪和欲望的不
可战胜。再比如问彬的《心祭》（《当代》1982 年第 2 期）将"封建主义"历
史延长，认为中国女性（小说以"母亲"为例）从来都生活在封建主义的环境
中，新中国成立前如此，新中国成立后依然如此——"某些可悲的因素，也许
早就渗透在你我的血液和骨髓中了！"此外，张弦的《污点》（《江南》1981 年
第 2 期）、古华《贞女》（《花城》1986 年第 1 期）等也是标准符合政治主流意
愿的"反封建主题"的小说。上述小说的共同特点就是作者对笔下人物缺乏深
入理解、深入分析，导致了小说人物主体意识屈从于作者的意志。也就是说，

---

① ［英］艾华：《中国的女性与性相：1949 年以来的性别话语》，施施译，江苏人民出版社 2008 年版，
　　第 18 页。

作家更注重"战斗"，而忽视了对笔下人物自身深层次心理感受的探索。站在历史的"后见之明"的立场看，这些"经世致用"的小说在人物塑造上普遍地缺乏深度，在人物的独特性上也有明显的欠缺。

"人道主义思潮""被概括为'新时期文学'的主题"①，是因为"人性论"所内含的政治力量和意识形态力量同时为改革派和知识分子所认可、利用，借以表达自己的政治主张。上述几篇作品都突出了人性论意义上不可被压抑的性欲对革命时代禁欲主义的反抗。之所以当时不少作家热衷于讲述这个类型的故事，是因为无法被权力规训的"性欲"实际上表征着人性与权力的对抗性关系。改革的意识形态要求对权力进行约束，小说作为当时社会主要的"文化生产"，用人性论配合了约束权力的政治命题。权力应该有一个边界，这个边界就是人性，因而明确地指出了，反人性的权力是不合理的。

改革开放早期的文学借助人性论的理论资源突破了"反性的文化"环境，同时还表述了一个新的神话，即"性"与政治压抑之间存在天然的对抗关系（这一神话至今仍为很多人信奉）。改革开放早期文学以"性"反抗不合理政治秩序的神话建构，是为了恢复个体的权利，重获人对自我的管辖，恢复被"革命"放逐的个体性。

（三）"性"叙事作为"政治/道德工具"

在"十七年文学"中，偶尔少量出现的"性"同样难逃被政治化的命运。能获得异性青睐的人物一定是以政治人格的魅力为中介的，而且政治上越正确，吸引异性的能力就越强。有学者研究《青春之歌》发现，这部小说的独特性体现在"'政治'与'性'的神奇组合"，众多男性主人公"获得林道静的手法也惊人一致，那就是从'政治'到'性'，'政治'作为手段，'性'作为终极目的"②，"性别的魅力与政治的魅力呈现为一种互相隐喻的关系"③。林道静的

① 洪子诚：《中国当代文学史（修订版）》，北京大学出版社2007年版，第206页。
② 李杨：《50—70年代中国文学经典再解读》，山东教育出版社2006年版，第127页。
③ 李杨：《50—70年代中国文学经典再解读》，山东教育出版社2006年版，第128页。

择偶过程是从代表"资产阶级"民主革命的余永泽进化到代表理论化的无产阶级革命的卢嘉川，最后又进化到代表中国化的马克思主义革命的江华。政治越进步、越正确的人，就越能得到林道静。林道静的三次"性选择"，严丝合缝地对应着官方对中国现代政治思想发展的定性。在这里，"性"作为修饰元素烘托和美化了进步的政治观念，而人物政治观念的优秀程度又直接决定着性魅力的大小。

反之，性也会作为"污名化"的工具使用。比如在《白毛女》的剧本中，黄世仁意欲"糟蹋"喜儿的时候，"眼中闪着可怕兽欲的光"；比如小说《苦菜花》中，色迷迷的王竹和王流子意图侮辱德贤媳妇时，作者描述两人是挤着"三角眼"，又像"毒蛇"又像"畜生"，丑陋不堪。通过指出肮脏的、非人的"性"，直接把坏人降格为野兽和畜生。但是奇怪的是，"性"与特定政治理念结合，则又能形成一种浪漫、圣洁的革命想象。这两面化的"性"显示出革命文学将"性"作为道德/政治工具的特征。

从"革命文学"起，文学界就形成比较稳定的"性描写"准则——"性"被直接地捆绑在政治之上，成为一种赞美政治人格或污名化反面人物的"工具"。改革开放早期的文学直接继承了这个描写准则。程光炜指出："'伤痕文学'是直接从'十七年文学'中派生出来的。它的核心概念、思维方式甚至表现形式，与前者都有这样那样的内在联系。"[1] 在性叙事文学中，确实相当长一段时间里像"革命文学"中那样，依旧将"性"作为塑造人物的"政治/道德工具"，丑恶的"性"与丑恶人物相互印证，而代表正确理念的人物则拥有美好而神奇的"性"。也就是说，与"十七年文学"类似，改革开放早期一些文学中的"性"主要有两个功能：污名化功能与美化功能。这两个功能某种程度上印证着当时文学的概念化、观念化。当然，改革开放早期的文学中，性作为"政治/道德工具"的功能是逐步弱化的（在知识分子获得自身独立性以后，"性"描写的这个功能就基本被抛弃了）。

不过，性的表征模式虽依然属于"十七年文学"，但改革开放早期的"性"

---

[1]　程光炜：《"伤痕文学"的历史局限性》，《文艺研究》2005年第1期，第18页。

叙事发生了微妙的变化——通过"性"的污名化将描述对象对准了某些堕落的革命者。模式内部元素的调整，虽然没有立刻影响到结构本身，但在长期作用下也会对模式的稳定性、自洽性产生不容低估的损害。

"十七年文学"对关于正面人物的性描写是隐晦的、遮遮掩掩的；最直接、最粗暴的就是将"性"作为道德（政治）污名化的工具来使用。《白毛女》剧本就从正反两方面遵循了"革命文学"的"性描写"准则：黄世仁对喜儿的性欲求被粗暴地写出来，而正面角色王大春对喜儿的欲望，却一直被压抑，他们之间保持着"高于同志、低于恋人"的奇怪感情，或者说作者试图用纯洁朴素的革命和阶级感情压抑性欲。"革命文学"的"性描写"准则导致的最终结果就是，鄙俗、放纵的"性"一般成为反面人物的专享——通过"性"进行道德污名化可以更加突出反面人物形象的丑恶，有如动物一般，比如前述王流子等人"性"趣盎然时候，就像"毒蛇""畜生"等。

完稿于1979年、获得第一届茅盾文学奖的长篇小说《许茂和他的女儿们》鲜明地体现出"性"作为"政治/道德工具"的特征。作者周克芹把"性"充分地道德化和政治化，反面人物郑百如是"每一个诚实的待嫁姑娘都讨厌的花花公子"，郑百如觊觎许秀云，最终强奸了她，软弱的许秀云只能饮泣吞声嫁给郑百如。婚后许秀云更加失望，在"文革"中红火起来的郑百如竟然带一些"烂污女人"回来睡觉，以至于许秀云听到"郑百如"这三个字，就"从生理上感到厌恶的感觉……只是差一点儿没有'哇'地叫出来"。而正面人物金东水，虽然一再受到郑百如等人的污蔑，但是"他浑身却闪耀着崇高的道德力量。他就像流溪河两岸的杨柳，高洁、正直……"他浑身散发着道德和政治的魅力，许秀云从一开始就深深迷恋这位已经丧偶的大姐夫。《许茂和他的女儿们》的主线，写的就是郑百如和金东水对许秀云的争夺，故事发生在"文革"末期，郑百如代表没落的"阶级斗争论"和投机主义，金东水则代表颇为时尚的"生产论"和真正的忠诚派。显然，对许秀云的争夺并非个人化的事件，而是政治路线、政治人格之间的斗争。周克芹通过讲述"性"的故事，揭示出自己心目中（也是国家意识形态中）的不同政治力量的高下之分。

"性"是作家寄予道德评价和政治判断的标尺，确实与"十七年文学"一脉相承。但是在改革开放早期，作家们开始用这一表征模式去质疑原本正面的"革命者"形象。进而，随着伤痕文学的"控诉"范围扩大，某些堕落的"革命者"形象遭遇的性丑闻越来越多，甚至有些作品都不愿再塑造金东水这样的新革命者形象来整合当时的意识形态裂痕。周克芹写许秀云和金东水、许琴和吴昌全这两对坚持"生产论"的新型革命伴侣，就是意在表达"文革"之后"人民从来没有丧失希望"① 这个主题。

徐明旭的《调动》（《清明》1979 年第 2 期）和刘克的《飞天》（《十月》1979 年 3 期），已经无意再去塑造新的正面人物，表达"人民从来没有丧失希望"的主题，而是用各种大尺度的"性"描写去表达"革命政治"中的某些腐化和堕落现象，只是有时候，这些"过火"的操作会遭遇到比较严厉的批判。

在徐明旭的《调动》中，各位住着豪宅、贪婪放荡的干部及家属们，就是被"污名化"的新对象。主人公李乔林想调回上海，被一些贵州本地的官僚卡住。他为了达到目的，被谢局长丑陋的老婆当成"配种的公牛"，原因是谢局长是只"老阉鸡"，无法生育却想要儿子。为了调动工作，主人公不得不屈从，忍辱负重按时去谢公馆"上班"，一个月后，谢局长终于答应了"放人"。在这里，一些干部缺乏"性"资源（谢局长是"老阉鸡"，局长夫人则是"脸色黑黑，鼻子朝天"的矮胖少妇，显然缺乏女性气质），但是他们可以通过权力向别人无度索要。作者描述干部们对"性"的无度索取，正是一种污名化的手段，直指这些人道德和政治上的堕落。作者还是使用老套的表征模式，但是模式内部因素的调整（革命者形象从正面到负面的转换）让这个作品有了耳目一新的感觉，至少这部作品对高高在上的权力进行了某种冒犯和祛魅。模式内部因素调整可能会动摇整个模式本身。

《飞天》与《调动》如出一辙，也是通过权力者对"性"的无度追求，来完成对昔日权力阶层的污名化。这篇小说贯彻了更加明确、直露的"性"主题，讲了姑娘"飞天"被军区"谢政委"强暴、占有，造成青年人爱情悲剧的

---

① 周克芹：《许茂和他的女儿们》，人民文学出版社 2004 年版，第 258 页。

故事。与"飞天"相依为命的母亲在三年困难时期被饿死，她遵照母亲遗愿去黄来寺烧香，与寺庙中富有同情心的小和尚海离子相识相知。有一天，"谢政委"参观寺庙，被飞天的美貌打动，表示可以帮助她当兵，而当时"当兵，特别是女兵，数量少，机会难，这对一个农村姑娘来说，无疑是前程的保证"，于是众人欣然同意。谢政委居心不良，自然对飞天非常关照，她去的都是好部门，后来又承关照给谢政委当了保健护士。终于有一天，谢政委"采用最后手段"强暴并占有了飞天。小说这样描写谢政委的心理："谢政委爱她的娇艳和美丽，这能算得了什么，只不过是生活小节上的错误，难道谁会因为这样的'小节'，来否定他为党为人民立下的功勋吗?"① 要知道谢政委已经有老婆孩子了，且年龄比飞天大 30 多岁。

飞天遭强暴后申请复员转业，却发现自己已经怀孕。做了人工流产以后，谢政委好像有些良心发现，把飞天安排在一家高档疗养院养病，并对她关怀得无微不至。飞天竟"也变得迷糊了"，尽管这种感情是可怕的、可憎的，更是卑鄙的。最后飞天还是选择离开谢政委，内疚心又让飞天觉得自己配不上海离子，便痛心把海离子让给别人。后来"文化大革命"来了，海离子被揭发、揪斗、抓走，飞天也被人指认"从十九岁就作风不正，竟然发展到勾引军区政委"，飞天"最后的一点生活愿望，到此全部毁灭"。最后，飞天变成一个蓬头垢面、衣衫褴褛的疯女人，"在她身后跟着一群孩子，向她吐唾沫、扔石头"。与她擦肩而过的，是已经在"文革"期间高升了的谢政委："一辆天蓝色的轿车开来，车内坐着谢政委……在他身边又偎依着一个很娇艳的姑娘。姑娘指着车窗外说：'看，疯子!'谢政委瞥了疯子一眼，没有喊停车，对司机说：'直开工人疗养院!'"②这结尾很反讽地暗示了谢政委对付飞天的那些勾当依然在进行，只不过"娇艳的姑娘"已经换了一拨儿。

通过"性"对一些堕落的革命者的污名化策略，有时会招来主流的不满。刘克的《飞天》由于攻击谢政委在"性"上的腐败，遭到主流军旅杂志的批

---

① 刘克：《飞天》，《十月》1979 年第 3 期，第 129 页。
② 刘克：《飞天》，《十月》1979 年第 3 期，第 139 页。

判，指责该小说"错误思想倾向"①。

《飞天》的意图性明显压倒了文学的真实性和故事的逻辑性，有明显的意识形态斗争色彩。飞天的母亲在三年困难时期被饿死，飞天本人则因被谢政委强奸而失去爱情，"文革"中飞天因为谢政委那笔旧账被翻出而变疯。好像几十年历史的负面性全部集中在飞天这个弱女子身上，这种极巧合的戏剧性是作者强烈的意图使然。② 卢勇祥的《黑玫瑰》（《花溪》1980 年第 1 期）比《飞天》更离奇，"巧合"到了匪夷所思的地步——一个女人迈出去的每一步，都被一个象征政治的人物强奸。它主要讲一个叫叶秀的女知青，先是上山下乡时被无赖贫农强奸未遂，后想回城又被招工头儿肖秃子强奸，其后家人生病需要钱，她再次被高层人士"供销社公司革委会主任"诱奸。她堕胎后跟了城里的"架犯"头儿"金鸡"，走向复仇的堕落道路，最后被流氓围殴致死。《黑玫瑰》试图把身体伤害及其堕落与代表极左思潮形象的那拨人（贫农、招工头儿、革委会主任）的无耻"性侵占"结合。李惠薪的《老处女》（《北京文学》1980 年第 3 期）也是如此，它习惯于使用官僚/受压迫的好人的对立结构，这一结构在整部小说中重复达四次之多。它有强烈的"控诉"意图，通过渲染堕落的革命者们无耻的"性侵占"，来呼应改革开放这次巨大的历史变革。

有研究者指出："女知青被'强奸'几乎成了控诉文学中的一个叙述惯例。……对'强奸'的叙述隐喻着对'篡权'的控诉，即权力被非法占有并被不恰当使用。"③ 这种身体叙事当然顺应了改革意识形态的召唤，但是有些作家的控诉，显然是"过激"的。它产生的社会意义也是比较清晰的，因为作家和读者都很清楚，他们对作品的创作和接受都是在"互文性"语境中展开，人们会将这些作品放入"革命文学""十七年文学"的视野中去比对、理解、接受

---

① 详见程光炜：《文学讲稿："八十年代"作为方法》，北京大学出版社 2009 年版，第 321－327 页。

② 程光炜指出，"在左翼小说、'十七年'小说和八个革命样板戏中，早就形成了'革命、巧合加浪漫'这一整套相当成熟和完备的叙述程序"，"这套叙述程序给了它（指伤痕小说）强有力的支持，成为其获得历史成功的关键因素。"程光炜：《文学讲稿："八十年代"作为方法》，北京大学出版社 2009 年版，第 325 页。

③ 胡少卿：《中国当代文学中的"性"叙事（1978—）》，安徽教育出版社 2008 年版，第 41 页。

这些作品的意义。所以，看似改革开放早期这类控诉文学使用了"十七年文学"的表征模式，但是由于历史性的变化，由于作家和读者所处的历史位置，这些旧表征模式内部因素的调整无疑会触发人们对权力、对革命产生新的想法。这是一个微妙的变化，将文本还原到历史语境，这一变化就不难被察觉。

改革开放早期的"性"叙事承载着政治及道德的指示功能，这是由当时文艺作品面向工农兵等底层人群的宣传功能和定位所决定的。葛广勇的《解瑛瑶》（《安徽文艺》1978 年第 8 期）就是一篇颇能说明这一问题的小说。这篇小说写的是"两男争一女"的恋爱故事。解瑛瑶是个腼腆而有点文艺气（爱看小说）的女售货员，本来她与老实巴交的小陈是一对，但因为借看《牛虻》这本书，瑛瑶被一个伪善的流氓刘孺剑"忽悠"住了，骗走她的贞操。上了当的她生了刘孺剑的孩子，刘为了自己的前途弃之不顾，年轻的瑛瑶郁郁而终。这个故事可以说是寻常无比，在 20 世纪 80 年代为数不少的"流氓骗婚/当代陈世美"小说中也显得寻常，刘孺剑不过是个私德有亏的人物而已，可是小说偏偏要通过性的道德化、政治化的手段去处理刘孺剑这个人物，将其描述为一个政治上堕落的人，让他公开称赞"四人帮"，并莫名其妙地追随其政治主张。明明是私德问题，作者偏偏要加上一个政治由头，引导读者朝着揭批"四人帮"的方向思考……

一段时间过后，上述直白的控诉渐渐不再流行，它让位于寓言式的隐秘书写。张弦的《挣不断的红丝线》（《上海文学》1981 年第 6 期）几乎可看作一则以"性"为中心的政治寓言——讲的是粗鄙化的新权贵诞生，小资精英知识分子及其品位的消失。资产阶级家庭出身的女大学生傅玉洁受左翼学生运动吸引参加革命军队，并在新中国成立后有着过山车般的遭遇，老式的知识分子尊严和品位一点点消失殆尽。新中国成立后，"组织"派人做媒试图把傅玉洁嫁给齐副师长，这个老齐象征着"工农兵美学"——年纪大、没文化、脸黑、肤厚、立场坚定等，但是在傅玉洁这种大学生兼"私人银行股东"的女儿眼里，工农兵美学理智上可以接受，但是情感和本能上却是难以认可的——"一想到他（齐副师长）那粗壮的胳膊要搂住自己的肩，他那黝黑的脸要贴近自己的面颊时，傅玉洁禁不住浑身颤栗起来。不，不行！不行！……但她又立即意识到，这正表明自己的思想感情有问题。"①

傅玉洁拒绝了老齐后，跟理想主义且不深谙世故的大学中文系学生苏骏结婚，苏骏体现出的是小资精英的美学品位——不但"长得高高的个儿，白净的脸，一双含着笑意的眼睛"，而且在对国外文学艺术的品位上和傅玉洁特别默契。过了几年幸福日子，在"反右"运动后，苏骏被打成"右派"，像变了一个人，动辄下跪向妻子乞求怜悯，毫无尊严，精神也垮了。这一切使傅玉洁"最失望"："他（苏骏）变了：修长的身材佝偻了，眼睛里再没有笑意和神采，变得忧郁而迷惘；潇洒的风度不见了，开朗的性格不见了，精辟而风趣的言谈不见了。他按时听中央台的新闻广播，专注地读省报社论，担心地寻找着有什么搞运动的迹象。在学校，他唯唯诺诺，逆来顺受；到家里，他常常呆滞地坐在一旁，好象掉了魂儿。"②

"文革"期间傅玉洁离婚，而另一位比老齐更加粗鄙的、象征"工农兵美学"人物的白铁工宣队长登场了。这人"口气横，土霸王似的"，"做一次报告能说127个'他妈的'"，在"文革"期间小人得志。"他那张僵硬的如同白铁皮似的脸，那双盯住她时活象老鼠发现香油似的眼睛"，从上任的第一天就威胁着傅玉洁。白铁队长跟农村媳妇办了离婚后，一心盯着出身不好的傅玉洁。傅拒绝他的骚扰后，住房被没收，职务降低，被罚去给学校拉煤。"四人帮"被打倒后，她依然没能平反，而她的老战友们，嫁了吴政委的马秀花、嫁了齐副师长的汪婉芬，过的却是新贵族的生活。她目睹人家的生活，在马秀花家的精致浴室的刺激下，一番精彩的心理描写应运而生："这浴室，这客厅，这幽静的小楼和她不知道怎么开门的轿车……所有这一切，不都原可以同样属于她的吗？只要当年点个头，哪怕象汪婉芬那样勉强地、含泪地点个头，然而她没有，她拒绝了。多么幼稚，多么可笑，多么傻！"③ 此时，汪婉芬得了白血病，还能活

---

① 张弦：《挣不断的红丝线》，《上海文学》1981 年第 6 期，第 18 页。
② 张弦：《挣不断的红丝线》，《上海文学》1981 年第 6 期，第 21 页。
③ 张弦：《挣不断的红丝线》，《上海文学》1981 年第 6 期，第 24 页。

一个月，昔日媒人马秀花又替老齐说项，倔强的傅玉洁不再顽抗，终于向新权贵及其品位屈服，"再也不能失去这天赐的良机"。

尽管小说刻意表明齐副师长忠厚、朴实，但在前妻还没死时马秀花就替他说媒，等前妻骨灰送到公墓后立刻与傅玉洁再婚，这貌似不太符合正面人物的做派。也许，受制于环境，对齐副师长的描述不能太过负面，而对于实质上跟齐副师长差不多的"白铁队长"就没这么多顾忌了，他是一个彻头彻尾的丑角，因为在资产阶级小姐的性魅力面前，他的眼神被描写为"活象老鼠发现香油似的"。尽管苏骏早就针对齐副师长的性心理讽刺过："为什么他们老革命不爱农村的无产阶级姑娘，偏要找小资产阶级小姐呢？"白铁队长更加粗鄙化地、更加直截了当地保持着这种奇怪的性心理："文革"时政治上崛起后，先与农村媳妇离婚，然后青睐资产阶级小姐傅玉洁，这与老齐的品位并无二致。

在这篇小说中，大老粗"新权贵"对资产阶级出身的小姐这种既自卑又自傲的性心理，其本质或许是一种政治寓言——所谓"革命"最终还是要落实到个人欲望的角度上，革命成功以后，小说中的"新权贵"确实得到了他们想要的。这种充满性欲望的，甚至被刻意塑造得有些猥琐的形象，与"十七年文学"的正面姿态形成鲜明的反差。这篇小说的主题明确，作家王蒙对这篇"引起热烈反响"的小说的评价是："为了故事的完整性而伤害了生活的真实性、丰富性。"①《挣不断的红丝线》确实简化了生活，将其装入一个故事性极强的寓言中，为转型时期人们理解"历史"提供了承载观念的故事模型。这个故事的文本揭示出对历史和现实的个人化、世俗化的重新理解的可能性，即暗示了人们重新理解日常生活中的工农兵和英雄，"他们毕竟也是人"，并与"我们"没什么大不同。

与性的道德化、政治化同时运作的，还有另一套"性书写"机制，主要发挥了与"污名化"相对的美化功能——有一些启蒙知识分子试图美化"性"

---

① 王蒙：《善良者的命运——谈张弦的小说创作》，《文学评论》1982 年第 5 期，第 39 页。

"性别"在启蒙中的作用，以性能力、性魅力的隐喻来结构一个"观念负载过重"①的故事。这时候，知识分子的立场和国家改革派的主张大部分是重合的，新政治观念通过"性"得以传达、布道。政治始终要借助"性"来言说，政治需要激情和冲动，"性"正是天然的载体和通道。

提到以"性"美化政治/道德方面，就不能不提到古华，他可能是最知名的善写此类题材的作家（也因此成名）。古华的中短篇小说《爬满青藤的木屋》（《十月》1981 年第 2 期）和长篇小说《芙蓉镇》（《当代》1981 年第 1 期），不但是他本人以"性"美化启蒙政治的代表作，还被尊为新时期经典作品而广泛传播②。这两部作品有着相似的主题和人物形象，它们以"性"为话语资源构筑了一个政治启蒙的神话。

《爬满青藤的木屋》与时代紧密结合，大量的政治隐喻充斥于文本，体现出知识分子对于国家命运的反思、求索。在封闭的深山老林中住着一对"护林"的夫妇，女人虽然经常遭受男人的暴力，但由于愚昧便也相安无事，"她对男人没有太高的要求，只望他发火打人时，巴掌不要下得太重"……直到上级安排了一个外来"知青"，这愚昧而封闭的状态才被打破。女人盘青青被"知青"及其象征的现代文化吸引，慢慢被这个在"文革"中丧失一只手的城市知识青年启蒙。盘青青的丈夫王木通感受到了"现代性"的威胁："王木通觉得自己面临着一把手的挑战，屋里的女人也在变野，不再像过去那样柔顺、服帖了。"③ 愚昧顽固的王木通对党组织无限忠诚，在"如今这世道就兴老粗管老细"的时代，王木通显然占据天然的优势，他对"知青"行使各种管教权力，以保住自己对于家庭、女人的权威和控制权。然而，女人已经被启蒙，她通过自己的身体认识到以前的愚昧和现代文化的宝贵——以前她的女性特征被

---

① "观念负载过重"一词出自洪子诚的《中国当代文学概说》，他认为："80 年代文学的沉重、紧张，又表现在文学创作中普遍存在的观念负载过重的情形。"见洪子诚：《中国当代文学概说》，北京大学出版社 2010 年版，第 101 页。

② 《爬满青藤的木屋》获得 1981 年优秀短篇小说奖，《芙蓉镇》获得首届茅盾文学奖（1982）。这两部作品都被极其成功地改编为电影，也增加了小说的影响力。

③ 古华：《爬满青藤的木屋》，《十月》1981 年第 2 期，第 61 页。

掩盖，男人对她严防死守，让性意识一直受到压抑："现在想起来，男人是在耍心计，怕她照见自己的这样一副好容颜：脸盘象月亮，眼睛水汪汪，嘴巴么，象刚收了露水的红木莲花瓣，还有两个浅酒涡，一笑就甜，不笑也甜，谁个不喜欢……"① 在"一把手"这个城市知识男性的魅力引导下，盘青青看到镜中自我丰满的身材和美丽的面孔，作为女性的欲望觉醒了，这为她离开大老粗的丈夫，跟着启蒙者"一把手"出走奠定基础。"男人越是不准自己进那小木屋去，她就越觉得那木屋好。'一把手'用的收音机、香胰子、雪花油，还有天上地下、海内海外的各种奇闻，就象一个崭新的世界在诱惑着她……"② 在故事叙述中，现代文明与性吸引紧密地捆绑在了一起。盘青青面对的绝不只是现代性的诱惑，而更多的是"性"的诱惑，否则便不可理解她走进小木屋时，为何"心里乱跳，神思有点摇荡，双手捧着火烫的双颊，不敢抬头，就象做了什么见不得人的事情一样"。

从某种意义上看，《爬满青藤的木屋》还是启蒙通过高涨的性吸引力克服自卑情结的故事。没错，作者一直愤愤地控诉"这世道就兴老粗管老细"③，在根红苗正但愚昧无知的王木通面前，"一把手"作为知识分子是非常自卑的："他真恨爹妈供自己读了书，恨不能变成个文盲愚昧大老粗，加入王木通们的行列里去。"因此，他在王木通面前唯唯诺诺、言听计从、软弱不堪。然而，启蒙者能战胜王木通的方式可说体现在性吸引力上，王木通正在走向没落，他感到自己对于盘青青控制力大不如前，而与此同时，"一把手"正在占据各种优势。同性竞争的背后，实际上隐喻着"文革"期间的所谓"革命者"与新兴知识分子阶层的话语权之争。前者虽然依旧强势，但等待他的只有末路。盘青青一定会凭借与生俱来的美好人性，作出自己的判断和选择——代表专制、愚昧、反文化、反人性的王木通及他背后的极左势力遭到背叛，而代表知识、进步、文明、自由的"一把手"却浑身散发着诱人的男性荷尔蒙。自卑的启蒙者通过自

① 古华：《爬满青藤的木屋》，《十月》1981 年第 2 期，第 63 页。
② 古华：《爬满青藤的木屋》，《十月》1981 年第 2 期，第 63 页。
③ 古华：《爬满青藤的木屋》，《十月》1981 年第 2 期，第 60 页

己的性吸引力战胜了专制愚昧的对手，克服了自身的自卑情结。这里的"性"作为一个文化符号，作用类似于"能指"，其"所指"则是政治。

《芙蓉镇》也通过写"性"争夺来完成关于政治启蒙的文学叙事。小说的主人公胡玉音象征正常而美好的人性，小说的女"反派"李国香象征被极左思潮扭曲的丑恶人性。小说以发生在这两个女人之间的嫉妒、迫害、反转关系为主线结构。胡玉音作为劳动女性散发着诱人的魅力，遭到政工干部李国香的嫉妒。"胡玉音黑眉大眼，面如满月，胸脯丰满，体态动情"，"肉色洁白细嫩得跟她所卖的米豆腐一个样"[①]；而李国香已经是个三十二岁的单身老姑娘，"原先好看的双眼皮，已经隐现一晕黑圈，四周爬满了鱼尾细纹。原先白里透红的脸蛋上有两个逗人的浅酒窝，现在皮松肉弛，枯涩发黄……天呐，难道一个得不到正常的感情雨露滋润的女人，青春就是这样的短促，季节一过就凋谢萎缩？人一变丑，心就变冷。积习成癖，她在心里暗暗嫉妒着那些有家有室的女人"[②]。在中国通俗文学中，"老处女"通常是性格扭曲、心理阴暗的代名词，在言情、武侠小说中一般充当可怜可恨的"反派"，像金庸小说中的李莫愁、灭绝师太等就是如此。古华显然活用了通俗文化意识中这一意象，描述了李国香"政治上越来越跑红，而在私生活方面却圈子越搞越窄，品位级别越来越低了"导致的她扭曲变态的"迫害狂"性格。

一开始李国香喜欢随军南下的老干部谷燕山，因为谷燕山的政治、经济条件都不错。李国香开始勾引谷燕山，先是找机会"吊膀子"，然后"整个身子都贴了上来"，谁知谷燕山不领情还反唇相讥，李国香气得牙巴骨格格响，骂谷燕山"送到口的菜都不吃"。在四十出头的单身汉面前碰壁，让恼羞成怒的李国香误认为谷燕山是被胡玉音迷住了，认定芙蓉姐子是"镇上惟一能和她争一高下的潜在威胁"："这些该死的男人！一个个就和馋猫一样，总是围着米豆腐摊子转……"[③]经历"性"挫败之后，李国香表面革命、内心阴暗的性格就正

① 古华：《芙蓉镇》，《当代》1981 年第 1 期，第 158 页。
② 古华：《芙蓉镇》，《当代》1981 年第 1 期，第 160 页。
③ 古华：《芙蓉镇》，《当代》1981 年第 1 期，第 159 页。

式形成了，她训斥女下属的语言暴露了她的"老处女"心态："妖妖调调的，穿着短裙子上班，要现出你的腿巴子白白嫩嫩？没的恶心！你想学那摆米豆腐摊的女贩子？……你不要脸，我们国营饮食店还要讲个政治影响！……挖一挖打扮得这么花俏风骚的思想根源！"①李国香这个人物逼促着政治激进化，同时她自身也被激进政治扭曲，从各个角度上，她的"性"都表现出极左思潮扭曲、古怪的特征。最后，秦书田和胡玉音揭露了李国香和王秋赦之间的淫欲，李国香大发雷霆，让民兵用铁丝对穿了胡玉音的双乳，残忍至极②。这一对女性特殊部位的刑罚，显示出李国香对胡玉音"性吸引力"的嫉妒和仇恨之深。

《芙蓉镇》里大量出现的"性"，都是政治化的。胡玉音象征了美好、正常的人性，因此在作家笔下，她具有夸大而神奇的女性性征。一开始，她就征服了所有的男性，黎满庚、谷燕山、秦书田、王秋赦、桂桂等无论好人坏人都喜欢她；她的丈夫死后，她背上"黑五类"的罪名饱受摧残，依然具有这种神奇的性征，甚至当她受到极大摧残，给她自信使她活下去的动力就是她从照镜子中发现自己神奇而夸张的女性身体形象。别的"黑五类分子""一个个偻腰拱背，手脚像干柴棍，胸脯荒凉得像冬天的草地"，只有胡玉音"胸脯还肉鼓鼓、高耸耸的，像两座小山峰……简直跟一个刚出嫁的大闺女一样"；胡玉音对自己的身体极度自信，她自己都"感到惊奇"："要是李国香去掉她的官帽子，自己去掉头上的富农帽子，来比比看！叫一百个男人闭着眼睛来摸、来挑，不怕把那骚货、娼妇比下去……"③与李国香"已经不太发达的胸脯""隐现着发黄的胭脂雀斑的脸盘"相比，胡玉音确实值得她嫉妒到发狂。最后，经过一番摧残，终于凤凰涅槃，胡玉音得到子嗣，政治和生活上都获得新生。

男主角秦书田象征着启蒙知识分子的地位。他很早就清醒地认识到极左思潮的荒谬，又是芙蓉镇的"学问家"，"天上的事情晓得一半，地上的事情晓得全"。在获取胡玉音的"性"方面，他是唯一有能力的人。胡玉音的前夫是个

---

① 古华：《芙蓉镇》，《当代》1981 年第 1 期，第 161 页。
② 古华：《芙蓉镇》，《当代》1981 年第 1 期，第 216 页。
③ 古华：《芙蓉镇》，《当代》1981 年第 1 期，第 211 页。

有点懦弱、老实巴交的农民，结婚七年，无法生育后代的问题困扰着他们。另一个对胡玉音有好感的老干部谷燕山，在"性"上也不行，因为他下体在战争中受伤，缺失性能力导致他几次婚姻不幸，自然也无法生育后代。秦书田让胡玉音"坐了喜"，体现出作家对启蒙者乐观的政治想象，具有明显的象征意味。胡玉音生出的儿子，又随了谷燕山的姓，是象征意义上的子嗣延续，隐喻着对于未来，老干部与启蒙者的紧密关系，他们都承担着责任。

改革开放早期一些作品使用了革命主流文学中"性"作为"政治/道德工具"的表征模式。改革开放早期的"性"叙事变得更加灵活，"革命文学""十七年文学"中的"性"叙事准则进行了内部调整（主要是美化/污名化的适用对象改变了）。一方面一些堕落的革命者和有阴郁性心理的流氓无产者经由"控诉"文学的"性"叙事被污名化；另一方面则是知识分子型人才、"生产型"人才得到赞美。因此它既是对"十七年文学"的"性"表征模式的延续，也借由历史境遇重新安排了这一模式的内部因素，从某种侧面也证明了人性论/人道主义的胜利。尽管改革开放早期的"性"叙事依然与社会政治难解难分，但此时已经出现了从世俗化、个人化的角度理解个人的新趋势。在这一阶段，"性"叙事以一种实用的、功利主义的方式被使用，既复述了改革意识形态，也为改革转型时期的读者提供了意义资源，通过这些文本的意义资源，人们可以重新理解历史和现实经验，形成新的身份认同。

第三节 "新感性模式"下的性叙事

（一）性压抑与性罪错："弗洛伊德热潮"及成因

上一节中分析的涉"性"文学，无疑受到国家改革潮流的影响，采纳了人性论的框架进行"性"叙事。这些"人性论"模式下的文本不够细致，政治内容大多数过于直露，它们以改革话语为大致的准绳，重新衡量了"性"的价值，为改革开放时期的"性"伦理给出了直白的答案。在这一模式完结的尾声中，一种由知识分子话语形成的"新感性模式"的"性"文学出现了。在这些作品中，国家政治开始让位于知识分子群体的文化政治，政治在其中以更潜在、更隐秘的形式发挥着作用，换了一种方式让"性"继续进行意义生产。

20世纪80年代中期，中国当代文学似乎经历了一个"弗洛伊德潮流"——发现无所不在的性压抑、性苦闷、性禁忌，揭示性原罪、性真相。这个潮流对应着福柯所言的"性经验的机制"——"在创造'性'这个想象的要素的同时，性经验的机制产生了它最本质的内在功能原则之一：这就是对性的欲望——拥有它、接近它、发现它、解放它、用话语谈论它、阐明它的真相的欲望。正是由于性值得追求，它使我们每个人接受认识它、揭示它的法律和权力的命令；正是由于性值得追求，使得我们相信我们在对抗所有的权力，确认我们的性权利，而实际上我们却被纳入性经验的机制之中，它从我们的心底燃起了性的幽光，它像一种幻象，使得我们相信认识了我们自己。"① 就是说，通过知识－权力不断揭示"性"，使"性"成为值得追求的东西，确认人们的性权利，但同时它也生产了一种幻象使我们误以为这就是真实的"性"本身，而且每个人都处于"性"的支配之下。对"性"的谈论、认识，并不必然意味着"性解放"，反而是另一种知识形式上的压抑。福柯认为，弗洛伊德"极富成效地重振了认识性和把性纳入话语之中的古老命令"②，延续了古典时期对"性"进行压抑、控制的体制。

程光炜描述过20世纪80年代中期颇具影响力的"性文学"现象：当时以"婚外恋""性苦闷"为主题的不少作品一旦发表，"立即就会在读者和社会上引起'强烈反应'，成为文学争鸣和批评的'焦点'，作家一时间也因此成为'公众人物'"。③ 他以王安忆的"三恋"为例并指出，王安忆的"真实用意是借'爱情'这个舞台，来深入探讨和表现人性的复杂和困惑"。④ "性"中亦有天地——当年的"性文学"读者们可能会忍不住感叹：原来我们作为人是如此

① ［法］米歇尔·福柯：《性经验史（增订版）》，上海人民出版社2005年版，第102页。
② ［法］米歇尔·福柯：《性经验史（增订版）》，上海人民出版社2005年版，第104页。
③ 程光炜：《文学讲稿："八十年代"作为方法》，北京大学出版社2009年版，第372页。
④ 程光炜：《文学讲稿："八十年代"作为方法》，北京大学出版社2009年版，第373页。

的复杂、如此的矛盾，对于如何为人，我们需要再重新思虑一番。通过"性"叙事建构了具有内在复杂的人性神话，"人"开始拥有一个更丰富、更矛盾、更"不可知论"的内在世界。

这股"性文学"潮流实际上是试图借用弗洛伊德的话语去重构人的本质，通过不断制造"性压抑"（超我与本我的博弈）、"性罪错"（俄狄浦斯情结及其变种）的情节去塑造一种体现知识分子理想的新"身份认同"。不要以为对"性"的谈论必然意味着性解放，相反 20 世纪 80 年代中期"性文学"的目的是对"性"进行知识规训，为"性"树起必要的压制，将其"升华"成人性化的本质力量。一方面让"性"成为值得追求的可欲之物，另一方面围绕着"性"又建构起另一种压抑性的话语机制。

这种对"性"的模式化认知，恰好反映出当时知识分子群体在"建构新感性"时，采取了相对保守、古典的策略。主流的知识分子们当然不希望回到 20 世纪 50—70 年代那种禁欲主义，而是建立一种符合知识分子口味的"性"标准："性的快乐当然重要，它在中国长期遭到封建禁欲主义的过分压抑，值得努力提倡一下，而且性的快乐（做爱）也有人的创造，并非动物的本能。但它毕竟不是人类心理发展的全貌。从整个文化历史看，人类的社会生活中总是陶冶性情——使'性'变成'爱'，这才是真正的'新感性'，这里边充满了丰富的、社会的、历史的内容。"① 简言之，就是人类的"性"需要得到升华、得到必要的矫正，否则便"不配为人"。20 世纪 80 年代中期体现了知识分子趣味的性文学通过谈论"性"的方式来呈现理想中的人性。

20 世纪 80 年代中期，文学界表现出对"性压抑"的热衷，比如邵振国的《麦客》（《当代》1984 年第 3 期）写了物质贫困对欲望造成的压抑；郑义的《老井》（《当代》1985 年第 2 期）写到"亮公子"贫穷无法娶妻养成了变态的恋物癖；贾平凹的《黑氏》（《人民文学》1985 年第 10 期）写到农村女性对性的渴求……这些作品都将"性"作为塑造作品人物的重要一维。"性压抑"是对人的存在状态的一个隐喻，既包含"性"凌驾于人性之上的价值预设，又包

---

① 李泽厚：《美学三书·美学四讲》，天津社会科学院出版社 2003 年版，第 473 页。

含着对生命主体受到物质或文化压抑的关注。对一个刚刚从禁欲时代走出来的社会，面对张扬的欲望难免会有一丝无所适从的惶恐——对"性压抑"的关注贴切地把握了这个时代的社会心理。以"性压抑"为题材的文学一方面将"性"塑造成为"解放"的象征，另一方面又将其视为生命秩序混乱失调的象征。有必要申明的是，这种对"性"的探讨不能理解为"色情"和低级趣味："说到性，千万不要按照今天社会的理解，认为它只是追求人的生理的满足……在80年代的思想解放运动中，它在作家、批评家那里所起的作用，一是大胆突破禁锢人的感情的传统思想禁区，二是探讨处于现代社会前夜的中国人开始面临的生存、生命的困惑，它揭示的是一个人与现代性矛盾的命题。"① "性文学"与改革开放早期特殊语境和知识分子群体的社会诉求是相关的，也是一种建构社会意义的话语工具。

有些作家比较敏锐，早在几年前就写出了这种感觉。孙步康的《感情危机》（《芒种》1980年第10期）写的是在一个金属研究所发生的故事。这个研究所的一些夫妻长期两地分居，龙家骏和苏萌就是其中的两人。他们各有家庭，却远水不解近渴。两个人偶然接触，后来慢慢产生"一种不现实的感情，为多年所遵循的东方道德所不容"。作者形象地写到两人的性压抑，他们只是因为胳膊不经意碰了一下，长期压抑的欲望就爆发出来："几秒钟之内，她的目光快速地在我脸上掠过，声音也显得少见的果断：'先别走，我请你吃点东西'"；"我完全陷入纷乱可怕的思绪迷津之中。……此时此刻，我要是伸出有力的臂膀，将她抱住，搂她，吻她，她肯定十分温情，十分多情！"②龙家骏"始弃终乱"，在桂林开会时，写信向苏萌倾诉衷肠，结果错把这封信与给妻子的那封混淆，两人意识到自己的错乱，及时地"忍痛用自己的手，将这一现的昙花掐死"。为了防止类似事端发生，两人竟然先后从研究所离职，去和远方家人团聚。

故事很简单，主题很鲜明，它表现了人性中难以遏制的欲望以及对这一欲望的必要压抑。男女主人公都是很正直、很进取，且有文化的知识分子。这些

---

① 程光炜：《文学讲稿："八十年代"作为方法》，北京大学出版社2009年版，第373页。
② 孙步康：《感情危机》，《芒种》1980年第10期，第21页。

描写都是为了烘托出一个主题：性欲是人性的基本构成，它总是寻找宣泄口。这篇小说开创了正面描写"感性的人"的新篇章，几乎是尝试性地从性欲去塑造人物、设置人物，并试图将欲望视为人的本质力量。

《四川文学》1980 年第 5 期有一篇《思念你，桦林》也写了一个压抑的故事。已婚的女主人公秦倩对自己无"爱"的婚姻不满。伐木工人小卢身体散发的"男性美"（"结实有力的胳膊""个子高高的，很魁梧""很健美""铁一样结实的肌肉"）打动了秦倩的心，秦倩意识到性（爱情）需求的合理："我是一个活生生的人哪！为什么要强求自己过那种死尸一样没有情感的生活？"但囿于现实问题（秦倩已有女儿），这段被刻意压制的婚外爱恋无疾而终……无独有偶，航鹰的《东方女性》（《上海文学》1983 年第 8 期）写的是一个妻子"没有尽到做妻子的责任"导致的出轨事件。

上述作品可能都不约而同地带有探索性质，到 1985 年的"性文学"潮流兴起时，它们就"小巫见大巫"了，对"性压抑"的描述变得更加正面、更加赤裸裸。李锐的《晨雾：野岭三章》（《山西文学》1985 年第 11 期）典型地体现出知识分子型作家对性压抑的"认知偏好"——这篇小说叙述了三代人的爱情故事，而令人惊奇的是，每一代人都经历了相同的"性压抑"体验。第一个故事写的是一个女人错嫁给一个落魄读书人，而暗地里喜欢上了一身"蛮力"的砍柴汉天龙，读书人以死威胁导致女人和天龙分离五十年之久，"一日挨一日地受煎熬"。第二个故事写的是天龙儿子铁山的媳妇（银鱼儿），她因爱不成而发疯（银鱼儿本来就不爱铁山，而是痴恋玉春）。第三个故事写的是铁山的女儿巧青与游商双虎违背父母之命偷偷相好。这三个首尾相连的故事塑造出的是大致相同的女性形象——她们的性欲望无端地受到来自现实的剧烈压抑。

王安忆初稿完成于 1980 年、二稿于 1986 年完成的《荒山之恋》（《十月》1986 年第 4 期）写了一个婚外恋的故事：一个柔弱敏感的男人和一个直爽任性的女人，在婚后的平淡生活中被一种强大而难以言说的"冲动"俘获。在这股神秘力量的支配下，他们互相吸引，成为游走在社会舆论和内心良知边缘的异类。男人舍弃不下贤惠的妻子和两个可爱的女儿，"想起小女儿，他的心一阵一阵发紧"，但是他更无法抗拒内心的强烈冲动——"他从未有过这样的坚决，上面有什么在叫他，召唤他，他无法抗拒"。女人的丈夫几次使用暴力也无法阻止这场婚外恋，因为女人奋不顾身要实现她的"爱情理想"。心底无意识的性欲被塑造成一股特别强大的"神秘力量"（这多么类似于弗洛伊德所说的"潜意识"），在这种"无法抗拒"的力量支配下，他们内心产生了强烈冲动，但他们又不得不回到现实、面对现实，最后在荒山上双双自杀殉情。

作者在这篇小说中着力建构的就是人与内心强大而神秘的力量（类似于无意识的黑暗力量）的对弈关系，这种描写明显符合精神分析学对"力比多"（也称性原欲）的描述①。人既抗拒这股力量，但又不顾"罪与罚"地按照这股力量的要求行事。男人的状态是，"他的自信完全垮了，他的意志完全垮了，只在一件事上坚强起来，那便是与她那有罪的关系"②，"他歉疚，他负罪，他羞愧，他自卑，而这一切全抵不过他再也看不见她的痛苦了"③，女人则是"爱得连性情都变了"。用小说中的一句话说，这个故事的核心主旨是"偷吃禁果并因此受罚是人类的必然"④。以精神分析学的知识来理解这篇故事，它就是写了一场发生在个体内部"超我"与"本我"之间的战争。⑤

与斯蒂芬·茨威格（Stefan Zweig，1881—1942）的心理分析小说《一个女人生命中的二十四小时》《一个陌生女子的来信》（这两篇小说于1980—1982年被中文译介出版）相比，王安忆《荒山之恋》对欲望的描摹单从写法上看也已经与"国际水准"几无差别。王安忆细致地分析男女主人公的心理动因，小

① 力比多（libido）是精神分析学最核心的概念之一。弗洛伊德在多部作品中反复使用"力比多""原欲"这样的概念，并着重强调"这种力量强大到足以压倒一切"，力比多的"最终意图也只在于实现两性的交融"。可参见［奥］西格蒙德·弗洛伊德：《性学三论》，贾宁译，译林出版社2015年版；西格蒙德·弗洛伊德：《精神分析导论演讲》，周泉译，国际文化出版公司2000年版。
② 王安忆：《三恋》，重庆出版社2012年版，第118页。
③ 王安忆：《三恋》，重庆出版社2012年版，第114页。
④ 王安忆：《三恋》，重庆出版社2012年版，第102页。
⑤ 在精神分析中，本我（id）是指人最原始的部分，完全被无意识冲动支配，"始终激发着蠢蠢欲动的本能之力，不服从任何既定规则和集体意愿"；超我（super-ego）是在俄狄浦斯情结消解过程中形成的，是道德化的自我。见［英］约翰·斯道雷：《文化理论与大众文化导论（第五版）》，常江译，北京大学出版社2010年版，第111-112页。

说让人耳目一新的地方在于这场悲剧完全发生在"人自身"的界线内，外部的社会伦理道德与个体的关系已经不再重要，在小说中，人的态度和行为完全被内部复杂的心理能量所决定。这种"回到人自身"的探查，完美地塑造出了20世纪80年代知识分子孜孜以求的"新感性"。这篇小说的男女主人公正是挣扎在"超生物性"和"感性"、"自然性"和"社会性"之间。作者谱写出了一个悲剧式的人的存在图景——人始终要与内心的狂暴的感性欲望（无意识）搏斗，但是又无时不对它进行必要的"压抑"。这场毫无"尊严"但又无法停止的婚外恋，宣示了改革开放早期知识分子作家对某种理想"人性"的偏好。

王安忆"三恋"里的《小城之恋》（《上海文学》1986年第8期）写的是文工团里两个因为练功身材走样的男女，为性欲驱使互相需索，但他们之间又无法产生真正爱情，他们痛恨自己和对方的身体欲望，但是又欲罢不能。如果说《荒山之恋》写的是欲望与现实的冲突，那么《小城之恋》写的便是欲望与他人的冲突。《小城之恋》的故事结构与玛格丽特·杜拉斯（Marguerite Duras，1914—1996）的《情人》有几分相似。《情人》写的是一个中国富豪男人与一个落魄的殖民地法国女人互有需求，但彼此为着各自的目的而结合，导致两人既爱且恨的关系——这种人物关系设定与《小城之恋》似有异曲同工之妙。《情人》中文版出版于《小城之恋》发表的前一年（1985）[1]，且王安忆对《情人》的情节结构熟悉[2]，不知道王安忆当年在写作主题上有没有受到杜拉斯的启示，但是《小城之恋》对性欲与人性的探讨深度应该是不亚于杜拉斯的。

贾平凹的《黑氏》（《人民文学》1985年第10期）写了一个叫"黑"的女子与三个男人的纠葛，细致地描绘出农村妇女"黑"受到的性压抑。她的原任丈夫是个"小男人"。因为"小男人"的爹通过收受贿赂迅速致富，"小男人"品位也高了，看不上土里土气、肤色发黑的"黑"，攀上乡长的女儿后，便与"黑"离婚。同时，有一个朴实的农民木犊与另外一个聪慧变通的农民来顺都

---

① 1985—1986年出现了6个中文翻译版的《情人》，参阅宋学智、许钧：《简论杜拉斯作品在中国的译介、研究与接受》，《当代外国文学》2003年第4期，第154页。

② 王安忆：《小说的思想》，《王安忆研究资料》，天津人民出版社2009年，第116页。

喜欢上了"黑"。"黑"选择了木犊，木犊比"小男人"好多了，不打不骂她，还卖力地挣钱，唯一的缺点是老实巴交的木犊对"性"不热心——"一把年纪了，又不是少年夫妻……不也就那么回事吗？一月半月那么一次也就罢了"①。因为木犊在"不点灯的事"上一点都不投入，"甚至压根想不到"，这种对于"性"太过草率的夫妻生活，让"黑""时常寂寞袭心"——"人毕竟是人，除了被受尊重的人格之外，还有接受抚爱的欲望，尤其是女人，说老虎时就是老虎，该小猫小狗就是小猫小狗啊！"②来顺则嘴甜，心里知道女人怎么想，性技巧也远胜于木犊，于是"黑"压抑不住的欲望便涌向来顺。他们月圆之夜私奔，无处可去便在月光下苟合，被当地村民捉住侮辱一番。受辱后，他们继续赶路，不知前面路程是悲是喜。小说在此处猛然收尾。贾平凹这篇小说表面上也写到了山区农村的改革，但其新鲜元素显然在于女主角黑的"性压抑"，通过写她的欲望，将其塑造成一个有血有肉的角色。

《黑氏》被《人民文学》评选为1985年度"读者最喜爱的作品"，从侧面说明小说当时的受欢迎程度。这篇小说还开启了贾平凹对"两男一女"式人物结构的热爱和持续发力——贾平凹在20世纪80年代中后期写过几篇"两男一女"人物结构的、以"性压抑"为主题的中篇小说，比如《天狗》《远山野情》《五魁》《美穴地》等。这些故事固然有猎奇的因素，但也反映了那个年代的文学潮流。"性压抑"是一种独特的结构，既可以揭示人物内心深处难以说清的复杂欲望（人物深刻的自我世界），也可以揭示出人总是面对悲剧性的"罪与罚"的欲望之境。

概言之，当时一些知识分子作家热衷于"性压抑"的文学主题，是因为这样的主题能够揭示出人的感性存在状态的复杂状况。对汲汲于探索"人的本质"的作家，"性压抑"的故事是一个得力的文学主题。"性压抑"文学的突然出现，绝不仅仅因为"性"意识的宽容，更是因为社会经历着一次大的转型，作家通过文学创作为读者生产社会意义，建构适应新社会形势的"个体身份"。

---

① 贾平凹：《黑氏》，《人民文学》1985 年第 10 期，第 19 页。
② 贾平凹：《黑氏》，《人民文学》1985 年第 10 期，第 17 页。

"性压抑"题材的意义就在于它建构了一种复杂且有内在深度的人性神话。

在 20 世纪 80 年代的文学叙事中，"性"还被纳入一种"性罪错"① 的流行模式当中，这一模式熟练运用了弗洛伊德的"俄狄浦斯情结""力比多""超我"等理论资源。在这类当时产生较大争议的有关"性罪错"的乱伦故事中，"性"被刻画为一种需要制约，却又难以制约的力量。这样一种叙事套路成为对人性进行悲剧展示的话语平台。这些"乱伦悲剧"几乎都排除了社会、政治原因，而将"性罪错"看成纯系狂乱无羁的生物本能的产物。站在历史"后见之明"的角度重新回看这类作品，这类小说在凸显文学主题的过程中，均保持着不同程度的夸张——情节上有较强的戏剧性、人物塑造上有浓厚的宿命感等。这些夸饰描写绝不是对"社会现实"的反映，而是基于精神分析学等西方"人学"知识框架构造的产物。这种夸张风格表现出了当时作家们对弗洛伊德式文学主题的偏好和执念。

谭潭的《山女》（《花城》1983 年第 5 期）虽然在文学史上不甚知名，但是它却较早地写到"性"与原罪的主题，而且明显借用了精神分析学中的"俄狄浦斯情结"提示的人物结构。《山女》篇幅比较长，但故事比较简单。单身汉阿四与捡来的孩子河娃在河边摆渡，他们救了一个想自杀的逃婚少女雪妹。憨厚的阿四虽然按照习俗禁忌成功地克制自己，但作者通过写雪妹的女性身体特征，暗示出阿四对她的潜在欲望。雪妹比河娃大不了几岁，他俩玩得不错，但有一天阿四娶了雪妹，他们便成为母子。后来"大跃进"时，阿四死于饥荒，留下雪妹照顾已婚的河娃，才 30 岁的雪妹为河娃一家人呕心沥血地劳作，相处得很好。但不到几年，河娃丧偶，坚持不再娶，而雪妹也不再嫁，自然导致闲话不断。很明显，河娃确实爱着雪妹，还想娶她，但那人毕竟算是"母

---

① "性罪错"是性学研究中的一个概念，指为满足生理需求或好奇心犯下的与性相关的错误违法行为。本文借用这一概念指代 20 世纪 80 年代中期知识精英作家们创作"性文学"时，多将"性"置于人性悲剧范畴下展开的现象。在其他学者的研究中，胡少卿也留意到 20 世纪 80 年代性文学中的"罪感叙事"，不过他认为罪感叙事主要是因革命、道德、伦理与性的冲突而生的（参阅胡少卿：《中国当代文学中的"性"叙事（1978—）》，安徽教育出版社 2008 年版）。本文的"性罪错"所指是精神分析学意义上的生物本能引发的后果，这种后果更多地发生在"去政治化"的个体身上。

亲"辈分的，有悖于伦理，只好克制自己。为了应付舆论，河娃再娶了一位自己并不喜欢的女子。这女子发现了自己丈夫对雪妹的特殊关怀，非常忌妒，恶语相向。雪妹竟觉得自己是有罪的，最后跳河自杀。

以精神分析学的知识看，很容易就发现这个故事套用了弗洛伊德的"俄狄浦斯情结"（恋母情结）。俄狄浦斯情结正是将"性"纳入原罪的心理结构。河娃有"恋母"的倾向，而雪妹不愿意直面这种自己已深陷其中的丑恶，才选择自杀。

王安忆的《小鲍庄》（《中国作家》1985 年第 2 期）也套用"俄狄浦斯情结"写了一出不伦之恋。小小的货郎拾来与他"大姑"的关系实为母子，但是因为父亲缺席，为堵住周围人的嘴，他们以姑侄相称，并相依为命。一天，长成大人的拾来觉察到自己已经处于不伦之恋中："初春的夜里，拾来觉着有点燥热，忽然睡不着了。一双脚搁在大姑的怀里，暖暖的，软软的。他轻轻地动了一下脚趾头，脚趾头碰到了一个更加柔软的地方，他头皮麻了一下，不敢再动了。他听见了自己的心跳。……拾来这才发现，他的脚是在一个温暖的峡谷里。这双脚已经在这峡谷里沉睡了十五年了。他感觉到那峡谷最底层，最深处，有一颗心在跳动。"① 拾来从小就听过很多风言风语，隐约明白大姑是自己的母亲。为了逃避这种变态的状况，他选择了从未见过的父亲的行业，成了走村串巷的货郎。"成为父亲"的行为暗示了拾来对母亲欲望的强烈和顽固，潜伏于内心的不伦之恋还在潜移默化地生长。他很快就与小鲍庄的一名带两个孩子的寡妇好上了——这个寡妇对拾来"是娘，媳妇，姊妹，全有了"。读者很容易看出，拾来委屈地选择一个寡妇做上门女婿，受多少苦也甘之如饴，其秘密就在于这是对他内心"恋母情结"的替代式满足。如今看来，这个叙事段落既具象化地展示了弗洛伊德的精神分析理论，也借此说明了逃无可逃的性之原罪。"性"在这里，既有展示的价值，也有警示的价值。

魏世祥的《火船》（《青年文学》1986 年第 10 期）讲的也是一个弗洛伊德式的故事——父女乱伦引发的伦理惨剧。老丁拐是个正直的渔民，打渔打雁为

---

① 王安忆：《小鲍庄》，《中国作家》1985 年第 2 期，第 45 页。

生，早年丧偶，留下两个女儿。主角老丁拐多年压抑的欲望被一个疯女人点燃，老丁拐在睡梦中梦到交欢，醒来后发现是真的，原来大女儿水仙怕他"犯罪"，自愿献身……在某种程度上，这是下意识的行为，老丁拐当时在梦中，并不清醒，然而，性驱力的汹涌却非常可怕地爆发了。最后，在强烈的负罪感驱动下，老丁拐在船上点火自焚。

在日常生活中，老丁拐的性欲通过移置被转移到其他事情上去了，比如他钻到大洋马的船上去赌钱，比如本可以封了雁枪的他却自愿到冰冷的水里去打大雁，因为"你大哥我就剩这么一头享受了，你就叫我痛痛快快当水鬼吧"。这些都显示出他对自己性欲的逃避，然而性驱力无所不在，"超我"稍不留神，它就溜了出来，酿成惨剧。在阿花的撺掇下，老丁拐脸上的"梭子形的伤疤"越来越红亮，最后变成"红亮得像要裂开"，很明显单从外观和功能描述看，"梭子形的伤疤"似乎应该是男性生殖器的象征。水仙试图禁止这种欲念，反倒成了促成悲剧的导火索。

魏世祥将故事放置在一个特别具有江湖气的空间，荒坡渡仿佛是一个游离在政治外的化外之地："这些男人，凡上四五十岁的，都不是好人物头，或是蹲过大狱，或是前些年戴过五花八门的高帽：'国民党特务'、'逃亡地主'、'反革命分子'……扔了家，扔了业，带上老婆孩子，一条小船走天下，图的就是个天不管地不管人不管的自在。"① 然而，人的自由并不仅仅是从社会关系中解放出来，还要从人性本身中解放出来，作者描述的江湖气空间越发反衬出肉体的沉重和无可逃避，讲出了人从自身中解放出来的难度。这种故事设定显然符合 20 世纪 80 年代知识分子型作家对人性的偏好式认知——从人本身而非外在的社会政治角度，揭示出"感性血肉的个体"和"情欲的人化"所内含的矛盾。

再有一个例子便是杨克祥的《玉河十八滩》（《中国作家》1985 年第 6 期）。这篇小说与《火船》差不多，故事也安排在"船"这种封闭空间内。在这样的空间内，"性"引发的乱伦充斥着一种无可逃脱的宿命感。刚强硬气的

---

① 魏世祥：《火船》，《青年文学》1986 年第 10 期，第 4 页。

船夫何大龙阴差阳错地喜欢上玉仙，竟不知玉仙已经与弟弟何二龙暗中相好。大龙和玉仙强行发生关系时，玉仙已怀了二龙的孩子。二龙死后，曾经是条"好汉"的大龙二十年生活在内疚和自责中："二龙、玉仙，我有罪呀，有罪呀！你们怎么不打我，唾我，来杀我呀！……我不会放过我自己，不会放过……"① 等养大了二龙的孩子，一生闷闷不乐的玉仙病入膏肓死去时，大龙将玉仙尸体投到二龙自尽的地方，自己也试图自杀，小说就结尾了。

偏偏爱上自己弟弟的女人，这种事并不稀奇，因为当地在性关系上比较随意：船夫们只要拿着鱼或别的食物，就能和玉河潭的女人乱搞，因为当地人太穷、没吃的。当然，何大龙不是随意的人，甚至他一见到船夫乱搞，就"恨得要死"，认为船夫的精力应该放在撑船上，在险滩行船，差一点精力可能就会要人命。偏偏追求完美的性格（别的女人入不了法眼，他一定要追求到玉仙），导致了发生在自己身上的乱伦惨剧。

背景铺垫和性格设定大大加深了仿佛冥冥中无法改变的宿命感。亚里士多德《诗学》有一句话："怜悯是由一个人遭受不应该遭受的厄运引起的；恐惧是由这人与我们相似引起的。"② 何大龙唤起读者的情绪就是怜悯和恐惧，情节带出的悲剧效果意在指示"不应该遭受的厄运"随时可能降临在"与我们相似的"每个人身上。作家们极力宣扬、渲染人在无意识（力比多）面前的无力感，固然有文学求新求变的猎奇成分在内，但是更主要的恐怕是体现出 20 世纪 80 年代作家在重构人的感性时的"特别用心"，即凸显人的动物性的本能在"人性化"、在转换成人的真正本质时的难度及其悲剧氛围。

《山女》《小鲍庄》《火船》《玉河十八滩》等一类作品，显现出一些知识分子作家对弗洛伊德式主题的迷恋（主要包括欲望的根深蒂固、无意识的顽固、乱伦的可怕、自我的矛盾和分裂等）。这种对于性欲望的表述可以说是知识分子对"去政治化"之后人本身的探索和认知。对"性欲望"的文学再现才逃离宏大的国家政治的框架，又陷入知识分子的文化政治中去。这里的"性"始终包

---

① 杨克祥：《玉河十八滩》，《中国作家》1985 年第 6 期，第 72 页。
② 罗念生：《罗念生全集（第一卷）》，上海人民出版社 2002 年版，第 55 页。

裹在知识分子的集体理性和压制性话语当中——"需要对感情的东西加以社会的理性的节制"①。这是理解 20 世纪 80 年代中期"性文学"会如此突出"性罪错"主题的钥匙。弗洛伊德精神分析学是最能表明对"性"加以控制的难度的知识资源,"性罪错"的主题还展现出丰富复杂的内在"人性本质"。这是 20 世纪 80 年代中期知识分子作家如此热衷这个主题的原因,他们想借"性"来建构一种复杂、多维,而又"去政治化"的新"身份认同"。

借助西方现代理论的启发,20 世纪 80 年代中期的性文学获得了对人性的深度把握,文学中人物的主体性也被刻意凸显出来——作家们凭借"感性个体"就可以创制出完全自足的人物类型,通过对"性"的内部冲突的强调,拓展了人物主体内部的张力空间,这样也就为文学主体性拓宽了视野。就这个层面而言,对"性"的内部探索有助于中国文学现代品格的提升,即提升了中国文学与世界文学潮流对接的能力②。

(二) 男性气质的建构与知识分子的历史焦虑

新时期开始不久,先是现实主义逐步恢复强势,紧随其后浪漫主义兴盛了起来——梁晓声、邓刚、张承志、贾平凹等作家写出很多优秀的作品。改革开放早期是个发现"人"的年代,"大写的人"成为这个时代的新的"神话"。知识分子亟须给"人"重新立法,按照西方"人学"模式塑造出一种以"感性个体""生命自由"为特征的新人。这种寻求"新人"的冲动背后是一种政治无意识。性别意识的强化,尤其是男性气质(masculinity)的张扬正是在这种政治无意识引发的文化需求之下被想象出来的。

当时文学中的浪漫精神很重要的方面就体现在对生命力和生命意识的歌颂

---

① 李泽厚:《美学三书·美学四讲》,天津社会科学院出版社 2003 年版,第 521 页。
② 1984 年被译介为中文的《百年孤独》就充斥着大量的对于近亲乱伦、性罪错导致的生殖恐惧的描写(见 [哥伦比亚] 马尔克斯:《百年孤独》,黄锦炎等译,上海译文出版社 1984 年版)。值得指出的是,《百年孤独》这本影响了改革开放后一代中国作家的书(这是当代文学的常识了)可能对当时年轻作家的创作带来了主题上的启示。当然,当时译介到中国的外国翻译文学很多,《百年孤独》是影响力极其显著的作品之一。

上。有研究者已经发现，当时作家们普遍喜欢用"性力"来象征"生命力"："将一个人的性力等同于生命力""确证'人'的身份的正是'性'、'性别'意识的苏醒"①。之所以如此，深究起来是"文革"向改革开放的政治转型使然，文学要借助"性"的表征来建构新的个体身份。人们认为极左的革命政治压制了人们的生命力，人应该从这种现实束缚中挣脱出来。在改革开放早期，知识分子面对的是一个百废待兴、追求现代化的国家，这种形势也需要把人从种种压制、禁锢中解放出来。当时的一些知识分子认为中国人亟须恢复旺盛生命力："中国古代文化所造成的国人生命力的阳痿，从而导致感性生命和理性精神的双重死亡。或者说，中国人的生命力始终处在一种非生命状态（奴隶状态）之中。"② 这时候的文化需求是大力张扬旺盛生命力，实现"自我超越"，20 世纪 80 年代的浪漫主义文学回应了知识分子的这种文化需求。再加之，这一时期恰逢尼采、叔本华、柏格森等人的意志主义哲学热潮，这又从理论资源上助长了"生命力崇拜"的潮流。20 世纪 80 年代的理论界和文学界对"生命意识"有强烈的路径依赖，"'生命意识'之所以在八十年代的中国文学中崛起，无疑有着深刻而复杂的历史原因。这一方面可以视为文学自身发展过程的一种历史反拨；另一方面又可以看作是人对自身认识深化的一种文学表现"③。

　　20 世纪 80 年代的知识分子面临着来自历史（"文革"）的反思和西方文化理念的冲击，这种压力既具有政治性，也具有民族性。在特殊的社会条件下，知识分子把"生命力"崇拜变成一个时代的命题，用它来纾解"中国落后于时代"和对中国曾经历的"反现代"曲折历史道路的政治性、种族性的焦虑——中国人的生命力不应该被刚刚经历过的政治灾难和已经落后于世界潮流的现状所窒息。

　　20 世纪 80 年代知识分子文学中表现出的强烈的性别意识，可视为知识分子群体对改革开放早期所产生的政治焦虑的回应。只有性别化的人才能彰显出

---

① 胡少卿：《中国当代文学中的"性"叙事（1978—）》，安徽教育出版社 2008 年版，第 98、95 页。
② 转引自胡少卿：《中国当代文学中的性叙事（1978—）》，安徽教育出版社 2008 年版，第 104–105 页。
③ 朱寨、张炯主编：《当代文学新潮》，人民文学出版社 1997 年版，第 318 页。

人的生命力，从人类最原始的"性心理"看，"一个可爱的女子就是性征特别发达的女子……同样，原始女子眼光里的男性美也包括种种刚强的特点，保证他在性能力上可以做一个健全的配偶"①。这种原始的"性心理"就建基于对生殖和生命的崇拜。因此，张扬生命力、生命意志就不得不依赖鲜明的两性意识。昂扬向上的精神、蓬勃无比的激情以及健壮的躯体都需要依赖强烈的性别化意识。

20世纪80年代中期的作家们已经高度重视对性别意识的强化，尤其是注重对"男性气质"的强化。因为男性气质具有积极进取、阳刚外显的特质，它作为一种文化构造物比女性气质更能克服集体性的焦虑，比如阿德勒就认为，"焦虑将激发过分的男性气质"②。后文将分析指出，20世纪80年代文学表现出的空前男性气质的张扬正是为知识分子的政治焦虑所激发出来的。

改革开放的新时期初期，作家和知识分子有意探求关于"人的本质"的问题。在这种文化驱力下，男性气质得到空前关注，文学创作中多了一股鲜明的阳刚之气。曹文轩在《中国八十年代文学现象研究》中指出："阳刚之美成为八十年代主要的美学倾向"，"硬汉、男子汉这些带着精神的名词，进入了中国的政治生活和日常生活。"③ 20世纪80年代前中期，《中国青年》杂志发起过数次"扬我阳刚之气"的"寻找男子汉"的讨论，引起社会舆论强烈反响。"在1980年代的初中期，'寻找男子汉'成为一个官方和民间共同关注的话题。"④"男子汉"成为新时期初期的热门话题，体现出社会（及知识分子阶层）对重构男性形象的兴趣。

新时期初期"男子汉文学"成为显著现象，是男性气质遭遇危机和创伤（既有历史创伤也有现实创伤）的产物。研究表明，男性气质并不是固定单一的范畴，而是在特定历史情况下被建构出来的，"是与某一既定历史瞬间里的某

---

① ［英］霭理士：《性心理学》，潘光旦译注，商务印书馆1997年版，第75页。
② 转引自［美］R. W. 康奈尔：《男性气质》，柳莉等译，社会科学文献出版社2003年版，第21页。
③ 曹文轩：《中国八十年代文学现象研究》，人民文学出版社2010年版，第274－275页。
④ 刘传霞：《"寻找男子汉"、"女强人"文学与女性性别身份认同》，《湘潭大学学报》，2010年第4期。

些属性、能力、性情和行为方式相关联的文化意义的产物"。① 而且，最能影响男性气质的因素是政治，如美国学者 R. W. 康奈尔所说，现代男性气质的变化"主要有赖于政治氛围的变化"，男性性征"随历史而变化，充满了政治性"②。新时期初期作家们对男性气质的着意强化也是由特定政治氛围激发出的集体无意识行为。

从历史的角度看，新时期初期的知识分子阶层刚从"文革"的失败中走出。自晚清、"五四"以来，一直跟政治（革命）话语纠缠不清的男性知识分子遭遇了巨大的挫败。人文知识分子的启蒙主张要么已经失败，要么就被证明根本无力改变社会运行的"硬规律"。持续近一个世纪之久的"启蒙"收获的是"百无一用是书生"的挫败感、无力感，特别是在"文革"中，这种挫败感达到巅峰，知识分子人格及其社会功能均被贬低到一无是处的地步。从现实的角度看，在改革开放的形势下，视野变得宽广，横向对比之下，"中国落后于世界潮流"的事实也刺激着知识分子形成对政治、历史的反思，对自我的重新定位。

新时期初期知识分子的处境——向后看是"文革"及其溃败给知识分子的自卑情结；向前看是经济发展、科技进步的大势所趋，知识分子所倚仗的人文话语根本无法阐释这些东西。因此，在历史和现实两个方面，人文知识分子均遭遇身份危机感。克服挫败感，需要强大的心理补偿机制，于是"男子汉文学"呼之欲出。

阿德勒的心理分析指出，那些天生有缺陷的儿童会"全神贯注于自己以及自己给他人留下的印象"，之所以如此关注别人的"印象"是因为他们身上存在着自卑感、欠缺感和不安全感，因而会表现出尤其强烈的"获得承认的愿望"③。阿德勒称这种自卑感为"自卑情结"（Inferiority complex）。在某些存在

---

① ［英］肖恩·尼克松：《展示男人味》，见［英］斯图尔特·霍尔编：《表征：文化表征与意指实践》，徐亮、陆兴华译，商务印书馆 2013 年版，第 449 页。

② ［美］R. W. 康奈尔：《男性气质》，柳莉等译，社会科学文献出版社 2003 年版，第 3 页。

③ ［奥］阿尔弗雷德·阿德勒：《理解人性》，陈太胜、陈文颖译，国际文化出版公司 2000 年版，第 45 - 47 页。

先天缺陷的儿童身上，这种自卑感会异常强烈，因为亟须改变不堪的现状，所以他们对自身的荣誉感、优越感表现得相当敏感——"当自卑感强化到一定程度，儿童……不会满足于力量平衡的简单恢复；他将要求一种过度补偿"。[①]"文革"之后的知识分子就类似于"那些天生有缺陷的儿童"，被强烈的历史挫败感支配，因此他们有意重塑"自己给他人留下的印象"。也就是说，在新时期伊始，男性知识者（当然也包括部分以男性知识者方式思考的女性）有克服"文革"中形成的脆弱无力的历史经验的心理需求。

作为新时期初期"男子汉文学"最直接的表达，沙叶新的剧作《寻找男子汉》直接使用了"缺陷儿童"的比喻。剧中的"司徒娃"是被一位奉行"全权主义"的妈妈带大的独生子，这位妈妈有点像奥威尔《1984》里的"老大哥"，随时随地监视、控制、管束儿子，结果她以爱的名义窒息了司徒娃的男性气质，让他变得弱不禁风，"失去了原有的性别"，成了妈妈怀抱里"总也长不大的孩子"。《寻找男子汉》有显而易见的政治色彩，它借女主角之口说："以革命的名义发动的、过几年总是又来一个的运动，把男人们都整怕了……周期性的政治疟疾，长久的压抑、扭曲，男子汉的脊梁骨缺钙，棱角磨平了，阳刚之气消失了。"看上去，似乎长不大的司徒娃所喻指的正是中国男性知识分子的过去，似乎只有寻回男性气质，才能克服知识分子的历史自卑感和由之而来的政治焦虑。

随着社会情绪的酝酿以及恰逢其时以西方生命哲学为代表的"人学"思想的传播，男性知识分子不再满足于对心理创伤的简单平复——他们开始寻求一种"过度补偿"，对男性生命力狂热讴歌，形成一个"生命力崇拜"的潮流。"如果存在弱点，'焦虑将激发过分的男性气质'。在阿德勒著名的惯用语中，'男性抗争'是神经衰弱症的中心。它意味着对攻击倾向的过分补偿和对胜利的无休止的追求。"[②]"生命力崇拜"的文学潮流超越具体的政治焦虑，对男性

---

① ［奥］阿尔弗雷德·阿德勒：《理解人性》，陈太胜、陈文颖译，国际文化出版公司2000年版，第50页。

② 弱点即某种严重的生理缺陷或自卑感。［美］R. W. 康奈尔：《男性气质》，柳莉等译，社会科学文献出版社2003年版，第25页。

生命力表现出显然有些狂热的崇拜和认同。阿德勒认为，自卑情结常会引发追求"优越感"的"强制性行动"①。对男性气质的崇拜就是一种"强制性行动"，写作者和读者从中获得想象性的"优越感"，以克服自卑，维持心理平衡。知识分子追求过度补偿的"优越感"的主要原因是，在"文革"及"启蒙"失败之后，知识分子又遭遇了新的社会危机，如中国落后于世界潮流，经济发展和科技进步压缩着人文话语的生存空间。

因此，新时期初期的"男子汉文学"由先后两个阶段构成：其一，是对"文革"挫败感进行心理补偿的、比较政治化的阶段；其二，是走向追求"优越感"的歌颂生命力、崇拜男性力量的阶段。这两个阶段的"男子汉文学"在时间上存在交叉，在精神指向上也部分重合。但总体而言，两者有一定的先后顺序：以男性气质回应"文革"创伤的"男子汉文学"最先出现，随后才有过度补偿"优越感"的"生命力崇拜"主题的文学。前者与"文革"后的政治反思距离较小，常常有直白的政治指涉；后者则有所不同，它的政治性往往没有特别明确的标志，而是潜隐在文本的"文学性"背后。

至早在 1979 年，男性气质就以回应"文革"创伤的方式被创造了出来。蒋子龙的《乔厂长上任记》（《人民文学》1979 年第 7 期）写的就是乔光朴以昂扬的男子汉精神去感化那些患上"政治衰老症"的人。这种对男性气质的渴求在改革开放早期一直得到知识分子作家的推崇。

在以男性气质来回应"文革"创伤方面，彭见明的《黑滩》（《青春》1984年第 11 期）是一个更为典型的文本。一个城里伢子因为政治运动下乡，性格上变得"早就学会了附和，不光附和领导，也附和所有人"，而身体也因政治运动趋于衰退："我发达的腱子肉哪去了"；"你看看现在的我吧，胸部平坦坦的，腿部和臂上隆起的肌肉不知什么时候消失了。我黑了，我的背腰开始佝偻了。"② 他跟着当地一个敢于藐视政治、藐视领导的农民水生学习了生存的本

---

① ［奥］阿尔弗雷德·阿德勒：《自卑与超越》，吴杰、郭本禹译，中国人民大学出版社 2013 年版，第 33 页。
② 彭见明：《黑滩》，《青春》1984 年第 11 期。

领，显示出傲视权力的男性气质以后，"就惊奇地发现，我的胸肌凸出来一点儿"。这篇小说显示出男性气质是对压抑性政治的抗争，男性身体性征的破坏与恢复表征着政治情绪的失落与昂扬。

这一阶段的作家总是试图创造出强大的"男性形象"来补偿那些曾经受挫的政治情绪。张贤亮的小说深谙此道，在《男人的一半是女人》（《收获》1985年第5期）中，主人公章永璘当着劳改干部的面进行重体力劳动——"一捆稻子有牛腰那么粗，一般劳改犯人只背两捆到三捆。但是我背五捆还不够，要背六捆；六捆还不够，要背七捆……经过王队长身边，王队长会发出他这样的赞叹：'哎呀，你这婊子儿，比驴还能驮！'"① 章永璘身强力壮的男性形象与劳改干部猥琐但又不失质朴的形象形成鲜明对比，强有力的男性形象成为对抗、战胜政治管制的象征。在这篇小说中，张贤亮还以男性性能力来暗喻人的创造力，他通过被骗过的大青马之口坦承"改造"对于章永璘这类知识分子实际上是一次"阉割"——"我甚至怀疑你们整个的知识界都被阉掉了……如果你们当中有百分之十的人是真正的须眉男子，你们国家也不会搞成这般模样。"② 在小说结尾，恢复了性欲和政治能力的主人公章永璘，抛出了"反阉割宣言"，要向"最高权力者……挑战"。知识分子与曾经匍匐其下的全权政治之间的关系，被张贤亮隐喻为男性抗争者与阉割者的紧张关系。

上述作品使用了这样的设定：男性身体性征是随着政治变化而变化的，当小说人物在政治上"庸俗"的时候，他的男性性征就消失了；当主人公在政治上"积极进步"的时候，他的男性性征就神奇地回归身体了。可见，新时期初期文学中的男性气质是被作家当成回应政治历史经验的工具来使用的。

然而，在随后一些作品中，政治情绪不再那样直白外露，男性气质却变得更加明显而狂热。这类作品根本上仍是以男性气质回应历史或现实创伤，只是它的政治焦虑是潜隐的、有待挖掘的。

在伤痕文学、反思文学退潮之后，一些作家如邓刚、李杭育、郑万隆、张

---

① 张贤亮：《男人的一半是女人》，《收获》1985年第5期。
② 张贤亮：《男人的一半是女人》，《收获》1985年第5期。

承志等人开始拒绝直白的政治关涉，转而从"生命力崇拜"的角度塑造一些略带野性的男性形象。这股新的小说潮流"把男人塑造成超阳刚的形象，比如猎人、原始部落男子和粗犷的边民"①。

李杭育的《最后一个渔佬儿》（《当代》1983 年第 2 期），男主角"精壮得像一只硬邦邦的老甲鱼"，"赭色的宽得像一扇橱门的脊背暴起一棱棱筋肉"，他热爱打渔事业，他的姘头给他找个在"体制内"坐班、听命于领导的工作，他绝然推辞："照着钟点上下班，螺蛳壳里做道场，哪比得上打渔自由自在？那憋气的活儿我干得了吗？"他的理想是："江里有鱼，壶里有酒，船里的板铺上还有个大奶子大屁股的小媳妇，连她大声骂娘他都觉得甜溜的。那才叫过日子呢！"②体制内的稳定工作不属于真正的男人，相反，真正的男人要与之抗争。李杭育笔下的"男性气质"主要表现为对庸俗生活秩序的拒绝。在 20 世纪 80 年代随商品经济而来的"浩浩荡荡，顺之则昌，逆之则亡"的世俗大潮面前，以"拒绝庸俗"来维护男性尊严，执拗地维持一种似乎属于知识分子的人文理想，是《最后一个渔佬儿》的核心命题。在作家的文学世界中，男性知识分子通过对世俗的拒绝和抗争，维持了男性"主宰自我"的神话。

邓刚的《迷人的海》，彭见明的《古河道》《废篓》，郑万隆的《老棒子酒馆》《空山》，张承志的《北方的河》等写于 1983—1985 年的多部作品也着意塑造出极富生命力、硬朗、野性的男性气质。这些昂扬不屈的男性共同指向了"男性抗争"的主题——他们鄙视世俗的、庸俗化的现实世界。从对世俗精神的拒绝中，我们看到男性试图在新的秩序中重建自身独立性，这里面包裹着明显的焦虑感。

在写硬朗的男性气质和狂热的生命力崇拜方面，有一位更值一提的作家：莫言。莫言的《红高粱》（《人民文学》1986 年第 3 期）通过性征强烈的人物形象展现接近原始的生命力。杀人越货的土匪具有热血澎湃的男性气质，野性体贴的女人又有典型的女性魅力。《红高粱》强化了性别意识，构建出一个近

---

① ［澳］雷庆金：《男性特质论：中国的社会与性别》，刘婷译，江苏人民出版社 2012 年版，第 188 页。
② 李杭育：《最后一个渔佬儿》，《当代》1983 年第 2 期。

乎完美的有关生命力崇拜的"最英雄好汉最王八蛋"的故事。莫言的创作不谋而合地吻合了那个时代张扬男性气质的文化需求。无论是从横向的故事本身看，还是从纵向的故事讲述者与故事人物的关系看，莫言都着意凸显"强壮"与"孱弱"两种男性身体特性的对比。

在故事里有强壮的土匪余占鳌和财主的"流白脓淌黄水"的麻风病儿子单扁郎的对比，在两者之间"我奶奶"戴凤莲选择了虽是"下九流"但具有高度男性气质的余占鳌，而厌恶世俗上成功的财主儿子（这种"两男一女"的人物结构在这一时期被广泛使用）。而从纵向的讲述者与故事人物关系看，"我爷爷辈的好汉们，都有高密东北乡人高粱般鲜明的性格，非我们这些孱弱的后辈能比"，"我们这些活着的不肖子孙相形见绌，在进步的同时，我真切感到种的退化"。[①] 前辈们是强壮有血性的男性，而经历了 20 世纪一系列动荡的历史运动的后辈们变得"退化""孱弱"。可见《红高粱》讴歌男性气质是内含"政治旨趣"的。恰似阿德勒说的，在自卑感强烈的情况下，有的人虽然依旧想征服自卑感，但不是去"克服阻碍"，而是开始"尽力沉醉或者陶醉于优越感中"，这样做为的是"在自己眼里显得更强大"。[②]《红高粱》的文学成就毋庸置疑，但是《红高粱》这个"祖上曾经阔过"的故事，显然是在构造一种"优越感"，塑造了一个男性曾经"主宰自我"的神话。构造"优越感"的目的是征服对历史和现实的自卑感，作家张扬了狂热的男性气质，却焦灼于当前男性的"退化""孱弱"。

似乎是不约而同的，贾平凹的作品中也不乏类似于《红高粱》中那种"两男一女"的人物结构，以此凸显男性生命力在择偶方面的优势。比如《天狗》《远山野情》《五魁》《美穴地》等，都是这种两男一女的人物结构，女人必定会选择那个世俗上不成功但极具野性的真男人。拿比较典型的《远山野情》（《中国作家》1985 年第 1 期）来说，它就比较了本真男人与非本真男人对女性

---

① 莫言：《红高粱》，《人民文学》1986 年第 3 期。
② ［奥］阿尔弗雷德·阿德勒：《自卑与超越》，吴杰、郭本禹译，中国人民大学出版社 2013 年版，第 32 – 33 页。

吸引力的差别。这篇小说写了山里有个地方，人很穷，不少人以"背矿"（就是偷国有矿厂里的矿石）为生。这是个受苦受累的活儿，不仅偷矿受到工人的殴打、勒索和侮辱，卖矿还要遭受队长的刁难和盘剥。女主角香香嫁给了一个跛子，跛子无法养家糊口但又十分贪财，为了有矿可背，只能对香香与工人们和队长的肉体交易睁一只眼闭一只眼。从外地来的吴三大租住在跛子家，几次背矿，他和香香产生了感情，也意识到香香所遭受的屈辱。香香爱吴三大是个"男子汉"，怪跛子"不是男人，他不够个男人"，最后香香与吴三大一起离开了那个肮脏的山沟。吴三大和跛子之间，前者才是真正的男人，而后者身体残疾，人格又过于世俗、过于窝囊。香香被吴三大的男性气质感化，不愿意再卑琐地生活下去。

在这股生命力崇拜的文学潮流中，男性气质以近乎狂热的方式被叙述、被歌颂，若隐若现的政治焦虑也时时可见。恰如 R. W. 康奈尔分析的那样，"危机倾向"和普遍性的焦虑，总是会催生对男性气质的狂热言说，比如在越南战争陷入低谷和女权主义崛起时就"激发了对真正的男性气质的新狂热崇拜"，彼时如《第一滴血》系列的"肌肉暴力片"就会走红。[①] 同样，20 世纪 80 年代前中期狂热的生命力崇拜及张扬的男性意识，也应该被归结为时代性的危机和焦虑的产物。它的基础是政治性的：一方面，改革开放带来的经济发展、科技进步在迅速地将人文话语边缘化；另一方面，中国落后于世界潮流的现实加重了知识分子的自卑感，他们痛感中国人的生命力被压抑太久，会出现"种的退化"。于是，在"男子汉文学"中，我们见到了对自卑感和无力感的过度补偿，这是一种"男性抗争"，表现为通过想象"对胜利的无休止的追求"。因此，作家们狂热地塑造各种男性"主宰自我"的神话，实际是在历史和现实的双重逼促下男性知识分子遭遇身份危机使然。

改革开放早期的知识分子和作家面临着来自历史（"文革"的创伤、"启蒙"的失败）和来自现实（中国落后于世界潮流、人文话语开始丧失对现实的阐释能力）的双重精神压力，驱逐自卑情结、重建信心就成为他们的当务之急。

---

① R. W. 康奈尔：《男性气质》，柳莉等译，社会科学文献出版社 2003 年版，第 115 页。

他们通过高扬的男性气质来回应"文革"创伤，想象性地修补了不堪的历史经验，其后又通过搬用西方"生命哲学"的理论来"过度补偿"历史和现实带来的挫败感。

以昂扬的男性气质回应"文革"历史经验，通过文学中的"生命力崇拜"再现男性"主宰自我"的神话，是新时期初期"男子汉文学"一先一后的两种主要形式。这两种写作模式之所以被发明，与当时特定的历史政治氛围紧密相关。两者均是知识分子克服自卑感，追求自身"优越感"的产物。

第四章　"身体－主体"的主题

　　从某种程度上看，改革开放是极左思潮失败后，"倒逼"出来的自救方案。新时期的到来，身体的各种世俗化要求逐步合法化。现代性进程的重新启动，直接表现在身体功能的变迁上。以前被社会化、政治化的身体，重获对自身的权利，并且改革者主张以此为激励和支点，激发个体进行物质生产、精神生产的动力。"身体是一个人身份认同的本源。……它是与世界联系的桥梁。人通过它获取人生的主旨要义并将其传达给他人，为同一群体成员之间所共享的符号体系充当这一过程的媒介。"[①] 在 20 世纪 70 年代末开始的巨变中，身体的功能性转换异常剧烈，这种变化迫使社会个体重新认识自我，再造新的身份认同并且通过"符号体系"传达给其他人。这几乎影响到每个人"身份认同的本源"的大变革，必然反映在文学文本中，毕竟文学文本是当时社会进行文化生产进而创造"意义"的重要途径。本章的任务是揭示文学在讲述"身体－主体"的故事过程中创造和传播了怎样的意义。

第一节　社会转型与身体意识变迁

　　20 世纪以来的现代哲学，试图克服笛卡尔（Descartes）式身心分裂的二元论，哲学家们逐渐发现身体对于心灵的重要性，很多哲学家认为身体与心灵之间并非笛卡尔预设的那样互不相干。比如尼采（Nietzsche）就认为，"你身体里的理性比你的最高智慧里的理性更丰富"，"创造性的身体为自己创造了精神，

---

① ［法］大卫·勒布雷东：《人类身体史和现代性》，王圆圆译，上海文艺出版社 2010 年版，第 3 页。

作为其意志之手"①。身体不再是与意识、精神对立的形而下的存在，而是深深地嵌入意识和精神当中。"后现代哲学家倾向于把身体与人的情感、意志、经验、行为等方面联系在一起，于是在身体概念中已经包含了本应属于心灵的要素，于是出现了心灵的肉身化和身体的灵性化双重进程。"②

身体并不比意识更少地影响和支配人的主体性——这个发现让"身体"成为一个热门的哲学问题和文化问题。莫里斯·梅洛－庞蒂（Maurice Merleau－Ponty）把身体看作"事物的度量者"："我的身体是事物还是观念呢？它既不是事物也不是观念，因为它是事物的度量者。"③ 因此我们应该认识和了解一种"给了肉身以轴心、深度和维度"的"对肉身来说并不陌生的观念性"④。相应地，"由人之身体所体现的主体性"⑤ 成为梅洛－庞蒂哲学思考的一个重要主题。这种身体化的思维中，"不管是我还是他人，都是'主—客体'，实现了物质和意识、身体和心灵的融通"⑥，因此引出了一个现象学术语"身体－主体"（body－subject）来表示身体与主体之间的混杂状态。

"身体－主体"这一概念是现象学与存在论哲学糅合的产物，含义也颇为复杂。本书的目的并不在于呈现"身体－主体"的全部哲学意义，而是借此术语勾勒出改革开放早期文学中身体叙事的身体－主体层面：身体如何参与"主体自我"的建构，身体怎样体现出主体自我的观念性。接下来，我们将关注改革开放早期的身体叙事怎样围绕"身体－主体"进行意义生产。

20世纪50—70年代，身体承受着政治高压，延安时代形成的一些规训逐渐被推广开来。在革命高扬的氛围中，身体遭到来自政治的规训——不符合集体主义、理想主义标准的行为和作派会遭到矫正、批判。这种规训甚至波及人们的穿着打扮，"在文化大革命初期人们的穿着打扮如果不符合恰当的无产阶级

① ［德］尼采：《查拉图斯特拉如是说》，孙周兴译，上海人民出版社2009年版，第34页。
② 杨大春：《从法国哲学看身体在现代性进程中的命运》，《浙江学刊》2004年第5期，第35页。
③ ［法］莫里斯·梅洛－庞蒂：《可见的与不可见的》，罗国祥译，商务印书馆2008年版，第187－188页。
④ ［法］莫里斯·梅洛－庞蒂：《可见的与不可见的》，罗国祥译，商务印书馆2008年版，第188页。
⑤ ［法］莫里斯·梅洛－庞蒂：《可见的与不可见的》，罗国祥译，商务印书馆2008年版，第206页。
⑥ 杨大春：《杨大春讲梅洛－庞蒂》，北京大学出版社2005年版，第86页。

样式，就会在街道上被拦住剪掉头发或撕破衣服。有少数单位的浴室甚至洗衣房和其他服务设施都被取消了，因为这些东西代表着对‘资产阶级’个人需要的太多的照顾”①。

知识分子群体则遭受更大的身份认同危机，他们必须按照要求向“工农兵”学习，以期“脱胎换骨”地改造自己。知识分子不参与劳动的身体特征（手不黑，脚上没牛屎），反而导致他们灵魂“不干净”，他们比一般劳动者更加需要“改造”。“改造自我”“脱胎换骨”成为很多知识分子对那个时代的记忆。

到改革开放年代，身体的政治紧张感得到缓和，政治对身体进行直接规训的机会和制度在减少。改革的历史机遇为“控诉文学”提供了便利，身体作为铭记历史创伤的肉体证据在“控诉文学”中被大量使用。

当时社会变革的主潮是，恢复个体本位，让个人从国家－集体中独立出来。社会观念的巨大转换会影响人们对身体的认识和价值评判。改革开放实际上是个人欲望合法化的过程，吃饱肚子、自由恋爱、“先富起来”等世俗的“个体化”标准成为新的社会通识。然而，在改革话语壮大成熟的时候，旧的意识形态、革命美学并未立刻失效，革命时代形成的话语在改革开放早期依旧有较大的活动范围和影响力。相应地，革命文学中的身体叙事模式，在改革开放早期仍在一定程度上存在。

就当时文学的书写者知识分子自身而言，压在他们身上的“改造自我”的“原罪”意识消失，取而代之的是他们对“启蒙者”这一身份的认同。20世纪80年代“新启蒙”包含着复杂的异质性。一些知识分子从新启蒙话语中拾取“大写的人”的浪漫思想，因对“生命力”的崇拜而表现出对“现代性”的质疑、反思。他们以“诗意批判现代性”，追求超越性的“人文理想”，从而产生了批判、质疑“现代性”的浪漫主义作品。在这些作家笔下，身体遭遇了宗教式“新禁欲主义”的塑形。浪漫主义作家通过压制身体来追求一种超越性、审

---

① ［英］罗德里克·麦克法夸尔、费正清主编：《剑桥中华人民共和国史（1966—1982）》，金光耀等译，上海人民出版社1992年版，第820页。

美性的价值和理想。

另一批具有启蒙意识的知识分子，则表现出与"五四式"启蒙不同的旨趣和追求。20世纪80年代的知识分子是在反思"文革"的视域中看待启蒙的，因此他们对从教条出发、以理论为纲领的"五四式"总体性启蒙保持警惕。他们明显转向实用主义、经验主义，对"五四式"启蒙进行质疑和消解。这些作家批判了"五四式"启蒙对身体的狂妄规划，试图将身体从启蒙规划的"旧方案"中解放出来。

第二节　国家主流话语形塑的　"身体－主体"

(一)"伤痕文学"中的身体意识

可以说，十年"文革"是一场暴力泛滥、秩序失调的浩劫，不少经历者有着切肤之痛。冯骥才主编的《一百个人的十年》以口述史的方式揭露了那个混乱年代的一角。这一角显露出来的暴力和死亡已足以令人震惊：比如这本书记载了两个女人的口述，1968年她们曾被关押在由一座大工厂改成的临时监狱里，这所监狱"号称63号"，"许多知识分子和干部在里边受到惨无人道的迫害"，"其稀世罕见的酷刑、残忍暴虐的程度、森严的组织手段，惊骇一时"。有当事人称，63号有各种残酷的刑罚如"旱鸭凫水""肛门吸烟"①。从各种文献记载看，"文革"期间普通人的生活时而会遭遇莫名其妙的伤害，那些有"历史问题""政治问题"的人更是如陷地狱，有时还能遍尝各种民间"酷刑"。

"文革"结束后，"伤痕文学"最先以现实主义的手法反映了这一历史时期的混乱和暴力。身体作为铭记历史创伤的天然载体，在"伤痕文学"中出场是必然的。身体作为肉体证据被作家们祭出，是反思历史和寻求社会变革合法性的要求。"以'伤痕文学'为发端的'文革'后文学，在开始阶段里从时间上极其巧合地配合着政治上改革派对'凡是派'的斗争"，客观上有利于改革派

---

① 冯骥才:《一百个人的十年》，江苏文艺出版社1991年版，第288页。

树立合法性，所以伤痕文学"反过来便也从政治上得到支持"。① 于是，在政治和文学互相配合下，"伤痕文学"构建了一个肉体受难的地狱式场景，暴力伤痕、发疯死亡在"伤痕文学"中俯仰皆是，成为流行一时的文学景象。这一时期文学中的身体是被高度政治化了的，稍加分析就会发现每一个"伤痕身体"背后都潜伏着一个被意识形态影响控制的主体。

　　冯骥才的《铺花的歧路》（《收获》1979 年第 2 期）写了一个一度沉迷在"革命就是大杀大砍"信条中的红卫兵少女（白慧）。在一次对一名女教师的残酷施暴中，她以前坚信的"红色恐怖"思想动摇了。女教师斥责他们打人是"法西斯"，白慧的怒火爆发了，"她的脸象喝醉酒那么红。脖子、耳朵都红了"，于是狠狠打了女教师的头，"一股红色的刺眼的鲜血从头发里涌出来"，之后"女教师从胸腔里哼出沉闷的一声"。这个恶意伤人的暴力景观成为贯穿在小说中、影响白慧的一个心病，尤其女教师无辜"死"去的最后一个场景："最后的目光停留在白慧的脸上。这目光没有任何含意。象井里的水，黑亮亮，冰凉的。随后闭上眼。脖子失去了支撑力，脑袋象个鼓鼓的布袋子撞在地上。"② 这件事"象小甲虫总在她心里爬，轰也轰不走"，她与女教师正直的儿子恋爱后，此事更成为她的污点，别人提起时"简直象块烧红的烙铁触到她心中的疼处"。如果我们认可故事情节的本质是因果关系，那么恶意施暴这件事就是这串因果链条中最核心的一点，这起暴力事件——对他人身体的肆意摧残，是小说所有意义的根基所在。借由对身体的痛感的展示，这篇小说才建立起自身的伦理指向。小说试图唤起借由身体感建立的认知直觉，来支撑起自身的价值判断。正是通过对暴力的体认，白慧才明白自己"一颗纯洁而真诚的心怎么会跌入罪恶的深渊"，原因就是她吃了某些"野心家、阴谋家"的"迷魂药"③。

　　"伤痕文学"着重描写身体遭受的残忍暴力，其目的是通过表现具有互通感的身体伤痛，在读者之间建立起文本价值的指向。比如，张一弓的《张铁匠

---

① 陈思和主编：《中国当代文学史教程》（第二版），复旦大学出版社 2012 年版，第 190 页。
② 冯骥才：《铺花的歧路》，《收获》1979 年第 2 期，第 43 页。
③ 冯骥才：《铺花的歧路》，《收获》1979 年第 2 期，第 96 页。

的罗曼史》(《十月》1982 年第 1 期)写到一个正直、痴情的女人王腊月为丈夫的政治清白所受的磨难："那帮丧尽天良的坏货，说腊月不愧是'保夏'的铁杆娘子，扒了衣裳，吊到树上，离地三尺，用蘸了水的麻绳抽她，用香烟头烧她，可她咬紧牙关，没哼一声。"① 作者通过写王腊月的肉体受难，既揭露了"文革"的"残暴"，又指出普通人不畏残暴跟随"正义"力量的倾向。这一段描写渲染色彩极强，让人不免感到一股压人邪气，经由这种有些夸张的叙述，一个起码的价值判断就会被建立起来——正义终将取胜，革新必然到来。

在"伤痕文学"中，身体除了是暴力伤害的对象外，还是政治化主体的寄存之所，与之相应的代表性形象是被疯狂和迷误灵魂主宰了的"异化"身体。在"文革"后的文学中，因政治而发疯的文学人物不在少数，比如古华的《芙蓉镇》(1981)里的王秋赦、万寒的《土行孙的爱情故事》(1980)里的王卫东(原名王万财)，但是有一些作品将"发疯"做了"由灵到肉"的扩展，塑造出被异化的身体形象，以直观地表征政治迷误对主体的严重戕害。

晓宫《没有被面的被子》(《湘江文艺》1979 年第 1、2 合期)写的是一对新婚夫妻因"派性斗争"反目成仇的故事。隽隽和灵子结婚不久，"文化大革命"爆发。他们有不同的政治立场，在灵子眼中，妻子隽隽是个"老保"(对"保皇派"的蔑称)。小说叙写了"文革"前后这对小夫妻的变化。"文革"前他们是热恋中的卿卿我我的恋人，甚至一个苹果要是没有对方分享他们都吃得不甜。"文革"爆发，尤其是灵子去北京"学习"之后，越发"中了魔"，一种狂热主宰他的灵魂，他成了一个暴躁成性的人，相应地，他的身体似乎变成一具行尸走肉。且看小说对他的描写：灵子"不上班了，他卷入疯狂的派性漩涡中，变得孤僻，烦躁，粗暴"，对家庭的一切都感到"陌生、腻味、反感"，与妻子斗气"威胁地伸起一只硬邦邦的拳头"，"额上青筋曲曲纹纹暴起，象蚯蚓似的蠕动，臂上的肌肉一股一股"，对养大了他的病中老母也不再关心。"隽隽痛心地望着他日见消瘦的两颊和越来越突出的颧骨，隐隐感觉有一种不可名状

---

① 张一弓：《张铁匠的罗曼史》，《十月》1982 年第 1 期，第 36 页。

的威胁……"① 最后，他们新婚的大红被面被树在了"武斗"的战场上，灵子死于激烈的枪炮之下。

这篇小说突出塑造了灵子这个悲剧人物，他本是个可以过正常生活的人，他母亲和妻子都热烈地爱着他，但他因为参与政治运动无端"中了魔"（这三个字为小说中的原话）——他的身体被狂热政治控制住了，最后走上自我毁灭的道路。小说中写到一开始，爱情改变了他，"因为有了这个姑娘，灵子才变得整洁，柔和，礼貌"。政治运动却对他的身体进行了逆向的改造，变得十分粗鄙、野蛮、霸道。妻子给予他的爱表现为妻子给他提供了温软的肉体，非但不能感化他，反而激起他的斗志——"她把灵子躲避她而已伸露在被子外的脚拽回，箍压在自己又温又软的胸脯上。她企图暖化的，是灵子一颗懵懂的冰凉的心"，灵子却"时刻铭记着妻子不和他同一派，而对这个'老保'是要'油炸'和'火烧'的"②。对于妻子的温情，他想到的是"油炸"和"火烧"对方，并提醒自己对妻子保持警惕，"掉以轻心，会被她软化，征服，俘虏……"在另一个场合，他对妻子吼叫，并打了妻子，妻子"雪白的皮肤上立刻显出五个红红的手印"。对于妻子的哀求，他回应妻子的是"他那只有力的大手在她胸脯上狠狠地一推。她连闪几个趔趄"。这里展现了两种身体，一种是正常的、承载了人性的温软身体，一种是"中了魔"的、丧失人性的身体。孤掌难鸣，这对小夫妻的爱情在丈夫狂躁和暴力的身体变形中走上不归路。

郑义的《枫》（《文汇报》1979 年 2 月 11 日）用反讽的方式展现另一具"中了魔"的身体的自取灭亡。《枫》的故事结构与《没有被面的被子》有几分相似。卢丹枫和李黔钢本来是"文革"中成长起来的情侣，但后来各自归属不同的派别。派别之间发生了"武斗"，卢丹枫为了"革命"和"革命气节"在恋人兼敌人面前，跳楼身亡。而对方夺权以后，李黔钢被诬陷"丹枫是他用枪逼得跳楼"，被执行死刑。这实在是一个"残酷青春"的典型文本。卢丹枫有"男孩子似的短发""一双稚气未脱的大眼"，是一个真诚而无辜的女孩子，然

---

① 晓宫：《没有被面的被子》，《湘江文艺》1979 年第 1、2 合期，第 102 页。
② 晓宫：《没有被面的被子》，《湘江文艺》1979 年第 1、2 合期，第 103 页。

而这样一个可爱的女中学生却走上了迷途——她对"语录"熟稔,能准确无误地背诵某一页码某一段落的句子,让"牛鬼蛇神"低头叹服;她敢在对方的枪林弹雨中突围,对同伴的死亡表现出真挚的感情;她至死还执迷不悟地劝李黔钢回到"正确的路线"上来,与她一起战斗。迷途的尽头是身体的死亡,她的派别在"武斗"中失败后,她当着李黔钢的面,从楼上跳下竟无一丝害怕和怀疑,而是呼号高昂的口号:"井冈山人是杀不绝的!共产主义是……"作者描述她的死亡,是这样写的:"一片死寂。楼下传来一声沉闷的声响,象是一麻袋粮食摔到地上。"这种描写非常写实,也透出作者的判断——死亡就是死亡,跟"一麻袋粮食摔到地上"一样真实。卢丹枫呼喊的高昂口号并不能给她的死增添一分意义,纯物理的死亡描写印证了狂热灵魂最终归于空虚。

以上几个关于暴力伤害、发疯死亡的典型例子,足以说明"伤痕文学"对身体的利用情况。身体出场不但是现实主义的要求,更是意识形态的召唤。众所周知,现实主义并不只是镜子式地反映现实,而是有偏好地陈述,它也"借助偏见理解世界"①。"伤痕文学现实主义"偏爱的题材和其修辞表达,与 20 世纪 50 年代之前就有的"伤痕控诉"传统有惊人的相似。"中国共产党的伤痕意识早有渊源":毛泽东发表延安讲话之前,"革命文学"早就"控诉暴政,为'被侮辱与被损害'的大众请命";"这种伤痛论述——尤其是对身心创伤的赤裸裸的描写——激发了一连串关于身体政治在意识形态、道德、以及形式方面的论辩。"② 也就是说,"伤痕控诉"作为身体叙事,在 20 世纪中前期就已经应用在文学中。从《林海雪原》到《苦菜花》,从《白毛女》到《红色娘子军》,无论是革命小说还是革命样板戏,血海深仇的身体伤害都是故事的起点。

最典型的是《林海雪原》,这篇小说开篇就是惨绝人寰的血腥杀戮场面:广场上"摆着一口鲜血染红的大铡刀,血块凝结在刀床上,几个人的尸体,一段一段乱杂杂地垛在铡刀旁。有的是腿,有的是腰,有的是胸部,而每个尸体

---

① [美]安敏成:《现实主义的限制——革命时代的中国小说》,姜涛译,江苏人民出版社 2001 年版,第 12 – 13 页。
② [美]王德威:《一九四九:伤痕书写与国家文学》,三联书店(香港)有限公司 2008 年版,第 62 – 63、72 页。

却都没有了头……内中有一个年轻的妇女，只穿一条裤衩，被破开肚子，内脏拖出十几步远……在离三十步远的井台旁，躺着一个婴儿的尸体……显然是被活活摔死的"。① 旁边还有"更触目惊心的惨状"："在饮马井旁的大柳树上，用铁丝穿着耳朵，吊着（干部们的）血淋淋的九颗人头。"② 少剑波的姐姐鞠县长就是死于此次屠杀，她死前与其他干部同志"被匪徒用一条大钢丝，穿通肩上的锁子骨，像穿鱼一样被穿在一起"③。可以说《林海雪原》开篇就描述了一个惨烈的"活地狱"场景，通过身体伤害，既指出土匪反动派的残酷无情，也为少剑波等人消灭反动派铺垫了正当的理由。"文革"后的政治文学使用"伤痕控诉"的方式激情地表达政治主张，使用的依然是同一个逻辑——通过身体感受建立起一套价值认知和判断系统，以此实现政治思想的传达。

在修辞表达上，20 世纪 70 年代末以后的"伤痕文学"与 20 世纪 50 年代之前的"伤痕文学"也具有一致性。王德威认为，20 世纪 50 年代之前的"伤痕文学"具有宣传文学特有的文法特征——"夸张（hyperbole）与累赘（redundancy）"，只有"透过冗长、积累、重复的语言表达"才能将"政治讯息强力灌输给人民"④，但夸张、重复的修辞本身也传达了一种意识形态："这些夸张、重复的修辞也可能代表一种艰难的尝试，因为要写出那'罄竹难书'的伤痛，原本就是一项不可能的任务。换句话说……只有不断的重复与夸张才可能传达他的感受于万一。"⑤ 70 年代末开始的"伤痕文学"也是熔夸张与累赘于一炉，荒诞的死法、夸张的情节、雷同的人物、作者过分激动的介入……这些也正是"伤痕文学"的特征。所以，"伤痕文学"想要达至的最终效果与"革命文学"也高度相似——抒写了作者的政治诉求。

"伤痕文学"所使用的身体叙事策略是谈不上多少创新的，更多的是为改

---

① 曲波：《林海雪原》，人民文学出版社 2013 年版，第 5 - 6 页。
② 曲波：《林海雪原》，人民文学出版社 2013 年版，第 6 页。
③ 曲波：《林海雪原》，人民文学出版社 2013 年版，第 27 页。
④ ［美］王德威：《一九四九：伤痕书写与国家文学》，三联书店（香港）有限公司 2008 年版，第 62 - 66 页。
⑤ ［美］王德威：《一九四九：伤痕书写与国家文学》，三联书店（香港）有限公司 2008 年版，第 62 - 68 页。

革开放早期的"大众政治"提供框架和意义资源。一些主流文学史也注意到这一现象："'伤痕文学'以显明的立场表达了对'文革'的彻底否定及对相关现实问题的揭露和批评,这种真挚而深切的现实情感在广大群众中获得响应,成为改革派否定'凡是派'的威力巨大的武器。"① 只是特定的历史环境("文革"暴力泛滥、改革开放确立的人道主义基调)再度激活了这早已有之的写作模式。身体叙事所蕴含的力量只被截取为奇观化的暴力场景,它过强的"文宣"气和拘于表面现象的视野,影响了"伤痕文学"对历史的深度反思。

(二) 对"革命文学"身体叙事的继承

丁玲的《杜晚香》发表在《人民文学》1979 年第 7 期上,用的是典型的"革命文学"笔法。故事非常简单:"解放"前杜晚香是个蒙昧的农村妇女,小时候被继母虐待,长大后被五十块大洋换走,给别人家做媳妇,勤勤恳恳、任劳任怨,但同时又懵懵懂懂,生活没有目的和希望。有一天"解放"了,"忽然来了解放军、共产党、工作队",杜晚香被一个住在她家的女共产党员吸引,这位可敬的妇女给她思想启蒙,告诉她"党和政府的各项政策"。杜晚香表现出强烈的反应——"好象又回到了妈妈怀里似的"。杜晚香在政治宣传中找到了缺失的母爱,作者在此处完成了"政治伦理化"的处理。从此以后,杜晚香成了一个坚定的信仰者,虽然依旧跟以前一样埋头苦干,但现在不同了,她有了信仰,"不再是一个孤儿"。

杜晚香把对革命的忠贞完全地转化为身体力行,杜晚香的行为有着强烈的"圣徒情结",她对于自己的欲望和身体毫无兴趣,表现出狂热的"献身"精神。她的身体是完全革命化的身体。在"低标准"的年头,又赶上她刚生完孩子,公婆也过来一起生活,生活非常困难。她公公去农场捡了点"机器收割不干净"的粮食,她毫不犹豫地把粮食交回国家,公婆和丈夫全反对她,甚至旁人也"指着她瘦怜的背影笑她傻"(她瘦说明她与家人一样在挨饿),可是她信念坚定,"不顾别人笑骂,好言好语说服家庭,照旧去捡,捡了交到场院"。受

---

① 陈思和主编:《中国当代文学史教程(第二版)》,复旦大学出版社 2012 年版,第 190 页。

杜晚香鼓舞，大家纷纷将捡到的粮食交给国家，"眼睛大了，身子瘦了的杜晚香硬是影响了许多人"①。宁愿自己挨饿（饿得"眼睛大了，身子瘦了"），家人甚至刚出生的孩子挨饿，也要忠于集体——似乎通过对个人身体欲望的忽视，乃至某种自虐，才能烘托出主人公的无私和可敬。这个模式在这篇小说中反复使用多次。比如她用苛责自己的方式帮助别人，对无人管理的"极脏"的公厕，她坚持天天打扫，方便大家。她不因为没有报酬和工作环境恶劣而抱怨，她有无私的革命信仰。再比如杜晚香身体力行地教育觉悟不高的"女知青"，"女知青"要过河背柴，可水太凉了，杜晚香就一个个地背她们过河，最后一个女孩等不及，想自己蹚水过去，"脱了鞋，咬着嘴唇，趟着冰水走了过去，过了沟，却因为脚冻得疼，忍不住，哭起来了"。杜晚香发现后，立即把这个女孩的"双脚放在自己怀里，用棉衣和胸前的温暖焐着，还替她揉着双腿"。其他人围上来看到"杜晚香那双冻得发紫了的双脚"，"不禁惊叫起来"②，几个女知青无不深深感动，痛感自己以前觉悟不够高。

《杜晚香》的逻辑就是通过鄙弃个人身体和私欲，牺牲自己的身体舒适、享受乃至基本健康来烘托主人公忘我的集体精神和坚定的革命信仰。这种逻辑是对"革命文学"的继承。"大公无私"乃至"因公贬私"，是"革命文学"的一个传统，文学人物似乎要通过某种近乎自虐的行为才能换来伟大光荣正确的形象。有研究者认为，《红岩》是"样板戏"的先声，它们之间"最为接近的一个地方，是对'身体'——准确地说，是对'肉身'的排斥"，人物的"成长是从对肉身出发的凡俗生活的抗拒开始的"③。《红岩》中还出现了自虐型革命者形象，"在渣滓洞和白公馆中，受虐成了一种资格，没有受虐经历的人会身怀自卑，刘思扬就是这样，'多时以来他始终感到歉疚，因为他不像其他战友那样，受过毒刑的考验……'直到有一天，他终于如愿以偿地被戴上重镣，他才终于感到一丝'自豪'"④。其实，在其他"革命文学"中又何尝不体现出对

---

① 丁玲：《杜晚香》，《人民文学》1979 年第 7 期，第 55 页。
② 丁玲：《杜晚香》，《人民文学》1979 年第 7 期，第 56 页。
③ 李杨：《50—70 年代中国文学经典再解读》，山东教育出版社 2006 年版，第 192、195 页。
④ 李杨：《50—70 年代中国文学经典再解读》，山东教育出版社 2006 年版，第 203 页。

身体的压制？比如《创业史》中的梁生宝等年轻人"除了他们的理想，他们觉得人类其他的生活简直没有趣味。为了理想，他们忘记吃饭，没有瞌睡，对女性的温存淡漠，失掉吃苦的感觉，和娘老子闹翻，甚至生命本身，也不是那么值得吝惜的了"①。要表现"大公无私"的政治觉悟就会导致对身体价值的故意淡漠，似乎对具有革命精神的文学人物来说，吃饭、睡觉、性欲、身体折磨、亲情，乃至献出生命都算不上什么。杜晚香这个文学人物虽然至 1978 年底才现身，但她毫无疑问地属于革命者形象序列。

有国外研究者认为，《杜晚香》"更多地体现了人民共和国建立头十年的文学传统，却与随之而来的 20 世纪 80 年代的个人和非政治化的文学联系甚微"，"它也许是最后一部反映社会性别、性征和个人的毛泽东式理想的著名小说了"②。确实，这类小说随着时代发展逐步走向式微，但因为改革是渐进式展开的，"革命文学"的传统仍延续到改革开放早期的文学中，《杜晚香》一类的作品仍批量地出没于文学场。"革命文学"的传统（及"革命文学"身体叙事）在改革开放早期延续了相当一段时间。下面再举几个案例说明这一问题。

陆文夫的《献身》（《人民文学》1978 年第 4 期）也塑造了一个类似于杜晚香的人物，只不过主人公卢一民是一个研究土壤的科学家。他是个坚定的共产党员，在"无产阶级需要自己的专家"的上级指示下，他表示要把毕生的精力献给他研究的"土壤"，因为这是"烈士们用鲜血换来的"，"四万万同胞"在这上面栖息。他无私忘我地钻研，完全忽视家庭、孩子和日常生活，他妻子唐琳质问他"为什么要像个苦行者"，"难道研究土壤的人就不要孩子，不要鲜花，不要山光和湖水？"③ 卢一民对此抛出一系列"国家""人民"的话语，他妻子仍"不免时有怨言"。"文革"动乱中，唐琳与他离婚。秩序恢复后，卢一民更用心地投入科研："他深夜用冷水浇头"，"当太阳和月亮换班后，卢一民又精神抖擞地在门外来回，舒展筋骨，伸拳踢腿"。这位没有生活、只有工作的

---

① 柳青:《创业史》，中国青年出版社 2009 年版，第 78 页。
② ［美］冯珠娣:《饕餮之欲——当代中国的食与色》，郭乙瑶、马磊、江素侠译，江苏人民出版社 2009 年版，第 158－159 页。
③ 陆文夫:《献身》，《人民文学》1978 年第 4 期，第 20 页。

忠诚战士，对唐琳表态：粉碎了"四人帮"，"叫你想象不到的大好形势摆在我们的面前！……我恨不得把自己化作十个人，化成一滴水，去滋润那无边的土地……"① 他要更加努力地工作。经历了"文革"考验，唐琳虽然发觉她和卢一民之间"仍存在距离"，但被卢的政治表态所征服：唐琳"心胸开阔起来"，"觉得这么多年来自己所想的种种世俗之事，相比之下只不过是一点芥粒"②。夫妻和解，同时他们的女儿非但没怪罪爸爸不近人情，反而成了爸爸的接班人。她被分配去农科院，与爸爸一起"世世代代，前仆后继！"

从扁平化的、被政治化的身体形象看，陆文夫的这篇小说也更近于 20 世纪 50—70 年代的"革命文学"。在改革开放早期的文学场域中，"革命文学"发明的身体形象还经历了"变形"，以"反左"的面目出现在一些作品中。比如《犯人李铜钟的故事》（1980）里宁愿饿死自己也不动公仓的老杠叔，和为了不让村民饿死而"积劳成疾"、最终昏死过去的李铜钟；再比如《许茂和他的女儿们》（1980）里的党支书金东水，"对于女性的温存，在他头脑里几乎没有什么位置"，"当党和人民都临着困难的时刻，他怎么能要求自己生活得美满呢？"③ 还有《大墙下的红玉兰》（1979）里因为坚守党性和原则而受尽磨难的葛翎，《小镇上的将军》（1979）里因对抗不正之风而病倒，病倒后依然不忘地方建设的老将军，《这是一片神奇的土地》（1982）中为改造北大荒鬼沼而殒命的女指导员李晓燕，等等，他们的身体力行只反映了其头脑里的政治信仰。这与 20 世纪 50—70 年代的文学并无显著差别，尽管这些人物形象多了一些"反左"的新"政治正确"，但是这些人物对身体近乎自虐以求政治进步的革命笔法却保留了下来。这充分说明在改革开放早期的身体叙事中，革命年代形成的话语传统依旧发挥着比较强势的影响力，直到过了几年之后，这种写法才缓慢淡化。

新时期文学有一个明确的目的，就是将"扁平人物"变为"圆形人物"，

---

① 陆文夫：《献身》，《人民文学》1978 年第 4 期，第 37 页。
② 陆文夫：《献身》，《人民文学》1978 年第 4 期，第 38 页。
③ 周克芹：《许茂和他的女儿们》，人民文学出版社 2011 年版，第 155 页。

这本质上是按照现代文学规范改造"革命文学"、使文学"现代化"的行为，因此这个目的成为很多作家所追求的共识。"进入八十年代，一批立体的'圆形人物'便相继出现在当代文学的人物长廊里。"① "圆形人物"是与"扁平人物"对立的概念，最先由英国小说家福斯特（E. Forster）在《小说面面观》中提出。所谓"圆形人物"，就是指文学人物具有多维度的性格构成和复杂的特征，而"扁平人物"是指单维人物，即按照作家赋予的一个简单的意念或概念行动。刘再复用"扁平人物"（而且是"非常畸形的扁平人物"）这个术语指称对"文革文学"人物的政治化、概念化、脸谱化的处理。② "圆形人物"取代"扁平人物"经历了一个不短的过渡期。在这个过渡期，文学中的身体形象朝着"个体化""私人化"的方向发展，在打破"革命笔法"方面发挥了很大作用，给"圆形人物"增添了重要的一个肉体维度（详见下一节关于"欲望型"人物的论述）。

（三）改革时代对欲望的再发现

因为太过直露、伤感和激情的过分抒发等原因，改革开放早期文学很快就抛弃"创伤—控诉模式"，进入一个热衷于描写身体压抑的时期，对描写身体压抑的热衷至少持续到了20世纪80年代末。长期被"革命—苦行主义"和"集体身份"禁锢的个人化身体欲望，在改革意识形态的掩护下也谨慎地发展起来。比如在欲望表达方面，徐明旭的《调动》（1979）、张辛欣的《在同一地平线上》（1981）、路遥的《人生》（1982）、朱晓平的《桑树坪记事》（1985）等作品中，就出现了由较纯粹的生存欲望构成的人物形象，并且描写得非常饱满。欲望型人物形象的大量出现，抑或是作家主动反映新时代的结果，抑或是社会变革引发的"政治无意识"。这样的身体叙事，在人物的政治维度以外找到了更个人化的欲望支撑点，为个体标示出以个人竞争为基础、以地位爬升为目标的社会坐标。这种社会坐标相对于革命年代来说是全新的，是富有挑战

---

① 曹文轩：《中国八十年代文学现象研究》，人民文学出版社2010年版，第137页。
② 参阅刘再复：《性格组合论》，上海文艺出版社1986年版，第480页。

性的。

《桑树坪记事》（《钟山》1985 年第 3 期）有明确的意识，就是重新塑造一种新的人物形象，用一种新叙事取代"革命叙事"。作者朱晓平这样写"我"第一次见到农民李金斗的情形："可以说，金斗是我所接触的第一个地道的农民。可他怎么也和我印象中的农民对不上号。我印象中的那农民形象是从哪里来的？""我印象中的农民形象，是从电影里、画报上和小说中得来的，李金斗和这样的农民，其间没有等号，因为一个是艺术中的农民形象，一个是现实中的农民形象。"① 作者已经形成一个明确的观念，不要写那种文艺宣传品里的农民，因为那不是"现实中的农民形象"。而作者笔下的农民形象什么样呢？那就是满口脏话，文化层次低，跟"叫花子"似的精打细算，受"生存欲望"支配苦苦生活着……李金斗要起小精明，也只是为了一口饭，他狡黠地应对下乡检查工作的干部，也不过是为了粮食少被征走一点。李金斗还是农民的领导者（村干部），曾经"革命文学"赋予此类人物的光环，在他这里已经消失了。李金斗还有些自私狭隘，甚至有些凶狠，他干涉彩芳的自由恋爱，强迫她嫁给自己落下"拐子病""能吃不能做……专打彩芳的下身"的儿子，导致彩芳跳进深不见底的老井。这样"真实的"农民彻底地颠覆了作者自述从"书上"得来的农民形象："勤劳、智慧、质朴、可爱亲切"②。朱晓平笔下的农民，只遵循生存欲望的逻辑行事。这种人物形象与作者对贫瘠闭塞的山区环境和困难艰苦的农村生活的描写极吻合，"真实感"确实大大提高了。

路遥的《人生》（《收获》1982 年第 3 期）塑造了高加林这个欲望型的人物，引发评论界的争论。高加林出生在贫瘠的西北山区，从小被老两口娇生惯养，供他读书。高加林"没有当农民的精神准备"，"他十几年拼命读书"，就是为了一辈子不当"土地的奴隶"，在他眼里当农民不只是苦熬苦累的辛苦，而且是近乎恐怖的艰辛劳动（高加林才劳动一天，他手上被磨出的鲜血就染红了锄头把）。他的终极目标就是摆脱农民的身份，"从里到外都变成一个城里

① 朱晓平：《桑树坪记事》，《钟山》1985 年第 3 期，第 6 页。
② 朱晓平：《桑树坪记事》，《钟山》1985 年第 3 期，第 16 页。

人"。可是，高考失利注定他命途多舛——他先是在乡村学校代课三年，被村干部的子弟顶掉名额，变成农民；后来借着一个失散多年、当军队干部的叔父，他谋得县委大院记者的位子，但不久就被举报，再次成为农民。反反复复之间，彰显的是高加林改变命运的强烈愿望和努力。最后他只能放弃与城市姑娘黄亚萍的爱情，因为黄亚萍不能嫁给一个农民，"她一辈子吃不了那么多苦"。农家姑娘巧珍倒是一直痴恋着高加林，高加林"沦为"农民的寂寞日子里，接受了对他言听计从的巧珍，但一俟他凭借叔父关系进城，就觉得巧珍配不上自己，而选择了城市女孩儿黄亚萍。在城乡之间的反复变动中，高加林始终站在自己欲望的一面——进城、迎合别人、抛弃巧珍，可以说他在进取，也可以说是他追求个人理想，但本质上都是被其欲望支配。当然，他也承受了很多的痛苦，但这痛苦也是因为他的欲望而导致的，用他自己的话，就是"为了虚荣而抛弃了生活的原则，落了今天这个下场"。支配高加林行动的动力是向上爬的欲望，他作为一个"理想主义者"不得不面对的具体现实问题，是他无法超越的现实。

因为这种新的人物形象还不为人所习惯，尽管被评为年度的"优秀中篇小说"，但《人生》发表后遭到很多非议——"目前（指1983年前后）的评论一般都批评了高加林脱离土地的倾向"①。当然也有评论家敏锐地意识到高加林的"新鲜"："高加林虽然不是我们通常界定的'社会主义新人'，但是他是个新出现的、带有诸多新因素的人物"②；高加林的故事"透出某种生活的确定性"："主人公们的动机带着'琐碎的个人欲望'，又表现出一定的'历史潮流'"③。有评论家指出高加林强烈的进取欲望虽嫌太过，但仍旧"符合我们时代改革潮流"，而且现实生活中，这样的青年也"逐渐增多"。④ 有人认为，对于仅从道德层面谴责高加林的"种种欲望"，不够公允，面对新的生活方式以及新生事

① 雷达：《农村青年形象与土地观念》，《文学评论》1983年第3期，第7页。
② 雷达：《农村青年形象与土地观念》，《文学评论》1983年第3期，第7页。
③ 蔡翔：《高加林和刘巧珍——〈人生〉人物谈》，《上海文学》1983年第1期，第87页。
④ 董鸿扬：《略论高加林形象的社会意义》，《学习与探索》1985年第2期，第106页。

物，"首先要从是否符合时代变革潮流的历史的角度考察它"①。可见，20 世纪 80 年代初的读者对于高加林这样的由欲望主宰的文学人物，还是不太能够接受的，但是人们也敏锐地意识到高加林的人物形象是"符合历史潮流（改革潮流）"的。比《人生》还要早的《在同一地平线上》也遭到同样的指责。

张辛欣的《在同一地平线上》（《收获》1981 年第 6 期）把"生存竞争"与个人欲望夸张到非常极端的程度。一对本可以感情很好的年轻夫妇，为了各自的前途和发展，不惜离婚。男的是个画家，为了成名、出画册，走后门、拉关系、打击同行，甚至打算走娶总编辑女儿这条捷径，他称："我花在琢磨怎样对付人，对付各种事的劲，比在艺术上艰苦的摸索还要多得多。"男画家汲汲于名利和虚荣，不但在艺术以外钻营苦斗，在艺术领域也非常拼命——为了画好老虎，他请"工作人员把他关在隔壁的笼子里……有一次，扑过来的虎，伸爪打落了他手中的速写本……"，这么做只是为追求成功。男的如此看重"前途"，女的也不想为家庭婚姻作牺牲，她为考电影学院，流掉自己的孩子；为报考时更有竞争力，隐瞒"婚否"……小说在烘托"竞争的惨烈"方面着墨颇多，人物在竞争激烈的环境中，不得不把自身欲望当作竞争的动力。最后在讨论男人笔下的孟加拉虎时，女主人公突然觉得她和他有"相象的地方"，他们相像的地方就是都面临严酷的生存竞争并且都削尖脑袋往上爬。他们钟爱的孟加拉虎可以说正是对他们自身的隐喻："为了应付对手，孟加拉虎不能不变得更加机警、更灵活、更勇敢和更残忍。"②

这篇小说塑造了过激的欲望型人物，最后还表达了对"生存竞争""个人进取"的肯定和理解。这篇小说中的行为、动机与情节推动，几乎都是由人物的欲望促成。小说的视角也非常内在，选取"人物视角"更便于加强对主观个人体验的传达，让小说更具"切身感"。这篇小说遭到很多指责：小说的偏激表现在"夸大了他与她的奋斗的艰苦与紧张的程度、和他们之间矛盾的不可调

---

① 刘蓓蓓：《高潮之后——话说 1983 年中篇小说》，《当代作家评论》1984 年第 3 期，第 55 – 56 页。
② 张辛欣：《在同一地平线上》，《收获》1981 年第 6 期，第 228 页。

和性"①，还有评论者火气十足地指出："作品混淆了人类社会竞争同生物界生存竞争的区别，把人类社会的竞争等同于孟加拉虎式的生存竞争，认为人的本性是自私的，有你无我，有我无你，彼此不能相容，一个人要想生存，就必须无情地击败对手。"② 改革开放引入了竞争机制，全面激活了人们蠢蠢欲动的欲望，这篇小说透露出作者初瞥竞争社会和欲望个人时，流露出的惊羡、恐惧又心向往之的复杂情绪。

大概由于受到多年的"左"的文化教育渲染，当时有不少文学作品表达了对竞争社会和欲望个体的恐惧心情，比如王润滋的《鲁班的子孙》（《文汇月刊》1983 年第 8 期）和张笑天的《公开的"内参"》（《当代》1982 年第 1 期）。然而，"社会存在决定社会意识"，新的社会组织形式及新的生活方式带给文坛的震荡就是欲望型人物越来越多，由纯粹的生存欲望构成的人物写得越来越好。欲望化个体的出现或有意或无意地动摇了"革命文学"中的人物形象，让人物回归肉身化个体（人的自然属性），甚至人的动物性越来越压倒人的"神性"。沿着这条道路走下去，到 20 世纪 80 年代中后期，文学中"个人主义的极度扩张，物欲横流，人的生命被赤裸裸地表现为物质与肉体的占有欲享乐，本能化和粗俗化的凸显，发出某种'恶''浊'之气"③。这种文学状况在 20 世纪 70 年代末 80 年代初就有了苗头。

此外，欲望型人物的出现，也反映了改革开放早期文学场域的要求。当时的文学界急切地想突破过于政治化的"扁平人物"，创造出复杂的、多维度的人物和人物性格（"圆形人物"）。刘再复的"性格组合论"反映和总结了当时文学界要求创造多维度的文学新典型的呼声。他认为将"形而上"与"形而下"组合起来，才能克服人物形象"成为政治容器"的简单肤浅，才能触摸到复杂多面的"人性的深度"，而探索"人性的深度"必须"写出人性深处形而上和形而下双重欲求的拼搏和由此引起的'人情'的波澜和各种心理图景"，

---

① 李子云：《她提出了什么问题》，《读书》1982 年第 8 期，第 47 页。
② 陈自仁：《略论当代青年题材创作中的错误倾向》，《西北师院学报》1984 年第 1 期，第 32 页。
③ 朱寨、张炯主编：《当代文学新潮》，人民文学出版社 1997 年，366 页。

"写出人性世界中非意识层次的情感内容"①。就是说，写形而下的欲求和关注人物的"非意识层次"，可以让只有政治观念和形而上追求的"扁平人物"变得复杂而有深度；增强对形而下的身体和欲望的认识和关注，可以让当时文学界摆脱"革命文学"写作成规的束缚。实际情况也是如此，欲望型人物的出现，既动摇了"革命美学"，反映了时代新的召唤，也给文学观念的更新提供了可依赖的路径。

就此来看，"圆形人物"和欲望型文学人物作为文学内容其实还发挥了形式方面的作用，即启示了文学作品怎样建构、设置人物的性格系统。由此观之，改革开放初期文学中的身体话语确确实实充当了文学实现自身"现代化"、融入国际通行的文学写作规范的中介。从文学的内容到形式本身，至少通过身体话语的书写，文学得到了某种技巧方面的启示。当然，就文学的社会影响而言，身体话语则是在回应改革开放引发的社会巨变，探求出一种新的关于人的行为伦理坐标。

第三节　被知识分子话语形塑的"身体－主体"

（一）张贤亮的"身体政治"小说

1949 年之后，中国知识分子经历了一系列自我检讨和自我改造运动。之所以要对知识分子进行"改造"，周恩来在受中央委托作的《关于知识分子的改造问题》报告中指出了原因："我国的知识分子，大部分是从地主阶级或资产阶级家庭出身的"，由于阶级出身潜移默化的影响，他们不太容易自觉地"站在工人阶级的立场上来"②。知识分子自我改造的方法就是"知识分子到工厂去，到农村去，就是要学习工人阶级、劳动人民的思想和立场"。③ 知识分子因

---

① 刘再复：《性格组合论》，上海文艺出版社 1986 年版，第 409 页。
② 周恩来：《关于知识分子的改造问题》，见《周恩来选集（下卷）》，人民出版社 1984 年版，第 62 页。
③ 周恩来：《关于知识分子的改造问题》，见《周恩来选集（下卷）》，人民出版社 1984 年版，第 67 页。

出身和成长环境，导致他们无法掌握先进的政治观念，需要以劳动人民为榜样进行"改造"。在知识分子自我改造运动中，很多知识分子都站出来检讨自己的历史问题。① 这场运动形成一个成熟的运作模式，在后来的"反右"和"文革"时期，"好好改造"仍是很多知识分子的唯一选择。"改造"就是要改掉作为知识分子的种种习性，向劳动人民和无产阶级看齐。知识分子被要求进行一场从身体到灵魂的"全面改造"，这个痛苦的历程给知识分子形成强烈印象。

被批为"右派"的作家是知识分子政治改造运动中首当其冲的一群人。"身份骤变"问题成为很多这些作家的心结，张贤亮便是其中之一。张贤亮的代表性作品不少是以知识分子改造运动为背景并且具有一定的自传色彩（小说人物的遭遇和作者的经历有明显的相似处）。作者对小说主人公具有高度的认同感，实际上作者是在以小说的形式来表达他个人对这段历史所持有的态度。

张贤亮早期的作品能从众多"伤痕文学"中脱颖而出，与他独辟蹊径地以思想改造和身体政治（身体叙事）为小说主题引来众多读者和批评家侧目不无关系。身体因其直观、感性，或许比精神更容易引人关注，而在张贤亮的小说中，身体充当了政治权力与个体精神之间的某种媒介。张贤亮试图从身体这一身份认同的基本维度来想象性地再现知识分子改造运动带给"右派作家"的种种影响。

张贤亮的代表作《灵与肉》（1980）、《绿化树》（1984）和《男人的一半是女人》（1985），都是围绕知识分子改造过程中所经受的心理与肉体的突变展开的。这三部作品勾勒出改革开放早期张贤亮（及一部分知识分子）对政治与身体关系的大致看法——在《灵与肉》中身体服从政治改造，而到了《绿化树》中身体被迫进行改造，最后到了《男人的一半是女人》中身体抗拒政治改造。然而，"身体政治"的急剧变化掩盖不了一个不变的内核，即身体被精神严格支配。尽管这三部作品的观点从保守变为激进，但对于身体从属于精神这

---

① 1949 年后，朱光潜、冯友兰、曹禺等纷纷在官方媒体发表"检讨文章"，如朱光潜的《自我检讨》（《人民日报》1949 年 11 月 27 日），冯友兰的《〈新理学〉的自我检讨》（《光明日报》1950 年 10 月 8 日）、曹禺的《我对今后创作的初步认识》（《文艺报》1950 年第 3 卷第 1 期）等。

点是始终不变的。

张贤亮这三部小说某种程度上关注了"身体政治"的问题，对于身体受到政治权力的规训表现出极大的关注，但其目的并不是展示某种"身体政治"观念，而是由此呈现出知识分子的"精神独立性"问题（目的是以文学议政的方式，重新安排知识分子在思想与政治方面的地位和社会功能）。这三部小说所表达的文学政治议题，是由对政治统摄之下的"灵与肉"关系的探讨而释放出来的。①

《灵与肉》（《朔方》1980 年第 9 期）讲的是接受"改造"的"右派"知识分子许灵均重新面对现代城市生活时，对劳动者身份的坚定认同。这篇小说解决戏剧冲突的随意和怪诞，显示出它为知识分子改造运动作历史辩护的味道。小说意在抒发对"灵与肉"被政治改造的同情和理解，并且认为"知识分子改造"是成功的、有价值的，尽管也展示了个体"改造"本身必须经历一些必要的艰难和痛苦。

一开始，许灵均对于自己的出身和"右派"身份怀有强烈自卑情绪，别人问他什么叫"右派"，"他羞愧地低下头，讷讷地说：'右派……右派就是犯了错误的人'"②；想不到，山高皇帝远的劳动群众并没有因此歧视、排斥他，而仍将他当成一个普通人，他由是感激。他对妻子秀芝的感情，也部分是因为她"从来没把他看得和别人有什么不同"，即妻子没在政治身份上看不上他。可见，许灵均与政治之间的紧张关系被底层劳动人民给缓解了。而吊诡的是，以劳动人民为样板正是政治对知识分子的要求，实际上许灵均主动认同劳动者只是"内化"了政治权力的要求。小说的戏剧冲突凭空得到一个强硬又缺乏情节动因的突变式转折，导致小说的逻辑变得很奇怪——主人公原不接受"改造"，却似乎突然一下子想通了，表现出对"改造"的主动顺从和同情理解，也就是说政治规训的突然成功在小说中是很突兀的。小说给出的原因是，在改造过程

---

① 张贤亮的这三部小说实际上囊括了政治、精神、身体三个对象，但这三者并没有形成互动的三边关系，而是政治支配精神、精神又支配身体的链条式关系，甚至有些时候作者预设了政治和精神是一体化的，合并为人的"思想"问题，所以用"灵与肉"概括这三篇小说主题是合适的。

② 张贤亮：《灵与肉》，《朔方》1980 年第 9 期。

中，通过对劳动人民产生的情感归属，许灵均和政治权力之间的紧张关系"和解"了。

《灵与肉》的故事是倒叙的。故事从许灵均遭遇身份认同的考验开始——他"右派"身份被"平反"后，到北京见到分别多年、如今已是美国大亨的父亲，这个成功的"资产阶级"父亲的出现代表着他曾经熟悉的生活方式再次向他敞开大门。然而，他的"改造"已经相当成功，他儿时习惯的资产阶级生活方式如今只能让他感到"不适"和"痉挛式的反感"："当他看到在柔和的乳白色的灯光中，像男人一样的女人和像女人一样的男人在他身边像月光中的幽灵似的游荡的时候，却感到不安起来，就像一个观众突然被拉到舞台上去当演员一样，他无法进入要他扮演的角色。刚才在餐厅里，他看见有的菜只动了几筷子就端了回去，竟从肠胃里发出一阵痉挛似的反感。"[①] 他对父亲从美国带来的一切"完全不适应、不习惯"。"资产阶级"的生活在他眼中呈现为一种丑态："像男人一样的女人和像女人一样的男人""幽灵似的"，显然是许灵均所产生的负面印象。

许灵均由衷地赞叹劳动人民，而对自己"资产阶级"出身的父亲表现较明显的轻蔑。他通过自己的躯体印证了自己已经被"改造"成为劳动人民中的一员："看着自己裸露的强健的肌体的时候，他突然获得了一个极其新奇的印象。……他这个钟鸣鼎食之家的长房长孙，曾经裹在锦缎的褓褓中，在灯红酒绿之间被京沪一带工商界大亨和他们的太太啧啧称赞的人，已经变成了一个名副其实的劳动者了。"[②] 他只有看到自己的躯体变化才能获得对抗"父亲诱惑"的力量："最后，他的目光落在自己的躯体上。他看到肌肉突起的胳膊，看到静脉曲张的小腿肚，看到趾头分得很开的双脚，看到手掌、脚跟上发黄的茧子，他想起了父亲对他的谈话。"[③] 似乎这种身体确证让他获得了挑战父亲给他的"资产阶级血统"的自信。

---

① 张贤亮:《灵与肉》,《朔方》1980 年第 9 期。
② 张贤亮:《灵与肉》,《朔方》1980 年第 9 期。
③ 张贤亮:《灵与肉》,《朔方》1980 年第 9 期。

身体向劳动人民的转化，说明他经过"炼狱"已修炼成劳动人民，他"罪恶"的"血统"已经被从里到外地修正过来（主人公在他被打成"右派资产阶级"一分子时，曾经感慨"好像肉体上的血缘关系必然决定阶级的传宗接代"①）。而许灵均自己也认为通过改造，他获得了新的身份，一个与"肉体上的血缘关系"不同的新身份："在长期的体力劳动中，在人和自然不断地进行物质变换当中，他逐渐获得了一种固定的生活习惯。习惯顽强地按照自己的模式来塑造他。久而久之，过去的一切就隐退成了一场模糊的梦。"② 也就是说，通过劳动改造，他已经具有新的习惯，这新习惯是"劳动人民和大自然"教给他的，他过去所习惯的"资产阶级"生活已经变成"一场模糊的梦"，离他远去。所以，尽管许灵均一开始就处在身份认同的危机当中，但是实际上危险并不存在，因为他已经是一个改造好了的、经得起"考验"的人了。他在和劳动者（包括他的劳动者妻子）一起生活中认识到："劳动是高贵的；只有劳动的报酬才能使人得到愉快的享受。"

想到这种从身体到灵魂的变化，许灵均终于从对权力的"怨愤"中解放出来，与政治性的改造运动达成正式的和解："他这二十多年来，在人生体验中获得的最宝贵的东西，正就是劳动者的情感。想到这里，他眼睛濡湿了。他是被自己感动了：他没有白白走过那么艰苦的道路。"③ 艰辛的"改造"对他具有了重要意义。经过灵与肉的全方位改造，他"没有白白走过那么艰苦的道路"，最终领悟"改造"的意义和伟大。

在《灵与肉》中，张贤亮塑造了一个改造好的知识分子，尽管他在改革开放早期出场显得有些反讽（或许与改革开放早期"存量的"革命政治话语有时还能占据主导地位有关）。从肉体到灵魂，许灵均都归属了劳动人民，最终从出身不好的"资产阶级"知识分子变成"一个名副其实的劳动者"。抛开政治"和解"，单从身心关系看，我们注意到，在这篇小说中身体是被政治化的，它

---

① 张贤亮：《灵与肉》，《朔方》1980 年第 9 期。
② 张贤亮：《灵与肉》，《朔方》1980 年第 9 期。
③ 张贤亮：《灵与肉》，《朔方》1980 年第 9 期。

被用来印证某种政治思想已经主宰了主人公的灵魂。许灵均的身体所具有的劳动者特征给他提供了拒绝"资产阶级"父亲诱惑的动力。他也是从自己的肉体变化中发现自己已经完成对"资产阶级血统"的赎罪，获得了属于劳动者的"最宝贵的东西"。因此，身体从属于精神，精神又从属于政治，这是1980年的《灵与肉》透露出的知识分子对身体政治的看法。

《绿化树》（《十月》1984年第2期）延续了"知识分子改造"的文学主题，只是在这篇小说中，身心改造的合理性已经没了踪影，它表达出纵然肉体可被改造但知识分子的独立不屈的灵魂是无法改造的见解。

一开始章永璘遭受着严重的饥饿和劳动摧残，如同野兽一样生存着，"一切为了活，为了活着而活着"，只有阅读《资本论》的时候才能使他"和饥饿的野兽区别开"。"经过四年严酷的强制性集体劳动和濒于死亡的饥饿，种种不切实际的雄心壮志和布尔乔亚式的罗曼蒂克的幻想，全抛到了东洋大海。"① 这时候，章永璘被逼迫着放弃幻想知识分子式的生活，但是在不那么饥饿的时候，"心里就会有一种比饥饿还要深刻的痛苦"②，那是他不屈的知识分子灵魂造成的痛苦。在女主人公马缨花的帮助下（她通过"性"跟干部们换取食物），章永璘身体恢复了人形。身体的好转让他有了性欲，他要与情敌海喜喜竞争，在海喜喜这个劳动者面前，作为知识分子的章永璘是"那么怯懦，那么孱弱，那么萎靡，像个干瘪的臭虫"，但他没有退缩，他要学习让海喜喜显得"有光彩"的优点："这就是他的粗野，彪悍和对劳动的无畏"，章永璘下决心自己也要像海喜喜那样，做个"真正的'自食其力的劳动者'"③。随着食物逐渐变得充足，章永璘分明地觉着"身体里洋溢着充沛的精力，有一种二十多年从未体验过的清新感"④，"原来很松弛的皮肤下，已明显地鼓起一缕缕肌肉"⑤。在身体向劳动者转化的过程中，章永璘觉得自己要和知识分子身份说再见了，"要和诗神永

---

① 张贤亮：《绿化树》，《十月》1984年第2期。
② 张贤亮：《绿化树》，《十月》1984年第2期。
③ 张贤亮：《绿化树》，《十月》1984年第2期。
④ 张贤亮：《绿化树》，《十月》1984年第2期。
⑤ 张贤亮：《绿化树》，《十月》1984年第2期。

远地告别了"，"这里是不需要文化的"，他加速向劳动者的身份靠拢："生理上的发现，使我产生了一种感伤的感激，激起我更迅猛地、更彻底地向我认识到的'筋肉劳动者'的方向跑去。"① 马缨花和海喜喜一起"把荒原人那种粗犷不羁不知不觉地注入"章永璘的身心当中，章永璘也为自己终于成为劳动人民的"咱们的人"而兴奋。

但是随着章永璘阅读《资本论》和理性思考，他在"超越自己"，不由自主地向知识分子身份回归。这时候他发现他生存的地方不再是劳动者欢乐的海洋，而是"荒蛮的沙漠边缘"，而马缨花这个女人也"终究是一个未脱粗俗的女人"。他又恢复了作为知识分子的记忆。"超越自己"后，对马缨花的感情"也开始变化了"："我在精神境界上要比他（她）们优越，属于一个较高的层次。"② "超越自己"后的章永璘有了身份优越感，他"不能再继续作为一个被怜悯者、被施恩者的角色来生活"③，于是拒绝再在马缨花的庇护下生活，主动去另一个管制更严格的农场。尽管在此之前，他还在为自己有"资产者的血统"而自卑，幻想和马缨花结婚，"让体力劳动者的血统输在我的下一代身上"④，但是他终究选择了做一个"超越自己"、比劳动者"高一个层次"的知识分子。最后他再次以知识分子身份出场，这时他已经被平反并正式地做回了知识分子，由"省文化厅的负责人"陪着，坐着"丰田"小轿车衣锦归来（当时丰田轿车算是某种社会地位乃至特权的象征）。尽管主人公身体生存能力不如劳动人民，但对于知识分子的身份他却是自豪的。由此观之，《绿化树》显然认为，对于知识分子，肉体被改造成为"筋肉劳动者"不难，在特定环境生活就可以实现，难的是对灵魂（内在的知识分子精神）的改造。张贤亮在《绿化树》中一直表明，对于被改造的知识分子而言，精神的痛苦比肉体的痛苦更强烈。

把《绿化树》与《灵与肉》相比，会发现一个明显差异。《灵与肉》中许

---

① 张贤亮：《绿化树》，《十月》1984 年第 2 期。
② 张贤亮：《绿化树》，《十月》1984 年第 2 期。
③ 张贤亮：《绿化树》，《十月》1984 年第 2 期。
④ 张贤亮：《绿化树》，《十月》1984 年第 2 期。

灵均对劳动者是灵与肉的全面认同，而在《绿化树》中，"肉"的改造掩盖不了"灵"的超越——《绿化树》中的知识分子的优越感异常明显，他始终是用知识分子的视角审视一切的，他使用了"以雅比俗"的手法来突出自己作为知识分子的高层次优越感——比如章永璘在很多场合经常联想起高雅的外国歌剧、交响乐、诗剧，经常有"心头响起勃拉姆斯为法柏夫人作的那支《摇篮曲》""心里记得《叶普根尼·奥涅金》中的几句诗"之类的幻觉；这意味着，任何改造都没能使他丧失知识分子的精神气质。因此，这篇小说试图表明的是，"改造"可以触及知识分子的肉体，但是难改知识分子的精神。

因此，在身体政治的层次上，尽管主人公的身体为历史环境所迫打上了"政治改造"的烙印，但他的知识分子精神一直在进行坚韧不屈的反抗和挣扎，捍卫着知识分子的身份优越感。《绿化树》虽然写到了身体的饥饿与变形，但其指向是以突出精神性的独立与超越来实现对受难中的知识分子的人格救赎。

到了《男人的一半是女人》（《收获》1985年第5期）的时候，张贤亮全面否定了对灵与肉进行"政治改造"的必要性。他正式提出了"逆向改造"（让原来的改造失效）的要求。主人公章永璘全面放弃了"知识分子改造"的成果，认为改造就像骗马一样，让他丧失了创造力。长时间的劳动改造以及生活在性压抑的环境中，让章永璘丧失了性能力，"憋来憋去，时间长了，这种能力就失去了"。章永璘把性能力与知识分子的"创造力"关联起来，认为只有具备性能力，才不算是"废人"，才具备创造力。而他的情况是"我的生理机能直至我的神经末梢，都使我再不能享受正常人的生活，并且失去了正常人的创造力"。[①] 在这篇小说第三部分中，章永璘与一匹因吃了很多"大字报"学会说话的大青马对话，他通过被骗过的大青马之口坦承"改造"对于他这类知识分子实际上是一次"阉割"——"如果不骗我们，我们有自己的自由意志，我们经常表现得比你们还聪明，你们还怎么能够驾驭我们？""我甚至怀疑你们整个的知识界都被阉掉了，至少是被发达的语言败坏了，如果你们当中有百分之

---

① 张贤亮：《男人的一半是女人》，《收获》1985年第5期。

十的人是真正的须眉男子，你们国家也不会搞成这般模样。"①

　　借助女主人公黄香久，章永璘复原了自己的性欲，他第一次在芦苇荡看见赤身裸体的黄香久时，承认那"线条优美的赤裸裸的肉体""激起我男性的情欲和激情"，自己虽是被改造的知识分子，但"毕竟是个男人，在扼杀个性的一般性中至少还保持有性别的特征"。尽管是个误会（黄后来说那是她想诱惑他犯罪来给自己立功减刑），但女人的出现毕竟激活了他的性欲，有了性欲之后才有他与大青马达成的精彩的"反阉割宣言"。恢复性欲没让章永璘成为一个完整的人，因为他有性欲而无性能力，像"太监"似的"蔫不叽叽的"。他将自己比喻为大青马，它未被骗之前，"只要有一声母马的嘶鸣，一丝母马的气味，都会使我神魂颠倒……我的器官从来没有发生过故障，它总是准确无误地给我带来销魂蚀魄的幸福"②。终于，在一次救灾中，章永璘表现出众，获得了精神和政治上的自信，性能力也随之神奇地回到他身上。这时候他"从'半个人'变成一个完整的人，不再是'废人'以后，一股火同时也在我胸中熊熊地燃烧起来"③。章永璘这时借用诗句表达自己的情绪，并且他还表达了自己的政治志向："我要到人多的地方去！我要听到人民的声音，我要把我想的告诉别人。"④ 然而，已经有意要做"反革命"的章永璘在领导面前还情不自禁地卑微："我的话里面虽然有骨头，但坐的姿势不知在什么时候又变成了弓腰曲背的了。卑微感已经渗进了我的血液，成了我的第二天性。"⑤ 曹学义是章永璘的领导，也是他的情敌。曹一直觊觎黄香久，并且给章永璘戴了"绿帽子"，这意味着恢复了性能力的章永璘的性欲还处在政治的压制之下。管制章永璘正是曹学义的职责所在，章、曹两人在政治上是统治与被统治的关系，在"性"方面他们也保持着紧张的被战胜者与战胜者的关系。章永璘到最后还是不敢正面反抗象征着政治秩序的曹学义，他距离成为"真正的男子汉"还需要一个过程，

① 张贤亮：《男人的一半是女人》，《收获》1985 年第 5 期。
② 张贤亮：《男人的一半是女人》，《收获》1985 年第 5 期。
③ 张贤亮：《男人的一半是女人》，《收获》1985 年第 5 期。
④ 张贤亮：《男人的一半是女人》，《收获》1985 年第 5 期。
⑤ 张贤亮：《男人的一半是女人》，《收获》1985 年第 5 期。

他宣示要把自己"逆向地'改造'过来"①。

这篇小说以"性"隐喻政治，而"性"的丧失和恢复都与章永璘的政治情绪息息相关。小说中同样是政治支配着精神，精神又统治着肉体。其政治观念已经完全颠覆了《灵与肉》的保守作风，也以更激进更明确的反抗意识突破了《绿化树》的折中态度。"知识分子改造"不但没改变主人公的灵与肉，反而激起他明确的对抗意识——恢复了性欲和政治能力的主人公要向"权力者……挑战"。

《男人的一半是女人》将"知识分子改造"与阉割隐喻等同起来，诉说"改造"对知识分子的肉体和精神的矮化，经过重新建立精神以及政治上的自信，知识分子便可以重新做回"完整的人"，实现"逆向改造"。"性"的恢复隐喻了知识分子政治热情的复原，而对黄香久的"性争夺"则暗示了知识分子与权力之间的紧张关系。如果说《灵与肉》表达了知识分子对政治改造的灵与肉的全面归顺，《绿化树》表达了"肉"的皈依不代表"灵"的归顺，那么《男人的一半是女人》表达的则是灵与肉对规训的全方位反抗。

亲历了知识分子改造运动的张贤亮对于身体承载"社会（政治）价值观"有极其明确的意识。《灵与肉》、《绿化树》和《男人的一半是女人》这三部作品中的身体始终处于与精神、政治观念的紧张关系中。这三部小说历时性地勾勒出新时期之初张贤亮对政治与身体关系的大致看法——在《灵与肉》（1980）中身体服从政治改造，而到了《绿化树》（1984）中身体被迫进行改造，最后到了《男人的一半是女人》（1985）中的身体抗拒政治改造。然而，这快速变化、与时俱进的身体政治观念背后其实暗含了一个不变的内核，即身体被精神严格支配，精神又被政治主宰。尽管这三部作品的观点从保守变为激进，但小说中的"身体—精神—政治"的链条式从属关系从未改变过。

这三部小说表达出从保守演化至激进的文学政治议题——《灵与肉》反映了"右派"知识分子和政治"和解"的用心，《绿化树》反映了知识分子主体意识的增强，《男人的一半是女人》则反映了知识分子政治情绪开始走向激进。

---

① 张贤亮：《男人的一半是女人》，《收获》1985年第5期。

这并不是说张贤亮没有坚定的立场，而是因为这三部小说分别对应着20世纪80年代前期知识分子对自我身份定位从保守走向激进的不同时间点。尽管三篇小说中的政治观念一直在变，从保守走向激进，但"身体—精神—政治"的从属式链条是极其稳定的，所以说张贤亮是有自己的立场的。在这三部以"灵与肉"为主题的作品中，身体只是表达精神的工具，身体不会直接反抗政治。这与"以身体为准绳"和"身体反抗逻各斯"的审美现代性理论存在显著差异。在《灵与肉》中，许灵均在劳动人民中找到归属感，其身体习性也逐渐变成劳动人民样式的，这表达了精神或政治建构身体形象的观念。《绿化树》则是章永璘为食物和性而改变了身体形象，但他的精神依然是"超越的"，这是精神对身体的超越。《男人的一半是女人》则更极端，政治的力量可以将"废人"变成"完整的人"，政治简直是身体的魔术师，可以随意地支配身体形态。

综观这些文本，张贤亮的知识分子改造小说固然表达出改造身体的艰辛，但其笔下的身体仅仅是精神的外化，是政治力量的隐喻式印证。这种书写方式本身就是对身体的另一种政治规划，与政权发起的"改造"运动乃是同一逻辑。知识分子改造运动让张贤亮意识到身体和精神被强行改变的痛苦，但他的反思体现出的依旧是对身体的政治性支配，只是随着他政治观点的变化，身体被支配的方式表现不同而已。

（二）浪漫主义文学的"新禁欲"身体

作家属于人文知识分子，他们的话语特征既被他们作为人文知识分子的职业所决定，也受到其个人经历的影响。在重建现代性的阶段，改革开放早期的中国知识分子就像鲍曼所说的神学世界观解体后的知识分子一样，"他们必须依据理性概念、运用立法和教育来塑造现实"[①]。在没有神的年代，他们将人的价值凸显了出来，呼求"大写的人"，张扬人的生命力和生命意识。这种浪漫化的思潮一开始可能是内含于"新启蒙"之中的，但是它不断高涨、不断激进，

①　转引自陶东风：《知识分子与社会转型·导言》，见陶东风主编：《知识分子与社会转型》，河南大学出版社2003年，第7页。

以至于走向"新启蒙"的对立面——主要表现为对"现代性"的批判和怀疑。汪晖曾敏锐地指出,新启蒙的核心话语"主体性"概念中已经"包含了对现代过程及其意识形态的某种程度的疑虑"①。

借着"大写的人"升腾起来的浪漫话语带来了对现代性的反思和批判——"在文化上,'新启蒙主义'的激进方面(激进在这里指的是文化上的对传统的态度)开始意识到作为社会目标的'现代化'有可能导致(也可能已经导致)价值的危机"②。人文知识分子的浪漫主义情结表现在他们中的一些人既难于接受喧嚣的世俗主义,也始终对市场社会保持警惕和反感③。他们追求的目标是"超越""崇高"等抽象的价值理念。刘小枫引用浪漫主义思想史家马丁·亨克尔的话指出,浪漫主义的突出特征是对"现代性"的批判:"浪漫派那一代人实在无法忍受不断加剧的整个世界对神的亵渎,无法忍受越来越多的机械式的说明,无法忍受生活的诗的丧失。……所以,我们可以把浪漫主义概括为'现代性(modernity)的第一次自我批判'。"④ 二十多年后,甘阳回顾 20 世纪 80 年代,认为当时他和刘小枫等人的思想并不是宣扬"全盘西化""现代化",而是相反,主要是在批判西方现代性的东西,可以称作"对现代性的诗意批判"。⑤ 张旭东认为,1980 年对于"谢林、尼采到海德格尔的'诗化传统'"这种"非常个人性的阐释",或许是出于"抗议消费主义的蔓延和工具理性的统治"的目的。⑥ "诗化哲学"明显地反映出知识分子群体对于"现代性"的不满。

---

① 汪晖:《去政治化的政治:短 20 世纪的终结与 90 年代》,生活·读书·新知三联书店 2008 年版,第 74 页。
② 汪晖:《去政治化的政治:短 20 世纪的终结与 90 年代》,生活·读书·新知三联书店 2008 年版,第 75 页。
③ 关于"知识分子为什么反对市场",诺齐克认为是学校教育导致的,知识分子是最聪明的学生,他们习惯于学校教育式的评价机制,但是"市场社会给他们的却是别一样的体验"。人文知识分子不喜欢市场是较普遍的情况,当然也还有其他成因。具体可参阅:[英] F. A. 哈耶克,[美] 罗伯特·诺齐克等:《知识分子为什么反对市场》,秋风编,吉林人民出版社 2003 年版,第 54－62 页。
④ 刘小枫:《诗化哲学——德国浪漫美学传统》,山东文艺出版社 1986 年版,第 6 页。
⑤ 查建英:《八十年代:访谈录》,生活·读书·新知三联书店 2006 年版,第 198－199 页。
⑥ [美] 张旭东:《改革时代的中国现代主义——作为精神史的 80 年代》,崔问津等译,北京大学出版社 2014 年版,第 84 页。

这种"对现代性的诗意批判"给改革开放早期的思想文化平添了很多浪漫主义情绪，再加之社会主义教育中的理想主义情结和 20 世纪 80 年代初已经出现的"历史理性获得某种进步与人文关怀严重失落的悖反困境"①，又让当时的知识分子对"人文理想"充满渴望和幻想，因此导致了浪漫主义文学的回潮。曹文轩认为，20 世纪 80 年代浪漫主义文学"重新获得青睐"有两个原因：一个是作为文学主体的作家的艺术个性得到尊重和发挥，另一个"重要原因在于美学意识的强化"——现实主义的"认识价值"不再能满足需求，"审美价值"便得到更多的注意。② 借助于浪漫美学的话语，浪漫主义在一部分知识分子作家那里得到呼应，他们的美学取向自然要影响到文学中的身体叙事。

浪漫主义作品塑造了一种可称为"新禁欲主义"的身体形象，之所以称为"新"，是因为"新禁欲主义"中的身体同"革命文学"中近乎自虐的禁欲身体不同。"新禁欲主义"中的身体没有被一套具体的政治准则统辖，而是通过一套审美价值标准对人的"生命力"进行定义和规划，主要是将"生命力"驱赶到世俗价值以外的超越性层面中去。这种体现浪漫化审美价值的身体形象带着一种宗教般的情怀——视身体及欲望为庸俗，以身体服从精神，肉体从属灵魂为准则。

浪漫主义作家提出"新禁欲主义"，与这些作家对自身作为知识分子（中产阶级）进行身份认同有关。布尔迪厄在社会学名著《区分：判断力的社会批判》一书中早有发现，中产阶级和底层民众在生活风格上的差别是：禁欲/享乐；克制/放纵；形式/功能："资产阶级以注重按照形式吃饭与民众阶级的'大吃大喝'对立。"③ 在中产阶级内部也因文化资本和经济资本的不同占有度

---

① "历史进步（历史理性）与人文关怀之间存在悖论"这一说法出自童庆炳先生的《在人文与历史之间徘徊》。此书提示我们，20 世纪 90 年代初"人文精神大讨论"就是想给这个悖论提供"人文关怀"的单一选项，而实际上两者的冲突在 80 年代初就已经显现，王润滋的《鲁班的子孙》（1983）就提出了这个问题。引文见：童庆炳：《在人文与历史之间徘徊》，北京师范大学出版社 2007 年版，第 296 页。

② 曹文轩：《中国八十年代文学现象研究》，人民文学出版社 2010 年版，第 219–220 页。

③ ［法］皮埃尔·布尔迪厄：《区分：判断力的社会批判（上册）》，刘晖译，商务印书馆 2015 年版，第 306 页。

（比如企业主和大学教授之间）而产生差异，占有文化资本较多的一方，会倾向于比较多地主张苦行和禁欲，比如"教授在文化资本方面比经济资本方面更富有，因此他们倾向于在所有领域中的禁欲消费……几乎有意识地与（新）富人和他们丰盛的食物对立"①。改革开放早期的"新禁欲主义"表征着一部分作家对知识分子身份的自我认知和强化，他们通过建构一些身体表象来塑造他们对自身知识分子身份的认同。在这样的观念主导下，一部分作家表现出对身体及世俗价值的鄙弃。

邓刚的《迷人的海》（《上海文学》1983 年第 5 期）讲的是一老一少两个"海碰子"冒着生命危险在极艰苦的环境中采集海产品的故事。作者是这样描写老海碰子的第一次出场并凸显他在劳动中被扭曲的身体外貌："他是个身形魁梧的老海碰子，象棵苍劲的松树那样挺拔。但他的脑袋仿佛在滚水中烧炼过，面部的肌肉扭曲，皮肤褶皱，给他添上了几分粗犷的气息。据说，当年他在水下，突然被一条大鱼吞进肚里。他用刀剖开鱼肚钻出水面，但两只耳朵在鱼肚里化掉了，面孔也就模糊了。"② 对于这长期劳作形成的扭曲面容，老海碰子倒觉得自豪："这张面孔却给他增添了光彩，使他在这弯弯曲曲的海岸线上享有盛名。"他年轻的时候也是个很漂亮的小伙，但对于选择危险辛苦甚至给他毁容的"海碰子"事业，他无怨无悔——"他曾是个浓眉大眼，浑身乌亮的汉子时，俊俏的闺女们也朝他瞄过眉眼。但他不屑一顾，拥抱绸缎般的浪涛已使他精疲力尽和心满意足了。"③ 可见，面对爱情和"理想"怎么选择时，他毫不犹豫地选择"拥抱绸缎般的浪涛"。尽管他祖父和父亲都死在海中，也未能减他一丝热情，相反，越是具有挑战性的海域越能让他兴奋，比如他到了有"刀一样直切下来的海岸"、环境极复杂以至旁人不敢涉足的火石湾，觉得"这才是真正的海"，这片"曾吞噬过多少血气方刚的海碰子"的海，才算得上"男子汉的

---

① ［法］皮埃尔·布尔迪厄：《区分：判断力的社会批判（上册）》，刘晖译，商务印书馆 2015 年版，第 292 页。
② 邓刚：《迷人的海》，《上海文学》1983 年第 5 期，第 4 页。
③ 邓刚：《迷人的海》，《上海文学》1983 年第 5 期，第 6 页。

海"；"只有他才会享受这种乐趣！就是死在这里也值得！"① 后来这片海域又来个小海碰子，一开始他们互相瞧不上，但马上就英雄惺惺相惜，老海碰子不顾性命地两次营救小海碰子，正是基于他们有同样的理想和对大海的激情。小海碰子不要命、不顾惜身体的行为打动了老海碰子——为了捕值得炫耀的"五垅刺儿海参"（一般四垅刺儿就算好的，但他要不断"超越"自己），小海碰子以身犯险，"心太好胜"，"小海碰子那柔嫩的身子正死死地夹在黑乎乎的暗礁缝中，并溢出一股鲜红的血沫沫……嘴里却溢出一口口血水……他的水镜里面也喷满了血沫子"。在这样危险的情况下，他对身体风险毫不在意，只是一个劲儿为自己的胜利欢呼——"'快摘下水镜了'，老海碰子大声喊。小海碰子似乎没听见，他高高地举着鱼枪，为自己的胜利欢呼，因为枪尖上牢牢地插着两个肥大的五垅刺儿海参！此时，他什么也看不见（水镜里只是一片红色）却骄傲地踩着水，兴奋地喊着；'两个！两个！我扎了两个！……'"② 显然，两位海碰子表现出来的虔诚，恐怕只有极强烈的宗教行为可与之媲美。他们为了追求"迷人的希望"，一个是宁可牺牲爱情和容貌，另一个是丝毫不顾惜身体与生命。

邓刚同年另一篇作品《踩蛤蛤》（《北京文学》1983 年第 12 期）也表达同样的精神追求。主人公大罗或许没海碰子那么强烈的激情，但是他也有着极浪漫的精神追求。当地海湾盛产一种蛤蜊，味美价高，很多小伙子念不了几天书就跳到海里弄蛤蜊。这是相当辛苦且要求很高技能的活儿，"那蛤蜊藏在水下的泥沙里，弄它可得有本事"，必须先用脚丫子踩，再随着波浪移动身子，然后一个猛子扎进海里，才能捉住大蛤蜊。大罗就是这些孩子中的高手，"（踩蛤蜊）最拔尖的还数高个头的大罗。他浑身上下黑黢黢的，浸在浪波里象条黑鱼，又灵又俏。他是自小在海水里泡大的，不怕蛎壳子割，不怕蟹钳子夹，不怕风浪打，可就怕进学堂念书，说是板凳硌得屁股疼，所以早早就逃了学，天天往水

---

① 邓刚：《迷人的海》，《上海文学》1983 年第 5 期，第 6 页。
② 邓刚：《迷人的海》，《上海文学》1983 年第 5 期，第 17 页。

里钻，练就一身闯海的硬功夫。"① 大罗的性格设定多少有点"反智"色彩，他看不起那些闷在屋里"寻章摘句"的人，他不怕这不怕那就怕"进学堂"的原因是他对凡俗的厌恶。小说叙述了城里待业女青年"小波浪"和大罗的爱情演进，"小波浪"因为没分配工作就来海边收蛤蜊，她的开朗大方很快赢得大罗这群懵懂少年的喜爱。最后她分到了一份"不用风吹日晒""'整天坐着'还能挣钱的活儿"，不再到海边收购蛤蜊了。听到"小波浪"喜气洋洋的诉说，"大罗不知'整天坐着'还能挣钱的活儿是怎么回事，但那样有意思吗？一个壮实实，活泼泼的人，却要'整天坐着'！"② 大罗终于感到城市生活的无聊和令人作呕，感到自己永远无法认同城市人的理念，于是便终结了他和"小波浪"的友谊和爱情："大罗陡地感到，他是那么想念蓝色的大海，金色的沙滩，想念晒得黑黢黢的伙伴们。这时他才明白，自己不应该待在这儿，一秒钟也不能待。"③ 如果女主人公不赞同他的理想和追求，那么他就会毫不客气地同她断绝关系。城市生活让他腻味，最后大罗"沉闷的心胸豁然敞亮开了，他赶紧脱下牛皮鞋、涤卡装，张开健壮有力的两臂，扑向海……"大罗的心态是："赶紧"脱下那些去城市才穿的装扮，毫不犹豫地回归寄予理想的大海。小说的浪漫精神就表现在对现代日常生活和凡俗欲望的本能般的反感。

1985 年的批评家已经发现，《迷人的海》和《北方的河》（下文将要分析的作品）的主人公非常"苦闷""忧郁"："这些被称作'当代英雄'的主人公身上，几乎都经历着不被人理解的苦闷，都带有孤独忧郁的痕迹。"这位批评家认为，这是因为作家超越了时代，比别人更早地领悟到时代精神："正是现实生活中那种一时还似乎显得强大的陈旧的传统势力和弥漫着历史惰性的不觉悟的人群使得时代的先行者身上必然地带上了孤独沉闷的情绪。"④ 这位批评家还进一步拔高这类作品体现的"改革"精神："中国当前最大的事就是改革，而作家应做的事则是在人们中间唤起长期被历史惰力和陈腐观念压抑窒息的开拓、

---

① 邓刚：《踩蛤蛤》，《北京文学》1983 年第 12 期，第 6 页。
② 邓刚：《踩蛤蛤》，《北京文学》1983 年第 12 期，第 13 页。
③ 邓刚：《踩蛤蛤》，《北京文学》1983 年第 12 期，第 13 页。
④ 刘亚伟：《〈北方的河〉——时代的精灵》，《小说评论》1985 年第 4 期，第 78 - 79 页。

创新、进取的民族精神。"① 实际上，是批评家误读作家的作品了。从身体叙事的角度看，这类作品体现的非但不是改革的精神，而且正是对"改革"所代表的世俗化精神的质疑。

在张承志的《北方的河》（《十月》1984 年第 1 期）中，主人公"他"与徐华北是对立关系。徐华北附庸风雅、俗不可耐，"懂得支持和扶助艰难中的女性"，为人活泛，有关系，"姑父在 A 委员会工作，是个领导干部"。主人公"他"为考研究生也求过徐华北，但依然本能地厌恶徐，因为徐的世俗和对女人的浓厚兴趣。最后女人跟徐华北结婚了，"华北找到了他的胜利，你找到了你的北方的河"。主人公"他"仿佛与世俗欲望对立，他背向世俗，背向女人，追求自己的"理想"。虽然"他""头发粗硬""眼睛灼灼逼人"，有一副"宽肩膀"，具有强烈的男性气质，但是对于世俗意义上的"性"或爱情，他毫无兴趣。同样的写作模式还出现在李杭育的《最后一个渔佬儿》（《当代》1983年第 2 期）中。主人公福奎把打渔看作坚守理想的象征，而跟了他几年的娇头阿七最后爬上了"官法"的床。"他（福奎）能跟官法比么？人家是国家的人，老来生活有着落，吃穿不愁，而他连个像样的窝都没有。"② 官法与福奎的关系如同徐华北与"他"的关系，一个是世俗的，另一个是理想的，他们坚守理想而鄙弃世俗。福奎对于现代话语非常反感："他实在琢磨不了什么'科学'呀、'污染'呀、'原始'呀，这些让牛去琢磨，它们脑袋大"③；"博物馆、出土文物、外国人如何如何，这些都离他十万八千里，他能琢磨的，就是吃饭、睡觉、下滚钓"④。有人给他找了一份差事，他也不干，理由是："照着钟点上班下班，螺蛳壳里做道场，哪比得上打渔自由自在？那憋气的活儿我干得了么？""他情愿死在船上，死在这条象个娇媚的小荡妇似的迷住了他的大江里……死在江里，就跟睡在那荡妇怀里一般，他没啥可抱屈的了。"⑤ 物质享受和庸俗的日常生活

---

① 刘亚伟：《〈北方的河〉——时代的精灵》，《小说评论》1985 年第 4 期，第 78 页。
② 李杭育：《最后一个渔佬儿》，《当代》1983 年第 2 期，第 179 页。
③ 李杭育：《最后一个渔佬儿》，《当代》1983 年第 2 期，第 180 页。
④ 李杭育：《最后一个渔佬儿》，《当代》1983 年第 2 期，第 181 页。
⑤ 李杭育：《最后一个渔佬儿》，《当代》1983 年第 2 期，第 182 页。

与福奎似乎毫不相干，对于他的相好寡妇阿七，他也持一种可有可无的态度，他唯独放不下的就是在葛川江上放滚钓。此时打渔已经非常不景气，鱼少了，村民们纷纷上岸种地去了，这种背景下更凸显出这位理想主义者的悲壮和顽强。所以阿七骂他："我三十守寡，等了你十年，别的不要，只指望你能攒些钱盖幢屋，日子过得象个人样。可你偏不听，偏逞强，充好汉，象守着你参坟似的守在这江里，打那点小鸡毛鱼还不够一顿猫食。你倒撒泡尿照照你这穷模烂样的，连条裤衩都买不起，大白天穿姘头的裤衩。"① 尽管如此，这位渔佬儿依旧坚守着自己打渔的理想。

当年的有些读者完全能读懂这类反对世俗化的浪漫主义作品的精神内涵。有位大学生读者，给杂志写过一封读者来信，评价李杭育的作品：葛川江的渔佬儿"也许能忍受物质上的贫困而不能忍受精神上的窒息……这里还关涉到这样一层：即物质世界的机械化的枷锁在自由个性的脖子上越夹越紧，人不得不以相对面的损失来选择这一面。"② 这位只有 21 岁的大学生读者，敏锐地感知了作品质疑现代性的内涵，说明这类作品能够代表当时的一种普遍化倾向。浪漫主义文学作品包含着作家的内在矛盾和不安情绪——作家的精神追求与世俗价值之间的冲突已经产生。

他们固然崇拜生命力，但是又鄙弃世俗生活。因此，他们虽然张扬了生命力和生命意识，但这种生命力却表现为出世的精神境界。毋宁说这种高度理想化的人物设定本质是一种精神性的存在，就身体形象来讲，它提出的乃是"新禁欲主义"。改革开放早期的浪漫主义作品呈现的是意识化、精神化的身体，同时尽力驱逐身体的"肉体性"。这是一部分"诗意反思现代性"的知识分子追求"审美超越"导致的必然结果，体现出知识分子借重西方反现代性的思想对"改革"与"现代化"产生的某种程度的迟疑与惊惧。

---

① 李杭育：《最后一个渔佬儿》，《当代》1983 年第 2 期，第 179 页。
② 许志强：《越过生活的"恩赐"——读李杭育的葛川江系列小说》，《当代文坛》1985 年第 4 期，第 36 页。

（三）"常识启蒙时代"：回到身体本身

除了一部分知识分子反思现代性，还有不少知识分子在反思中国知识分子自身传统与"启蒙"失败的原因。这种反思与"文革"有密切联系。

随着"文革"的结束，权力内部发起了以改革开放为标志的自救运动，这种自救运动在思想领域表现为"思想解放"运动。这场运动带有自救和反思的双重性质，它呼唤"重新将人的物质生活而非精神生活、将知识的优先性重新置于政治/道德优先性之上的唯生产力论和经济决定论的科学主义"①。在"文革"后的语境中，"常识""物质生活"等"实践"成为检验真理的标准。实用主义和经验主义取向，压倒了从理论演绎出来的总体规划取向、从教条出发的理性主义取向。简要地说，在改革开放以后的意识形态当中，"一种世俗导向的实用主义"②占据了稳固的优势。很多研究者认为，20世纪80年代"新启蒙"运动兴起于1984—1985年，它"是思想解放运动的延续"③。"新启蒙"应该被框定在"文革"后的语境中，包含强烈的反思性和在世性。

20世纪80年代，很多知识分子对"文革"心有余悸，他们无法再构想乌托邦，无力再对社会文化进行整体的规划。因此，"新启蒙"在很多地方不同于"五四"启蒙运动。④首先，20世纪80年代的"新启蒙"强调对经验和常识的尊重，经典口号"实践是检验真理的唯一标准"就是这种立场。其次，"新启蒙"运动信奉反思与改良，具有明显的在世性。在"文革"后，"新启蒙"面临着历史反思的任务，既要吸取那些从某种理论教条出发的宏观规划思

---

① 许纪霖：《当代中国的启蒙与反启蒙》，社会科学文献出版社2011年版，第5页。

② 许纪霖：《当代中国的启蒙与反启蒙》，社会科学文献出版社2011年版，第6页。

③ 许纪霖：《当代中国的启蒙与反启蒙》，社会科学文献出版社2011年版，第8页。

④ "五四"启蒙其实也内含"异质性"，比如陈思和就指出过"五四"启蒙包含着"启蒙的文学"和"文学的启蒙"两种意识，"文学的启蒙"说的是那些"摆脱了传统文学中'文以载道'的陈腐观念的启蒙追求"，并不太急功近利、坚守"纯美"标准的作品（比如创造社、京派文人的一些作品等）。然而，"文学的启蒙"得以存在的"土壤"并不友好，导致这一传统要么创作实践上"无太新的贡献"，要么"长期以来不得入文学史的正册"，以至后人在回顾"五四"的时候更多地只看到占据主流的"启蒙的文学"。参阅陈思和：《中国新文学发展中的两种传统》，《中国现代文学研究丛刊》1990年第4期。

维的教训，同时要解决现实问题，即如何不断渐进、试错地推动国家现代化转型。前者可概括为"经验主义"，后者可概括为"实用主义"。实用主义和经验主义一脉相承，具有反对总体规划、反对理论先行的倾向，如邓小平在改革开放早期就提出"不管黑猫白猫，抓到老鼠就是好猫"的"猫论"就以俗语表述了实用主义的思想（"世俗导向的实用主义"）。这种不同于"五四"的历史氛围让20世纪80年代中期的思想界人士警惕宏大的总体性社会规划，警惕那些不"从实际出发"的理论先行。

总的来看，"理性、理念、规划"优先，还是"常识、经验、世俗"优先，是"五四"式的启蒙话语和20世纪80年代"新启蒙"话语的一个主要差异，前者可称为理性启蒙，后者则可称为常识启蒙。"文革"后的常识启蒙中包含着某种"反启蒙"的成分，它内含世俗化倾向，拒斥思想观念、社会理想、人文价值等知识分子发明的种种"宏大叙事"。

文学中的"身体叙事"为我们提供了一个检视20世纪80年代和"五四"时代启蒙话语差异的独特视角。在20世纪80年代的常识或经验的世界中，身体批判文化；而在理性主义的"五四"世界中则是，文化批判身体。本节以王蒙的《活动变人形》、冯骥才的《怪世奇谈》系列小说中的《神鞭》和《三寸金莲》等为例探讨"新启蒙"语境下身体叙事的新变。

《活动变人形》是王蒙80年代的代表性长篇小说。它写于1985年，作品的节选版最先发表在《收获》杂志1985年第5期，次年全文登载于《当代》杂志的《长篇小说特刊》，单行本1987年由人民文学出版社出版。《活动变人形》这本书写的是20世纪中国知识分子的扭曲、分裂、异常尴尬的心路历程。小说设置了一种"后设立场"，开篇就写了主人公倪吾诚的儿子倪藻在德国访学，"这就是'出国'……它似乎给你一个机会超脱地飘然地反顾、鸟瞰你自己、你的历史和你的国家"[①]。小说正是从这种"后见之明"的视角重新审视"五四"以来父辈知识分子们所走过的路，通过儿辈倪藻所处的历史位置（"文化大革命"激进社会试验的结束，改革开放新时期），重塑"五四"以来的启蒙

---

① 王蒙：《活动变人形》，人民文学出版社1987年版，第16页。

者形象。王蒙运用"身体隐喻"重构启蒙历史，让"启蒙知识分子"这一称谓从悲壮走向可笑，从正剧走向闹剧。重构启蒙者形象的勇气和信心，离不开"后见之明"的历史位置，新时期改革的发生正是通过将抽象的理想主义话语转换为具象的实用主义话语实现的。

《活动变人形》就从实用主义和日常生活这个角度"解构"了"五四"启蒙者的历史形象（当然，王蒙小说的特点是含糊复杂、睿智而缺乏结论，它既"解构"启蒙，又对启蒙给予同情，但这篇小说毕竟是以奚落嘲讽的语调去谈论启蒙知识分子的历史形象的，"解构"意味很明显）。通过对小说文本的分析也许不难发现，王蒙对倪吾诚为代表的启蒙知识分子的奚落、嘲讽和同情，对应着实用主义取代理想主义的时代潮流。王蒙之所以在小说中使用大量的"身体隐喻"，就是因为身体是坚实而沉重的，它天然地反对那些"云山雾罩"的精神教条。

"活动变人形"的书名源自日本产的一种头、上身、下身能转动的人形玩偶，不同的组合可以变换出不同的形象。"活动变人形"是小说的主人公倪吾诚的隐喻，有段话是这样写的："每个人都可以说是由三个部分组成的。他的心灵，他的欲望和愿望，他的幻想、理想、追求、希望，这是他的头。他的知识，他的本领，他的资本，他的成就，他的行为、行动、做人行事，这些是他的身。他的环境，他的地位，他站立在一块什么样的地面上，这些是他的腿。"① 不但在精神上倪吾诚是一个头、身、腿不能"协调"的畸形主体，而实际形象上，他也是有一具畸形的身体："他高大的身躯，俊美的面容始终与他的细而弯的麻杆式的腿不协调地长在一起。"② 他身体畸形是他精神扭曲的肉体基础。他之所以有一双不协调的"细而弯的麻杆式的腿"，是由他站立的地面、他所处的环境决定的。倪吾诚出生在河北农村，他"先验"地被这块赤贫的盐碱地所决定，他的父亲参与维新变法，失败后自缢而亡。倪吾诚的文盲母亲惧怕儿子被激进的"邪祟"蛊惑，便引诱倪吾诚吸鸦片、手淫，造成了他"麻杆式的腿"。

---

① 王蒙：《活动变人形》，人民文学出版社1987年版，第289-290页。
② 王蒙：《活动变人形》，人民文学出版社1987年版，第55页。

他去欧洲留学两年的经历造就他俊逸潇洒的上半身。中西文化的矛盾和冲突形象地集聚在他的身体上。这书名暗示了小说的主题——不同文化传统对人身体及灵魂的制约和宰制。

倪吾诚的悲剧在于他要超越构成着、决定着自己的文化，而他以为凭借先进的思想就能让下一代过上西方的理想生活，殊不知文化的惯性远远大于虚无缥缈的"思想"。文化是一种物质化的力量，不但生产着主体，还直接作用于人的身体。倪吾诚出生在"羊巴巴蛋，上脚搓"，"打死老婆""再说个"的土地上，"这是先验的"①。这种"落后"文化的先验性不但寄居在每一种社会行为中，还寄居于人的身体中，比如倪吾诚麻杆式的双腿，又比如他遇到尴尬就恢复北方农民"拱肩缩颈麻木不仁的呆相"。"巴普洛夫的狗"是倪吾诚的自况，也是对他生存的一种自喻："（文化）道德的真谛就在于巴普洛夫对于狗的训练了。而这样的狗确实是可以训练成功的"，即是说人的"身体－主体"像巴普洛夫训练的狗一样，都被生活于其中的一套物质化文化（权力）体系所规训。启蒙主义是对后代的总体规划，它要以新的规划替代那些不够理想、不够文明的文化（权力）体系。倪吾诚最担心的是"下一代"的问题："他最害怕的事发生了。那就是他们这一代的负担和痛苦会传递到下一代身上。"② 他觉得下一代应该过西方文明的生活，对于儿女，他一直主张欧化，但儿女并不接受，比如儿子倪藻就爱吃浆子（面做的糊糊），倪吾诚"听说倪藻爱吃浆子的时候，他把眉头皱起一个疙瘩，他说：'瞎说，浆子有什么好吃。'他不能承认倪藻爱吃浆子的事实，更不能承认这种说法。"③ 他告诫女儿倪萍挺着胸走路才好看，但女儿还是觉得驼背好，挺着胸走路的不是"正经人"（传统中国女人都不敢挺胸走路）。

其实就连倪吾诚自己，都很难改变。他明明觉得鱼肝油腥气令人作呕，但一想到鱼肝油代表"科学"和"文明"，他就咬着牙、憋着气喝下去，并强迫

---

① 王蒙：《活动变人形》，人民文学出版社 1987 年版，第 49 页。
② 王蒙：《活动变人形》，人民文学出版社 1987 年版，第 126 页。
③ 王蒙：《活动变人形》，人民文学出版社 1987 年版，第 81 页。

自己必须喜欢这东西。他狂热地洗澡和剪指甲也被描述为近乎"病态的狂热"，仅仅因为他痛感洋人讲卫生，自己同胞太肮脏。他还强迫妻子静宜喝牛奶，她不喝，"说腥气，说上火，说喝了打饱食嗝"，倪吾诚便认为"这就是彻头彻尾的野蛮……"① 不可否认，倪吾诚的"启蒙"对后代未来的生命规划，太教条、太迂腐、太莫名其妙。王蒙以身体习性为落脚点，反衬出启蒙者的不谙世事、自以为是和天真。

破解文化的先验性，让贫困落后的中国人和中国文化得到启蒙，是倪吾诚终其一生的目的。但是，正如鲁迅面对的"铁屋子"是"万难毁灭的"，物质化的文化权力体系也是"万难毁灭的"，它直接建构在人们的身体和日常行为当中。所以作者借研究中国（汉学）的外国学者史福岗之口说："不论是日本人还是革命家，谁也改变不了中国自己的文化传统。"② 值得指出的是，20 世纪 80 年代的思想界持有一种反思激进主义、崇尚保守的思想冲动。比如李泽厚就关注传统文化的"文化—心理结构"积淀问题，阿城也对"文化制约着人类"保持着强烈的兴趣。

"五四"以来的很多经典文本中（如鲁迅的《阿 Q 正传》《在酒楼上》等），知识分子对国民性的控诉，可谓是义正词严。然而，《活动变人形》将批判转向以前的批判者，发现知识分子自身远比"国民"承载着更多的矛盾与挣扎。知识分子对"现代性"有着远比"国民"敏感得多乃至过敏的神经，这种对现代性的"过敏"被"五四"知识分子书写为超前于时代的孤独感，自己主张的启蒙主义乃是"铁屋里的呐喊"，以期唤醒昏昏欲睡的民众。但是，知识分子的人文思维让他们处于凌空蹈虚、云遮雾罩的抽象层面，不但缺乏操作性的工具和抓手，更不具备物质地改造世界的能力，于是便因缺乏物质后盾和现实力量而总是碰壁、失败、受挫。一个与倪吾诚形成对比的人物是赵尚同医生，他比半瓶醋的倪吾诚更懂洋文、更懂科学（甚至让倪吾诚自惭形秽），又比他脚踏实地、认可中国道德。赵批评倪吾诚说："你连肚子都混不上，妻儿都养不

---

① 王蒙：《活动变人形》，人民文学出版社 1987 年版，第 99 页。
② 王蒙：《活动变人形》，人民文学出版社 1987 年版，第 263 页。

起，你还要蔑视中华的文明，传统的道德吗？你就要推行欧化吗？你会造洋枪洋炮吗？你会经营股票和其他有价证券吗？你究竟会什么？"① "你究竟会什么"——这正是人文知识分子的"软肋"。谈政治不会造枪炮，谈经济不懂经营。"知识分子阶层在中国社会结构中的地位使它难以自由地把思想立场变为社会实践中的关键因素……他们既无成熟的社会经验，也不拥有精深的文化，所以不足以从历史层面去表征当代中国。"② 理想得不到物质力量支撑的受挫感，最终导致他们寄希望于政治化的激进主义……倪吾诚服膺毛泽东思想就是因为具有强大政治动员能力的"破四旧"弥补了他空喊口号的无力感和失败感，从理性主义和总体性出发的启蒙者必然皈依于激进主义……

启蒙知识分子的颠顶和尴尬被王蒙加以强调突出，并且写出这种扭曲的人文形态的根源——人文话语只是头脑的产物，它远远无法撼动下面沉重的"身"和"腿"，即使借助于激进政治狂热力量也很难撼动。这篇小说不间断地插入一些看似与小说文本无关的"大跃进"和"文革"可笑片段（那是一些无首无尾的散文片段），这些片段看似随意，也许作者有其深意，似乎在嘲讽激进启蒙主义的最终失败。赵尚同批评倪吾诚："你不讲人伦不讲道德不讲孝悌忠信能在这块土地上站稳脚跟吗？站都站不住又侈谈什么文明、进步、幸福！逞一己之贪欲，志大才疏，云山雾罩，这才是野蛮。"为国为民的知识分子一下子成了"逞一己之贪欲"，苦口婆心的启蒙也成了"野蛮"。启蒙归于"野蛮"，是因为它"站都站不住"，又回到了"身体隐喻"，启蒙者没有"身"和"腿"，只有狂热的头脑，最后只能像"文革"那样"野蛮"起来。"身"和"腿"暗指从实际出发的实用主义和对日常生活的尊重。

《活动变人形》中的身体话语其实是两方面的：一是对文化与身体习性关系的思考，二是以身体为隐喻结构全书的主题。但是这两方面未必不存在互相阐释的空间——如果倪吾诚看重的不是思想和"头脑"的进步，而是扎扎实实

---

① 王蒙：《活动变人形》，人民文学出版社1987年版，第290页。
② 张旭东：《改革时代的中国现代主义——作为精神史的80年代》，崔问津等译，北京大学出版社2014年版，第79－80页。

地依托在"混肚子、养妻儿""造枪炮、经营证券"的务实层面，那么他便不会那么强烈地坚持身体一定要以某种思想为标准来精心规划。例如，赵尚同这个浸透洋墨水又服膺中国智慧的实业家就没有倪吾诚那种"活动变人形"的身体分裂感和焦灼感。《活动变人形》之所以能够从身体隐喻和身体规划的两个层面反思知识分子的心路历程，是因为新时期为这种探索提供了必要的历史条件。让身体从启蒙主义的规划中解放出来，让身体回归日常生活，这不只是王蒙一个人的看法，冯骥才在这方面也着墨颇多。

冯骥才的中篇小说代表作《神鞭》（《小说家》1984 年第 3 期）和《三寸金莲》（《收获》1986 年第 3 期）以寓言小说的形式探讨了民族"文化—心理结构"的问题。冯骥才思考的出发点是："既然民族文化深层有这样的劣根这样的堕力，为什么如此持久顽固，'五四'新文化的洪流非但不能涤荡，反而在六十年代恶性大爆发，并成为今天开放的坚固难摧的屏障？"[1] 借着反思"文革"的历史契机，冯骥才围绕着辫子和缠足这两大被"五四"抨击过的恶习，展开他的历史思考。与《活动变人形》相比，冯骥才对"五四"启蒙文学的态度更明确。他以辫子和缠足这两个身体意象为核心，用新的话语全面改写了"五四"启蒙文学的叙事逻辑，让身体意象摆脱理性的、教条的话语框架，完全地"日常生活化"。

《神鞭》讲了一个可读性极强的通俗故事。傻二本是个挑担卖炸豆腐的小贩，身怀绝技却恪守低调的祖训。在一次偶然的抱打不平中，他显露了神乎其神的辫子功，从此一发不可收拾，跟地痞玻璃花结了梁子。连挫玻璃花请来的几大高手后，志得意满的傻二以为辫子神功能救国救民，结果辫子被洋枪打断。玻璃花知道洋枪的威力，就混进洋枪队。这时，被洋枪吓怕了的傻二神秘地消失了。一年后，玻璃花再见到傻二时，剪掉辫子的傻二已经掌握了神乎其神的枪法。傻二说："你要知道我家祖宗怎么创出这辫子功，就知道我把祖宗的真能耐接过来了。祖宗的东西再好，该割的时候就得割。我把'鞭'剪了，'神'却留着。这便是，不论怎么办也难不死我们；不论嘛新玩意儿，都能玩到家，

---

[1] 冯骥才：《我为什么写〈三寸金莲〉》，见《金莲话语》，中州古籍出版社 2005 年版，第 213 页。

决不尿给别人。"① 小说之前交代过,傻二祖上练的本是光头(以防头发被抓)的功夫。可是清人入关,必须留发,这才被迫练成"辫子功"。这篇小说意在说明,辫子只是"外形",只要"内神"在,就能"不论嘛新玩意儿,都能玩到家"。

"辫子"曾在鲁迅的作品中多次出现,不管是《藤野先生》里"标致极了"的视觉丑态,还是《阿 Q 正传》《风波》《头发的故事》里辫子与深入内心的奴性的象征关系,"辫子"都是封建余孽的隐喻。然而,冯骥才却另有寄托,辫子不再是奴性的象征,而是表示一种积极精神的外在形质!这种精神并不随着形质的过时而消失,随时可能以新的形式脱颖而出——"'鞭'剪了,'神'却留着",只要"神"(精神的精华)在,光头功可变成辫子功,辫子功也可化为"神枪功"。冯骥才塑造出如此迥异于"五四"启蒙文学的"辫子",应该包含着某种"有意为之"的成分。

冯骥才承认鲁迅曾在辫子上"做过文章",辫子本身"包含着深广的历史内容"②,但他又认识到鲁迅的国民性批判的"偏激"。冯骥才以为,国民性批评的话语是来自西方传教士,鲁迅深受其影响,虽然鲁迅通过这种话语启发找到了"传统社会身体上所有的压痛点与病灶",但鲁迅"没有对西方人的东方观做立体的思辨","他对封建文化的残忍和顽固痛之太切"又导致"他对传统文化的批判不分青红皂白"③。所以,在冯骥才表达对传统文化症结的认识的系列文章中,他并没有"像鲁迅那样把这些(封建的)文化特征转变成一种人物性格"④,"五四"启蒙者发明的将某种文化特征转化为人物形象的方法被弃置一旁。比如鲁迅的小说《风波》中赵七爷对辫子的自豪,便是将辫子所代表的专制文化直接转换为赵七爷这个丑角式的人物形象,而这一点正是《神鞭》所极力回避的。固然《神鞭》里的辫子也是落后的象征,但是丝毫没影响傻二的

① 冯骥才:《神鞭》,《小说家》1984 年第 3 期。
② 冯骥才:《辫子的象征和寓意——〈神鞭〉之外的话》,见《案头随笔》,中州古籍出版社 2005 年版,第 184 页。
③ 冯骥才:《鲁迅的功与"过"》,见《案头随笔》,中州古籍出版社 2005 年版,第 59 页。
④ 冯骥才:《鲁迅的功与"过"》,见《案头随笔》,中州古籍出版社 2005 年版,第 61 页。

光辉形象，他卑微但能抱打不平，他平凡但有爱国激情。一旦辫子打不过洋枪，他一年时间就剃掉辫子，练成"神枪"。冯骥才将"辫子"从"五四"启蒙的文化叙事中解放了出来，让辫子仅仅具有生活的意义。他不但祛除了辫子承载的启蒙重担，还进一步反讽地指出，辫子本身可能承载过社会进步的力量。这种对身体意象的重新安排，隐含着对"五四"启蒙文学的温和讽刺。

在《神鞭》中，冯骥才围绕着辫子这一被"五四"抨击过的落后物件，用新的话语全面改写了"五四"启蒙文学的叙事逻辑，不但让辫子摆脱了理性的、教条的话语框架，还反讽地给辫子增添了由"技进乎道"的神力和自我变革的能力。辫子在这里不再是一个被批判的身体物件，而成为一种值得讴歌的世俗精神的象征。

以鲁迅为代表的"五四"启蒙文学更多的是一种理性主义和理想主义话语，带有从教条出发的激进色彩，不乏偏激；而 20 世纪 80 年代的新启蒙文学在承载和反思"文革"后果的基础上生成，更多地表现为恪守常识和世俗的经验主义（让一切知识牢牢扎根于日常生活经验），本能地回避那些总体性的话语。了解这一语境，便多少可以了悟冯骥才翻转鲁迅批判主题的意义所在。

与《神鞭》相比，冯骥才写于 1985 年（发表于 1986 年）的《三寸金莲》更彻底显露出拒绝理性主义、崇尚经验主义的话语特性。与"辫子"相比，"五四"前后的"三寸金莲"更是众矢之的。革命家、新型文人、激进主义者纷纷痛斥缠足愚昧、残酷，实属封建陋习，屡次发动"天足运动"。《三寸金莲》复现了缠足的残酷和血腥（小说渲染了血与骨扭曲变形的整个过程），但是冯骥才不满足于肤浅的控诉，也没有站上道德高位去抨击裹小脚的野蛮和落后，而是深入生活、文化内部去解释"缠足"的合理性。

《三寸金莲》的女主角戈香莲是生活在"缠足"文化中的人，虽然她凭借人性的自觉足以感到"缠足"的扭曲变态，但是她的奶奶"大能人"却靠生活经验积累知晓一双小脚对一个女人的重要性，于是强行给她裹脚。戈香莲在日后的生活中发现，小脚真的有用，它甚至是成为"真正的女人"的凭证。她嫁入封建守旧的佟家，掉入了博大精深的缠足文化中，她必须与白金宝、潘妈等人斗"脚上功夫",从"赛脚会"上胜出才能取悦佟忍安及围绕在这个家庭周围的一批"爱莲居士"们,进而取得相应的家庭地位和权力。戈香莲一开始本能地排斥缠足,通过不断被诉说、被证实,她逐渐看出小脚的美,同时也得益于它带来的好处。这是"知识—权力"体系对个人身体的控制。但是,戈香莲并没有成为一个完全被动的人,她不让自己的女儿莲心缠足就说明了她的反抗能力和反抗意识。保守、精明又残酷的佟忍安临终前,必须看着所有的适龄女性家眷缠足,才肯咽气,此时戈香莲不为所动,毅然委托牛凤章将女儿秘密带走。数年之后,莲心成了著名的"天足会"首领,当她和成为"保莲女士"的戈香莲同台"赛脚"的时候,戈香莲发现她脚上的胎记,认出是自己的女儿,戈香莲晕厥而死。冯骥才没说明戈香莲的死因,抑或是她了悟曾经缠足的荒谬,抑或是她为女儿的行为所震荡,作者将这个谜留给读者。

《三寸金莲》的逻辑是,美学化是小脚的动力机制:"传统文化有种最厉害的东西,是魅力。它能把畸形的变态的病态的,全变成一种美,一种有魅力的美,一种神奇神秘令人神往的美。"① 试想若没有众多"莲癖"的文化支撑,戈香莲又怎肯通过缠足自残并不断忍受痛苦让小脚符合"神品""妙品"的标准(以及一系列的"二十四品""神韵"等关于小脚的审美知识)?

冯骥才没有直接斥责主张缠足者的荒唐愚昧,在他笔下,佟忍安等迷狂于小脚的男性,还都是文采风流、有很高的艺术鉴赏力的雅士。佟家本就是靠鉴别、经营、仿制艺术品起家的。缠足通过美学转化成一种艺术,通过文化指导成为迫害妇女的教条,但是这并不是什么无法逆转的陋习,连戈香莲这样的人不都产生了反抗的意识吗?她的女儿成为天足会首领,就是她反抗的成果。最后,作为天足会首领的女儿牛俊英(莲心)给戈香莲这个著名的"保莲女士"披麻戴孝,"深深鞠四个躬,每个躬都鞠到膝盖一般深"②,很值得玩味——傲慢的启蒙者低下了高贵的头。

冯骥才没有直接明确地批判"缠足",他凭借深厚的文史功力深入封建生

① 冯骥才:《金莲话语》,中州古籍出版社2005年版,第213页。
② 冯骥才:《三寸金莲》,《收获》1986年第3期。

活和文化的机理当中，指认出看似变态行为的合理性。这种文化糟粕具有合理性？很多人无法接受这种立场，所以《三寸金莲》成了冯骥才最富争议的作品。《三寸金莲》打破了 20 世纪 80 年代很多读者和批评家的"期待视野"（当时多数读者和批评家习以为常的恐怕还是"革命"话语和"五四"话语）。由于情节安排太"反转"，不少读者产生误解，文学评论界也表现出"诠释作品能力之有限"（冯骥才语）。冯骥才称，当时不少评论家停留在"他是不是展览大便"这种层面的讨论上，甚至不少人还误以为冯骥才也有"莲癖"①。面对这种情况，冯骥才不得不专门写文予以"澄清"，并慨叹评论界对《三寸金莲》的理解层次太低，自己"等着强有力的反挑战，高明或至少不糊涂的对手，一直等了半年，不幸不巧不走运不知为什么没遇上"，"轮到作者自己出来说话，是评论的悲哀"②。也不能全怪评论家，评论难以击中要害的原因可能在于，《三寸金莲》的内容存在明显的自我悖反：它要说的是缠足的荒诞，但又花费大量笔墨介绍缠足的"美"；它要讲的是缠足的野蛮，却把反对缠足的启蒙者刻画得过于轻浮。

冯骥才在小说的开头写道："小脚里头，藏着一部中国历史。"③ 看了这句话，以为作者要通过写中国女人的小脚来反思中国文化的自我束缚。然而，恰恰是这句话吊足了习惯于"五四"启蒙叙事的读者的胃口，读完后，很多人发现并不是原来设想的那么回事，他写的"小脚"里根本藏不住"一部中国历史"，顶多也就是以"小脚"为切口对历史上的一些日常生活进行爬梳。在这爬梳中，作者似乎找到了满意的答案——"缠足"作为生活领域里的事，即使没有像"五四"启蒙者那样"自我东方化"地大加批判，它自己也会寿终正寝——天足会首领正是"保莲女士"的成果，这不是很反讽吗？也就说，小说试图说明，在日常生活这个常识和经验的世界，即使没有特别激烈的外力，它自身也具有自我完善、自我修复的机制。这也许是《三寸金莲》给出的不同于

---

① 冯骥才：《金莲话语》，中州古籍出版社 2005 年版，第 208 页。
② 冯骥才：《金莲话语》，中州古籍出版社 2005 年版，第 208 - 209 页。
③ 冯骥才：《三寸金莲》，《收获》1986 年第 3 期。

"五四"的另一种答案。

总之，在冯骥才的文本中体现出来的趋势是，让身体回归日常生活，通过不无讽刺意味地重新叙述"五四"启蒙文学常用的身体意象，在一定程度上解除了负载在身体上的启蒙重担。这与王蒙的《活动变人形》表现出相似的趋势，说明改革开放早期的新启蒙文学在身体维度上，是从实用主义和经验主义的角度去理解的。"文革"后的历史位置决定了其与"五四"启蒙文学之间的差异。

20世纪80年代启蒙文学坚守日常的经验主义态度，也可能受到了国际环境相对平和，"告别革命"的时代正在来临的影响，但是更内在的原因是"文革"催生一些知识分子对"常识"、对"日常生活"的忠诚。他们以"身体"为隐喻表达了他们的政治态度——即坚守常识，反对"总体化"的大规模的政治规划。这类知识分子与反思现代性的知识分子的分野，在20世纪90年代之后变得愈来愈明显（后来的"左右"之争）。其实，他们在20世纪80年代中前期就都已通过身体话语表达出他们的基本立场，代表着他们对于改革以来"现代性"问题的不同态度。

第五章　结论：身体叙事的双重价值

不必讳言，身体叙事不是改革开放早期文学中的普遍潮流。然而，让人深思的是，占比并不大的涉及身体的作品，在当时往往具有很强的影响力，同时也最容易引起"探讨"、"争鸣"和"批评"，这究竟是怎么回事？

因为改革开放重启了中国的现代性进程，无论是国家改革话语内部包含的人道主义思潮，还是知识分子基于政治无意识对"感性个体"新身份的追寻，都涉及人的"身份"问题。两者基于特定目标都在谋划创造一种新"人"、一种现代的个体，以突破革命时代形成的旧身份。文学作为意义生产的重要领域（那时候大众文化还未发展起来，实际上由文学承担了现代社会中大众文化的功能），不得不深刻卷入这些时代议题当中。身体乃是身份认同的本源所在，谈论身体，关乎"我是谁""我该如何"等基本问题。这就是占比不大的身体叙事作品在当时引来最多"探讨""争鸣"的原因所在。身体叙事，并不大批量生产，但从历史的后见之明出发却清晰地看到，身体叙事微妙地做到了"影响力至上"。

中国文学在改革开放早期这一转型期，通过"身体叙事"参与社会意义生产。这些身体叙事的作品绝不仅仅有文学/艺术价值（以纯文学/纯艺术的标准来看这类作品品质并不高）①，它们更多地体现出社会价值——呼应人们的现实

---

① 改革开放早期文学的"文学性""艺术性"相对薄弱，已是学界常识。就当时的历史语境看，这类具有政治实用主义内涵的作品的目的，本来也不以非功利的超越性审美价值为追求，而是要为"大众政治"提供文本资源和意义资源。那种康德式强调"艺术自律""非功利""审美距离"的艺术评价标准是20世纪80年代中期以后通过"纯文学"等概念才逐渐建立起来的。程光炜指出，"由'纯文学'创作到'纯文学'意义上的'文学史重构'之所以连续发生在1985年、1986年，很大程度上，是由于它缘发于'中国社会文学心理动因'"。参阅程光炜：《文学讲稿："八十年代"作为方法》，北京大学出版社2009年版，第90页。

历史处境，为转型中的社会和个体提供"意义"资源，提供社会公共议题的探讨平台。而1985年前后兴起的知识分子式"去政治化"的纯文学，也没有以"非功利、无目的"的态度摒弃对现实问题的指涉，相反包含着明确的"文化政治"（程光炜就认为"按照我的理解，80年代并没有所谓的'纯文学'"①）。他们的作品也旨在通过意义生产进行社会沟通。身体叙事是最典型的意义生产行为，通过这个不算宏观的视角，可以更准确地对改革开放早期文学进行价值评判。

改革开放早期文学的身体叙事在意义建构过程中，也引起了文学形式本身的变革。身体叙事作为内容层面的变化，在某种程度上促成了文学形式的变迁——为了传达新的内容，不得不采用与其相匹配的形式。当时的中国文学以新主体性的建构为契机，逐渐同化于体现全球现代性的文学规范，身体叙事在其中发挥了明显的促推作用。故此，本书认为改革开放早期文学的身体叙事至少包含两方面的价值：社会价值和文学价值。

第一节　身体叙事的社会价值

"文革"结束后，改革话语占据了主流。它试图建构一种人道主义的个体，这种个体要尽力避免暴力、驱逐饥饿、满足基本的欲望、享受丰富的感性生活和精神生活。改革所要建立的政治秩序，扭转了极左思潮，许诺要以顺应人性、满足人的基本需求为目的。因此在反映国家改革话语的文学中，人的身体本性被塑造成极左思潮的天然对立面，文学中的身体叙事，成为反抗极端路线的话语工具。

然而，这种人道主义改革话语主宰的身体叙事模式也有明显的缺点，那就是人并没有真正地成为"最高的目的"，相反，人的基本欲望、感官感性依旧平面化、概念化地存在于"反抗"的形式中。以"性"为例，它不钟情于探讨性欲作为身体快感的深度或复杂构成，而是将"性"纳入与压抑现实的对抗结

---

① 程光炜：《文学讲稿："八十年代"作为方法》，北京大学出版社2009年版，第88页。

构当中，这样的"性"本身就注定只是一个策略，而不是最高的"目的"和"价值"。同样，就"食欲"讲，反映主流话语的文学也是仅仅将"食欲"当成概念化的理念，而没有挖掘食欲对于人的肉体和灵魂的多层次内涵。再比如，人道主义文学对身体遭受的暴力的反思，也多是以"夸张"与"累赘"为能事，这是因为人道主义本身也是一种政治意识形态，它只能从普泛的社会学意义上谴责暴力之于身体的伤害，而无法更深一层地从文化、社会心理等复杂层面去探究暴力的根源。

国家主流话语塑造了人道主义的新个体，这种新个体的一个显著特点是以赋予人性的方式将人重新政治化。这是因为改革开放是"文革"后，借用新的资源来进行权力自救的措施，因此改革话语必须用一套新的政治话语来补救陷入危机的革命话语，它只能通过人性的方式重新将人政治化。曾几何时，革命话语也是借助人道话语来达成自身目的的，比如《白毛女》（剧本）、《苦菜花》、《林海雪原》等"革命文学"，就通过写农民群众遭受的饥饿、（性）暴力来实现鼓舞革命的目的，只是在后来日趋极端化的实践中，其中的人道话语被不断激进的极左思潮所压制。

在改革开放时代，恢复人道主义合理性的一个重要依据，就是回到 20 世纪 50 年代"正常的"革命话语中，这是改革开放早期人性论、人道主义的最初来源。新时期文学一开始对接的就是在"革命文学"中被压抑的人道话语，比如茹志鹃的《剪辑错了的故事》、张一弓的《犯人李铜钟的故事》、从维熙的《大墙下的红玉兰》等，完全可以称得上是"革命文学"写作模式的再现，尽管他们的目的是以人性论去抗议极左思潮。但是，由此起步的人道话语不断越过 20 世纪 50 年代的"正常"典范，有时还超越当时主流所允许的范围。这种主要受到国家改革意识形态激发所形成的文学身体叙事，表达的多是一些"战斗性"较强、政治意味明显的主题（有些战斗性过强、不避忌讳的作品就会受到一定的批判）。这种对身体的人性化、欲望化设定，显然也在一定程度上拓展了人的主体性。

改革开放早期，在中国与世界交流中充当主要角色的知识分子（表现为译介、引进文化技术、常规性国际交流等），逐渐了解中国在世界上的位置，因此中国落后于世界的现状，刺激着知识分子借用西方哲学（"人学"）思想发展出激进的个体本位主义思想，突破了人道主义话语的疆界。从前的"国家／群体"集体政治议程，被相应地转变为"个人／自身"个体政治，这是知识分子"文化政治"逻辑的产物。当然，对"全权体制"的改革及个人主义的抬头，也让知识分子具备获得更多的独立性和远离现实政治的可能性。这是他们能够生产自身话语的基础前提，这让知识分子群体逐渐在与国家主流的合作中分离出来，他们不再满足于对 20 世纪 50 年代或革命话语的回归，而是希望能够直接面对"20 世纪"的现代化世界。

严格意义上的知识分子话语出现的时间肯定是晚于国家改革话语的。知识分子群体借助"美学热"来宣泄"中国落后"的政治不满和危机感。他们试图通过美学建构出一种新型的人——具有"深度人性"（或"新感性"）的个体，以此来取代被革命政治本质化的主体。从关注人的外部性，转为关注复杂深刻的内在维度，张旭东称为对于"内在性"（interiority）的热情。这一过程反映在文学理论和美学当中，就是 20 世纪 80 年代中期知识分子对"主体性"的讨论。张旭东指出，20 世纪 80 年代"现代派"知识分子对于"主体性"的呼求，实际上表现为对于"内在性"的热情，其努力的目标是不让人屈从于任何"外在的规范"或任何"社会的抑制机制"，相反，它将通过"人自身内部的激发机制"争得自由。[1] 20 世纪 80 年代表征知识分子趣味的身体叙事，也同样有着社会政治的目标，即试图从官方主流话语中独立出来，以适应改革开放之后越来越清晰的世界体系之要求。

按照这种"向内转"的美学意识，知识分子作家借助现代西方"人学"话语改造了文学中关于"人"的陈旧观念，形成一种以个体感性为特征，具有强烈生命意志的理想化的新人，以补偿"中国落后"的集体性政治焦虑。受他们影响的文学身体叙事倾向于聚焦人内在的感性层面。在这些文学作品中，人物

---

[1] ［美］张旭东：《改革时代的中国现代主义——作为精神史的 80 年代》，崔问津等译，北京大学出版社 2014 年版，第 117 页。

被塑造成"极致"的血肉存在物（20世纪80年代中期受知识分子思潮影响的作家作品多以"极致"为特点，"极致"并不意味着褒义，而是说他们出于政治无意识的焦灼，通过"极致化"的食欲、性欲来塑造极端的感性个体身份）。他们作品的人物更多地受到体内生命意识、丰盈欲望冲突的支配，而与外部现实世界发生种种必然的悲剧性的冲撞，呈现出众多关于"深度人性"的神话——无论是残雪、莫言等人对于感觉的"深度模式"的追求，还是"饥饿"叙事中对食欲的悲剧展示，抑或在"性"叙事中对性压抑、性罪错题材的热衷，都昭示着知识分子话语形塑的身体叙事对"深度人性"的热衷，其目的是要为独立于主流话语之外的新身份提供故事和意义资源。

受知识分子思潮影响的文学身体叙事热潮影响广泛，至少在20世纪80年代末90年代初它依然如日中天。受其影响的那些作品的一个共同特点，是将人物放到极端境地，从人自身内部（而非社会政治）去塑造为感性欲望所支配和折磨的人物形象。比如王安忆的《岗上的世纪》、刘恒的《伏羲伏羲》《虚证》、严歌苓的《天浴》、杨争光的《干沟》《黑风景》、贾平凹的《五魁》《美穴地》《白朗》等都是以在极端的环境中呈现极致的欲望与个人主体性的关系为目的；方方的《风景》、苏童的《米》等作品就是极致地凸显出饥饿（食欲）对于人性的强烈刺激。

总之，受知识分子文化政治影响而形成的极致化呈现感性欲望的写作思路，虽然大概起源于1983—1984年前后，但直到20世纪80年代末90年代初还依然兴盛，以至于形成一股文学潮流。有文学史家称这股潮流为"人的生命被赤裸裸地表现为物质与肉体的占有欲享乐，本能化和粗俗化的凸显，发出某种'恶''浊'之气"①。这股潮流的源头在于改革开放早期知识分子的文化政治，对于知识分子来说，他们试图以此建构出具有"新感性"特征的个体。

从清末民初起，中国知识分子就开始接受西方"人学"观念，但是"五四"之后，能够在民族—国家主题之外，着意表现纯粹现代的自我意识和身体意识的作家并不占主流——"在中国现代小说的主流创作中，欲望化的身体言

---

① 朱寨、张炯主编：《当代文学新潮》，人民文学出版社1997年，第366页。

说一直处于压抑状态"①。可见，从"五四"时期起，身体/个人就处在了精神/革命的下风，但是建构身体欲望的"现代性工程"仍是存在的。也许当时身处大都市上海的一批作家能更多更丰富地体验到"现代性"的内涵，所以施蛰存、穆时英、叶灵凤、张爱玲等人在20世纪30—40年代就写出了现代的身体体验，小说人物的非理性身体层面也得到更多的关注，身体欲望成为他们小说的情节动力。施蛰存重构了中国传统小说人物的"主体性"，他在《鸠摩罗什》《石秀》《将军底头》等小说中对古代英雄人物"脱冕"，用欲望去颠覆他们身上的反"性"的圣洁光环，将他们降级为普通的肉体存在物——鸠摩罗什这位高僧饱受性压抑的困扰，水浒英雄石秀则一直在处理自己对"嫂嫂"潘巧云的身体冲动。穆时英的《白金的女体塑像》则写了谢医生在检查一个女患者的身体时突然感到剧烈的色情意味，无法自制的他赶紧找了一位愿意当"谢太太"的女人结婚。因为这些作家（大部分属于"新感觉派"）敢于探索内心非理性世界，"有意识地征用弗洛伊德的理论"来描述"现代性"体验，所以李欧梵认为，施蛰存"可能是中国第一个真正意义上的现代派作家"②。

20世纪80年代中期的知识分子话语朝着建构现代化个体的方向前进，他们作品体现出来的趣味似乎可被看作对20世纪30年代都市现代文学的某种回归，只是20世纪80年代的知识分子建构"感性个体"不是像20世纪30年代都市文学那样更多基于商业消费主义的考量，而是试图通过美学现代性实现他们集体无意识的政治追求。所以，20世纪80年代知识分子的身体（身份）建构中多了一份急切和激烈，反而不如20世纪30年代的都市作家们从容随意。

从总体上看，改革开放早期知识分子出于无意识的政治追求，显然加深了对身体的认知和思考——在他们看来，身体是一个难以战胜、无法挣脱的，故不得不与之相处的"困境"。知识分子的身体叙事似乎是有意地（甚至片面地）追求"人性"的深度体验。这体现出知识分子群体在阶级性、社会性及政治性

---

① 李自芬：《现代性体验与身份认同——中国现代小说的身体叙事研究》，巴蜀书社2009年版，第27页。
② ［美］李欧梵：《上海摩登——一种新都市文化在中国1930—1945》（修订版），毛尖译，上海三联书店2008年版，第159页。

之外，以人自身为标准来重新定义"人"、探索"人"的强烈意图。这个过程实际上是知识分子按照当时中国流行的"西学"（西方哲学、人学思想）模式来打造"现代化"个体的过程。他们试图通过这样的"意义生产"，创造出与国际接轨的"人学"话语。

当然，无可避免的是，具有一定独立性的知识分子文化政治，难免受到国家主流话语的影响，比如莫言、残雪对"非理性、无意识"或感觉感官的热衷，就难说他们没有受到反拨"十七年文学"僵化的"理性"创作模式的影响。然而，知识分子终归形成了自身的话语特征，这些话语回应了突然在中国壮大起来的"现代性"状况，或者塑造出精神化、审美化的"新禁欲"身体，或者以身体为隐喻反思了 20 世纪的知识分子启蒙传统。

总体看，知识分子话语不乏偏激地深化了对人性的认识，开发出身体化的"主体性"——即通过身体维度的展开，"人"具有了更加丰富的内在性。身体叙事作为一种表征，确实为改革开放早期的读者们重新理解"人"，理解"我们是谁"提供了文化资源。这是身体叙事的社会价值所在。

第二节　身体叙事的文学价值

如上所述，在中国改革开放早期，无论人道主义探讨还是"美学热"，都明确地表示出对个体自我意识的话语建构。发生在思想文化领域内的多数论争，都指向重新发现现代"主体性"的政治意图，即试探着建构出适应"后革命氛围"的、朝向全球市场体系的新个体。那时的文学，作为当时最重要的"文化生产"部门，可以说是全面参与了思想文化领域的话语建构过程，而这一过程也作用于文学自身。

改革开放早期身体叙事的目的是意义生产，进而将作家的经验传达给其他社会个体。在这个意义上讲，身体叙事实际上是社会沟通，是意义的生产、传播和接受。雷蒙德·威廉斯认为："艺术家的冲动和每个人寻求沟通的冲动一样，都来自于这么一种感觉，即觉得自身的经验有着重要的意义，而艺术家的活动就是实际的传达工作（'以某种特定的方式来传达经验'）。"① 如果我们认可身体叙事是意义沟通，那么传达新内容的需要必然会导致新的艺术形式、艺术观念的产生。因此，雷蒙德·威廉斯说："从这个观点（引者注：艺术是社会沟通的观点）看，'内容'和'形式'是不可分割的，因为找到形式也就等于是找到了内容——我们所说的'描述'，指的就是这个意思。首先，对每个人来说，'描述'自己的经验，这是一桩迫切的事情，对个人有着重要的意义，因为这实际上就是在再造自我，是创造性地改变其人格组织，去包容并控制经验。"②

从这个角度看，文学的身体叙事不仅有社会意义，对于文学本身也具有一定的意义和价值。众所周知，一定的内容需要一定的形式，在艺术作品中更是如此，"艺术形式与它体现的内容之间完全处于合一的状态"③。为了保持艺术作品的内容形式统一，内容上的变化会直接影响形式。就身体叙事而言，不同内容的身体叙事，需要不同的感受、表达、接受机制，所以身体叙事会影响文学的形式层面。

身体叙事实际上是一个波及内容与形式的全面行为，可以说它拓宽了"文学主体性"的空间。这里的"文学主体性"既指文学传达的内容（人物形象），也指文学创作的方式（创作与接受主体），它包括"作为对象主体的人物形象，作为创造主体的作家和作为接受主体的读者和批评家"④。对文学身体叙事的发明、使用、拓展，更新了作家们作为"创作主体"想象和生产文学的方式。从某种意义上说，作为文本内容的身体叙事，逼促着文学写作的形式和风格的"现代化"。

改革开放意味着中国要面对全球市场体系调整自身秩序，以求能够成就一个真正现代化的国家，而中国文学也处在这一形势当中，它也要面对全球文学规范或美学现代性来调整自身。因此，国家主流默许甚或鼓励人们批判、改造

① ［英］雷蒙德·威廉斯：《漫长的革命》，倪伟译，上海人民出版社 2013 年版，第 36 页。
② ［英］雷蒙德·威廉斯：《漫长的革命》，倪伟译，上海人民出版社 2013 年版，第 36 页。
③ 童庆炳主编：《文学理论教程》（修订二版），高等教育出版社 2004 年版，第 174 页。
④ 刘再复：《论文学的主体性》，《文学评论》1985 年第 6 期，第 11 页。

"革命文学"的写作规范（批判革命美学的"三崛起"就发表在《光明日报》等媒体上）。随后，一些知识分子将西方现代主义文学视为文学"进化"的模板，试图以这张蓝图来改造革命年代形成的文学规范。以"十七年文学"为代表的"革命文学"其特点是，理性化的主题意识、概念大于形象的人物塑造、政治意识的全面主宰。① 这些特征导致了一系列的弊病，诸如人物扁平化、情节概念化、主题政治化等。"文革"结束后，这种以"机械反映论"为根基的文学规范逐渐被抛弃。新文学规范的形成，需要通过文学生产者的自我意识来贯彻执行。这里就会涉及"自我身份"的问题，从而也就与文学生产者怎样看待身体有了联系。比如对于"革命文学"人物扁平化的特点，当时"走红"的批评家刘再复就主张通过引入形而下的"欲望"或"非意识层次"来塑造性格饱满的"圆形人物"②。

身体视角是见出当时文学回应"现代性"问题的重要维度之一。对当时文学中的身体话语进行文化分析，就会发现它不仅内容上直接表现出文学界挣脱极左"链条"，投向全球文学潮流的趋势，更对文学主体和文学形式（风格）的现代化产生直接作用，让文学形成"现代化"的感受、表达、接受机制。而这些机制一旦"以同样的方式被共同体中的很多人所拥有"，形成使沟通和传播"得以可能的共同性"，在文学艺术中可能就会产生雷蒙德·威廉斯所说的"感觉结构"（structures of feeling）③。身体叙事作为内容给作品的审美感受、表达、接受机制的变革提供了契机。

从更广泛的视角看，正是由于身体化的感性意识的介入，让文学摆脱了"文革"文学形成的规范。人道主义/人性论作品，通过身体叙事将食欲、性欲、感性享受等身体本性表达了出来，因此文学中的人物形象，连同作家的感受方式、表达方式都发生了变化——不再是从某一政治理念出发，而是从自我

---

① 参阅洪子诚：《问题与方法——中国当代文学史研究讲稿》，北京大学出版社 2010 年版，第 89 页。

② 参阅刘再复：《性格组合论》，上海文艺出版社 1986 年版，第 409 页。

③ "感觉结构"被定义为考察一个时代或地方的时候，"对某种更内在的共同因素的感觉"，"它稳固而明确，但它是在我们活动中最细微也最难以触摸到的部分发挥作用的"。参阅［英］雷蒙德·威廉斯：《漫长的革命》，倪伟译，上海人民出版社 2013 年版，第 56 – 57 页。

的身体感受出发来选择性地反映外部现实。① 当知识分子的独立性体现出来后，他们通过对身体话语的执意探索把对"人"的认知带入了"深水区"。他们开始关注身体层面的"非理性"和"无意识"特征，而这两者恰恰是现代主义文学的特征。如果没有对非理性和无意识的探索，那么"现代派"文学便无从谈起。残雪和莫言就是应和着知识分子对感性至上思潮的呼吁，而发明"潜意识写作"和"感官化叙事"的。在卡夫卡、福克纳等现代主义作家启发下发现"无意识"和"感觉"世界以前，他们写的是比较中规中矩的（甚或是平庸的）现实主义作品，然而，一旦他们在时代思潮的引领下将身体叙事的热情散发出来，他们的主体意识便极大地丰富起来，从而写出了可与世界文学比肩的成名作。

建构"新感性"身份的逻辑，驱使知识分子展开了对人的理想本质的重构，他们将身体欲望作为探讨平台，以达成他们对人性预设的相关表述。他们凸显了感性欲望在人性构成方面的重要性，他们因此造就出一种极端感性化的个体意识（试图将"人"限定在个体之内，与外部社会之间做出明显的切割）。与略早于此时的翻译文学相比，受知识分子思潮影响的中国作家已经写出了颇符合"国际规范"的作品来。比如阿城的《棋王》、刘恒的《狗日的粮食》等作品将人性置于饥饿考验之下的写法，与杰克·伦敦的《一块牛排》《热爱生命》等写饥饿的作品已经区别不大；王安忆探讨性欲的《小城之恋》《荒山之恋》之于杜拉斯的《情人》、茨威格的一些精神分析小说也别无二致。②

当时中国文学通过现代西方"人学"思想的指引，展开塑造欲望化个体的文学（美学）工程，其相关的文学实践达到了世界文学中的个人主义"主体性"层面。通过对食欲、性欲的探索，很多作家表达出了人性的深度感和复杂

---

① 人性论意义上的写作规范，在20世纪90年代以后的中国文学中依然有一定的现实意义，不少作家还以此塑造人物形象和形成主体意识，像余华的《许三观卖血记》、张炜的《九月寓言》、刘震云的《温故一九四二》、池莉的《你是一条河》、莫言的《粮食》以及散见于《丰乳肥臀》《生死疲劳》《蛙》中的部分情节等，就是以饥饿的身体形象反思革命往事的作品；陈忠实的《白鹿原》、阎连科的《坚硬如水》等作品中出现的一些性描写也有以人性对抗政治/文化压抑的意图。

② 需要指出的是，这些中国作品是在相似题材的外国文学中文译本出版之后才出现的，毋庸讳言当时中国作家的灵感有一些是通过借鉴、模仿获得的。

性，他们通过身体叙事创作出更多的偏离"革命文学"的内容。

这些身体叙事形成的新内容，不能脱离形式而独立存在，对有机完整的作品而言，形式必然受到内容的影响和支配，必须有复杂的文学形式，那些独特的身体感受才能被表现出来。残雪就认为她的"潜意识写作""非得用现代主义的手法才说得出来"；同理，莫言想要表达"对世界的奇妙感觉方式"，他就必须采用福克纳式的内聚焦和多视角叙事模式。

受知识分子思潮影响的作家以食欲和性欲为切口建构深度化、个体化的文学主体性，也须摒弃"革命现实主义"手法，或者采用作家"零度介入"的新写实主义方法（以纯粹的人物外部行为来反映复杂的人性，写出极致的饥饿与人性关系的小说多采用这种方法，如阿城的《棋王》、刘恒的《狗日的粮食》），或者倾向于大量使用"人物视角/内聚焦视角"叙事（如王安忆的《荒山之恋》《小城之恋》以及其他写性压抑、性罪错的小说，就多采用这种叙事模式）。这些形式上的更新，在一定程度上源自文学内容方面的压力。

文学内容的复杂度和深度对形式革新提出了要求，没有极适合的形式必然无法表达出趋于极致的内容，只有"零度介入"的叙事方法才能极致地突出饥饿的纯"生理性"，也只有足够典型的人物视角才能极致地表现出性欲构成的复杂性（"极致"并非褒扬，只是形容当时知识分子作家作品极端化的特征）。由此可见，文学形式也因身体叙事的介入，而开启了一个向"现代化文学"转变的重要维度，这是一个内容生产形式的过程。

改革开放早期的知识分子话语形塑的身体叙事，还发展成为一些当代最优秀作家喜爱的"套路"，进而更长远地影响了当代文学史。80 年代末 90 年代初不少"新写实小说""先锋小说"，还在这种影响范围之内。比如刘恒的《伏羲伏羲》《虚证》，严歌苓的《天浴》，杨争光的《干沟》《黑风景》，贾平凹的《五魁》《美穴地》等就以 20 世纪 80 年代中期知识分子发明的身体叙事的方式探讨了欲望与人性关系；方方的《风景》、苏童的《米》、莫言的《丰乳肥臀》等也用同样的方式聚焦了食欲与人性关系。以贾平凹 1990 年的作品《五魁》为例，这篇小说写的是柳家的女人受不了柳家少爷的身体残疾和虐待，憨厚的五魁救出女人，但又因敬重她而不发生性关系，最后女人忍不了这种无性的压抑氛围，竟和狗发生关系。女人因被五魁撞破丑事而自杀，后来五魁性情大变，去做了土匪，并且娶了十一任压寨夫人。从叙事主题上看，《五魁》基本上沿用了 20 世纪 80 年代中期的"性压抑"和"性罪错"潮流中的文学主体意识和情节模式——通过极端的情节设定展示性欲在人性（感性个体）中的重要性，以性欲为切口探索人性的深度、复杂性。

由此可见，即使在后起的"新写实小说""先锋小说"中，也时时显现出改革开放早期身体叙事的影响。通过身体叙事这个重要维度，中国文学发展出了从内容而言的中国式文学主题和从形式而言的现代"主体"意识。

从人道主义人性论的政治热潮，到"美学热"建构个体"新感性"，从而深化个人主体性的知识分子文化政治，中国文学中的主体性逐渐表现出越来越显著的现代性品质。身体叙事在其中发挥了一个重要的中介作用，也就是将社会转型与身份政治（身体意识）对接起来，从而使一种现代的文学主体性稳固地树立起来——通过身体叙事，文学的主体性和文学中的自我意识被大大拓展。更具体地说，通过对感觉、食欲、性欲、身体－主体的挖掘，创作主体变得丰富敏锐，相应的感受、传达、接受的审美过程也趋于精细化。

就改革开放早期的文学场域来说，中国文学凭借身体叙事引发的文学变革，及时地和有力地响应了文学"现代化"的召唤，展示了自身重新奔向全球化潮流的努力，为随后"寻根文学"、"新写实小说"和"先锋小说"等文学思潮的涌现，奠定了坚实的基础。这是改革开放早期文学身体叙事的文学价值所在。

主要参考文献

一、文学期刊

［1］人民文学(1977—1985).

［2］十月(1978—1985).

［3］当代(1979—1985).

［4］收获(1979—1985).

［5］清明(1979—1985).

［6］上海文学(1977—1985，1980 年之前为《上海文艺》).

［7］北京文学(1977—1985，1980 年之前为《北京文艺》).

［8］中国作家(1985).

［9］钟山(1978—1985).

［10］花城(1979—1985).

［11］解放军文艺(1977—1985).

［12］青年文学(1982—1985).

［13］文艺报(1978—1985).

［14］文学评论(1978—1985).

二、译著类

［1］［美］赫伯特·马尔库塞. 爱欲与文明［M］. 黄勇，薛民，译. 上海：上

海译文出版社, 1987.

[2] [美] 赫伯特·马尔库塞. 现代美学析疑 [M]. 绿原, 译. 北京: 文化艺术出版社, 1987.

[3] [美] 费正清, 罗德里克·麦克法夸尔. 剑桥中华人民共和国史 (1949—1965) [M]. 王建朗, 等译. 上海: 上海人民出版社, 1990.

[4] 麦克法考尔, 费正清. 剑桥中华人民共和国史 (下卷): 中国革命内部的革命 (1966—1982 年) [M]. 谢亮生, 等译. 北京: 中国社会科学出版社, 1994.

[5] [美] 詹明信. 晚期资本主义的文化逻辑 [M]. 陈清侨, 等译. 上海: 生活·读书·生活三联书店, 1997.

[6] [英] 霭理士. 性心理学 [M]. 潘光旦, 译注. 北京: 商务印书馆, 1997.

[7] [德] 尼采. 权力意志——重估一切价值的尝试 [M]. 张念东, 凌素心, 译. 北京: 商务印书馆, 1998.

[8] [德] 尼采. 苏鲁支语录 [M]. 徐梵澄, 译. 北京: 商务印书馆, 2002.

[9] [德] 尼采. 查拉图斯特拉如是说 [M]. 孙周兴, 译. 上海: 上海人民出版社, 2009.

[10] [俄] 巴赫金. 拉伯雷研究 [M]. 李兆林, 等译. 石家庄: 河北教育出版社, 1998.

[11] [美] 安德鲁·斯特拉桑. 身体思想 [M]. 王业伟, 赵国新, 译. 沈阳: 春风文艺出版社, 1999.

[12] [美] 弗雷德里克·杰姆逊. 政治无意识 [M]. 王逢振, 译. 北京: 中国社会科学出版社, 1999.

[13] [英] 特里·伊格尔顿. 历史中的政治、哲学与爱欲 [M]. 马海良, 译. 北京: 中国社会科学出版社, 1999.

[14] [意] 安东尼奥·葛兰西. 狱中札记 [M]. 曹雷雨, 等译. 北京: 中国社会科学出版社, 2000.

［15］［奥］弗洛伊德. 精神分析导论讲演［M］. 周泉，严泽胜，赵强海，译.
北京：国际文化出版公司，2000.

［16］［奥］弗洛伊德. 梦的解析［M］. 刘佳伊，译. 北京：当代世界出版
社，2008.

［17］［奥］阿尔弗雷德·阿德勒. 理解人性［M］. 陈太胜，陈文颖，译. 北
京：国际文化出版公司，2000.

［18］［奥］阿尔弗雷德·阿德勒. 自卑与超越［M］. 吴杰，郭本禹，译. 北
京：中国人民大学出版社，2013.

［19］［德］马克思. 1844 年经济学哲学手稿［M］. 北京：人民出版社，2000.

［20］［英］布莱恩·特纳. 身体与社会［M］. 马海良，赵国新，译. 沈阳：
春风文艺出版社，2000.

［21］［英］伊格尔顿. 审美意识形态［M］. 王杰，等译. 桂林：广西师范大
学出版社，2001.

［22］［法］梅洛－庞蒂. 知觉现象学［M］. 姜志辉，译. 北京：商务印书
馆，2001.

［23］［法］梅洛－庞蒂. 可见的与不可见的［M］. 罗国详，译. 北京：商务
印书馆，2008.

［24］［英］多米尼克·斯特里纳蒂. 通俗文化理论导论［M］. 阎嘉，译. 商
务印书馆，2001.

［25］［美］安敏成. 现实主义的限制［M］. 姜涛，译. 南京：江苏人民出版
社，2001.

［26］［日］近藤直子. 有狼的风景：读八十年代中国文学［M］. 廖金球，译.
北京：人民文学出版社，2001.

［27］［印度］阿玛蒂亚·森. 贫困与饥荒［M］. 王宇，王文玉，译. 北京：
商务印书馆，2001.

［28］［美］理查德·舒斯特曼. 实用主义美学［M］. 彭锋，译. 北京：商务
印书馆，2002.

[29] ［美］舒斯特曼. 身体意识与身体美学 ［M］. 程相占，译. 北京：商务印书馆，2011.

[30] ［法］米歇尔·福柯. 不正常的人 ［M］. 钱翰，译. 上海：上海人民出版社，2003.

[31] ［法］米歇尔·福柯. 疯癫与文明 ［M］. 刘北成，杨远婴，译. 北京：生活·读书·新知三联书店，2003.

[32] ［法］米歇尔·福柯. 规训与惩罚 ［M］. 刘北成，杨远婴，译. 北京：生活·读书·新知三联书店，2003.

[33] ［法］米歇尔·福柯. 性经验史（增订版）［M］. 佘碧平，译. 上海：上海人民出版社，2005.

[34] ［美］R. W. 康奈尔. 男性气质 ［M］. 柳莉，等译. 社会科学文献出版社，2003.

[35] ［美］苏珊·桑塔格. 反对阐释 ［M］. 上海：上海译文出版社，2003.

[36] ［英］F. A. 哈耶克，［美］罗伯特·诺齐克. 知识分子为什么反对市场 ［M］. 姚中秋，译. 长春：吉林人民出版社，2003.

[37] ［法］乔治·巴塔耶. 色情史 ［M］. 刘晖，译. 北京：商务印书馆，2003.

[38] ［英］阿雷恩·鲍尔德温 等. 文化研究导论（修正版）［M］. 陶东风，等译. 北京：高等教育出版社，2004.

[39] ［美］彼得·布鲁克斯. 身体活：现代叙述中的欲望对象 ［M］. 朱生坚，译. 北京：新星出版社，2005.

[40] ［美］王德威. 被压抑的现代性——晚清小说新论 ［M］. 宋伟杰，译. 北京：北京大学出版社，2005.

[41] ［英］丹尼·卡瓦罗拉. 文化理论关键词 ［M］. 张卫东，译. 南京：江苏人民出版社，2006.

[42] ［英］肖恩·斯威尼，伊恩·霍德. 剑桥年度主题讲座：身体 ［M］. 贾俐，译. 北京：华夏出版社，2006.

[43] ［英］艾华. 中国的女性与性相：1949 年以来的性别话语 ［M］. 施施，

译. 南京：江苏人民出版社，2008.

[44] ［美］李欧梵. 上海摩登——一种新都市文化在中国1930—1945（修订版）［M］. 毛尖，译. 上海：上海三联书店，2008.

[45] ［美］冯珠娣. 饕餮之欲——当代中国的食与色 ［M］. 郭乙瑶，马磊，江素侠，译. 南京：江苏人民出版社，2009.

[46] ［美］苏珊·鲍尔多. 不能承受之重——女性主义、西方文化与身体 ［M］. 綦亮，赵育春，译. 南京：江苏人民出版社，2009.

[47] ［法］大卫·勒布雷东. 人类身体史和现代性 ［M］. 王圆圆，译. 上海：上海文艺出版社，2010.

[48] ［加］约翰·奥尼尔. 身体五态——重塑关系形貌 ［M］. 李康，译. 北京：北京大学出版社，2010.

[49] 周宪. 文化现代性精粹读本 ［M］. 北京：中国人民大学出版社，2010.

[50] ［英］约翰·斯道雷. 文化理论与大众文化导论：第五版 ［M］. 常江，译. 北京：北京大学出版社，2010.

[51] 汪民安，陈永国. 后身体 ［M］. 长春：吉林人民出版社，2011.

[52] ［法］皮埃尔·布尔迪厄. 艺术的法则——文学场的生成与结构 ［M］. 刘晖，译. 北京：中央编译出版社，2011.

[53] ［法］雷蒙·布东. 为何知识分子不热衷自由主义 ［M］. 周晖，译. 北京：生活·读书·新知三联书店，2012.

[54] ［澳］雷庆金. 男性特质论：中国的社会与性别 ［M］. 刘婷，译. 南京：江苏人民出版社，2012.

[55] ［法］乔治·维加埃罗，阿兰·科尔班，让－雅克·库尔第纳，等. 身体的历史（三卷本）［M］. 上海：华东师范大学出版社，2013.

[56] ［英］雷蒙德·威廉斯. 漫长的革命 ［M］. 倪伟，译. 上海：上海人民出版社，2013.

[57] ［英］斯图尔特·霍尔，编. 表征：文化表征与意指实践 ［M］. 徐亮，陆兴华，译. 北京：商务印书馆，2013.

[58] ［美］弗莱德·R. 多迈尔. 主体性的黄昏 ［M］. 万俊人，译. 桂林：广西师范大学出版社，2013.

[59] ［美］傅高义. 邓小平时代 ［M］. 冯克利，译. 北京：生活·读书·新知三联书店，2013.

[60] ［英］罗纳德·哈里·科斯，王宁. 变革中国：市场经济的中国之路 ［M］. 徐尧，李哲民，译. 北京：中信出版社，2013.

[61] ［美］张旭东. 改革时代的中国现代主义：作为精神史的 80 年代 ［M］. 崔问津，等译. 北京：北京大学出版社，2014.

[62] ［美］劳伦斯·罗格斯伯格，等. 媒介建构：流行文化中的大众媒介 ［M］. 祁林，译. 南京：南京大学出版社，2014.

[63] ［法］皮埃尔·布尔迪厄. 区分：判断力的社会批判（上册）［M］. 刘晖，译. 北京：商务印书馆，2015.

三、中文著作类

[1] 李泽厚. 批判哲学的批判 ［M］. 北京：人民出版社，1984.

[2] 李泽厚. 中国现代思想史论 ［M］. 北京：东方出版社，1987.

[3] 李泽厚. 美学三书 ［M］. 天津：天津社会科学院出版社，2003.

[4] 中国社会科学院文学研究所当代文学室. 新时期文学六年（1976.10—1982.9）［M］. 北京：中国社会科学出版社，1985.

[5] 何西来. 新时期文学思潮论 ［M］. 南京：江苏文艺出版社，1985.

[6] 王蒙. 王蒙选集 ［M］. 天津：百花文艺出版社，1985.

[7] 刘小枫. 诗化哲学——德国浪漫美学传统 ［M］. 济南：山东文艺出版社，1986.

[8] 刘小枫. 沉重的肉身——现代性伦理的叙事纬语 ［M］. 香港：牛津大学出版社，1998.

[9] 刘小枫. 现代性社会理论绪论 ［M］. 上海：三联书店，1998.

[10] 刘再复. 文学的反思 [M]. 北京：人民文学出版社，1986.

[11] 刘再复. 性格组合论 [M]. 上海：上海文艺出版社，1986.

[12] 曾镇南. 王蒙论 [M]. 北京：中国社会科学出版社，1987.

[13] 曹文轩. 中国八十年代文学现象研究 [M]. 北京：北京大学出版社，1988.

[14] 李丽中. 朦胧诗·新生代诗百首点评 [M]. 天津：南开大学出版社，1988.

[15] 宋耀良. 十年文学主潮 [M]. 上海：上海文艺出版社，1988.

[16] 冯骥才. 一百个人的十年 [M]. 南京：江苏文艺出版社，1991.

[17] 冯骥才. 案头随笔 [M]. 郑州：中州古籍出版社，2005.

[18] 冯骥才. 书斋文存 [M]. 郑州：中州古籍出版社，2005.

[19] 冯骥才. 金莲话语 [M]. 郑州：中州古籍出版社，2005.

[20] 张德祥. 悖论与代价 [M]. 西安：陕西人民教育出版社，1991.

[21] 阎晶明. 十年流变——新时期文学侧面观 [M]. 西安：陕西人民出版社，1992.

[22] 王一川. 中国现代卡里斯马典型 [M]. 昆明：云南人民出版社，1994.

[23] 王一川. 修辞论美学 [M]. 长春：东北师范大学出版社，1997.

[24] 王一川. 中国现代性体验的发生 [M]. 北京：北京师范大学出版社，2001.

[25] 罗钢. 叙事学导论 [M]. 昆明：云南人民出版社，1994.

[26] 刘达临. 中国当代性文化（精华本）——中国两万例"性文明"调查报告 [M]. 上海：上海三联书店，1995.

[27] 魏金声. 现代西方人学思潮的震荡 [M]. 北京：中国人民大学出版社，1996.

[28] 张启华，周鸿，尹凤英，等. 中华人民共和国史简编 [M]. 北京：当代中国出版社，1997.

[29] 朱寨，张炯. 当代文学新潮 [M]. 北京：人民文学出版社，1997.

[30] [美] 王德威. 想象中国的方法：历史·小说·叙事 [M]. 北京：生活·读书·新知三联书店，1998.

[31] 杨继绳. 邓小平时代：中国改革开放二十年纪实 [M]. 北京：中央编译出版社，1998.

[32] 傅上伦，胡国华，冯东书，等. 告别饥饿：一部尘封十八年的书稿 [M]. 北京：人民出版社，1999.

[33] 洪子诚. 中国当代文学史 [M]. 北京：北京大学出版社，1999.

[34] 洪子诚. 中国当代文学史（修订版）[M]. 北京：北京大学出版社，2007.

[35] 洪子诚，等. 重返八十年代 [M]. 北京：北京大学出版社，2009.

[36] 洪子诚. 问题与方法 [M]. 北京：北京大学出版社，2010.

[37] 洪子诚. 中国当代文学概说 [M]. 北京：北京大学出版社，2010.

[38] 陶东风. 社会转型与当代知识分子 [M]. 上海：三联书店，1999.

[39] 许纪霖. 另一种启蒙 [M]. 广州：花城出版社，1999.

[40] 许纪霖. 当代中国的启蒙与反启蒙 [M]. 北京：社会科学文献出版社，2011.

[41] 许纪霖. 启蒙如何起死回生：现代中国知识分子的思想困境 [M]. 北京：北京大学出版社，2011.

[42] 叶舒宪. 性别诗学 [M]. 北京：社会科学文献出版社，1999.

[43] 杜卫. 走出审美城：新时期文学审美论的批判性解读 [M]. 北京：东方出版社，1999.

[44] 郭小川. 郭小川诗选 [M]. 北京：人民文学出版社，2000.

[45] 罗广斌，杨益言. 红岩 [M]. 北京：中国青年出版社，2000.

[46] 许子东. 为了忘却的集体记忆——解读 50 篇文革小说 [M]. 北京：生活·读书·新知三联书店，2000.

[47] 韩毓海. 20 世纪的中国：文学与社会（文学卷）[M]. 济南：山东人民出版社，2001.

[48] 黄子平. "灰阑"中的叙述 [M]. 上海：上海文艺出版社，2001.

[49] 李银河. 福柯与性［M］. 济南：山东人民出版社，2001.

[50] 王铁仙，杨剑龙，方剑强，等. 新时期文学二十年［M］. 上海：上海教育出版社，2001.

[51] 毛泽东. 毛泽东文艺论集［M］. 北京：中央文献出版社，2002.

[52] 孟繁华. 1978：激情年代［M］. 济南：山东教育出版社，2002.

[53] 汪民安. 福柯的界线［M］. 北京：中国社会科学出版社，2002.

[54] 汪民安. 身体的文化政治学［M］. 郑州：河南大学出版社，2004.

[55] 汪民安. 尼采与身体［M］. 北京：北京大学出版社，2008.

[56] 许志英，丁帆. 中国新时期小说主潮［M］. 北京：人民文学出版社，2002.

[57] 戴锦华. 涉渡之舟：新时期中国女性写作与女性文化［M］. 西安：陕西人民教育出版社，2002.

[58] 张光芒. 启蒙论［M］. 上海：三联书店，2002.

[59] 残雪. 为了报仇写小说——残雪访谈录［M］. 长沙：湖南文艺出版社，2003.

[60] 陈晓明. 现代性与中国当代文学转型［M］. 昆明：云南人民出版社，2003.

[61] 邓贤. 中国知青梦［M］. 北京：人民文学出版社，2003.

[62] 潘绥铭，［美］白维廉，王爱丽，［美］劳曼. 当代中国人的性行为与性关系［M］. 北京：社会科学文献出版社，2003.

[63] 郭双林. 八十年代以来的文化论争［M］. 南昌：百花洲文艺出版社，2004.

[64] 杨儒宾，何乏笔. 身体与社会［M］. 台北：台北唐山出版社，2004.

[65] 郑也夫. 知识分子研究［M］. 北京：中国青年出版社，2004.

[66] 程文超. 欲望的重新叙述：20世纪中国的文学叙事与文艺精神［M］. 桂林：广西师范大学出版社，2005.

[67] 葛红兵，宋耕. 身体政治［M］. 上海：三联书店，2005.

[68] 旷新年. 写在当代文学边上 [M]. 上海：上海教育出版社，2005.

[69] 莫言. 会唱歌的墙 [M]. 北京：作家出版社，2005.

[70] 彭富春. 哲学与美学问题——一种无原则的批判 [M]. 武汉：武汉大学出版社，2005.

[71] 王晓华. 西方生命美学局限研究 [M]. 哈尔滨：黑龙江人民出版社，2005.

[72] 杨大春. 杨大春讲梅洛－庞蒂 [M]. 北京：北京大学出版社，2005.

[73] 杨大春. 语言 身体 他者——当代法国哲学的三大主题 [M]. 北京：生活·读书·新知三联书店，2007.

[74] 杨沫. 青春之歌 [M]. 北京：人民文学出版社，2005.

[75] 杨扬. 莫言研究资料 [M]. 天津：天津人民出版社，2005.

[76] 周与沉. 身体：思想与修行 [M]. 北京：中国社会科学出版社，2005.

[77] 张旭东. 全球化时代的文化认同 [M]. 北京：北京大学出版社，2006.

[78] 查建英. 八十年代：访谈录 [M]. 北京：生活·读书·新知三联书店，2006.

[79] 甘阳. 八十年代文化意识 [M]. 上海：上海人民出版社，2006.

[80] 黄金麟. 历史、身体、国家：近代中国身体的形成（1895—1937）[M]. 北京：新星出版社，2006.

[81] 李杨. 50—70 年代中国文学经典再解读 [M]. 济南：山东教育出版社，2006.

[82] 李春青. 在审美与意识形态之间：中国当代文学理论研究反思 [M]. 北京：北京大学出版社，2006.

[83] 王宇. 性别表述与现代认同 [M]. 上海：三联书店，2006.

[84] 汪剑钊. 二十世纪中国的现代主义诗歌 [M]. 北京：文化艺术出版社，2006.

[85] [美] 唐小兵. 再解读——大众文艺与意识形态（增订版）[M]. 北京：北京大学出版社，2007.

[86] 童庆炳. 在历史与人文之间 [M]. 北京：北京师范大学出版社，2007.

［87］刘志荣. 潜在写作（1949—1976）［M］. 上海：复旦大学出版社，2007.

［88］［美］王德威. 一九四九：伤痕书写与国家文学［M］. 香港：三联书店
（香港）有限公司，2008.

［89］陈思和. 中国当代文学关键词十讲［M］. 上海：复旦大学出版社，2008.

［90］陈思和. 中国当代文学史教程（第二版）［M］. 上海：复旦大学出版社，
2012.

［91］胡少卿. 中国当代文学中的"性"叙事（1978—）［M］. 合肥：安徽教
育出版社，2008.

［92］王尧. "思想事件"的修辞［M］. 北京：人民文学出版社，2008.

［93］凌志军. 1978 历史不再徘徊［M］. 北京：人民出版社，2008.

［94］汪晖. 去政治化的政治：短 20 世纪的终结与 90 年代［M］. 北京：生
活·读书·新知三联书店，2008.

［95］程光炜. 文学讲稿："八十年代"作为方法［M］. 北京：北京大学出版
社，2009.

［96］程光炜. 当代文学的"历史化"［M］. 北京：北京大学出版社，2011.

［97］张新颖，金理. 王安忆研究资料［M］. 天津：天津人民出版社，2009.

［98］李蓉. 中国现代文学的身体阐释［M］. 北京：中国社会科学出版社，
2009.

［99］李自芬. 现代性体验与身份认同——中国现代小说的身体叙事研究
［M］. 成都：巴蜀书社，2009.

［100］柳青. 创业史［M］. 北京：中国青年出版社，2009.

［101］贺桂梅. "新启蒙"知识档案：80 年代中国文化研究［M］. 北京：北京
大学出版社，2010.

［102］蔡翔. 革命/叙述：中国社会主义文学—文化想象（1949—1966）［M］.
北京：北京大学出版社，2010.

［103］申丹，王丽亚. 西方叙事学：经典与后经典［M］. 北京：北京大学出
版社，2010.

［104］陈家定. 身体写作与文化症候［M］. 北京：中国社会科学出版社，2011.

［105］李洁非，杨劼. 共和国文学生产方式［M］. 北京：社会科学文献出版社，2011.

［106］马国川. 我与八十年代［M］. 北京：生活·读书·新知三联书店，2011.

［107］张贤亮. 绿化树［M］. 杭州：浙江文艺出版社，2011.

［108］王德领. 混血的生长：二十世纪八十年代（1976—1985）对西方现代派文学的接受［M］. 北京：中国社会科学出版社，2011.

［109］高华. 革命年代［M］. 广州：广东人民出版社，2012.

［110］王安忆. 三恋［M］. 重庆：重庆出版社，2012.

［111］曲波. 林海雪原［M］. 北京：人民文学出版社，2013.

［112］夏可君. 身体［M］. 北京：北京大学出版社，2013.

四、外文著作类

［1］Brooks Peter. Body Work：Objects of Desire in Modern Narrative［M］. Cambridge & London：Harvard University Press，1993.

［2］Yue, Gang. The Mouth That Begs：Hunger, Cannibalism, and the Politics of Eating in Modern China［M］. Durham：Duke University Press，1999.

［3］King, Debra Walker（ed.）. Body Politics and the Fictional Double［M］. Bloomington & Indianapolis：Indiana University Press，2000.

［4］Silver Anna Krugovoy. Victorian Literature and the Anorexic Body［M］. Cambridge：Cambridge University Press，2002.

［5］Shusterman Richard. Body Consciousness：A Philosophy of Mindfulness and Somaesthetics［M］. Cambridge：Cambridge University Press，2008.

五、学位论文类

［1］李俏梅. 中国当代文学的身体叙写（1949—2006）［D］. 广州：中山大学，2006.

［2］宋红岭. 能指的漂移——近三十年文学中的"身体"书写［D］. 上海：上海大学，2008.

［3］赖英晓. 饥饿叙事的意识形态建构——以中国现当代文学的若干节点为例［D］. 上海：上海大学，2009.

［4］黄旭. 文学政治与二十世纪八十年代中国激进主义［D］. 上海：复旦大学，2008.

附 录 本书主要涉及的小说目录整理表

本书涉及的小说目录整理表

1978 年

作 者	作 品	报刊名	发表时间
*刘心武	《爱情的位置》	《十月》	1978. 1
茹志鹃	《冰灯》	《人民文学》	1978. 1
*陆文夫	《献身》	《人民文学》	1978. 4
张 洁	《从森林来的孩子》	《北京文艺》	1978. 7
*葛广勇	《解瑛瑶》	《安徽文艺》	1978. 8
卢新华	《伤痕》	《文汇报》	1978. 8. 11
张承志	《骑手为什么歌唱母亲》	《人民文学》	1978. 10
宗 璞	《弦上的梦》	《人民文学》	1978. 12
李 陀	《愿你听到这支歌》	《人民文学》	1978. 12

1979 年

作 者	作 品	报刊名	发表时间
鲁彦周	《天云山传奇》	《清明》	1979. 1
*刘 真	《她好像明白了一点点》	《清明》	1979. 2
*徐明旭	《调动》	《清明》	1979. 2
*张抗抗	《爱的权利》	《收获》	1979. 2
晓 宫	《没有被面的被子》	《湘江文艺》	1979（1、2 合期）
*从维熙	《大墙下的红玉兰》	《收获》	1979. 2
冯骥才	《铺花的歧路》	《收获》	1979. 2
*郑 义	《枫》	《文汇报》	1979. 2. 11
冯骥才	《雕花烟斗》	《当代》	1979. 2

续表

作 者	作 品	报刊名	发表时间
＊茹志鹃	《剪辑错了的故事》	《人民文学》	1979. 2
方 之	《内奸》	《北京文艺》	1979. 3
＊张 弦	《记忆》	《人民文学》	1979. 3
孔捷生	《在小河那边》	《作品》	1979. 3
王 蒙	《布礼》	《当代》	1979. 3
莫应丰	《将军吟》	《当代》	1979. 3
孔 厥	《荷花女》	《当代》	1979. 3
刘 克	《飞天》	《十月》	1979. 3
＊冯骥才	《啊!》	《收获》	1979. 6
金 河	《重逢》	《文汇报》	1979. 6. 22
＊韶 华	《舌头》	《鸭绿江》	1979. 6
＊高晓声	《李顺大造屋》	《雨花》	1979. 7
＊蒋子龙	《乔厂长上任记》	《人民文学》	1979. 7
＊丁 玲	《杜晚香》	《人民文学》	1979. 7
达 理	《失去了的爱情》	《鸭绿江》	1979. 7
刘宾雁	《人妖之间》	《人民文学》	1979. 9
＊刘 克	《飞天》	《十月》	1979. 10
周伟洲	《盗马贼》	《人民文学》	1979. 10
孔捷生	《因为有了她》	《人民文学》	1979. 10
张 洁	《爱，是不能忘记的》	《北京文艺》	1979. 11
陈世旭	《小镇上的将军》	《人民文学》	1979. 12

1980 年

作 者	作 品	报刊名或出版单位	发表时间
周克芹	《许茂和他的女儿们》	百花文艺出版社	1980
戴厚英	《人啊，人》	广东人民出版社	1980
茹志鹃	《儿女情》	《上海文学》	1980. 1
＊卢勇祥	《黑玫瑰》	《花溪》	1980. 1
＊张 弦	《被爱情遗忘的角落》	《上海文学》	1980. 1
陆文夫	《小贩世家》	《雨花》	1980. 1
＊靳 凡	《公开的情书》	《十月》	1980. 1
＊谌 容	《人到中年》	《收获》	1980. 1

续表

作　者	作　品	报刊名或出版单位	发表时间
*张一弓	《犯人李铜钟的故事》	《收获》	1980.1
王若望	《饥饿三部曲》	《收获》	1980.1
陈国凯	《代价》	《当代》	1980.1
叶文玲	《心香》	《当代》	1980.2
*张　敏	《天池泪》	《上海文学》	1980.2
遇罗锦	《一个冬天的童话》	《当代》	1980.2
路　遥	《惊心动魄的一幕》	《当代》	1980.2
李　锐	《燃烧的爱情》	《上海文学》	1980.2
*高晓声	《陈奂生上城》	《人民文学》	1980.2
张贤亮	《邢老汉和狗的故事》	《宁夏文艺》	1980.2
陈国凯	《"车床皇后"》	《人民文学》	1980.2
*甘铁生	《聚会》	《北京文艺》	1980.2
牛正寰	《风雪茫茫》	《甘肃文学》	1980.2
李国文	《月食》	《人民文学》	1980.3
*叶蔚林	《在没有航标的河流上》	《芙蓉》	1980.3
*李惠薪	《老处女》	《北京文艺》	1980.3
*宗　璞	《三生石》	《十月》	1980.3
成　一	《绿色的山岗》	《北京文艺》	1980.4
*龚巧明	《思念你，桦林》	《四川文学》	1980.5
贾庆军	《坟草青青》	《青春》	1980.5
*白　文	《煎饼》	《雨花》	1980.5
王　蒙	《海的梦》	《上海文学》	1980.6
锦云、王毅	《笨人王老大》	《北京文艺》	1980.7
卢新华	《典型》	《上海文学》	1980.7
*罗　旋	《红线记》	《人民文学》	1980.8
陈建功	《丹凤眼》	《北京文艺》	1980.8
*何士光	《乡场上》	《人民文学》	1980.8
刘振华	《张文礼吃救济》	《上海文学》	1980.9
*张贤亮	《灵与肉》	《朔方》	1980.9
刘心武	《电梯中》	《文汇增刊》	1980.9
陈建功	《迷乱的星空》	《上海文学》	1980.9

续表

作 者	作 品	报刊名或出版单位	发表时间
韩少功	《西望茅草地》	《人民文学》	1980.10
*金 河	《带血丝的眼睛》	《鸭绿江》	1980.10
从维熙	《第七个是哑巴》	《北京文学》	1980.10
*孙步康	《感情危机》	《芒种》	1980.10
李保均	《花工》	《四川文学》	1980.12
王润滋	《亮哥和芳妹》	《人民文学》	1980.12
高行健	《你一定要活着》	《上海文学》	1980.12

1981 年

作 者	作 品	报刊名	发表时间
*古 华	《芙蓉镇》	《当代》	1981.1
礼 平	《晚霞消失的时候》	《十月》	1981.1
赵振开	《波动》	《长江》	1981.1
冯骥才	《酒的魔力》	《小说界》	1981.1
贾平凹	《老人》	《当代》	1981.1
贾平凹	《病人》	《延河》	1981.1
曹玉模	《乳汁》	《江南》	1981.1
郑万隆	《年轻的朋友们》	《当代》	1981.2
*古 华	《爬满青藤的木屋》	《十月》	1981.2
*单学鹏	《舌尖上的风暴》	《当代》	1981.2
赵本夫	《卖驴》	《钟山》	1981.2
张 弦	《污点》	《江南》	1981.2
蒋子龙	《赤橙黄绿青蓝紫》	《当代》	1981.4
航 鹰	《金鹿儿》	《新港》	1981.4
张 洁	《沉重的翅膀》	《十月》	1981.4、5
*张贤亮	《龙种》	《当代》	1981.5
陈建功	《飘逝的花头巾》	《北京文学》	1981.6
*张辛欣	《在同一地平线上》	《收获》	1981.6
*王 蒙	《海的梦》	《上海文学》	1981.6
*张 弦	《挣不断的红丝线》	《上海文学》	1981.6
张一弓	《黑娃照相》	《上海文学》	1981.7

续表

作　者	作　　品	报刊名	发表时间
黎　含	《"水妖"》	《青年作家》	1981.7
*夏　康	《玫瑰梦》	《青年作家》	1981.9
赵本夫	《"狐仙"择偶记》	《雨花》	1981.9
贾平凹	《晚唱》	《文学报》	1981.10.15
王安忆	《本次列车终点》	《上海文学》	1981.10

1982 年

作　者	作　　品	报刊名	发表时间
韦君宜	《洗礼》	《当代》	1982.1
*张一弓	《张铁匠的罗曼史》	《十月》	1982.1
张笑天	《公开的"内参"》	《当代》	1982.1
古　华	《浮屠岭》	《当代》	1982.2
孔捷生	《南方的岸》	《十月》	1982.2
王安忆	《命运交响曲》	《当代》	1982.2
路　遥	《人生》	《收获》	1982.3
高晓声	《陈奂生包产》	《人民文学》	1982.3
铁　凝	《哦，香雪》	《青年文学》	1982.5
邵振国	《买驴》	《北京文学》	1982.5
孟广臣	《看闺女》	《北京文学》	1982.5
冯骥才	《高女人和她的矮丈夫》	《上海文学》	1982.5
丁正泉	《田三娘炒猪肝》	《钟山》	1982.5
李存葆	《高山下的花环》	《十月》	1982.6
王安忆	《流逝》	《钟山》	1982.6
陈　冲	《厂长今年二十六》	《当代》	1982.6
*张承志	《黑骏马》	《十月》	1982.6
何士光	《种包谷的老人》	《人民文学》	1982.6
*梁晓声	《这是一片神奇的土地》	《北方文学》	1982.8
鲍　昌	《芨芨草》	《新港》	1982.8
李　陀	《七奶奶》	《北京文学》	1982.8
王安忆	《舞台小世界》	《文汇》月刊	1982.11

1983 年

作　者	作　　品	报刊名或出版单位	发表时间
张贤亮	《男人的风格》	百花文艺出版社	1983

续表

作　者	作　品	报刊名或出版单位	发表时间
*陆文夫	《美食家》	《收获》	1983.1
*李杭育	《最后一个渔佬儿》	《当代》	1983.2
*张贤亮	《河的子孙》	《当代》	1983.1
张贤亮	《肖尔布拉克》	《文汇》月刊	1983.2
张辛欣	《清晨，三十分钟》	《上海文学》	1983.3
胡　辛	《四个四十岁的女人》	《百花洲》	1983.3
陶　正	《逍遥之乐》	《北京文学》	1983.4
郑　义	《远村》	《当代》	1983.4
邓　刚	《阵痛》	《鸭绿江》	1983.4
*邓　刚	《迷人的海》	《上海文学》	1983.5
彭见明	《那人那山那狗》	《萌芽》	1983.5
谭　潭	《山女》	《花城》	1983.5
唐　栋	《兵车行》	《人民文学》	1983.5
李杭育	《沙灶遗风》	《北京文学》	1983.5
刘舰平	《船过青浪滩》	《萌芽》	1983.5
贾平凹	《商州初录》	《钟山》	1983.5
贾平凹	《小月前本》	《收获》	1983.5
李兴叶	《B市蔬菜紧张》	《北京文学》	1983.5
胡　辛	《四个四十岁的女人》	《百花洲》	1983.6
*航　鹰	《东方女性》	《上海文学》	1983.8
王润滋	《鲁班的子孙》	《文汇》月刊	1983.8
张　洁	《条件尚未成熟》	《北京文学》	1983.9
邓　刚	《芦花虾》	《鸭绿江》	1983.9
张辛欣	《疯狂的君子兰》	《文汇月刊》	1983.9
邓　刚	《踩蛤蛤》	《北京文学》	1983.12

1984 年

作　者	作　品	报刊名或出版单位	发表时间
李国文	《花园街五号》	十月文艺出版社	1984
*张承志	《北方的河》	《十月》	1984.1
邓　刚	《龙兵过》	《青年文学》	1984.1
从维熙	《雪落黄河静无声》	《人民文学》	1984.1

续表

作　者	作　　品	报刊名或出版单位	发表时间
＊张贤亮	《绿化树》	《十月》	1984.2
＊王　朔	《空中小姐》	《当代》	1984.2
＊贾平凹	《鸡洼窝人家》	《十月》	1984.2
＊邵振国	《麦客》	《当代》	1984.3
＊冯骥才	《神鞭》	《小说家》	1984.3
张　洁	《祖母绿》	《花城》	1984.3
浩　然	《蓝背心》	《北京文学》	1984.3
张一弓	《春妞儿和她的小嘠斯》	《钟山》	1984.5
贝　奇	《一个女性的遭遇》	《当代》	1984.4
贾平凹	《正月·腊月》	《十月》	1984.4
石　定	《水妖》	《人民文学》	1984.5
叶蔚林	《茹母山故事》	《人民文学》	1984.5
李存葆	《山中，那十九座坟茔》	《昆仑》	1984.6
邓　刚	《渔眼》	《鸭绿江》	1984.6
蒋子龙	《燕赵悲歌》	《人民文学》	1984.7
＊阿　城	《棋王》	《上海文学》	1984.7
＊莫　言	《黑沙滩》	《解放军文艺》	1984.7
张　洁	《条件尚未成熟》	《北京文学》	1983.9
张　洁	《尾灯》	《北京文学》	1984.10
胡清和	《天外飞来的白鸽》	《鸭绿江》	1984.10
＊蔡测海	《早晨》	《鸭绿江》	1984.10
林斤澜	《矮凳桥传奇·溪鳗》	《人民文学》	1984.10
＊彭见明	《黑滩》	《青春》	1984.11

1985 年

作　者	作　　品	报刊名	发表时间
＊郑万隆	《老棒子酒馆》	《上海文学》	1985.1
＊贾平凹	《远山野情》	《中国作家》	1985.1
冯骥才	《感谢生活》	《中国作家》	1985.1
阿　城	《树王》	《中国作家》	1985.1
张　炜	《红麻》	《当代》	1985.1

续表

作　者	作　品	报刊名	发表时间
鲁　光	《中国男子汉》	《中国作家》	1985.1
王安忆	《小鲍庄》	《中国作家》	1985.2
邓　刚	《我们这帮海碰子》	《青年文学》	1985.2
*贾平凹	《蒿子梅》	《上海文学》	1985.2
贾平凹	《冰炭》	《中国》	1985.2
*贾平凹	《天狗》	《十月》	1985.2
阿　城	《孩子王》	《人民文学》	1985.2
*莫　言	《透明的红萝卜》	《中国作家》	1985.2
刘亚洲	《一个女人和一个半男人》	《文汇》月刊	1985.2
郑　义	《老井》	《当代》	1985.2
*陆文夫	《井》	《中国作家》	1985.3
刘索拉	《你别无选择》	《人民文学》	1985.3
朱晓平	《桑树坪记事》	《钟山》	1985.3
陈　冲	《俗人》	《中国作家》	1985.3
赵本夫	《绝唱》	《现代作家》	1985.3
莫　言	《秋千架（白狗秋千架）》	《中国作家》	1985.4
陈　村	《少男少女，一共七个》	《文学月报》	1985.4
张　炜	《秋天的愤怒》	《当代》	1985.4
张　宇	《活鬼》	《莽原》	1985.4
*莫　言	《老枪》	《昆仑》	1985.4
*张贤亮	《男人的一半是女人》	《收获》	1985.5
*莫　言	《球状闪电》	《收获》	1985.5
王　蒙	《活动变人形》（节选版）	《收获》	1985.5
杨克祥	《玉河十八滩》	《中国作家》	1985.6
莫　言	《大风》	《小说创作》	1985.6
韩少功	《爸爸爸》	《人民文学》	1985.6
韩少功	《归去来》	《上海文学》	1985.6
*叶蔚林	《五个女子和一根绳子》	《人民文学》	1985.6
韩静霆	《战争让女人走开》	《当代》	1985.6
李　锐	《古墙》	《当代》	1985.6

续表

作　者	作　品	报刊名	发表时间
贾平凹	《西北口》	《当代》	1985.6
刘心武	《5·19长镜头》	《人民文学》	1985.7
徐　星	《无主题变奏》	《人民文学》	1985.7
*残　雪	《山上的小屋》	《人民文学》	1985.8
*陈世旭	《烈女》	《小说导报》	1985.8
范小青	《嫁妆》	《人民文学》	1985.8
*彭见明	《古河道》	《青年文学》	1985.8
*莫　言	《枯河》	《北京文学》	1985.8
彭见明	《废窿》	《青年文学》	1985.9
扎西达娃	《系在皮绳扣上的魂》	《民族文学》	1985.9
贾平凹	《黑氏》	《人民文学》	1985.10
张廷竹	《他在拂晓前死去》	《解放军文艺》	1985.11
李　锐	《晨雾：野岭三章》	《山西文学》	1985.11
*莫　言	《爆炸》	《人民文学》	1985.12
刘心武	《公共汽车咏叹调》	《人民文学》	1985.12

1986年

作　者	作　品	报刊名	发表时间
贾平凹	《火纸》	《上海文学》	1986.2
*冯骥才	《三寸金莲》	《收获》	1986.3
莫　言	《红高粱》	《人民文学》	1986.3
*王安忆	《荒山之恋》	《十月》	1986.4
*残　雪	《黄泥街》	《中国》	1986.4
铁　凝	《麦秸垛》	《收获》	1986.5
王安忆	《小城之恋》	《上海文学》	1986.8
*刘　恒	《狗日的粮食》	《中国》	1986.9
乔雪竹	《荨麻崖》	《花城》	1986.9
魏世祥	《火船》	《青年文学》	1986.10

注：加 * 者为重点作品。

后　记

　　这本书基于本人完成于 2014 年的博士论文《改革开放初期文学中的身体政治》修订而成，修改主要是对冗余内容作了删节，对个别观点作了精梳和提炼。论文写作得到了我的博士导师王一川老师的悉心指点。记得在选题时，由于我准备不足，总是选不到一个既符合学科规范又可以上手的题目。对于我提出的几个不成熟的"准选题"，王老师不厌其烦地给我指出其中可能存在的问题。最后确定这个选题时，王老师又帮我确定了可行的论文架构和论证重心。衷心感激王一川老师对本书的指导！

　　在教育部平台组织的匿名评审中，这篇博士论文获得"一优二良"的评价，最终也幸运地通过了答辩委员会的答辩。感谢教育部平台匿名评审专家给我提出的指导意见！也感谢北京师范大学文艺学研究中心各位老师在开题和写作过程给予的指导！更要感谢参加答辩委员会并给我指导论文的程正民老师、周志强老师、陈雪虎老师、陈太胜老师、陈旭光老师！尽管我深知这篇论文最终做得还不够好，但是没有王一川老师和各位专家的指点修改，它会逊色更多。

　　本书的部分内容已经发表在《当代作家评论》《北京社会科学》《江西社会科学》《湘潭大学学报（哲学社会科学版)》等学术期刊上。各位编辑和匿名审稿人指点我对论文相关部分进行了修改，感谢各位老师的指正！

　　本书能够出版，还要感谢本人所在单位河北大学文学院提供的经费资助。

　　我觉得"新时期文学中的身体叙事"这个选题是很有价值的，但遗憾的是我的研究并未深入、完整地揭示其价值。我当时觉得文艺学的研究过于理论化，很多著述都比较艰深晦涩，而我想写点儿普通读者都能读懂的内容。殊不知，这样抉择导致了研究深度不太够，没有达到我所想达到的理想水平。这个遗憾留给有兴趣的同仁继续深入研究吧！

孟 隋

2022 年 12 月 30 日